戲非戲05

鬼吹燈

之三 雲南蟲谷

天下霸唱◎著

高寶書版集團

戲非戲　DN005

鬼吹燈（三）雲南蟲窟

作　　者：天下霸唱
總 編 輯：林秀禎
編　　輯：李國祥
校　　對：李國祥
出 版 者：英屬維京群島商高寶國際有限公司台灣分公司
Global Group Holdings, Ltd.
地　　址：台北市內湖區洲子街88號3樓
網　　址：gobooks.com.tw
E-mail：readers@gobooks.com.tw＜讀者服務部＞
Pr@gobooks.com.tw＜公關諮詢部＞
電　　話：（02）27992788
電　　傳：出版部　(02) 27990909　行銷部　（02）27993088
郵政劃撥：19394552
戶　　名：英屬維京群島商高寶國際有限公司台灣分公司
發　　行：希代多媒體書版股份有限公司　Printed in Taiwan
初版日期：2007年5月

國家圖書館出版品預行編目資料

鬼吹燈（三）雲南古城 /天下霸唱著；-- 初版. --
臺北市：高寶國際出版：希代多媒體發行, 2007[民96]
面；　公分. -- (戲非戲；DN005)

ISBN 978-986-185-056-6(平裝)

857.7　　96005727

第一一二章　指令爲「搜索」

深山密林中的「鬼信號」，最初是我在連隊時聽通訊班的戰友們所說的，原本說出來只是想嚇唬嚇唬Shirley楊，想不到突然發現的美軍C型運輸機殘骸下，竟然清晰異常的傳出了一段以死亡為代碼的信號聲，不過稱其為傳說中的「鬼信號」，有點不太合適，「鬼信號」是專指從無線電頻率中收到的微弱神祕電波，而現在這聲音明顯不是電波的信號聲，而是從樹中發出的常規物質信號。

黎明前的原始森林，像是籠罩在死神翅膀的黑暗陰影中，沒有一絲的風聲和樹葉摩挲聲，靜得連一根針落在地上都可以聽到，我坐在樹梢上聽了數遍，絕對不會有錯，反反覆覆，一遍又一遍。

連樹下的胖子也聽到了這組「嘀嘀嗒嗒」的奇怪信號，仰著脖子不停地向樹上張望，由於我身在樹冠中間，所以聽出那聲音的來源，不是樹冠最上方的機艙，而是那兩株夫妻老樹樹身與運輸機鋁殼殘片相接的地方。

由於我們對「鬼信號」這種神祕的現象並不瞭解，加上畢竟活人對於來自另一個世界的東西，多少會存在一些畏懼心理，一時未敢輕舉妄動，只是打開了「狼眼」手電筒，去照射發出聲響的地方，但是「狼眼」手電筒的光柱被茂密的植物遮擋得影影綽綽，越看越覺得滲人，甚至有些形狀奇怪的老樹皮，在黑暗中看上去都像是面目猙獰的屍怪。

我悄聲問身邊的Shirley楊：「莫不是有美國飛行員掉進了樹洞裡？臨死時所發的求救電波仍

然陰魂不散的迴蕩在這大樹周圍。」

Shirley楊搖頭道：「不會，剛才我進機艙殘骸裡搜尋的時候，把每一處都仔細看過了，不僅沒有機組成員的屍骨，也沒有傘包，所以我才判斷他們在墜機前都跳傘逃生了，而且機頭撞在山上，已經徹底毀壞了，然後這一節機艙才掉落到樹冠上的，那信號聲又怎麼可能從樹幹裡傳出來？」

我對Shirley楊說道：「剛才你射殺那隻大雕鴞之前，那串信號的意思是SOS，剛才停了一斷，突然變成了DEAD，這其中是否有什麼聯繫？除了駕駛這架C型運輸機的美國空軍，這深山野嶺間又有誰懂得摩斯通訊碼？」

Shirley楊並未有過我那些遇鬼的經歷，但是她也不是完全的唯物主義，她曾不止一次的同我說起過，人死之後會上天堂，那裡才是人生旅程的終點，所以從這個角度來說，Shirley楊是相信人有靈魂存在的，Shirley楊對我說：「初時聽到的那段SOS求救代碼，可能是我聽差了，應該就是那隻雕鴞在機艙裡啄咬樹蜥發出的，所以顯得雜亂而不連貫，而現在這段信號聲你也聽到了，與那個完全不同，長短很有規律，而且重複了這麼多次，都沒有誤差……」

親耳所聞，就來自於不遠的樹幹中間，聽得又如此真切，我也不得不相信「鬼信號」傳說的真實性了，我對Shirley楊說：「這信號聲雖然很有規律，但不像是那種能發射信號的機械聲，有些像是水滴的聲音，但是比之要沉悶許多，也許真被咱們猜中了，樹幹裡面有死人……」

Shirley楊說：「有科學家曾經做過實驗，人體靈魂中所產生的電波應低於七伏特，即使是這麼微弱的能量，也有可能在特定的環境或者磁場中長久保存，但是現在最重要的是，這段死亡代碼究竟是在傳遞何種意圖，是給咱們警告？還是恐嚇？」

以我的經驗判斷，遇到這樣的情況，如果只想選擇逃避，絕不是一個好的選擇，最終疑神疑鬼的，會造成草木皆兵的情形，以至於把自己的心態都擾亂了，那樣反倒最為容易出事，這時候只有壯著膽子找出它的根源，弄它個水落石出，才可以讓自己安心，另外這天色馬上就要亮了，黑夜即將過去，天一亮就沒什麼好怕的了。

於是我扶著樹枝站起身來，對Shirley楊說：「咱們亂猜也沒用，不妨過去一探，究竟是不是什麼亡魂作祟，看明白了再做理會。」

Shirley楊點了點頭，表示同意，把手中的「芝加哥打字機」換了個新彈匣遞過來給我，這種衝鋒槍過於沉重，她用著並不順手，我們倆調整了一下登山頭盔上的射燈焦距，把起保險作用的登山繩檢查了一遍，看是否牢固。

我把衝鋒槍的彈匣拔下來，看了看裡面子彈壓得滿滿的，便把彈匣在頭盔上「叩叩」磕了兩下，這種槍故障率是出了名的高，務必要把彈匣中的子彈壓實，以免關鍵時刻子彈卡殼，復又插進槍身，拉動槍栓把子彈上了膛，對Shirley楊一揮手，兩人分左右兩個方向，攀住老樹上的枝杈，尋著那「鬼信號」聲響的來源，來到了運輸機殘骸與樹冠相接的地方。

由於四周過於安靜，距離越近，那「嘀嗒」聲就越清晰，越聽越覺得不像是電子聲，在機艙殘骸旁邊，經過一番仔細的搜索，最後登山頭盔上的射燈光柱，聚集在了一處樹幹上。

為了防止發生意外的變故，Shirley楊在稍微靠前的地方，我在她身後半米遠負責掩護，Shirley楊借著射燈的光線，仔細打量了一番那段發出信號聲的樹幹，回過頭來對我打了個手勢，可以確定了，聲音就是來自這裡，滴滴嗒嗒的不同尋常。

我把湯普森衝鋒槍的槍口對準了目標，以免裡面再鑽出雕鴞之類的東西傷到人，如果稍有不對，我會毫不猶豫的扣動扳機，「芝加哥打字機」十一點四毫米的大口徑不是吃素的，暴雨般的射速，將會把任何叢林中的猛獸打成碎片。

Shirley楊見我準備就緒，於是取出俄製近衛「傘兵刀」拿在手中，對準那段被植物覆蓋得滿滿當當的樹幹，緩緩切了下去，將那些厚厚的綠苔藤蔓逐層用「傘兵刀」削掉，沒削幾下，竟發現那裡是個天然的樹洞，這個樹洞僅有兩個拳頭加起來那麼大，經年累月之下，以至於洞口已經澈底被寄生在樹上的植物封死，如果不戳破這層天然的偽裝，看上去就與其餘部分的樹幹沒有任何不同，都滿是疙裡疙瘩、凹凸不平的綠苔。

那些寄生植物非常濃密厚實，而且層層疊壓，有些已經腐爛得十分嚴重了，用刀一剝就爛成了如同綠色稀泥一般，一時間也難以澈底清理乾淨，Shirley楊小心翼翼地將「傘兵刀」刀尖插進綠苔的最深處，從刀尖處傳來的觸感，像是碰到了一塊堅硬的物體。

我和Shirley楊對望了一眼，都是充滿了疑問，事先都沒想到這裡會是個這樣小的樹洞，就算有樹洞，能讓人或者動物之類的在裡面發出聲響，也不應該只有這麼小，這種小窟窿，在這株老夫妻榕樹上不知有多少，這種樹孔也就夠小松鼠進出，但是這種林子裡是不可能有松鼠的，所以可以完全排除掉是松鼠在裡面折騰，比松樹再稍微小一點的樹蜥是一種很安靜的動物，也絕不可能是樹蜥。

而且僅看這樹上綠苔等寄生植物的厚度以及腐爛程度來判斷，都不是短時間之內可以形成的，欲待再細看時，身後的樹幹一陣搖晃，原來胖子第二次爬了上來，這次他不再用我提醒，直接先把保險栓掛在身上。

我剛要問他怎麼不在樹下替我們警戒，又爬上來做什麼，卻見他一臉驚慌，這世上能讓胖

子害怕的事不多，只聽胖子戰戰兢兢地對我說：「老胡，我他媽的……這林子裡八成是鬧鬼啊，我得跟你們在一起，剛才他媽的嚇死我了。」

我見他的樣子不像是在開玩笑的，在不涉及錢的情況下，除非是直接威脅到性命的事物才會讓他緊張，我忙問胖子究竟是怎麼了，是不是看到什麼東西了？

胖子定了定神，說道：「剛才我在樹底下，抬起頭看你們倆在樹上爬來爬去，只是這天太黑，看了半天，只見你們頭盔上的射燈，朦朦朧朧也瞧不清楚，我看得煩了，便打算抽枝菸解解乏，忽然聽周圍有女人在哭，哭得那個慘，可他媽嚇死本老爺了，菸頭都拿反了，差點把自己的舌頭燙了，絕對是有女鬼啊，你聽你聽……又來了。」

Shirley楊正用「傘兵刀」一塊塊挑去樹洞裡的腐爛植物，剛弄得差不多了，還沒來得及看那堅硬的東西究竟是什麼，此刻聽到胖子說附近有女鬼在哭，也把手裡的活停了下來，與我一同支起耳朵去聽四周的動靜。

我們一直都只留意到那個「鬼信號」，這時靜下來一聽，四周果然有陣陣嗚咽之聲，「遮龍山」後面沒有任何風，所以絕不可能是風聲，那聲音悽慘異常，而且忽東忽西的、飄忽不定，漆黑的環境中更顯得令人發毛。

我與胖子、Shirley楊立刻在樹冠上排成丁字形，我端著湯普森衝鋒槍，胖子用「劍威」汽步槍，Shirley楊則舉著六四式手槍，這樣一來，每個人防禦的角度縮短成一百二十度，互相形成防禦依託。

那淒楚的哭泣聲圍著我們轉了兩圈，忽然分為三道，從半空中朝我們快速掩至，我這回聽得分明，不是女鬼，是夜貓子在啼嚎，原來是那該死的雕鴞同類，不過這回不是一兩隻，聽這叫聲，個體都小不了，想必是來找我們報仇的，雖然我們手中有槍有彈，但是黑暗中對付這些出沒於夜空中的幽靈，實在是有點吃虧。

此刻Shirley楊也顧不上節省照明彈了，從便攜袋中摸出信號槍，「嗵」的一聲響，照明彈從這大樹頂上升了起來，慘白的光芒懸掛在森林上，久久不散，四周裡照得如同雪地一般。

我們也被那照明彈強烈的白光晃的頭疼，正忍著眩目的白光準備搜尋目標射擊，卻聽森林中忽然變得死一般沉寂，除了我們的心跳和呼吸聲，一切聲音都消失了。

突然襲來的幾隻雕鴞，被照明彈的光芒所震懾，遁入遠處的黑暗，消失得無影無蹤，而那組令人頭皮發麻的「鬼信號」，也跟著消失，再也聽不到半點動靜，連早晨應該有的各種鳥雀叫聲都沒有，所有的動物像是都死絕了。

我還未來得及詫異，幾乎在這些聲響消失的同時，天邊雲峰崢嶸，一線朝霞劃破了雲隙，把第一縷晨光撒進了這片詭異的叢林。

好像在天亮的一瞬間，山谷間叢林間的魑魅魍魎也都為了躲避陽光，通通逃回老巢躲了起來。

我們想起那樹身上的窟窿，都回頭去看，只見那C型運輸機下的樹幹上，有個綠色的窟窿，深處有一片深紅色的光滑石頭，外邊的苔生植物都已被Shirley楊用刀刮了開來，正在晨曦中發出微弱的光芒。

還沒等我看明白是怎麼回事，忽然腳下的樹稍「喀嚓嚓」斷了下來，原來這條橫生的粗大榕樹枝，承受了C型運輸機機艙的大部分重量，由於我們剛才為了準備迎擊來襲的雕鴞，緊急中聚在一起，重量過於集中，這本就是在樹上活動的大忌，此時加上我們三個人的體重（尤

其是胖子的），這老榕樹本就營養極度匱乏，樹身吃不住勁，再也支撐不住，樹頂的大半截樹幹，劈成了兩半，老邁的樹身完全斷裂開來。

萬幸的是我們的保險繩都固定在老榕樹的主幹上，雖然吃了在樹身上一撞，所幸並沒直接摔到地上，今天這道保險繩已經如此救了我們不下三回了，頭頂那架C型運輸機，由於失去了承重的主要樹枝，則直接滑落到了二十多米高的大樹下邊，發出巨大而又悲慘的聲響。

我們抬起頭就可以看到老樹裂開樹身的內部，這一看都不由得目瞪口呆，隔了半晌胖子才說道：「這是什麼東西？好像挺值錢……我想這回……咱們可真……真他媽發了。」

這時那個熟悉而又陌生的信號聲，突然再一次從劈開的樹身中傳了出來……

第一一三章 鮮血

我們此刻就像是那山洞中的人俑一般，被保險繩倒懸在樹幹上，叢林中的晨光照得人眼睛發花，只見那裂開的樹身中露出一塊暗紅色的物體，呈長方形，頂上兩個邊被會成了圓角。陽光透過樹隙照在上面，發出淡淡的紫色光暈，這他媽的是什麼東西？我掙扎著用登山鎬掛住樹身，重新爬回樹冠，然後把Shirley楊也扯了上來，胖子本就有恐高症，懸掛在距離地面十米的樹身上，也不敢有大的動作，嚇得全身發僵，我想把他用保險繩放到地面，胖子卻說什麼也不同意：「老胡，你還是把我拉到樹上去，這東西我得好好瞧瞧，我看八成能值大筆銀子。」

我只好與Shirley楊用盡吃奶的力氣，拉動安全繩，協助胖子爬回樹冠，此時天色已明，站在二十多米高的老榕樹樹冠，向下看去，真有點如臨深淵、如履薄冰的感覺。

這回我們學了個乖，各自散開，不再聚集到同一棵樹杈上，圍著從樹身中顯露出來的物體觀看，胖子問我道：「這是口棺材？玉的還是水晶的？怎麼是這麼種古怪顏色？我看這倒有些像是咱們在潘家園買賣的那幾塊雞血石。」

我沒回答胖子的話，這件事出乎意料之外，只是凝神察看，只見老榕樹中間，露出大半截似玉似水晶的透明棺材，光潤無比，呈半透明狀，外邊薄如蟬翼的一層，是乳白色，裡面就開始逐漸變紅，越往裡面顏色越是深，如同內部儲滿了絳紅色的鮮血，大部分外殼被樹內散落的樹皮，以及各種寄生植物的藤蔓裹纏，難以窺其全貌。

我們從來沒見過這樣的材質，再一細看，發現這是塊半透明的玉石，裡面還有一層水晶石槨，再裡面有大量絳紅色液體，那些液體就如同鮮血一樣，單從外形看來，這就是口罕見的玉棺。

Shirley楊見了這奇怪的玉棺，也不禁奇道：「這分明是盛斂死者的棺槨，看材料是藏地天玉，而不是雲南附近產的緬甸玉，不過……樹裡怎麼會有這麼一個玉石的大棺材？對了……遮龍山後就已經是獻王墓的範圍了，這棺槨很可能是主墓的陪陵，只是為什麼棺材長到了樹裡？」

胖子說道：「這你得問老胡了，他不總吹牛說中國所有的墓地棺材沒有他不知道的嗎？讓他解釋解釋。」

我搖頭道：「這你們可難為我了，自古修墳造墓，都講究有封有樹，樹是做為墳墓的標誌，建在封土堆前，使得陵墓格局有蔭福子孫之象，卻從來沒見過有人把棺材放到樹身裡的，這也不成體統啊。」

中國自商周時代起，便有了風水理論，安葬死者，歷來講究「負陽抱陰、依山憑水」，豈有懸在樹上的道理，而且這棵老樹地處「遮龍山」後的叢林之中，那「遮龍山」雖然山頂雲封霧繞，看不清楚山脈走勢，但是從山下可以看出來，這座大山只有單嶺孤峰，是條獨龍，《十六字陰陽風水祕術》中「尋龍訣」裡說的明白：「龍怕孤獨穴怕寒，四顧不應真堪危，獨山孤龍不可安，安之定見艱與難。」

雖然這裡地勢東高西低，然而其靠太過孤絕，其望剁斷跌換，是個深不見底的盆地，所以這一帶絕不是什麼適合安置陵寢的場所。

更何況，老樹為陰宅五害之首，葬室左近有老樹、獨山、斷流、禿嶺、亂石，皆勢惡形壞，絕不可葬人：有老樹則搶風奪氣，有獨山則少纏護，主無融無結，陰陽勢必相沖；有斷流則主脈苦土枯，水脈一斷，生氣也即隔絕；有亂石突怒，巉岩崢嶸，則主凶氣橫生，多有地之惡氣所禍；有禿嶺則謂之為無生氣之地。

不過這些場所也並非就是凶惡之地，也許建立寺廟祠堂比較合適，會起到調和形勢的作用，但是做為陰宅埋葬死人，就不合適了。

所以就更別說以樹為墳了，這完全違反了風水形勢的理論，什麼氣脈、明堂、水口，什麼龍、穴、砂、水、向等等一概論不上了，就沒見過有這樣的，不過這透明的玉棺實在是罕見，裡面的液體究竟是什麼東西呢？難道當真是血液不成？那又會是誰的血？

我到近處，用手指摸了摸玉棺，觸手處冰涼潤滑，當真是一塊難得的美玉，更為難得的是通體無瑕，而又如此之大，即便是皇宮大內也不容易找出這麼好的美玉，玉棺是橫置在老榕樹中間的樹身裡，由於樹身糾纏生長的積壓，加上支撐它的一部分樹身脫落，使得原本平置在樹中的玉棺稍微有一點傾斜。

向下傾斜的棺蓋與棺身處，有幾道細小的裂紋，不知是被墜毀的C型運輸機殘骸撞的，還是被扭曲生長的老樹長期擠壓而產生的，棺中那滿滿的、鮮血一樣的液體順著裂縫慢慢滲到外邊，滴滴嗒嗒的落在玉棺下的玉石墓床上。

我們直到此時，方才恍然大悟，由於胖子第一次上樹，重量太大，使得樹中的玉棺稍微傾斜，那棺裡暗紅色好像鮮血一樣的液體從裂縫中滲出來，落在下邊的墓床上，由於玉棺的裂縫有三四條，位置也遠近不同，再加上樹身原本是封閉的，所以滴水聲有長有短，而且聲音顯得

沉悶，竟然被聽成了一串信號代碼。

在棺中的紅色液體水平面低於裂縫之後，那信號聲自然就突然停止了，第二次樹幹斷裂，樹冠上的C型運輸機殘骸掉落到地面上，這麼用力一帶，那玉棺又傾斜了一點角度，所以棺中的暗紅色液體，繼續滲了出來，我們先入為主，一直把這個聲音當作信號，正所謂是杯弓蛇影，太多疑了。

不過我隨即心中一凜，真的就會那麼湊巧嗎？偏偏組成一串死亡代碼，如果僅僅是巧合，那也不是什麼好兆頭，但願我們此行，別出什麼大事才好。

正當我胡思亂想之時，Shirley楊用傘兵刀剝掉玉棺蓋子上的植物根莖，戴上手套，在棺蓋上掃了幾掃，那玉棺的頂上，立刻露出不少精雕細刻的花紋，整整一層，都刻著鴛鴦、鴻雁、狐、兔、獐、鹿、象等等象徵吉祥與靈性的珍禽異獸，四個邊角還有形態各異，做對稱排列的各種花草紋飾。

玉棺四周則是雕刻滿蓮瓣的底紋，裝點以菱形忍冬浮雕，每一邊中間都各有一隻神態逼真的小鸚鵡，鸚鵡口中銜著一朵靈芝。

Shirley楊看罷，抬起頭來對我說：「這些玉棺上的浮雕，造型祥和溫順，雖然神態稍顯呆滯，但是刀法工藝樸實明快，華美而不失深沉，這種具有高度藝術涵蓋力的表現形式，非常接近於秦漢時期古樸的風格，這應該就是獻王墓的陪陵，不會有錯。」

胖子在旁急不可耐，搓著手掌說道：「管他是什麼王的，這玉石棺材既然教咱們碰上了，便是咱們的造化，先倒開看看裡面有什麼明器沒有，現在天也亮了，也不怕裡面發生什麼屍變。」

我攔住胖子說道：「別性急，這口玉棺絕非尋常，不可能無緣無故的長到樹身裡，而且你們看這裡邊這麼多絳紅色的液體，跟鮮血並無兩樣，誰敢保證打開了就不會出事。」

Shirley楊用傘兵刀的刀尖，沾了一點從玉棺中滲出來的暗紅色液體，再自己鼻端一嗅，沒對我和胖子說道：「沒有血腥味，倒是有股很濃的氣，像中藥，我看玉棺本身，並無太過特別之處，裡面紅色的積液可能是防腐的，怪就怪在棺生樹中……」

胖子說：「這有什麼值得大驚小怪的，可能是樹種子長在墓室下邊，樹越長越大，最後就把墳墓的夯土頂破，把裡面的棺材頂了出來，所以這棺材就在樹頂了，不是我說你們，什麼腦子啊，屁大點事都想不明白，還好意思大老遠跑來倒斗。」

我搖頭道：「小胖說的這種可能性不大，我忽然想到，這口玉棺不像是俗品，也許裡面裝斂的是位在道門的人，那些方外的術人，自認為不在五行之中，不必依照世人選陰宅的路子，自棺中有迎有送，若得重重關鎖，則氣盡聚於垣中，也許他是有意而為，這兩株夫妻老樹，就是這口玉棺的槨，而裡面裝的是個巫師，或者修仙求道之人，咱們先前在樹身上發現的那個樹洞，我看極有可能就是這樹槨的明堂穴眼，是取天地精氣的金井。傳說獻王墓是一處世間獨一無二的「水龍暈」，與神仙洞府一般，那裡咱們還沒親眼見到，如果真是如傳說中的一樣，這陪陵應該是主穴四周的幾個星位之一，所以也不可單以這老樹周邊的形勢論之。」

Shirley楊覺得我的話比較有理：「獻王崇尚巫邪之道，一心只想修仙，所以他身邊重臣，多是術士一類，依此看來這陪陵中的是一口仙棺，但不知裡面的主人是否已經成仙證道了，倘若世間真有仙人，這口玉棺現在應該是空的，裡面的屍體仙解了才對。」

胖子說道：「老胡快下樹把傢伙取上來，我把擋住另一邊的樹幹砍了，咱們瞧瞧這棺材裡

有什麼東西，是仙是妖都不要緊，最重要的是要有值錢的明器，咱們先來它個開門紅，我早看獻王那老粽子也不是什麼好鳥，拿那瞎子的話說，此乃不義之財，沒有不拿之理。」

Shirley楊也點頭道：「裡面也許會發現一些與獻王墓有關的祕密，那些信息和線索對咱們會有不小的幫助。」

我見他們都想開棺，就下樹把摸金校尉開棺用的「探陰爪」與「陰陽鏡」，還有一些別的工具，都拿了上來，摸金的行規是天黑動手，雞鳴停手，此時天已大亮，按規矩「明器」是不能動了，不過開棺調查調查還是使得的，所以這時候便要用到「陰陽鏡」。

「陰陽鏡」是唐代中期傳下來的古物，那是一塊磨損得比較嚴重的銅鏡，不是正圓形，而是鑄成三角形，象徵天地人三才，正為陽，反為陰，背後鑄有四個篆字「升官（棺）發財」，使用的時候，用紅線繩懸吊在半空，正面對著陽光，背面的篆字對準棺口。

相傳此「陰陽鏡」專門用來開啓暴露在墳丘封土之外的棺槨，唐代盜墓之風最盛，有詩云：「骷髏半出地，白骨下縱橫。」描述的就是唐代盜墓賊席捲過後，荒墳野地中剩餘的悽慘情景，在那一時期，職業盜墓賊最多，行事手段也是各有各法，最流行的倒斗方式，不是打盜洞進入地宮，而是光天化日之下，直接大鏟破墳，挖開封土，用繩索把棺槨從地宮中拖拽出來，在外邊開棺，盡取墓中主人的全部服飾，隨後便棄屍骨於荒郊野外，「陰陽鏡」就是那個時代的盜墓賊所使用的一件必備工具，並不是摸金校尉的獨門傳統用具。

這只「陰陽鏡」是了塵長老的遺物，其在「摸金校尉」手中的具體用途和作用，至今已經大體失傳，我們只知道萬不得已的情況下，需要在白天開棺，可以拿陰陽鏡照住棺口，以免有不乾淨的陰晦之氣，衝了活人身上的三昧真火，回去走背字。

今天我們要在白天做事，所以拿來使用，管不管用姑且一試，然而把陰陽鏡掛好，準備用探陰爪啓棺材釘的時候，才發現這口玉棺沒有棺材釘，而是抽匣式，做為棺蓋的那層玉板，兩側有極嚴密的插槽。

於是我們找到棺口，準備把玉蓋從棺材裡抽出來，我和胖子剛要動手，卻發現此刻從天空射下來的陽光，照在晶瑩的玉棺上，裡面映出一個高大的人體陰影，這陰影極重極黑，有頭和兩肩，與棺中那些紅色液體在陽光下形成暗紅色，顯得十分醒目，另外肩膀以下的陰影顯得有些奇怪，非常寬大，好像棺中還有很多其它的東西，但是從形狀上不好判斷究竟是些什麼，有可能是陪葬玉棺中的器物之類。

我心想這裡面既然有屍首，看來這死者沒能成仙，反正光天化日之下，也不怕他變成僵屍，不料此時不知從哪裡突然飄來一大塊厚重的黑雲，遮住了日光，四周的光線立刻暗了下來，天空中不時有強烈的雷聲傳來，我們被那突如其來的雷聲所吸引，都抬頭望了望天空，我咒罵道：「鬼地方，乾打雷，不下雨。」我心中暗想可別讓雷把這老樹給劈了，那樣我們就跟著一起糊了，不行就找個地方先躲躲，等雷住了再做事。

忽聽Shirley楊在玉棺對面說：「你們來看看這裡，這棺下壓著隻死人的手，我想那信號，可能是從這發出來的，而不是玉棺中滲出的液體。」

我剛想轉過去觀看，卻發現此時已經黑得看不清人了，我們誰也沒想到，這天色說變就變，而且變得這麼快，瞬時之間，天黑得就像是鍋底，炸雷一個響賽一個……

第一一四章　開棺發財

世界上沒有平白無故的愛，也沒有平白無故的恨，天空也不會無緣無故地突然在白天如此打雷，不吉祥的空氣中，彷彿正在醞釀這一場巨大的變化。

除了陰雲縫隙間的閃電，四周已經暗不辨物，我只好又把登山頭盔上的戰術射燈重新打亮，正待到樹冠的另一端去看個究竟，卻發現準備和我一起開棺的胖子不見蹤影，我忙問Shirley楊：「你見到小胖了嗎？」

Shirley楊聳了聳肩，她剛才在玉棺底部發現了些奇怪的東西，加上天空忽然暗了上來，所以也沒留意胖子到哪去了，我們急忙四下裡尋找，這麼個大活人，怎麼一眨眼的功夫說沒就沒了？連點動靜都沒有，我四下裡一看，發現玉棺旁有隻鞋，不是別人的，正是胖子穿的。

這時從那完全封閉的玉棺內部，忽然傳來了幾聲碰碰碰的敲擊，在我與Shirley楊聽來，這聲響簡直比天上的炸雷還要驚心動魄。

我這時候顧不上害怕，招呼Shirley楊趕快幫忙動手開棺救人，胖子這傢伙怎麼跑到玉棺裡面去了，莫非是摸金的反被玉棺裡的粽子給摸了進去？可這玉棺的縫隙都用石蠟封得死死的，除了那幾處小小的裂紋，再沒有別的開口，胖子那麼大個，是怎麼進到裡面去的？這簡直就是反物質現象。

Shirley楊卻比較慎重：「別急，先搞清楚是怎麼一回事，咱們現在還不能確定，玉棺裡面的動靜，就一定是胖子發出的。」

我對Shirley楊說：「能不急嗎？再不動手黃瓜菜都涼了，你要是害怕我就自己單幹，說什麼也得把胖子掏出來，我還真他媽就不信了……一口棺材就能把咱們嚇成這個樣子？」

我說完也不管Shirley楊是否同意，把防毒面具扣到臉上，挽起袖子就去抽動玉棺的蓋子，那玉棺闔得甚嚴，急切間難以開啓，只好又讓Shirley楊用傘兵刀，將棺蓋縫隙中黏合的石蠟清除，只聽玉棺中發出的敲擊聲，時有時無，慢慢地就沒了動靜。

我手忙腳亂出了一身冷汗，見忽然沒了動靜，心想胖子多半是玩完了，已經嗝屁招涼賣拔糖去了，正自焦急之時，忽然腳脖子一緊，被人用手抓住，我出於本能舉起登山鎬，回手就想擊下，卻聽有人在後邊說道：「胡司令，看在黨國的分上，你趕緊拉兄弟一把，這樹上有個大窟窿……可他媽摔死老子了。」

我回頭一看，說話的正是胖子，他正掙扎著從我身後的一個樹洞中往外鑽，我趕緊伸出手，把胖子扯了上來，這樹洞口長滿了各種茂密的寄生植物，就像是個天然的陷阱，如果不踩到上面，根本就無法發現，像這種大大小小的窟窿，這老榕樹上也不知究竟有多少，都爬滿了植物的藤蘿綠苔，踩到小的就容易拐了腳踝，趕上大的，整個人都可能掉進去，而且洞口的植物很宣軟，人掉進去之後，立刻合攏，很不容易識破。

原來在我們剛準備動手「升官發財」之時，胖子被天空上忽然傳來的雷聲嚇了一跳，不自覺的往後退了一步，沒想到一腳踏空，掉了下去，這聲音又被當時的雷聲所掩蓋，所以一時間沒有察覺到。

我看了看胖子，又看了看那口玉棺，如果不是胖子在棺裡敲打發出響動兒，那會是誰？難道這世上還真有在白天也能活動的僵屍不成？

Shirley楊見胖子爬了回來，便問胖子樹洞裡有些什麼，胖子說那裡邊黑咕隆咚，好像有好多骨頭和藤條，不過也沒敢細看，那樹洞裡邊別提有多臭了，嗆得腦門子疼。

Shirley楊對我和胖子說：「你們倆過來這邊看看，這件事遠遠超出了咱們所料，C型運輸機的機組成員，並沒有全部跳傘逃生，至少有一個人是死在了這裡，他的屍骨就在這口玉棺下壓著，這玉棺下邊有可能和胖子掉落下的樹洞相連。」

我聽她說的話大有蹊蹺，便踩這玉棺蓋子來到另一端，正如Shirley楊說的一樣，玉棺的墓床前角壓著一隻人手，這隻手的手心朝下，並沒有腐爛成為白骨，而是完全乾枯，黑褐色的乾皮包著骨頭，肌肉和水分都沒有了，四指手指緊緊插進了玉棺下的樹身，想是死前經過了一番漫長而又痛苦的掙扎，手骨的拇指按著一隻小小的雙頭夾。

我一頭霧水，澈底糊塗了，這是只死人的手，看這樣子有具屍體被壓在棺下，他究竟是誰？又是怎麼被壓在下邊的？玉棺裡剛剛的響聲又是怎麼回事？

Shirley楊說這種雙頭夾，在盟軍反攻諾曼第的時候，開始做為相互間聯絡的簡易道具使用，可以發出輕重兩種聲響，最早是在第八十二與一〇一傘兵師中使用，倒的確可以發出摩斯碼信號。

我和胖子聽了這話，多少摸著點頭緒，難道說，這是有一個死在棺下的亡魂想要和我們取得聯絡？

只聽Shirley楊對我們說：「這隻手臂上露出一截衣袖的臂章，是二戰時美國空軍的制服，還有這種雙頭夾，中國是沒有的，我推測這玉棺裡有某種……具有危害性的東西，而且棺下是個樹洞，相互連通，吞噬經過附近的生命，昨天晚上，有被玉棺害死的飛行員亡靈向咱們發出警告信號，不想讓咱們重蹈他的覆轍。」

我對Shirley楊說：「昨天夜裡亂成一鍋粥，也不知警告咱們什麼?難道是說這棺裡有鬼，想害咱們三人不成?那為什麼咱們什麼也沒察覺到。」

我話剛出口，隨即想到，大概是我們都戴了正宗的「摸金符」，還有大金牙搞來的觀音掛件，這些東西都是僻邪古物，不過這些東西真有那麼管用嗎，我心裡是半點把握也沒有，這兩株老樹裡面一定有鬼，那些隱藏在樹身內部的窟窿裡面，不知就竟有什麼邪魔外道的東西。

為了弄個水落石出，我們當時就一齊動手，把那口玉棺的蓋子抽了出來，玉棺中滿滿的，全是黑中帶紅的降紫色液體，除了氣味不同，都與血漿一般不二。

我們不知那液體是否有毒，雖然戴了手套，仍然不敢用手直接去接觸，胖子用探陰爪，我用登山鎬，伸進玉棺中撈了兩下，在鮮血般的溶液裡，登山鎬掛出一具肥胖老者的屍體，身上只有一層非常薄的蛹晶，薄如蟬翼一般，「蛹晶」十分珍貴，傳說漢高祖大行的時候，在金縷玉衣裡面，就包了這麼一層蛹晶，和現代的保鮮膜作用差不多，但是那時候的東西，可沒有任何化學添加劑。

胖子用傘兵刀割破了那層蛹晶，讓裹在其中的屍首澈底暴露出來，只見那老頭的屍體在裡面保存得相當完好，他臉形較常人更為長大，按相書上說，他這就是生了一張馬臉，只見這屍首鬚眉皆白，頭上挽著個簪，周身上下一絲不掛，似乎是被那鮮血般的液體浸泡得太久了，身體微微泛紅。

胖子罵道：「這死老頭一身的肥膘，也不知死了多久了，怎麼到現在還不腐爛，恐怕遲早要鬧屍變，不如趁早一把火燒了，免得留下隱患。」說著就用「探陰爪」在屍體臉上試著戳了

兩下，這屍體還十分有彈性，一點都不僵硬，甚至不像是死人，而是在熟睡。

Shirley楊對我說：「玉棺中的溶液裡好像還有不少東西，你先撈出來看看，再做理會。」

我覺得這個已經死了兩千餘年的老者，至今仍然保存得栩栩如生，甚至可以用「鮮活」二字來形容，真是有夠離奇，這事不能細想，越琢磨越覺得滲人，於是我依Shirley楊所說，準備用登山鎬把那白鬍子老頭的屍首扯出來，以便騰出地方看看他屍身下還有什麼其餘的東西。

沒想到，著手處沉重異常，憑我雙手用登山鎬扯動的力氣，便有百十斤也不在話下，而這白鬍子老頭屍體的重量，遠遠超出我的預期，一扯之下，紋絲不動，怕有不下數百斤的分量。

我心中不禁奇怪，難道是這赤身裸體的屍首，下邊還連著別的重物？

我把登山鎬從屍體的腋下抽了出來，在玉棺中段一勾，竟從紅中帶黑的積液中，起出一條血淋淋的無皮大蟒，三人見此情景，都吃了一驚，原來那老者屍身肩部以下，纏著一條被剝了蟒皮的巨蟒，蟒屍和人屍相接的部分，由於時間太久，已經融合到了一起，再也難以分割，難怪剛才一扯之下會覺得如此沉重，而且無皮的蟒屍上長滿了無數紅色肉線，那蟒肉隔一會兒就跳動幾下，似乎是剛被剝了皮，還沒死透一般，我們聽到玉棺內的敲擊聲，很可能就是它發出來的。

這蟒身上肌肉筋脈都清晰可見，也不知是用什麼手段剝的蟒皮，看這蟒的粗細大小，雖然比我們在「遮龍山」山洞中見到的那條小了不少，仍然比尋常的蟒蛇大上許多，想起那條青鱗怪蟒，隨即就聯想到了獻王邪惡巫毒的「痋術」。

胖子指著這無皮巨蟒，讓我們看那蟒屍上生長的許多紅色肉線，說道：「這蟒肉上面還長著東西，怎麼跟魚蟲子似的，好像還跟棺材底下連著，老胡你拽住了，我撈撈下邊有什麼東西。」說著挽起袖子，就想下手去來個海底撈月。

Shirley楊見狀急忙將胖子攔住，畢竟不知這暗紅色積液的底細，不可隨便接觸，還是用登山鎬或者「探陰爪」，一點點地打撈比較穩妥。

我用力將那胖老頭的屍身抬起來一塊，Shirley楊用登山鎬，胖子拿工兵鏟，在玉棺的積液中進行篦籬式搜索，不斷地從裡邊勾出幾件物品，首先發現的是一個黃金面具，這面具可能是巫師或者祭司在儀式中戴的，造型怪異無比，全部真金鑄造，眼、耳、鼻、口鑲嵌著純正的青白玉，這些玉飾都是活動的，使用的時候，配戴面具者可以把這些青白玉的遮籠從黃金面具上取下來，面具頭上有龍角，嘴的造型則是虎口，兩耳成魚尾，顯得非常醜惡猙獰，但是最讓我們心驚不已的是這黃金面具的紋飾，一圈圈的全是漩渦形狀，這些漩渦構圖簡單，看起來又有幾分像是眼球的樣子，一個圈中間套著兩三層小圓圈，最外一層似乎是代表眼球，裡面的幾層分別代表眼球的瞳孔。

看到這些熟悉的雕紋，我和Shirley楊胖子三人都不免有些激動，看來獻王有「雮塵珠」的傳說非虛，這一次有了切實的接觸，心中稍稍有了底，就算是九死一生，這趟雲南畢竟是沒有白來一遭，不枉了餐風飲露的許多勞苦。

其次是一支龍虎短杖，是用綠色魇石磨成，與老百姓家裡用的尋常擀面杖長短相似，綠魇石短杖微微帶有一點弧度，一端是龍頭，一端是虎頭，二獸身體相接的地方，就是中間的握柄，龍虎形態古樸，缺少漢代藝術風格上的靈動，也不具備現實感和生命力，卻散發著一種雄渾厚重的氣息，看樣子至少是先秦之前的古物。

胖子看了這些器物，抹了抹嘴角的口水，將這幾件從玉棺中撈出來的明器擦淨，裝進防潮

防空氣侵蝕的鹿皮囊裡，就準備當作戰利品帶回去。

Shirley楊一看急了：「這大白天的就強取豪奪，這不等於是盜墓嗎？拍了照片看完之後，就應該趕緊放回去。」

胖子一聽也不幹了：「大老遠從北京折到雲南，幹什麼來了？不就是為了倒斗摸明器嗎，好不容易開了齋，想再放回去，門兒都沒有。」

我也勸Shirley楊道：「什麼盜墓不盜墓，說得多難聽，有道是『竊國者侯，竊鉤者誅』，至少摸金校尉還有『窮死三不挖，富死三不倒』的行規，豈不比那些竊國竊民的大盜要好過萬倍，自古有志之士都是替天行道伐不義，這些東西放在深山老林中與歲月同朽，那就是對人民最大的不負責，不過我看那什麼只能拿一件明器，還有什麼天亮不能摸金的古板規矩，應該隨著改革開放的進一步深入，也有所改變……」

我趁胖子忙著裝明器，在Shirley楊耳邊低聲說道：「這東西倒回去也不敢出手，就先讓小胖拿回去玩個幾天，等他玩夠了，我再要過來給你，你願意捐給哪個博物館隨你的便，這叫望梅止渴，要不讓胖子見點甜頭，容易影響士氣，最沉最重的那些裝備，還得指望他去背呢。」

Shirley楊搖頭苦笑：「真拿你沒辦法，咱們可有言在先，除了雮塵珠用來救命之外，絕不能再做什麼摸金的勾當，你應該知道，我這是為了你好……」

我趕緊裝作領了情的樣子，誠懇地表示一定不辜負她殷切的期望和諄諄的教誨，心中卻想：「回去之後的事，留到回去之後再說，青銅器我不敢碰，這玉石黃金的明器嘛……我可沒向毛主席保證過，跟別人說的話，反正我睡一覺就忘了，就算退一萬步說，這些東西很明顯是祭器，極有可能與那雮塵珠有直接的聯繫，無論如何不能再放回去了，這回什麼規矩也顧不上了，免得將來用的時候後悔。」

我正打著我的如意算盤，卻見Shirley楊又在棺中發現了一些東西，蟒屍身上生出的無數紅色肉線，好像有生命一樣，不時的微微抖動，這些肉線，都連著玉棺的底部。

沒想到這口精美絕倫的玉棺，四壁和頂蓋是西藏密天玉，而下面竟然是以一塊「茛木」為底，棺中的紅色肉線，傳過「茛木」棺底，連接著老樹的內部，人屍、痋蟒、玉棺，已經全部連接在了一起，再也無法分開。

順著望下觀察，會發現玉棺基座下的樹木已經由於缺少養分，完全朽爛了，只是被寄生植物所覆蓋，勉強支撐著上面的玉棺，下邊是個深不見底的樹洞，應該與胖子掉下去的那個洞相聯，這些樹洞都被寄生植物的藤蔓，巧妙地偽裝了起來，這些天然的偽裝，在被弄破之後，不出三天，又會迅速滋生，掩蓋樹洞的痕跡，用「狼眼」手電筒向內一照，全是各種被樹藤纏繞的各種動物乾屍，其中也有幾具人類的遺體。

Shirley楊好像恍然大悟：「不好，這玉棺中被剝了皮的蟒屍，可能是一條以人蛹餵養的痋蟒，而這兩株夫妻老榕樹，已經被蟒屍中人蛹的怨魂所寄生，這棵樹就是條巨蟒。」

第一一五章 絕對包圍

我們面前呈現出的諸般事物，好像是一條不斷延伸向下的階梯，一個接一個，引誘著我們走向無底深淵，夜晚森林中傳來的「鬼信號」，樹冠上面的美國空軍C型運輸機殘骸，然後是飛機下的「玉棺」，棺中的老者屍體，還有那條被剝了皮的「痋蟒」，它屍體上生出的紅色肉線，生長到了棺底，而那種特殊「萛木」製成的棺底，就像是一層厚厚的柔軟樹膠，任由紅色肉線從中穿過，也不會洩漏一滴玉棺中的積液。

再下面是老榕樹樹身中的大洞，其中也不知填了多少禽獸人體的乾屍，這些乾屍無一例外，全被從玉棺中生長出來的紅色肉狀細線纏繞，這些紅色肉線，最後都扎進動物和人類屍體的口中，好像是通過這些觸角一樣的肉線，把它們的鮮血活生生的吸乾，再傳導至玉棺中，所以玉棺中才會有那麼多積液，那是一種通過轉換形成的防腐液用鮮活的血液為給養，維持著棺中屍體的新鮮不腐。

在樹窟中最上邊的屍骨，是一個身穿翻毛領空軍夾克的飛行員，雖然早已成了枯骨，卻仍舊保持著臨死一瞬間的姿態，一隻手從玉棺下探了出去，就是我們先前看到握著「雙頭夾」的那隻手骨，他似乎是被那些紅色肉線扯進了樹洞，在生命的最後時刻，他還在繼續掙扎，一隻手剛好抓住了玉棺下邊的樹幹，但是他只能到此為止了，在他把手從腐爛的樹木中探出的時候，那些吸血的紅色肉線，便已經鑽進了他的口鼻和耳中……

這一切已經很明顯了，這裡正是「獻王墓」的陪陵，安葬著一位獻王手下的大祭司，他利用「痋術」，將一條痋蟒剝了皮，同自己的屍身一起斂在玉棺中，這兩株老樹由於長滿了寄生植物，本身就是一個相對獨立的生態系統，附近的很多動物，都成了這口玉棺的「肥料」。

這次無意中的發現，非常重要，不僅使我們進一步確認了「獻王墓」中存在「雮塵珠」的可能性，而且可以通過這處陪陵，直接確認建造在「水龍暈」中主墓的位置。

「遮龍山」下的夫妻老樹，雖然不是風水穴位，但是可以推斷，是安葬獻王那條水龍身上的一個「爛骨穴」，所謂「爛骨穴」，即是陰不交陽，陽不及陰，界合不明，形勢模糊，氣脈散漫不聚，陰陽二氣分別是說，行於穴位地下的氣息為陰，溢於其表的氣脈為陽，叢林中潮氣溼熱極大，地上與地下差別並不明顯，是謂之「陰陽不明」，說的是地脈氣息無止無聚，又無生水攔截，安葬在這裡，難以蔭福子孫後代，僅僅能夠屍解骨爛，故此才稱做「爛骨葬」，或「腐屍埋」。

然而這以樹為墳的方式，卻改了這裡的格局，又有「痋蟒」在棺中掠取周邊生物的血髓，完全維持了屍體不腐不爛，由此可見這位大祭司，生前也是個通曉陰陽之術的高人，這種詭異得完全超乎常規的辦法，不是常人所能想到的。

若不是美國空軍的C型運輸機把樹身撞裂，讓這口玉棺從中露了出來，又有誰會想到，這樹身就是個天然的套槨，裡面竟然還裝著一具棺材，這只能歸結為天數使然，該著被我等撞上。

不過最後只剩下一件事，難以明白，如果說這玉棺會殘殺附近的生物，這兩株老榕樹中已經聚集了不知多少怨魂，那為什麼我們始終沒有受到襲擊。

胖子抱著裝了四五件祭器的鹿皮囊，志得意滿：「老胡我看你是被敵人嚇破膽了，管他那

麼多做什麼，若依了我，一把火將這鬼樹燒個乾淨，來個三光政策，燒光，殺光，搶光。」

Shirley楊看得比較仔細，想在玉棺中找些文字圖形之類的線索，最後看到被擺在一旁的玉棺蓋子內側，上面也有許多日月星辰、人獸動物，以及各種奇特的標記，Shirley楊只看了片刻就立時反應過來，問我們道：「今天是陰曆多少？這痋蟒不管是不是怨魂所化，它至少是借著莨木和肉蛆，寄生出來的潛伏性菌類，類似食人草，並不是每時每刻都活動，和森林中大多數動物一樣，夜晚睡眠，白晝活動獵食，每月陰曆十五前後是最活躍的一段時間……」

胖子掐指算道：「初一……十五……十五……二十，今天是十幾還真想不起來了……不過記得昨天晚上的月亮大得滲人，又圓又紅……」

這時天空鉛雲濃重，但是雷聲已經止歇，樹林中一片寂靜，彷彿只剩下我們三人的呼吸和心跳聲，胖子話音一落，我們同時想到，昨夜月明如畫，今天即便不是陰曆十五，也是十六。

Shirley楊忽然抽出「傘兵刀」，指著我身後叫道：「小心你後邊。」

我沒等回頭，先把手中的登山鎬向後砍了出去，頓時有三條已經伸到我身體上的紅線被斬到樹身上截為六斷，截斷的地方立時流出黑紅色的液體，三截短的落在樹冠上，隨即枯萎收縮，另外從樹洞裡鑽出來的那三截斷面隨即癒合，分頭捲了過來。

我順勢四下一望，見到整株大樹的樹身上，有無數紅色肉線正在緩緩移動，已經把我們的退路切斷了，想不到從玉棺中寄生到老樹中的紅色肉線，竟然有這麼多，像是一條條紅色的細細水脈，從樹洞中突然冒了出來，Shirley楊和胖子正各用手中的器械，斬斷無數蠕動著的紅色肉線。

然而不管怎麼去打，那些蚯蚓狀的肉線好像越來越多，斬斷一個後，從樹洞深處鑽出來的，都比先前的粗了許多，好像帶血的蛔蟲一樣，不停地在扭曲蠕動著逼緊，噁心得讓人想要嘔吐。

樹冠上的空間有限，難有與之周旋的餘地，要是一腳踩空，雖然有保險繩不用擔心摔死，但是一旦被懸吊在樹身上，立刻會被這些紅色的痋蟒肉線乘虛而入，鑽進人體七竅，那種痛苦無比的死法，大概與活著被做成人俑的滋味不相上下了。

Shirley楊此刻已經被逼到了一段樹梢盡頭，由於那樹梢較細，隨時都可能斷掉，只有用傘兵刀勉強支撐，我見她落了單要出危險，想趕過去與她會合，但是卻難以脫身，另一邊的胖子也自顧不暇，我心急如焚，想用「芝加哥打字機」掃射過去幫她解圍，卻又怕把樹枝打斷，使她也跟著跌落下去，束手無策只好大聲招呼胖子，快去救人。

Shirley楊聽我們在另一邊大喊大叫，百忙中往我們這邊看了一眼，也喊道：「我跳下去取丙烷噴射瓶，燒了這棵樹，我點火的時候，你們倆就想辦法從樹上爬下來。」

我心中一驚，二十多米高的大樹，怎麼能說跳就跳，保險繩從樹冠只有一半，剩下一半跳下去不摔死也得瘸胳膊斷腿，急忙對Shirley楊說道：「你嚇糊塗了啊，這麼高跳下去那不是找死嗎？別做傻事，不要光顧著表現你們美國人的個人英雄主義，集體的力量才是最偉大的，你堅持住，我們這就過去接應你。」

胖子卻再旁煽風點火，對Shirley楊大叫道：「跳下去吧，跳下去你就會融化在藍天裡。」

Shirley楊也不再多言，用傘兵刀割斷了腰上的保險繩，縱身一躍從樹上跳了下去，我看得眼都直了，一顆心彷彿也跟著一起從二十多米的高度一起掉了下去。

胖子也張大了嘴：「啊，還他媽真敢跳，美國人真玩鬧。」只見Shirley楊身在空中，已經將

那把「金鋼傘」撐在手中，當做降落傘一樣，半空緩緩落下。

若不是以那「金鋼傘」之堅固，換做普通的傘，此刻早已經被從下邊衝擊的氣流捲成了「喇叭花」，想不到Shirley楊兵行險著，竟然成功了。

然而我們有點高興的太早了，就在Shirley楊剛降落了七八米的高度，從老榕樹的樹身中，突然伸出一條粗大的藤蔓，我在樹頂看得清楚，有幾條紅色肉線附著在藤條上。

這條藤蔓直接捲住了Shirley楊，將她纏在半空，面對這突如其來的襲擊，Shirley楊也沒有辦法，只好用「金鋼傘」頂端的透甲錐去戳那藤條。

這些從痋蟒屍體中生長出來的紅色肉線，厲害之處就在於實在太多，而且像大蚯蚓一樣，砍成幾段也能繼續生存，根本沒有著手的地方，我身上已經被點點斑斑濺到了不少汁液，聞上去又苦又臭，但是好像並沒有毒，否則沾了一身，早已毒發身亡了。

我鼻中所聞，盡是苦臭的氣息，心中忽一閃念，這些暗紅色的汁液，可能就是死在老榕樹中那些人和動物的，那些紅色的肉線，像是血管一樣，「打蛇打七寸，擒賊先擒王」，何不試試直接把那口玉棺打碎，在樹上繼續纏鬥下去終究不是辦法，否則時間一久，手上稍有懈怠，被纏倒了就得玩完，今天就賭上性命，搏上一回。

我讓胖子先替我遮擋一陣，隨即舉起手中的湯普森衝鋒槍，對準樹中的玉棺一通掃射，火力強大的美式衝鋒槍，立刻就把玉棺打成了篩子，棺中的血液全漏了和乾乾淨淨。

隨著玉棺中最後的鮮血流淌乾淨，那些蠕動著的痋蟒紅線，也像是被突然間抽去了靈魂，紛紛掉落，轉既變得乾枯萎縮。

Shirley楊也從半空落到了地面，因為她拽住了那條老藤，所以並沒有受傷，只是受了一番驚嚇，臉色略顯蒼白，我和胖子急忙從樹上下來，三人驚魂稍定，這場說來就來的遭遇戰，前後不過幾分鐘，而在我們看來，卻顯得激烈而又漫長。

我剛要對Shirley楊和胖子說話，突然整個地面強烈地抖動了一下，兩株老榕樹不停振動，樹下的根莖都拔了出來，根莖的斷裂聲響不絕於耳，好像樹下有什麼巨大的動物，正要破土而出，把那整株兩千餘年的老樹，連根帶樹都頂了起來，天上的雷聲更加猛烈，地面裂開的口子冒出一縷縷的黑煙，雷暴、黑煙、地裂組成了一個以老樹為中心的漩渦，把我們團團包圍。

第一一六章 鎮陵譜

糾纏在一起的老榕樹，由於樹中全是大小窟窿，平時全靠著從玉棺中生長出來的紅色肉線支撐，此時失去依憑，再加上樹冠被C型運輸機砸掉了小半部分，造成了頭重腳輕的局面，被地下的龐然大物一拱，便從側面轟然而倒。

樹中那口被我用湯普森衝鋒槍打爛了的玉棺，也隨著掉落到地面上，玉棺中的血液已經全部流盡，只剩下裡面那赤身裸體的白鬍子老頭屍體，還有那被剝了皮寄生在棺主身體上的「痋蟒」，這一人一蟒的屍體完全糾結在一起，從毀壞的玉棺中滾了出來，瞬間就開始產生了變化，還不到三秒鐘的時間，就化為一堆焦黑乾枯的木炭。

叢林中一絲風也沒有，否則隨便刮一陣微風，可能就把這人和蟒嚴重氧化了的屍骸，吹成一片黑色的粉末。

我們不知下面究竟會出來什麼東西，都向後退了幾步，我拉開槍栓，把槍口對準樹根的方向，準備不管是什麼，先給他來一梭子再說，胖子則早已從背包中拿了「丙烷噴射器」，想要演一場火燒連營。

旁邊的Shirley楊卻用手壓住我的槍口：「別急著動手……好像是個石頭雕像，看清楚了再說。」

只見老榕樹的根莖緩緩從泥土中脫離，這兩株老樹的樹冠之大，在這片森林中已經極為罕有，而延伸在地下的根莖，更大過樹冠三倍有餘，這些根蔓樹莖全部從土中脫離，那是多大的動靜，叢林中的地面，就好像是裂開了一張黑洞洞的大嘴，忽然間天地抖動，陰雲更加厚重低垂，黑雲滾滾直壓在叢林上方，轟隆隆雷聲已經沒有了界限，響成了一片。

隨著老樹的倒塌，從泥土中升起來一隻巨大的石頭贔屭，身上負著一截短碑，這隻贔屭之大，屬我們三人平生從所未見，粗一估量，恐怕不下數千斤，老榕樹的根莖都裹在贔屭身上，看來它是被人為地壓在樹下。

這隻贔屭舉首昂揚，龜尾曲伸，四足著地，做出匍匐的姿勢，隆起的龜甲上是雲座，短碑就立在這雲座之上，一股黑氣從贔屭身下冒出，直沖上青天，過了半天方才散盡，天上的烏雲也隨之散去，此時四周的空氣中，充滿了雷暴過後的臭氧味道。

我們在遠處望著，直到地面澈底恢復了平靜，確認不會再有危險了，這才走到近處察看，胖子奇道：「老胡，這麼一隻大贔屭，當初咱倆串聯到泰安逛岱廟的時候，也未曾見過如此大的，這幾千年前的古物，要拉回去雖然費些力氣，卻也算件寶貝。」

我笑道：「小胖，我發現你的審美觀有點接近於德國納粹，只要個兒大就全他媽是好的，這麼大的東西就算你弄回去，也不會有人願意買，誰家有這麼大地方盛得下它。」

胖子不以為然地說：「你真是不瞭解現在的經濟形勢，虧你還自稱祖上是大戶人家，我看你爺爺那輩兒，也就是個沒見過世面的地主老財，現在這世界上，雖然還有三分之二的勞苦大眾沒翻身得解放，可畢竟還有三分之一的人屬於有錢人，人家那有錢人家裡宅子多了去了，千百畝良田算個鳥毛，還騰不出放贔屭這麼點地方嗎？不信你問問那美國妞子，她在加利福尼亞的宅子有多大，說出來嚇死你，咱們國家所有兵團級的高幹住房加起來，都沒她們家後院大。」

我大吃一驚，忙問Shirley楊：「真的假的？我聽著可真夠懸的，要按胖子這麼說，你們家後院都打得開第三次世界大戰了……」

胖子不等Shirley楊答話，就搶著說：「那還能有假？她們家祖上多少代就開始玩明器了，倒過多少大斗，順手摸上幾樣，也夠第三世界國家的人民奮鬥小半年的，老胡，也就你是土老冒兒(注)，聽大金牙那孫子說這贔屭專門有人收藏，不是有那麼句老話嗎？『摸摸贔屭頭，黃金著地撿，摸摸贔屭尾，活到八十九』，是最吉祥的東西，宅子裡擺上這麼一隻，那真是二他媽媽騎摩托——沒檔了。」

我忍不住笑道：「你聽大金牙跟你扯蛋，他那套詞還是去年我幫他抄來的，別說摸贔屭了，摸雞毛都是這兩句，這是專門打洋莊唬老外使的，你要不信，就去摸摸這贔屭頭，以後也不用跟我鑽山溝倒斗了，天天出門溜個彎，轉轉腰子，一彎腰就能拾一塊狗頭金。」

胖子被我說的一怔，隨即罵道：「我說這幾句老詞兒怎麼土的掉渣，他媽的，鬧了半天是你編的？」

Shirley楊不管我和胖子在一旁拌嘴，只是仔仔細細觀看那隻巨大的石頭贔屭，想看看它究竟是怎麼從樹底下突然冒出來的，反覆看了數遍，對我和胖子道：「你們別爭了，這根本就不是贔屭……而是長像和贔屭酷似的椒圖八水。」

胖子不明所以，問道：「只知道椒鹽雞塊，這椒圖什麼的卻不知是哪個館子的……」

我卻知道一些椒圖的事，但這不是負碑的贔屭嗎？便對Shirley楊說：「我這人有個習慣，

注　北京方言，指傻瓜。

在胖子這種無知的人面前，怎麼也謙虛不起來，對於這些東西我實在太熟了，據我所知龍生九子，各不相同，贔屭、椒圖，各為其一，另外還有狻猊、八夏、狴犴、螭吻、睚眦、饕餮、蒲牢，椒圖是用來鎮門戶的，我覺得這隻石獸，應該是長得好像老龜一樣的贔屭。」

Shirley楊點頭道：「沒錯，這隻獸外形確實像負碑的奇獸贔屭，但是你看它整體都是圓雕手法製造，龜甲紋路清晰，但是唯獨四隻爪子形狀尖銳，像是鋒利的武器，口中全是利齒，這些都和椒圖的特徵吻合，只不過可能由於古滇國地域文化不同，使得這隻椒圖與中原地區的有很大不同。」

Shirley楊說罷，又取出孫教授所拍的照片讓我們看，照片中是獻王祭天禮地的六獸，其中有一隻與這石頭椒圖十分相似，我仔細對照，果然這隻椒圖頭頂也有個眼形圓球，不過先前被散落的樹根遮擋，沒有發現。

Shirley楊接著說道：「古書中記載，椒圖好閉，有鎮宅辟邪之意，我只所以推斷它是椒圖，最重要的原因是它背上的短碑，這根本不是普通的石碑，有可能是獻王墓的陵譜，這椒圖的作用，主要是用以鎮壓王墓附近邪氣，在王墓完工後埋在外圍，就像是現代建築儀式中的奠基典禮。」

三人都登上石獸後背的龜甲，用傘兵刀輕輕剝落「陵譜」上的泥土，上面雕刻的文字和圖案逐漸顯露出來，看來果然不出Shirley楊所料，此刻我和胖子也不得不服，今天露了怯，只好將來有機會，再找回這個場子。

Shirley楊用照相機，把刻在石碑上的陵譜，全部一一拍攝下來，又做了拓片，這「陵譜」上的信息實在是太多了，多得出乎意料，詳盡地敘說了「獻王墓」建造的經過，甚至包括陪陵的

部分也都有記述，不過文句古奧，有些字它認識我，我不認識它，只好再由Shirley楊加以說明，三人一起，逐字逐句地看了下去。

「陵譜」上首先說的是古滇國是秦始皇下設的三個郡，秦末楚漢並起，天下動蕩，這三個郡的首領就採取了閉關鎖國的政策，封閉了與北方的交通往來，自立一國，後來漢朝定了天下基業，但是從漢代立國之始，便受到北方匈奴的威脅，自顧不暇，一直沒功夫理會滇王。

到了古滇國的末期，受到北方漢帝國的壓力越來越大，國事日非，天心已去，漢武帝向滇王索要上古的神物「雮塵珠」，國內為此產生了激烈的分歧，獻王帶了真正的「雮塵珠」從滇國中脫離出來，遠涉至滇西的崇山峻嶺之中，剩下的滇王只得以一枚「影珠」進獻給漢武帝。

Shirley楊看到這裡，有些按捺不住心中的激動：「我最擔心的一個問題，終於澄清了，因為在歷史上埋葬漢武帝的茂陵，被農民軍挖了個底朝天，墓中陪葬的雮塵珠，就此流落世間，這段歷史同獻王墓的時間難以對應，原來茂陵中只是一枚冒充的影珠。」

陵譜接下來記述道：「雮塵珠」是地母所化的鳳凰，自商周時代起，就被認為可以通過這件神器修煉成仙，有脫胎換骨之效，但是需要在特殊的地點才能發揮它的作用，周文王曾經把這些內容詳細地記錄在了天書之中。

不過這些機密，始終掌握在統治階級手中，幾乎所有的君主都夢想能夠成仙得道、長生不死，永保萬年江山，所以都竭盡全力去破解「雮塵珠」的祕密，秦末之時，這件神物流落到了滇南，獻王就是因為捨不得這件「雮塵珠」，所以才離國而去，準備到山裡找個地方，修煉成仙，而獻王墓的位置，就選在了一處風水術士眼中的神仙洞府。

「獻王墓」前後總共修建了二十七年，修建的人力始終維持在十萬左右，幾乎是以傾國之力，除了奴隸還有許多當地的夷人……

我們看到這裡，都不禁咋舌不下，原來這獻王這輩子沒幹別的，把全部的精力都花在修造他的陵墓上了，想要死後在「水龍暈」中尸解成仙，這事多少有些讓人難以相信，那「雮塵珠」的相關傳說，我們掌握了已經不少，但是至今也沒有確切的內容，至於獻王死後有沒有成仙，陵譜上便沒有任何記載，這件事恐怕要等我們摸進了「獻王墓」才能知道謎底。

然而「陵譜」上只有對「獻王墓」修建經過的記錄，至於古墓地宮，以及王墓規模式樣，墓道入口之類的情況一個字也沒有。

其次記錄的是陪陵的狀況，除了殉葬坑，陪葬坑等外圍設施之外，真正的陪陵只有一位主祭司，在獻王入斂之後，從深谷中找來兩株能改風水格局的老榕樹，先將「鎮陵譜」埋入地下，老樹植到其上，然後捉來以人蛹飼養的巨蟒，這種蟒在陵譜中被描繪成了青龍，極其凶猛殘暴，是「遮龍山」一帶才有的猛獸，當巨蟒吃夠了人蛹之後，就會昏睡過去，這時候再動手活剝了蟒皮，和大祭司一起活著裝進棺中，蟒肉人體，加上莨木棺底，與這株老樹，就會逐漸長為一體，得以長久地維持肉體不腐不爛。

由於那口玉棺破損了，這裡被改的風水格局一破，壓制在地下幾千年的地氣，得以宣洩，雷暴黑雲，都是地脈產生了變化，這才把埋在樹下的「鎮陵譜」拱了出來。

最後，「鎮陵譜」上還有些弘德頌功的描寫，都沒什麼大用，胖子見並沒記載「獻王墓」中都有何種珍奇的陪葬品，不免有些許失落，而在我看來，這些信息已經足夠讓我們順利找到目標了，既然知道了這裡的風水格局，只需要用羅盤定位，就算不找到蛇河，也盡可以找到目標倒斗。

我見再也沒什麼內容值得看了，就收拾東西，連續一天一夜沒睡，人困馬乏，今天爭取近早找到溪谷的入口，然後好好地休息一下。

Shirley楊見我和胖子準備要收拾東西出發，便說道：「別急，鎮陵譜背面還有一些內容，咱們再看看，別落下了什麼才好。」

我只好又轉到另一邊，看那「鎮陵譜」後邊還有什麼內容，Shirley楊已經把上面的泥土刮淨，我們湊過去一看，都作聲不得，原來「鎮陵譜」背面，是整面的浮雕，一座窮天下之莊嚴的壯麗宮殿，懸浮在天空的霓虹雲霞之上，難道那「獻王墓」竟是造在天上不成？

第一一七章 在蟾之口

「鎮陵譜」上浮雕中，最高處一座金碧輝煌的宮殿，月城、角樓、內城、瘞碑、闕臺、神牆、碑亭、獻殿、靈臺等建築一應俱全，後邊的山川都是遠景，宮殿下沒有山丘基石，而是數道霞光虹影，凌空步煙，四周有飛龍纏護，顯出一派超凡脫俗的神仙樓閣風采。

再下邊的內容，表現的是玄宮下的神道，神道兩邊山嶺綿延，高聳的山峰，傳達出一種森森然危危然之勢，襯托得空中樓閣更加威嚴，這條神道應該就是名為「蟲谷」的那條溪谷了。

胖子看罷笑道：「獻王老兒想做神仙想瘋了，連墓都造得如同玉皇大帝的天宮，還他媽在天上蓋樓，不如直接埋到月球上多好。」

Shirley楊說：「獻王墓內部的詳情，現在已經沒有任何人知道了，所有的線索都說王墓在水龍暈中，即便那水龍暈再神奇，我也不相信這世界上存在違背物理原則的場所，這鎮陵譜背面的雕刻，一定是經過了藝術加工，或是另有所指。」

我對Shirley楊和胖子說：「所謂的水龍，不過就是指流量大的瀑布，那種暈，就是水氣升騰，所產生的霓虹，有形無質，所以被古人視做仙人橋，不可能在上面建造建築物，咱們看到的這座宮殿雕刻，應該不是王墓，而是王墓的地面祭祀設施，叫做明樓，按秦漢制，王墓的地宮應該在這座明樓地下十丈以下的地方，這種傳統一直被保留到清末。」

Shirley楊問我道：「如果是祭祀設施明樓，也就是說，獻王死後，每隔一段特定的時間，便會有人進到明樓中舉行祭拜的儀式，可是據人皮地圖上的記載，王墓四周都被設了長久不散的

有毒瘴氣，外人無法進入，那祭拜獻王的人又是從哪進去的？難道說還有一條祕道，可以穿過毒霧？」

山谷中瘴氣產生的原因不外乎兩種，一種是由於地形地勢的緣故，深山幽谷，空氣不流通，這些植物滋生的沼氣濃度過大，加上死在裡面的各種動物，腐爛的屍氣混雜在其中，就會產生有毒的瘴氣。

還有另一種，可能是在王墓完工、獻王入斂之後，人為設置瘴氣，利用了「蟲谷」中低凹的地形，在深處不通風的地方，種植特殊的植物，這些植物本身就帶毒，這樣一來就形成了一道拱衛王墓的屏障，不過也不一定是種植有毒植物，據說「蟲谷」深處不通風，秦漢時期，從硫化汞中提煉水銀的技術已經非常成熟，也有可能是在附近放置了大量的汞，時間一久，汞揮發在空氣中形成的有毒物質，只是這種可能性不大，即使山谷中空氣再不流通，畢竟也是暴露的空間，除非建造「獻王墓」的工匠們另有辦法。

三人商議了一番，又取出瞎子那張「人皮地圖」進行對照，發現「人皮地圖」比「鎮陵譜」少了一點東西，「鎮陵譜」背面的石刻，在溪谷中的一處地方，刻著一隻奇形怪狀的罠口蟾蜍，蟾蜍嘴大張著，靠近「獻王墓」的地方，也有隻對稱的蟾蜍，同樣張著大嘴。

而在「人皮地圖」中，只有溪谷中的這一隻蟾蜍，而且這隻蟾蜍的嘴是閉著的，繪製「人皮地圖」給滇王的人，對瘴霧之後的情形一無所知，只大致標示了外圍的一些特徵，很顯然「獻王墓」內部的情況屬於絕對機密，並不是每個人都能知道。

這個小小的區別，如果不留意看的話，很難察覺到，因為「鎮陵譜」與「人皮地圖」上，都有很多各種珍禽異獸，這些動物並不見得真實存在於「獻王墓」附近，有些只是象徵性地繪製在上面，這和古時人們的世界觀有關係，就如同有些古代地圖，用龍代表河流，用靈龜表示雄偉的山峰一樣。

不過這隻蟾蜍很不起眼，說是蟾蜍似乎都不太準確，形狀雖然像，但是姿勢絕對不像，面目十分可憎，腹部圓鼓，下肢著地，前指做推門狀，舉在胸前，高舉著頭，雙眼圓瞪，好像是死不瞑目一樣，鼻孔上翻朝天，一張怪嘴大得和身體簡直不成比例。

我指著「鎮陵譜」上的蟾蜍說：「這一裡一外兩隻蟾蜍完全對稱，整個圖中，谷內谷外對稱的地方只有這一處，很可能就是祭祀時，從地下穿過毒瘴的通道，蟾蜍的怪嘴，應該就是大門，人皮地圖上只標示有一隻，那是繪圖的人不知道內部的情況，咱們只要在蟲谷中找到這個地方，就可以進入深處的獻王墓了。」

Shirley楊對我的判斷表示贊同，而胖子根本就沒聽明白，只好跟著聽喝兒就是了，我們又反覆在圖中確認了數遍，只要能找到那條溪谷，便有把握找到這隻可能藏有祕道的蟾蜍，至於它是隻石像，還是個什麼別的所在，等找到那個地方就知道了。

我們從椒圖背上下來，回首四顧，周圍一片狼藉，倒掉的兩株大樹、破碎的玉棺、C型運輸機的殘骸，還有那隻被「芝加哥打字機」射成一團破布般的大雕鴞，最多的則是樹身中無數的屍骨。

胖子用腳踢了踢地上的雕鴞死體：「打爛了，要不然拔了毛烤烤，今天的午飯就算是有了。」

我對胖子說：「先別管那隻死鳥了，你再去機艙殘骸裡看看，還有沒有什麼能用的槍枝彈藥，都收集起來，咱們出發的時候帶上一些，這片林子各種野獸太多，子彈少了怕是應付不

了。」

C型運輸機的殘骸從樹上落下來，已經摔得澈底散了架，胖子扒開破損的鋁殼，在裡面亂翻，尋找還能使用的東西。

我和Shirley楊則去把那具美國空軍飛行員的骸骨，從各種動物的屍骨中清理出來，我把他手中雙頭夾取下來，捏了幾下，嘀嗒作響，心想那玉棺中滲出來的鮮血，滴在玉石上，也是滴滴嗒嗒的聲音，雕鴞在機艙裡啄食樹蜥，也發出那種像是信號般的聲音，還有痋蟒撞擊玉棺發出的聲音，那段鬼信號的代碼究竟是哪裡傳出來的，恐怕已經無法確認了，一個在叢林中漆黑的夜晚裡發生的事情，各種因素對人的判斷力都產生了極大的影響，黑暗中的事情，誰又能講得清楚，我更願意相信，是這位美國飛行員的亡靈在給我們發出警告。

不過有一件特殊的事引起了我們的注意，就是這具飛行員身上穿的服裝標記，是屬於轟炸機編隊的，而不是運輸機，另外他背後還有一塊已經糟爛的白布，上面寫著：美國空軍，來華助戰，軍民人等，一體協助。

這說明他並不是這架C型運輸機的成員，這一帶氣候複雜，由於高山盆地落差太大，氣流氣壓極不穩定，倒確實可以說是一塊飛機的墓場，應該在這附近還有其餘的墜毀飛機，而這位倖存者在走出叢林的時候，成為了那口玉棺的犧牲品，也許在我們接下來的行程中，還會遇到其餘的飛機殘骸。

於是我用工兵鏟在地上挖了個坑，想把飛行員的屍體掩埋了，但是發現這裡地下太溼，挖了沒幾下就全是植物根莖，還有論公斤算的蝽蟲卵，白花花的極是噁心，這裡環境實在是太特殊了，雖然處於亞熱帶，但是更接近於北迴歸線以南，南迴歸線以北的熱帶雨林，「瀾滄江」

和「怒江」水系，不斷沖刷這塊低窪的沃地，充沛的地下水資源，和溼熱無風的環境，導致了大量植物的繁衍滋生，地下全是粗大的各種植物根系，根本就不適合埋人，怪不得那位祭司葬到樹上。

我和Shirley楊商量一下，決定暫時先用那架C型運輸機的機艙殘骸當作棺材，把他的屍骨暫時寄存在裡面，回去後再通知他們的人來取回國去。

這時胖子已經撿了三四隻完好的湯普森衝鋒槍，還有十餘個彈匣、彈鼓，當下一齊幫手，把那美國人的屍骨用一張薄毯捲了，塞進機艙裡面，然後盡量的把艙身的缺口用石頭堵住。

Shirley楊用樹枝綁了個十字架，豎在C型運輸機的殘骸前邊，我們肅立在十字架前，Shirley楊取出聖經默誦了幾句，希望這位為人類自由而犧牲的美國空軍，能夠安息。

這情形讓我想起了在前線，面對犧牲戰友的遺體，忽然覺得鼻子有點發酸，急忙使勁眨了眨眼，抬頭望向天空。

胖子忽然向前走上兩步說道：「安息吧，親愛的朋友，我明白你未完成的心願。輝煌的戰後建設的重任，有我們承擔。安息吧，親愛的朋友，白雲藍天為你譜贊歌，青峰頂頂為你傳花環。滿山的鮮花血草告訴我們，這裡有一位烈士長眠。」

我對胖子的言行一向是無可奈何，哭笑不得，眼見天色已經近午，再耽擱下去，今天又到不了溪谷的入口了，便招呼他們動身啓程。

雖然湯普森衝鋒槍的自重很大，但是經過這個漫長的夜晚，我們充分地體會到，在叢林中衝鋒槍的重要性，除了Shirley楊用不慣這打字機之外，我跟胖子每人挑了一隻，「劍威」和剩餘的一枝六四式手槍，就暫時由Shirley楊使用，彈匣、彈鼓能多帶就多帶，把那些用來封裝槍械的

黑色防水膠袋也帶在身上。

我們繼續沿著「遮龍山」向前進發，邊走邊吃些乾糧充飢，今天的這一段行程，相對來說比較輕鬆，吸取了昨天的教訓，盡量選靠近山脈的坡地行走，山脈和森林相接的部分，植物比叢林深處稀疏不少，由於密度適中，簡直像是一個天然的空氣過濾淨化器，既沒有叢林中的潮溼悶熱，也沒有山上海拔太高產生的憋悶寒冷，一陣陣花樹的清香沁入心脾，令人頓覺神清氣爽，頭腦為之清醒，一天一夜中的困乏，似乎也不怎麼明顯了。

如此向西北走了四五個小時的路程，見到一大片花樹，紅白黃三色的花朵，都是碗口大小，無數大蝴蝶翩翩起舞，有一條不小的溪流自花樹叢中經過，深處是一片「林上林」，也就是高大樹木，這種大樹又集中在一起，比附近的植物明顯高出一半，所以稱其為「林上林」，這條蜿蜒曲折的溪可能就是當地人說的「蛇爬子河」了，蛇河水系在這一帶，都集中在地下，地表只有這條溪流。

溪水流過花樹叢，經過一大片「林上林」，流入遠處幽深的山谷，由於植物密集，地形起伏，用望遠鏡也看不到山谷裡面的情形，我取出人皮地圖，找了找附近的參照物，確認無誤，這裡就是「蟲谷」的入口，經過這一段，隨著地勢越來越低，水流量會逐漸增大，那裡有一部分修造「獻王墓」時留下的堤壩，而且這裡地面上，雖然雜草叢生，大部分都被低矮的植物完全覆蓋，但是仍可以看到一些磚瓦的殘片，應該就是王墓神道的遺跡。

我們終於見到了「蟲谷」，都不由得精神為之一振，加快腳步前進，準備到了堤牆遺跡附近就安營休息，信步走入了那片花樹，初時這些低矮的花樹，各色花朵爭相開放，五顏六色，說不盡的姹紫嫣紅，而在樹叢深處，則一色的皆為紅花紅葉，放眼望去，如一團團巨大的火雲，成群的金絲鳳尾蝶穿梭在紅花叢中。

這裡真是神仙般的去處，比起就在不遠處，我們過夜的那片陰森叢林，簡直是兩個世界，胖子說道：「可惜那兩把捕蟲網都不知道丟到哪裡去了，否則咱們捉上幾百隻蝴蝶，拿回北京做標本賣了，也能賺大錢，看來這世上來錢的道不少，只是不出來見識了，在城裡待著又怎麼能想得到。」

Shirley楊說：「這些紅花紅葉的花樹，叫做『葝盟蕨』，其形成時間在第三紀以前，距今已有幾千萬年。同代的生物在滄桑巨變中基本滅絕了，如恐龍早已作古化石，『葝盟蕨』則成了孑遺植物。它主要生長在幽暗、清涼的密林之中，這些異種大蝴蝶恐怕也只在這附近才有，你一次捉了幾百隻，豈不是要讓這種稀有的金錢蝴蝶和『葝盟蕨』一起滅絕了嗎？」

胖子怒道：「真是的，你這人就是喜歡給別人上課，我只是順口說說而已，真讓胖爺來捉蝴蝶，我還耐不住那性子呢，小蝴蝶隨便捉捉就沒了，哪有倒斗來得實惠，一件明器便足夠小半輩子吃喝享用。」

三人邊說邊在花樹間穿行，尋著古神道的遺跡，來到了花樹叢與林木相接的地帶，這裡就是「蟲谷」的入口，隨著逐漸的接近「獻王墓」，古時的遺跡也越來越多。

谷口顯得與周圍環境很不協調，光禿禿的兩座石山，在近處看十分刺眼，只是這裡位於那片「林上林」的後邊，從外邊看的話，視線被高大的林木遮擋，完全看不到裡面的光禿石山，只有親身走到「蟲谷」的入口，才會見到，誰也沒想到這麼茂密的叢林中，有這麼兩塊寸草不生的巨大山石，所以給人一種很突兀的感覺。

我們舉目觀瞧，都覺得這兩塊石頭像什麼東西，再仔細一看，石上各用黑色顏料畫著一隻

眼睛，不過不是雹塵珠那種眼球造型，而是帶有睫毛的眼睛，目光深邃威嚴，雖然構圖粗糙，卻極為傳神，難道這是在預示著，已經死去的獻王正在用他的雙眼，注視著每一個膽敢進入這條山谷的人。

Shirley楊走到近處看了看那岩石，轉頭對我們說道：「這是塊一分為二的隕石，附近的墜機事故，多半都與它有關。」

第一一八章　禁斷之線

我問Shirley楊：「我看這兩塊石頭戳在這裡，雖然顯得兀突，而岩石本身卻沒什麼特別的地方，倘若是隕石，而且暴露在外邊，那應該在這裡有隕石坑才對，你看這附近哪裡有什麼被隕石衝擊過的痕跡。」

Shirley楊又看了看自己的手錶，對我說道：「你看看你手腕上戴的潛水電子腕錶，現在已經沒有時間顯示了，這石頭上有很多結晶體，我估計裡面含有某種稀有氣體，以及宇宙元素，電子電路晶體管和無線電設備，都受到了它的影響，可能附近墜機事故比較多，是與這兩塊隕石有關，偏離航道的飛機，一旦接近這一地區的上空，所有的電子設備都會失靈，這裡簡直就像是雲南的百慕大三角。」

我和胖子都抬起手看自己的手錶，果然都是一片灰白晶石，所有的數據全部消失，就像是電池耗盡了一樣，我又到那山石近處觀看，果然上面有許多不太明顯的結晶體，我做了好幾年工兵，成年累月的在崑崙山挖洞，崑崙山屬於疊壓形地質結構，幾乎各種岩層都有，所以大部分岩石我都識得，但是這種灰色的結晶礦物岩，我從來都沒見過，看上去倒真有幾分像是隕石。

胖子還有些不信，但是我們身上沒有什麼多餘的電子產品，便從背包裡掏出一部收音機，那是我帶在路上聽新聞廣播用的，由於進了山之後，便沒有了信號，所以一直壓在包底，此時拿出來，剛一打開開關，立刻「哧喇哧喇」傳出幾聲噪音，隨後任憑怎麼折騰，也沒有了動靜

了。

再看手電筒等設備，由於是使用乾電池發電，所以沒有任何影響，胖子奇道：「真他媽奇怪，還有這種石頭，不知道國際上成交價格多少錢一兩，咱們先收點回去研究研究。」說罷拿起登山鎬，就想動手去岩石上敲幾塊樣本下來。

我急忙攔阻，對胖子說：「別動，萬一有輻射怎麼辦，我記得好像在哪看過，隕石裡面都有放射性物質，被放射了就先掉頭髮，最後全身腐爛而死。」

Shirley楊在旁說道：「並不是所有的隕石都有放射性物質，這塊裡面可能有某種電磁能量，所以才對電子設備有嚴重的干擾，這塊隕石可能不是掉落在這裡，而是後來搬到谷口的，作為王墓入口的標誌，其實能掉落到地面的大塊隕石極為少見，美國就有一個大隕石坑的遺跡，落下的隕石，必須與大氣層水平切線呈六點五度的夾角，否則就會由於摩擦的原因，過度燃燒，消失成灰，這兩塊石頭，只是經過燃燒剩餘的一點殘渣而已，表面的結晶物就是強烈燃燒形成的，這裡雖然寸草不生，但是周圍有活動的蟲蟻，所以可能對人體無害，不過在不明究竟的情況下，我勸你最好還是別去動它。」

胖子仍然不太甘心，但是畢竟在老榕樹那裡已經拿到了幾件貨真價實的古物，便就此作罷，揚言日後混不下去的時候，再來這蟲谷採石頭。

我們站在谷口，又對準那兩塊畫著「人眼」的石頭端詳了一番，本來想今晚在這裡紮營休息，明天一早動身進入溪谷深處，去找那有蟾蜍標記的入口，但是怎麼看怎麼覺得這地方不對勁，站在溪谷的入口，就覺得被那雙眼盯著看，不免有點不舒服，不過「蟲谷」中情況不明，如果再向裡走，鬼知道會碰上什麼東西，所以我們只好又順原路返回，到那片長滿紅花的樹叢附近紮營造飯。

自從划竹筏進了「遮龍山」直到現在為止，我們三人除了胖子睡了大半宿之外，都已經兩天一夜沒有好好休息了，這時已經疲憊不堪，選了個比較僻靜空曠的地方，就地宿營。

這附近蟲蟻不多，又有花樹清香襲人，確實是個野營露宿的上佳之地，我們都知道明天開始，免不了又有許多玩命的勾當，今夜是最後一次休息的機會，必須通過足夠的睡眠，把體力和精神狀態恢復到最佳狀態，於是隨便吃了些從彩雲客棧買來的牛肉和乾糧，匆匆吃罷飲食，留下胖子值第一班崗，輪流鑽進睡袋睡覺，由於昨夜在林中射殺了一隻大雕鴞，雕鴞是種復仇心極強的動物，接近黎明的時候，已經有幾隻來襲擊過我們，不過由於天色已亮，它們不習慣在白天活動，所以暫時退開，說不準什麼時候，瞅個冷子，便又會捲土重來，進行報復，所以這守夜的人是必須有的。

晚上我忽然覺得手上一陣麻癢，奇癢鑽心，癢處正是在山中被那食人魚咬中的手背，一下子從睡袋中坐了起來，伸手一摸，原本用防水膠布紮住的手背上，所包紮的膠帶已經破了個口子，一隻隻黑色的蚼蟲，從傷口中爬了出來，我急忙用手捏死兩隻，而那蟲子越爬越多，我大驚之下，想找人幫忙，抬頭望時，只見四周靜悄悄的，月亮掛在半空，身邊也不見了胖子和Shirley楊的去向，睡袋全是空的。

忽然附近的花樹叢一片響動，一個身罩青袍的老者，頭戴黃金面具，騎在一頭大象之上，穿過紅色的花樹叢，向我衝來，他來勢洶洶，我急忙滾開閃躲，忽然覺得有人在推我的肩膀，我一下子睜開眼睛，原來是個噩夢。

Shirley楊正在旁邊注視著我：「你一驚一乍的，又做夢了？」

我全身上下的衣服都被冷汗打透了，這夢做的也太真實了，對Shirley楊點點頭，看來該輪到我守夜了，奇怪，我剛剛噩夢中夢到戴面具的人是獻王嗎？夢中不會有感覺的，但是那傷口中又癢又疼的痛苦，醒來後還隱隱存在，想到這裡，忽然覺得手背上的傷口發緊，一跳一跳地疼痛。

如果是傷處癒合，漸漸長出新肉，應該微微發癢，看來這傷又嚴重了，我揭開膠布，只見手背上略微發紫，已經打過抗生素了，應該不會是感染，但是傷口似乎比剛開始有點擴大，我只好又自己換了藥，將手背重新包紮上，心下琢磨，莫非是那些刀齒食人魚，吃了人俑中的「水彘蜂」，把那「痋毒」沾染到我身上，想到那「痋術」的噁心之處，心裡不由得七上八下，我只好盡量讓自己往好的一面去想，振作精神守夜。

但是後來越想越覺得擔心，恐怕自己這隻手是保不住了，萬一真從裡面爬出幾隻蛔蟲，我真寧可先提前把這隻手砍掉，做了半天思想鬥爭，只好去把剛睡下的Shirley楊叫醒，讓她幫忙看看我是不是中「痋毒」了。

Shirley楊看後，給我找了些藥片吃下，安慰我說這只是被魚咬噬後，傷口癒合的正常現象，不用多慮，包括晚上做噩夢也是傷口長出新肉造成的，只要保護好別再感染，就沒關係。

我這才把懸著的心放下，好不容易挨到天亮，三人按照預定計畫朝目的地出發，準備在山谷中找到那個有「蟾蜍」標記的地方，看看能否找到穿過山瘴的祕道，不過這「獻王墓」經營多年，布置得十分周詳，即使有祕道穿過地面的屏障，恐怕這條祕道也不是那麼好走的。

「蟲谷」中植物遠比叢林中更為密集，所以顯得並不寬闊，穿過溪谷前的兩塊巨大隕石，沿著蛇溪向山谷的深處前進，隨著地形的逐漸下降，藤莖類植物也就越來越多，一叢叢的藤蘿將溪水上邊全部遮蓋，兩側的山壁懸掛了無數形形色色，琳琅滿目的小型植物，掛在半山坡上的藤蘿上，經常見到多種植物生長在一起的情況，猶如一個個五彩繽紛的空中花園。

由於地形狹窄，這裡的生存空間競爭格外激烈，各種植物為了獲得足夠的光線，都從上邊擴展到谷外，所以從高處完全無法看到山谷內的地形。

環境異常潮溼悶熱，我們目力所及，全是濃郁的綠色，時間久了，眼睛都覺得發花，為了在高密度的植物叢中前進，只好由胖子用工兵鏟在前邊開路，我與Shirley楊緊隨其後，在蚊蟲肆虐、老藤叢生的幽谷中艱難前進。

比起藤蘿類植物的阻礙，最大的困擾來自於溪谷陰暗處的蚊蟲，這些叢林中的吸血鬼，少說有十幾個種類，成群結隊，不顧死活的往人身上撲，我們只好把隨身帶的大蒜和飛機草，搗成汁擦在身體暴露的部位上，還好彩雲客棧老闆娘給我們一些當地人特製的防蚊水，還能起到一定的作用，縱然是有這些驅蚊的東西，仍然被叮了幾口，叮到的地方立刻紅腫，變得硬梆梆的，觸手生疼，像是長了粉瘤。

Shirley楊卻說感謝上帝，這些蚊子還不算大，毒性也不厲害，畢竟這裡不是熱帶雨林，亞馬遜雨林中的毒蚊，才是叢林中真的的吸血惡魔，而且又有劇毒，不過那種毒性猛惡的蚊蟲，都怕大蒜，這個弱點倒是和歐洲傳說中的吸血鬼不謀而合。

谷中如此茂密的植物，倒是沒有出乎我們意料之外，雖然在「獻王墓」建造的時候，原本這裡應該是條通往明樓的「神道」，所有的資材都要經過這裡運輸到裡面，但是至今已經時隔了兩千年，這麼漫長的歲月中，谷中可能會發生翻天覆地的變化，修建王墓時被砍伐乾淨的植被層，重新再次生長，把「神道」的遺跡全部覆蓋侵蝕。

但是仍然可以看出，隨著不斷地深入，人工建築的痕跡越來越多，地面上不時露出一些倒塌的石像、石人，這些都是王墓神道兩側的石雕，看得出來獻王墓與其他王陵一樣，都特意建立墓前的「神道」，供後人前去明樓祭祀參拜，可是獻王大概沒有想到，他死後不到七八年的光景，他的領地臣民，包括他的老家古滇國，就都納入了漢室的版圖，花費巨大人力物力，挖空心思經營建造的王陵，只能留在這幽暗的溪谷深處，永遠的被塵封在歷史角落中，只有我們這些倒斗的「摸金校尉」，才會不顧艱難險阻，前來拜訪他。

穿過一層層植物帶，走了三四個鐘頭，終於在前邊發現了一堵殘牆的遺址，這就是傳說中的第一道堤牆，現在只剩下三米多厚、兩米來高的夯土石臺，上面也同樣覆蓋了一層雜草，只有一些露出青條石的地方，才沒有生長植物，由於只剩下一小段，看上去倒更像是一座綠色的土堆，跟個墳丘的封土堆一樣，混雜在深谷的叢林之間，若非Shirley楊眼尖，我們就和這裡擦肩而過了。

為了進一步確認這處被植物覆蓋住的殘牆，是否便是人皮地圖上標準的堤牆，胖子用登山鎬，在那斷垣上鑿了幾下，想把表面的雜草和綠苔刮掉，沒想到這一敲不要緊，從這堵破牆的縫隙中「嗖嗖嗖」鑽出數百條小樹蜥，這些綠色的小傢伙，身體顏色與叢林中的植物一模一樣，只有眼睛和舌頭是血紅的，都是手指大小，樹蜥平時就躲藏在殘牆的縫隙裡，此時受到了驚動，紛紛從夯土堆裡逃了出來，四處亂竄。

胖子也被它們嚇了一跳，輪起登山鎬和工兵鏟亂拍亂打，把不少小樹蜥拍成了肉餅。

Shirley楊按住胖子的手，讓他停下：「這些小樹蜥又不傷人，平日裡只吃蚊蟲，你何苦跟牠們過不去。」

我忽然發現這些小樹蜥，在驚慌逃竄的時候，幾乎都是朝溪谷外跑，或者是爬上兩側的植物，被胖子一通亂打之下，卻沒有一隻往溪谷深處逃跑，不僅是樹蜥，包括四周飛舞的蚊蟲，植物上的樹蝽、甲蟲、大蜻蜓，過了這堵殘破的斷牆，溪谷那邊幾乎沒有任何昆蟲和動物，似乎這裡是一條死亡分界線，就連生活在谷中的昆蟲，都不敢跨越雷池半步。

第一一九章　莽叢中

谷中昆蟲的舉動頗為異常，它們為什麼不敢向深處活動？我急忙跳上夯土和石條壘成的殘牆，站在高處，像溪谷深處望去，只見前面的地形逐漸變低，但是由於各種植物競相往上生長，半公里之外就看不清楚了，我估計再向前一段距離，就進入了那層有毒瘴氣的範圍。我對胖子和Shirley楊說：「再向深處走，連昆蟲都沒有了，說明可能在裡面存在有毒物質，為了安全起見，咱們還是把防毒面具都準備好，以便隨時戴上。」

雖然在這潮溼悶熱的山谷中，配戴上防毒面具是一件很不舒服的事，但是為了避免中毒，也只好取了出來，一旦發現瘴氣，便隨時準備罩在臉上，在繼續前進之前，三人還分別吃了些減低心率和呼吸的「紅奩妙心丸」，這是按「摸金校尉」的祕方，由大金牙找專家配製的，管不管用目前還不清楚。

我取出「人皮地圖」，在圖中尋到「獻王墓」殘牆的標記，相互對照了一番，確認無誤，照此看來，那「鎮陵譜」上的蟾口標記，其位置就應該在距離這道殘牆不遠的山谷左側。

向前走了七八米，Shirley楊見地面有一段光禿禿的地方，在這藤蘿密布的溪谷中，顯得不同尋常，於是用工兵鏟，在地面上挖了一個淺坑，蹲下身看那泥土中的物質，原來這裡像建茂陵一樣，為了避免蟲蟻對陵寢的破壞，在主墓附近埋設了經久不散的驅蟲祕藥，這個方法在漢代帝王墓葬中非常普遍，最簡單的是埋硫磺和水銀，加上一些「麻麻散」、「旬黃芰」、「懶菩提」等植物相調和，由於有對衝的屬性，可以埋在土中，千百年不會揮發乾淨。

Shirley楊問我道：「這裡距離獻王墓的主墓尚遠，為什麼在此就埋設斷蟲道？」

我想了想說：「從咱們在外圍接觸的一些跡象看來，獻王深通奇術，最厲害的就是會改風水格局，這麼大規模的王墓，不僅主墓的形勢理氣要有仙穴氣象，在附近也會改設某種輔助穴眼。」

這些輔佐主陵的「穴眼」和「星位」，如果改得好，對主墓的穴位來說，是如猛虎添翼、蛟龍入水一般，自古風水祕術中，最艱難的部分便是改格局，這需要對世間天地乾坤，山川河流，斗轉星移都有一個宏觀的認識，許多欺世盜名的普通風水先生，也自稱能改格局，其實他們只不過略懂一些枝節而已，要改地脈談何容易。

另外改風水格局的工作量也不是尋常人可以做到的，除非那些割據一方、大權在握的王侯才有實力如此大興土木。

《十六字陰陽風水祕術》的「化」字卷，便是盡述改風換水的手段，其中「易（易者換也）龍經」有記載，龍脈改形換勢，轉風變水，至少需要動地脈周圍九個相關的主要穴眼，第一個穴眼：化轉生氣為纏護；第二個穴眼：兩耳插天透雲霄；第三個穴眼：魚為龍鬚聚金水；第四個穴眼：高聳觥宮為護持；第五個穴眼：裝點天梁明堂開；第六個穴眼：水口關攔設朝迎；第七個穴眼：砂腳宜做左右盤；第八個穴眼：幕帳重重穿龍過；第九個穴眼：九曲回環朝山岸。

改動了主脈附近的這九處「穴眼星位」，可以保持風水關鎖纏護綿密，穴位形勢氣脈萬年不破，這口訣看似古奧難懂，其實只要研究過《地經圀》，就會知道，其實只不過就是在特定的位置上埋金魚缸、種植高大樹木、挖深井等等，難就難在位置的選擇之上。

這裡植被太厚，別的暫時看不出來，但是這九個改風水格局的穴位，其中最後一個是：九

曲回環朝山岸，卻十分明瞭。

「蟲谷」綿延曲折，其幽深之處，兩側山岡繚亂，同溪谷中穿行的「水龍脈」，顯得主客不分，真贗莫辨，有喧賓奪主之嫌，想必在水龍的「龍暈」中，地形將會更低，坐下低小者如坐井觀天，氣象無尊嚴之意而多卑微之態，所以就要在這條龍脈的關鎖處，改建一個九曲回環朝山岸的局。

在山谷中開頭和最末尾，每九個轉彎的地方，各建一座神社、祠堂或者廟宇之類的建築物，來給這條「水龍脈」憑添個勢態，讓其脈絡彰顯，如果是山神廟一類的建築，必多土木結構，而木頭則是最怕蟲啃蟻噬，肯定要採取一些驅蟲的措施，所以我猜測這條「斷蟲道」是用來保護那座「山神廟」的，而且最少有三道這樣的屏障，「山神廟」中還會另有防蟲的結構。

Shirley楊喜道：「這麼說那鎮陵譜和人皮地圖中的蟾蜍標記，應該是某處神址了，看來你的風學理論還真有大用。」

我對Shirley楊說：「魚兒離不開水，瓜兒離不開秧，倒斗尋龍離不開《十六字陰陽風水祕術》。」

胖子不屑一顧地說：「瞧瞧，說他胖他還就喘上了，你要真有本事，不妨說說獻王老兒的地宮裡，都有些什麼布置？更有哪些陪葬的明器？」

我們不想耽擱時間，便尋著「斷蟲道」，偏離開穿過「蟲谷」中間的溪流，斜刺裡向深處搜索顯露「水龍脈」的廟址。

我邊走邊對胖子和Shirley楊說：「我說這山谷側面有個山神廟之類的建築物，這是肯定不會錯的，因為這些東西，雖然看似稀奇古怪，但是一法通則萬法通，只要掌握風水祕術，便不難看出個所以然來，至於獻王墓的地宮是什麼格局，不到了近處，我可說不出來，隨便亂猜也沒個準譜，不過古滇國自從秦末開始，就閉關鎖國，斷絕了與中原文明的往來，雖然後來也多少受了一些漢文化的影響，但是我估計王墓的構造，一定繼承先秦的遺風比較多。」

胖子問道：「咱們上次去陝西，聽大金牙那孫子說過一些秦始皇陵的事跡，說什麼人油做蠟燭，萬年不滅？可當真有此事？」

Shirley楊說：「不是人油，是東海人魚的油膏做為燃料，萬年不滅，四門射伏弓弩，機相灌輸，有近者輒射之。」

我聽了Shirley楊的話，笑道：「這是《史記》上唬人的，長明燈這種裝置，在很多貴族帝室的墓中都有，不過這些事在倒斗摸金的眼中看來，是個笑話，且不論海魚油脂做為燃料，得需要多少才能燒一萬年，古墓的地宮一旦封閉，空氣便停止流通，沒了空氣，長明燈再節能，它還燃個蛋去，如果讓空氣流通，這古墓地宮不出百餘年，便早已爛成一堆廢墟了。」

到了現代，秦漢時期的古墓即使保留下來，如果不是環境特殊，已經很難維持舊觀了，現在還不知道「獻王墓」，在這密林幽谷的深處，究竟能保存到什麼程度。

我們已經找到了參照物，雖然在叢林裡植物繁多，能見度低，對我們來講已經沒有什麼障礙了，不久便發現了第二至第三道用防蟲祕藥鋪設的「斷蟲道」，由於在這深谷之中，無風無雨，那蟲藥中又含有大量硝磺，所以表面寸草不生，至今也沒被苔藤覆蓋，只是在表面略添了些泥土，對於知道內情的人，相對來講找起來並不艱難。

山谷到了這裡，地勢已經越來越開闊，呈現出喇叭狀，前邊已經有若隱若現的輕煙薄霧，越往深處走，那白濛濛的霧氣越顯濃厚，放眼望去，前邊谷中，盡被雲霧籠罩，裡面一片死一

般的沉寂，沒有任何的蟲鳴蚓叫和風吹草動的聲音。

這就是那片傳說中至今還未消散的「痋霧」，也就是山谷深處滋生的有毒瘴氣，在山瘴的籠罩下，這條山谷更顯得神祕莫測，而更為神祕的「獻王墓」，就在這片雲霧的盡頭。

我們雖然距離山瘴還有一段距離，但是為了以防萬一，不得不將防毒面具戴上，胖子望了望前邊白濛濛一片的瘴霧，對我和Shirley楊說道：「既然咱們裝備有防毒設備，不如不管它三七二十一，直接衝過這片白霧，豈不比在這亂樹雜草叢中，費勁拔力地找尋什麼廟址，來得容易些。」

我對胖子說：「你這人除了腦子裡缺根弦之外，也沒什麼大的缺點，你知道這片山瘴範圍有多廣？那白霧如此濃重，一旦走進去，即使不迷失方向，在能見度降低到極限的情況下，也要比平時的行進速度慢上數倍，要是用半天走出去還好，萬一走到天黑還走不出去，也不能取下防毒面具來吃飯喝水，那便進退兩難了。」

說著話，我們已經來到山谷左側的山腳下，這裡已經偏離了蛇溪很遠一段距離，卻幾乎是三道斷蟲牆的正中地帶，走著走著，忽然身邊的一片花科灌木一片抖動，我們都吃了一驚，誰也沒去碰那片葱鬱的花草，又無風吹，怎麼植物自己動了起來，莫不是又碰到被痋蟒附著的怪樹怪草？我和胖子都舉起「芝加哥打字機」，拉動槍機，就要對那片奇怪的植物掃射。

Shirley楊舉起右手：「且慢，這是跳舞草，平時無精打采，一旦被附近經過的人或動物驚動，便會弄姿作態的好像在跳舞，有聞聲而動、伴舞而歌的異能，對人沒有傷害。」

那一大叢「跳舞草」，像是草鬼般一陣抖動，漸漸分作兩叢，其後顯露出半只火紅的大葫蘆。

第一二〇章　九曲回環朝山岸

那火紅的葫蘆，是用石頭雕刻而成，有一米多高，通體光滑，鮮紅似火，如果它是兩千年前便豎立在此的，那麼這兩千年歲月的流逝，滄海都可能變為桑田，然而這石頭葫蘆卻如同剛剛完工。

我們初見這只葫蘆，心中俱是一凜，它的顏色竟然鮮豔如斯，這可當真有些奇怪，待到撥開那叢「跳舞草」，走到近前一看，方知原來是用紅色地雲石作為原料，地雲石是天然生就的火紅顏色，最早時的紅色染料，便是加入地雲石粉末製成。

這只石頭雕成的葫蘆，表層上也被塗抹了一層驅蟲的配料，以至於雜草藤蘿生長到這附近，也各自避開了它，這麼多年來就始終孤伶伶的，擺放在這山谷毫不起眼的角落中。

我看了那紅色的石頭葫蘆，不禁奇道：「為什麼不是蟾蜍的雕像，而是個葫蘆？若要把著條水龍脈風水寶穴的形與勢，完全地釋放出來，這裡應該建座祭壇，或者蓋一座宗祠之類的建築，才是道理。」

由於地處山谷的邊緣，嶙峋陡峭的山壁上，垂下來無數藤蘿，三步以外便全部被藤蘿遮蔽，胖子性急，向前走了幾步，用工兵鏟撥開攔路的藤蘿，在山壁下發現些東西，回頭對我們叫道：「快過來這邊瞧瞧，這還真有癩蛤蟆。」

我和Shirley楊聞聲上前，只見在無數條藤蘿植物的遮蓋下，正對著紅石頭葫蘆的地方，有座貢奉山神的神邸，依山而建，雖然這裡的地形我看不清楚，但是應該是建在背後這道山峰的中

軸線上，採用「楔山式大木架結構」，分為前後兩進，正前神殿的門面被藤蘿纏繞了無數遭，有些瓦木已經塌落。

頂上的綠瓦和雕畫的梁棟，雖然俱已破敗，但是由於這裡是水龍脈的穴眼，頗能藏風聚氣，還算保留住了大體的框架，山壁上的那幾層「斷蟲道」，都由於水土的變化，失去了作用，所以神殿的木料雖朽爛不堪，在大量植物的壓迫下，仍然未倒，也算得上是奇蹟了。

這座供奉山神的古樸建築，就靜靜的在這人煙寂寞的幽谷角落中，安然度過了無窮的歲月，這都要仰仗於特殊的木料和構架工藝，以及谷中極少降雨的特殊環境。

只是不知神殿門前擺放的那只紅石葫蘆，是做什麼用的，可能和這山神的形態有關，古人認為金、木、水、火、土五行，皆有司掌的神靈，每座山每條河流，也都是如此，但是根據風俗習慣和地理環境、文化背景不同，神祇的面目也不盡相同。

我們舉目一望，見那神殿雖然被層層藤蘿遮蓋，卻暫時沒有倒塌的隱患，這附近有不少鳥雀，都在殿樓上安了窩，說明這裡的空氣質量也沒問題，不用擔心那些有毒的山瘴，於是我們摘掉防毒面具，撥開門前的藤蘿，破損的大門一推即倒。

我舉步而入，只見正殿裡面也已經長滿了各種植物，這神殿的規模不大，神壇上的泥像已經倒了，是尊黑面神，面無表情，雙目微閉，身體上也是泥塑的黑色袍服，雖然被藤蔓拱得從神座上倒在牆角，卻仍舊給人一種陰冷威嚴的感覺。

山神泥像的旁邊，分列著兩個泥塑山鬼，都是青面獠牙，像是夜叉一般，左邊的捧個火紅葫蘆，右邊的雙手捧隻蟾蜍。

我看到這些，方才醒悟，是了，原來那蟾蜍與葫蘆，都是山神爺的東西，只不知這山神老爺，要這兩樣事物做什麼勾當。

胖子說道：「大概是用葫蘆裝酒，喝酒時吃癩蛤蟆作下酒菜，大金牙那孫子不就是喜歡這口兒嗎，不過他吃的是田雞腿。」

我見這山神廟中荒涼淒楚，雜草叢生，真是易動人懷，不免想起了當初我們胖子窮得賣手錶的日子，心裡覺得有些不是滋味，便對胖子與Shirley楊說道：「山神本是庇佑一方的神祇，建了神殿應該受用香火供奉，現在卻似這般荒廢景象，真是興衰有數，就連山神老爺也有個艱難時候，更別說平民百姓了，果然是陰陽一理，成敗皆然。」

Shirley楊對我說：「你說這許多說詞，莫非是又想打什麼鬼主意？難不成你還想祭拜一番？」

我搖頭道：「祭拜倒也免了，咱們不妨動手，把這倒掉的泥像推回原位，給山神老爺敬上枝美國香菸，讓祂保佑咱們此行順利，別出了什麼閃失，日後能有寸進，再來重塑金身，添加香火。」

胖子在旁說道：「我看信什麼求什麼，根本就沒半點用，老子就是不信天不信地，只信自己的胳膊腿兒，這山神孫子要是真有靈驗，怎麼連自己都保不住，依我看就讓這孫子躺著最好，俗話說好吃不過餃子，站著不如倒著嘛，走走，到後邊瞧瞧去。」

我見沒人肯幫手，只好罷休，跟著Shirley楊和胖子，進到後殿，這間後殿已經修建在了「蟲穀」左側的山峰內部，比前殿更加窄小，中間是道「翠石屏」，上面有山神爺的繪像，身形跟正殿中的泥塑相仿，只不過相對來講比較模糊，看不太清楚相貌，兩邊沒有山鬼陪襯，這塊石屏好像並非人工刻繪，而是天然生成的紋理。

轉過「翠石屏」，在神殿最盡頭，是橫向排開的九隻巨大蟾蜍的石像，我一看便覺得眼前一亮，果然應了「九曲回環」之數，這種機關在懂「易龍經」的人眼中，十分明顯，如果不懂風水祕術中的精髓，只知曉易經八卦，多半會當做「九宮」之數來做應對，那樣一輩子也找不到暗道。

我再仔細一看，發現九隻石蟾蜍的大口，有張有闔，蟾頭朝向也各不相同，這些蟾蜍石刻的嘴都可以活動，也有石槽可以轉動身體，九隻蟾蜍各有四個方向可以轉動，加上蟾口的開闔，如果算出有多少種不同排列，也要著實費一番腦筋，而且這些石頭機關，應該從左至右，按順序一一推動，如果隨便亂動，連續三次對不準正確的位置，機括將會澈底卡死。

於是我讓胖子幫忙，按「九曲回環」之數，從左至右，先將蟾口分別開合，再以《十六字陰陽風水祕術》中「遁」字卷，配合「易龍經」中的換算口訣，把石頭蟾蜍一隻隻地的按相應方位排列。

做完這一系列的事情之後，內殿中什麼反應也沒有，按說這「九曲回環朝山岸」應該是錯不了的，為何沒見有暗門開啓？

Shirley楊頭腦轉得較快，讓我們到神殿外去看看，我們急忙又掉頭來到外邊尋找，最終找到山神殿外，只見殿前的葫蘆不知什麼時候，裂為了兩半，下面露出一道石門。

這石門被修成了蟾蜍大嘴的形狀，又扁又矮，也是以火紅的地雲石製成，上面刻著一些簡樸的紋飾，分別在左右有兩個大銅環，可以向上提拉。

原來這道機關設計精奇，縱然有人知道那九隻蟾蜍是開啓石門的機關，只要不懂破解之法，就算用大批炸藥炸平，也找不到設在外邊的入口。

Shirley楊問道：「這道石門修得好生古怪，怎麼像是蟾嘴，不知裡面有什麼名堂，其中當真就有通往主墓的地道嗎？」

我對Shirley楊說：「鎮陵譜上的標記沒錯，這應該是條地下通道，而且一定可以通到離水龍暈最近的那個穴眼星位，去明樓祭祀，似乎只有從這裡經過才能抵達，至於為什麼用蟾蜍做為標記，我也猜想不透。」

蟾蜍在中國古代，有很多象徵意義的形態，有種年畫就畫的是個胖小孩，拿著漁竿，吊個金錢，和一隻三腳蟾蜍戲耍，叫做劉海兒戲金蟾，俗話說三條腿兒的蛤蟆難尋，就是從這個典故引申出來的，但是也有些地方，在民間傳統風俗中，特意突出蟾蜍身上的毒性，不過現在咱們對面的這兩隻蟾蜍石像，既不是三條腿的，身上也沒有疣狀癩斑，可能只是這山神爺的玩物。

胖子拍了拍手中的「芝加哥打字機」說道：「大不了在下邊碰上隻大癩蛤蟆，有這種槍，還怕牠不成，就是癩蛤蟆祖宗來了，也給能牠打成蜂窩。」

自從有了美式衝鋒槍強大的火力，我們確實就像是多了座大靠山，不過我還是提醒胖子：「獻王墓布置得十分嚴密，這石門雖然隱蔽已極，但是難保裡面還有什麼厲害的機關，咱們下去之後，兵來將擋，水來土掩，倒也不用懼怕。」

說罷三人一起動手，用繩索穿過石門一側的銅環，用力提升，隨著「砰」的一聲石門開啓，顯露出一個狹窄的通道，我用信號槍，對準深處打了一發照明彈，劃破了地下的黑暗，慘白的光芒照在洞穴深處，我們看見那裡邊有無數巨大的白骨和象牙，是條規模龐大的殉葬溝。

第一二一章　化石森林

「卄」字行的隧道被射出照明彈的軌跡所劃過，可以看見左右兩端，在不對稱的位置上，各有一個洞口，最深處的看不太清楚，主道兩側堆滿了森森白骨，由於距離比較遠，只能分辨出有大量錐弧形狀的白色巨大象牙，好像還有些其它的動物骨骼，照明彈射到盡頭，還可以見到那邊有水波的閃光，從位置上判斷，應該是「蛇河」的地下水系。

雖然沒有想到，腳下的坑道入口處，竟是個有這麼多白骨的殉葬坑，但是從下面的規模來看，既然有與深谷相平行、向下流淌的水系，那麼這條隧道，絕對是可以通向「獻王墓」主陵區的。

我和胖子與Shirley楊商議了一下，雖然這條隧道十有八九有厲害的機關，但是與那無邊無際的山瘴毒霧相比，冒險從地底隧道中進入「獻王墓」還是可行的，反正這三人身手都還不錯，也不像上次去新疆的沙漠，帶了一群知識分子，做起事來束手縛腳的十分累贅，倒斗的勾當是兩三個人組隊最為合適，憑藉著「芝加哥打字機」、「丙烷噴射器」的強大火力支持，再加上「摸金校尉」的傳統工具，不管遇到什麼，都足可以應付了。

於是我們在洞口處稍做休整，打點裝備，由於這次沒有了竹筏，如果有地下水的話，那就需要進行「武裝泅渡」，所以一切不必要的東西，都要暫時清除出來，留在供奉山神的神殿之內。

先換上了鯊魚皮潛水服，戴上護肘和護膝，登山頭盔上的射燈調整到側面，重新替換新的電池，頭盔上再裝備潛水鏡，簡易的小型可充填式氧氣瓶掛在後背，每人只帶一個防水攜行袋，分別裝有應急藥品、備用電池、冷煙火、防毒面具、螢光管、蠟燭、辟邪之物，狼眼手電筒，諸如此類需要用到的物品。

胖子的那套潛水緊身衣穿著不太合適，就不打算穿了，我對胖子說：「你不穿也沒事，反正你是傻小子睡涼炕，全憑火力壯。」

Shirley楊說：「不穿不行，你不記得遮龍山下的水有多冷了？在水中游的時間一長，就容易患上低體溫症，就算衣服窄了點也得湊和穿上，不然你就留下等我們，不准你進去。」

胖子想起Shirley楊在遮龍山掉下竹筏的那一幕，游回來的時候嘴脣都凍紫了，看來這附近雖然潮溼悶熱，但是地下水系陰冷異常，不是鬧著玩的，更何況那「獻王墓」的大批明器已經距離不遠，如何肯留在這裡等候，只好吸氣收腹，強行把那套潛水服穿了下去，穿上之後連連抱怨：「他媽的鞋小褲襠短，誰難受誰自己清楚。」

工兵鏟和登山鎬，各種繩索，以及水壺、食品這些比較沉重的物品，還有武器彈藥、雷管加十六錠炸藥、可以噴射火焰的丙烷瓶，這些都集中在一個大的防水袋裡，四周綁上充氣的氣囊，這樣可以隨時把這些裝備借助水的浮力浮在水面上，而我們在水中游泳的時候，也可以拉著它省些力氣。

剩餘的東西都打包，放在山神廟的大殿裡，等到一切都準備就緒，已經是金烏西墜，宿鳥歸巢，借著黃昏時的暮色，我們三人進去了隧道。

Shirley楊帶著「金剛傘」，舉著「狼眼」，在前邊開路，我和胖子合力，抬著那一大堆裝進防水膠袋中的裝備走在後邊，順著這條略陡的斜坡緩緩下行。

入口處這段坑道明顯是人工修建的，兩側都是整齊的大塊青條石壘砌，石縫上都封著「丹漆」，地面的大方磚非常平整，倒像是古墓中的甬道。

在坑道的兩邊，整整齊齊的碼方著全象骨（就是整具大象的骨架），很明顯是在外邊宰殺後運來的，在殉葬坑中安放「全象骨」或者「象牙」，是為了取「象」的偕音「祥」，「象」這種體形龐大而且非常溫順的動物，本身也代表了吉祥昌盛，在中國古代，早在商湯時期，便已將「象骨」、「象牙」做為陪葬品了，在「殷墟」就曾出土過大量象牙，那個時代，中國的黃河流域，還存在這數量不小的象群，現在卻早已滅絕了。

這些殉葬的白骨，都特意半埋，而不是像殉葬溝那樣全土掩埋，這是說明墓主大行，是為得道成仙，已經不太在乎世俗的東西，殉葬品半埋，表示有隨駕升騰之意。

我數了數，單這一個殉葬坑，便一共有六十四副「全象骨」，「象牙」更是不計其數，還有一些散落的小型動物骨骸，由於時代久了，都腐朽得如同泥土，無法再分辨那究竟是什麼動物了，據Shirley楊推斷，有可能是獵犬和馬骨，還有奴隸的人骨。

我們再一次領略到了「獻王墓」規模的龐大、陪葬品的奢華，我對Shirley楊和胖子說：「似古滇這種南疆小國的王墓，都這麼排場，為了一個人，數十萬百姓受倒懸之苦，用老百姓的血汗建這麼大規模的墓葬，到頭來那死後升天成仙，保得江山萬年，也不過是黃粱一夢，這些東西也留在深山之中，與日月同朽，現在看來有多荒唐，像這種用民脂民膏建造的古墓，就應該有多少便倒它多少。」

Shirley楊說：「我也沒想到獻王墓單是殉葬坑便有這麼大。」說話間Shirley楊已經當先行至「ㅛ」形坑道的交口處，只聽她奇道：「這些是做什麼用的？」

我和胖子隨後走到，用「狼眼」手電筒往那拐彎的地方一照，只見裡面並不是坑道，而只是在主坑道石牆上凹進去的一部分，只有幾米深，散落著幾截長竿，看來是可以連接到一起的，我也覺得奇怪，便想伸手拿起來瞧瞧，誰知這些長竿，看著雖然完好，一碰之下，就爛成稀泥一樣，由於有地下水路，內部沒有採取密封措施，兩千年前的東西，一觸既爛。

這個在坑道石壁上的凹坑，似乎是專門用來放這些長竿的，難道是用來測量水深的？三人不得其解，想不出究竟是做什麼用的，這「獻王墓」陵區之內有太多奇怪詭異的事物，相比之下，這些物品也算不得什麼，只好置之不理，繼續前行。

走到坑道的盡頭，也就是我們發射照明彈，見到水面反光的區域，沿著傾斜的坑道走到此處，已經距離地面約有數十米落差了，從這裡開始，就不再是人工開挖修建的坑道，而是地下天然的山洞，已經完全被水淹沒，想從這裡繼續向前，就必須下水游泳了。

水旁的石壁上，排列著幾條木製古船，可能去明樓祭拜王墓的人，就是要乘這些船過去，但是年代久遠，這些木船也都爛得差不多只剩下船架子了，再也難以使用。

我們把大背包上捆綁的氣囊拉開，讓它填滿空氣，漂浮在水面上，衝鋒槍等武器就放在最上面，以便隨時取出來使用，把「狼眼」手電筒收起，打開頭盔上的戰術射燈照明，然後也跟著下水，扶著背包上的大氣囊，涉水而行。

在水中走出十幾米，雙腳就搆不到地面了，冰冷刺骨的地下水，越來越深，我看了看指南針，水流的位置正好是和蟲谷的走向平行。

這裡的山洞，在水中存在著許多巨大的天然石柱，好像海底的珊瑚一樣，千枝百杈，由於洞中漆黑，看不大清楚這些奇怪的石柱是怎麼形成的。

頭頂距離水面的位置很低，顯得格外壓抑，我抬頭向上一看，有很多山谷中植物的巨大根莖，都從上面生長了下來，有些比較長的，甚至直接伸進了水裡，形成一個罕見的植物洞頂。

隨著越游越遠，地形也逐漸變低，注滿地下水的山洞，水面和洞頂的距離也逐漸拉高，呼吸較剛才順暢了不少，而頭頂垂下來的植物根莖，與那些古怪的石頭珊瑚，卻越來越密集，我還發現，這山洞的水中，還有一些魚兒，不時在水下碰到我們的身體，隨後遠遠游開，我暗中慶幸，還好不是食人魚。

為了進一步確認前進的方向，Shirley楊讓胖子把信號槍取出來，再次向前方發射了一枚照明彈，胖子數了數剩餘的照明彈數量：「還有八發，這次帶的還是太少了，得悠著點用。」說完在信號槍中裝了一發，調了一下射程，向前發射出去。

照明彈劃出一道閃亮的弧線，最後掛在不遠處交纏在一起的植物藤蘿上，這一瞬間，白光把四周的山洞照得雪亮，一副罕見而又可怕的自然景觀，呈現在我們面前。

原來那些珊瑚狀的石柱，都是遠古時代森林樹木的化石，而這裡所謂的「遠古」，不是現代人能追溯得到的。

化石是埋藏在地層裡的古代遺物，由千萬年泥沙掩埋所形成，最多見的是動物化石，由於動物的骨骼和牙齒，有機物較少，無機物較多，被泥沙掩埋後，腐爛的程度就會放慢，被泥沙空隙中緩慢流動的地下水沖刷，將過剩的礦物質沉澱下來，形成晶體，在骨骼澈底腐爛前，這些礦物的晶體如果能澈底取代有機物，就會形成真正的化石。

但是植物的化石是很罕見的，由於植物腐爛的速度遠遠高於動物的骨骼，Shirley楊興奮地說：「遮龍山在億萬年前，可能是一座巨大的活火山，在最後一次末日般的火山噴發過程中，同時附近還發生了泥石流，岩漿吞沒了山下的森林，被高溫在瞬間碳化了的樹木，還沒來得及毀滅，便立刻被隨之而來的泥石流吞沒，溫度也在瞬間冷卻。」

過了千萬年為單位的漫長歲月，隨著大自然的變化，又經過地下水系的反覆沖刷，在泥沙中封存了無數年的森林，又在地下顯露了出來。

我卻沒覺得這些石頭樹有什麼可稀奇的，當年我在崑崙山也挖出來過，不過最近Shirley楊一直都顯得憂心忡忡，神色間始終帶著憂鬱的氣息，也難得見她高興，便對Shirley楊說：「咱們來雲南這一路雖然沒少擔驚受怕，卻也見了些真山真水，看到些平常人一輩子都看不到的東西，也算得上是不虛此行，得到了不小的收穫。」

胖子插口道：「只看些破石頭，未免顯得美中不足，再摸上幾件驚天動地的明器回去，在潘家園震大金牙那幫孫子一道，然後殺出潘家園，進軍琉璃廠，才差不多算是圓滿。」

我剛想說話，那枚懸掛在前方的照明彈卻耗盡能量，隨即暗了下來，洞中又逐漸變成一片漆黑，只剩下我們頭盔上戰術射燈的微弱光柱，我感覺我們彷彿正漂流在一片黑色的海洋中，全世界只剩下了我們這三個人，隨著照明彈最後的一絲光亮正慢慢被黑暗奪去，一種突如其來的孤獨和壓抑感，傳遍了我的大腦神經。

我對自己會產生這種感覺，感到非常奇怪，從光明到黑暗的那個過程中，我彷彿被一陣微弱的電流擊中，隨後便有了這種莫名其妙的失落感，心情頓時變得沮喪，我看了看Shirley楊和胖子，她們兩個人似乎也感覺到了有些不對勁的地方，但是這種微妙的變化是是如何產生的，它究竟預示著什麼，為什麼會突然感到一陣恐慌？

這時那枚被發射到了正前方的照明彈，終於已經完全熄滅，然而我們發現在照明彈最後

的一線光芒徹底消失的同時，在那黑暗的地下水深處，慢慢出現了一個微弱的白色人影，雖然洞穴中非常黑暗，但是那個人影身體上的白光卻越來越清晰，我敢肯定，那是個全身素縞的女屍，她似乎是從水中漂過來的，隨著那女屍離我們越來越近，女屍那如冰霜般的容顏也可以看清了，我的心跳開始加快，那種夢魘般的恐慌感也越發強烈。

第一二二章　死漂

那女屍全身素白色的大縞喪服，不知為什麼，即使在黑暗的水下也能看到，初時照明彈剛剛熄滅，只見到有一個朦朧的身影，她仰面朝天，雙手橫伸微微垂在身後，女屍逐漸從水底浮上，隨著我們之間距離逐漸的縮短，那白衣女屍的五官輪廓也隱隱呈現。女屍的身體裹著一層微弱的藍光，那是一種沒有溫度，象徵著死亡與冰冷的光芒，一看之下便覺得幽寒透骨，便如同墳地中的鬼火一樣，不知這具女屍，亦或者是女鬼，為什麼會突然從水底浮了出來。

我盡量讓自己狂跳的心率降低下來，但是這身體中這股莫名的恐慌，卻始終消除不掉，我心想：「來者不善，善者不來，她似乎身著古裝，長袍大袖，不是近代的裝扮，在這獻王墓地下的深水底下突然冒出來，絕非善類，我們必須先下手為強。」於是伸手去取黑驢蹄子，打算等那女屍從水底接近的時候，就突然動手，把黑驢蹄子塞到她口中再說，如果不是僵屍而是幽靈，那就用染有朱砂的糯米招呼對方。

Shirley楊與胖子也是相同的想法，都各自拿了器械，靜靜地注視著從水底浮上來的女屍，就等著動手了。

誰料那具四仰八叉，從我們斜下方水底慢慢漂浮上來的女屍，忽然消失在了黑暗的水中，也就是眨了一下眼的功夫，再看水底，已經漆黑一團，那團裹夾著女屍的幽暗藍光，也好像照明彈的光芒一樣，消失於無形的黑暗之中。

然而那種莫名的恐慌感緊跟著消失了，我開始還以為只有我出現了這種感覺，一看另外兩人的神色，就知道他們跟我感受完全相同，剛才都被一陣突如其來的恐慌感糾纏，三人面面相覷，這到底是怎麼回事？不管她是妖是鬼，倘若直接放馬過來，雙方見個你死我活的真章，也勝於這般無聲無息地出現，又無聲無息地消失，這樣一來，更加讓人難以揣摩這女屍的意圖。

我們上半身浮在水面上，胸口以下都在水中，水底深不可測，好像是游在黑暗五底的深淵之中，胖子不由得擔心起來：「我說老胡，你說那女屍是不是咱們平時說的那種？河裡的死漂兒（水中飄流的浮屍）？」

我搖頭道：「誰知道是死漂還是水鬼，不過是水鬼的可能性更大一點，否則屍體怎麼會發出幽幽的冷光？沒聽說過水裡也有磷光鬼火。」

我和胖子歷來膽大包天，但是平生只怕一樣，因為以前有件事給我們留下的印象太深了，十六七歲是一個人世界觀和價值觀形成的重要階段，那個時期發生的事，往往會影響到人的一生。

所以我一說到水鬼，我和胖子便立刻想到水鬼拉腳的傳說，以前每到夏季，孩子們都喜歡到河裡，或者池塘中游泳，大人們為了安全，經常嚇唬小孩，說河裡有抓替身的水鬼，專門用鬼爪子抓游泳人的腳脖子，一旦被抓住，憑自己的力量，絕對無法掙脫，就會活活憋死在水底，成為幽冷深水中的怨魂，不過我和胖子小時候對這件事根本不信，因為我們上小學一年級便知道，水中掛住人腳的東西是水草，而不是鬼手。

但是後來我們十六七歲，當了紅衛兵，天天起鬨到處糾鬥牛鬼蛇神的時候，有一次正趕上三伏天晚上，天氣熱得好像下了火似的，我們這些人鬧得累了，剛好路過一個廢棄的小型蓄水坑，地點大概在現在的平藉一帶，晚上回家的時候，舊蓄水池底下有不少泥，但是上面的水有循環系統，還算乾淨，不過這個蓄水池很深，不容易摸到底，有些人當時熱得受不了，就想下去游個痛快，但是另外有幾個比較猶豫，對是否要下去游泳持保留意見。

正在此時，來了個穿白襖的老太太，招呼我們道：「來水裡游泳吧，這水中是涼爽世界，水下別有洞天，我孫子就天天在裡邊游泳玩。」

一聽說有人天天在裡邊玩，那就沒危險了，於是大夥都跳下去游泳，等上來的時候，那穿白褂子的老太太早已不見。

還有個跟我們一起的小孩說他哥不見了，但是他哥到底是誰，我們都不太清楚，因為我們那批人除了少數幾個互相認識以外，都是在革命鬥爭中，也就是打群架的時候，自發地走到一起的革命戰友，人又比較多，所以說誰對誰也搞不太清楚，於是就問那小孩他哥長什麼樣，什麼穿著打扮。

但是那孩子太小，說了半天也說不清楚，我們就沒當真，以為根本就沒有這麼個人，更有可能是革命意志不夠堅定，游了一半就臨陣脫逃，回家吃飯去了，於是便作鳥獸散，各自回家去了。

沒想到過了兩天，我們又路過那個小蓄水池，見到那裡很多人正在動手放水，原來那小孩把他哥游泳之後失蹤的事告訴了家長，那小子的爹是軍區管後勤的一個頭兒，帶著人來找他兒子，我和胖子當時喜歡看熱鬧，哪出了點事都不辭勞苦地去看，這次既然撞上了，自然也沒有不看的道理。

結果等把蓄水池的水放光了之後，果真是有個和我們年紀相仿的少年屍體，已經被水泡

的腫脹發白了，他的屍體被大團的水草纏在水底，他的左腿被從水草中伸出的一隻手拉住，當時人們都非常奇怪，哪來的那麼多水草呢？蓄水池中是不會有水草的啊。把水草都撈上來清理掉，那裡面竟然有一具白骨，就是這具在水底都爛沒了的人骨，用手抓住了那個紅衛兵的腳踝，他才被活活淹死在了蓄水池底下。

當時是唯物主義者的天下，沒人敢信世界上有鬼，即使信，也沒人敢說，只能歸結到巧合上，這個半大孩子肯定是在水裡游泳的時候，不小心把腳插進水草裡了，剛好趕上水草裡還有個很早以前被淹死的人，掙扎的時候糾纏在了一起。

但是至於他腿上，被死人抓住腳踝的地方，深深的五道瘀痕，卻誰也無法自圓其說了，而那個引誘我們下水的白衣老太太，則被說成了是潛伏的敵特分子，這件事當時在我們那一帶，流傳甚廣，版本也很多，但是我和胖子是為數不多的親眼見證者，我們雖然當時也不相信世界上有鬼，但是那被水浸泡腐爛的死屍，把我噁心得三個月沒好好吃飯。

那實在是個無法磨滅的記憶，這次忽然看見水底浮起一具女屍，又如鬼似魅的忽然消失，自然是感覺不太良好，雖然那女屍忽然在水下失蹤，但是我們都十分清楚，那只是因為失去了光線，我們目力不及而已，那詭異的女屍還仍然存在於黑暗幽冷的深水中，而且遲早還會再次出現，屆時將會發生什麼，鬼才知道。

我的腦中閃過這些念頭，越想越覺得不妥，必須盡快通過這片陰森幽暗的水域，便奮力向前划水。

順著緩緩前流的水脈，穿過大片的化石森林，終於在前邊發現了一個半圓形的洞口，直徑不大，僅容一人通過，洞口在水面上露出一半，地下水從中流過，那邊是另一個山洞。

我對胖子和Shirley楊說道：「這地下洞穴一個接一個，也不知離獻王墓究竟還有多遠，但是咱們既然已經進來了，索性就一口氣走到盡頭，等出去之後，再做休整。」

Shirley楊點頭道：「從瀾滄江與怒江這一段地域的山脈走勢判斷，蟲谷的縱深應該不會超過三四十英里，我剛才估計了一下咱們已經走過的路程，已經超過了三分之二，不會太遠了。」

洞口內部的山壁光滑如冰，用射燈一照，石壁上都散發出閃爍的紅色反光，整個洞穴呈喇叭形，越往裡面越大，其中也有許多的植物根莖從頭上垂下，墜在半空，那些上古森林形成的化石，更加密集，外形也極其怪異，這些事物混雜在一起，使得洞穴中的地形極其複雜。

我和胖子把氣囊和登山包重新紮緊了一些，準備快速通過這片區域，這裡空氣似乎遠不如外邊的另一個洞穴流暢，潮溼悶熱的氣息很大，蚊蟲開始增多，水流也沒了那種陰涼的感覺，使人的呼吸都變得格外粗重。

地下的岩洞中，竟然也有一條如此濃鬱的植物帶，溪谷中滲下來的水，順著那些植物的藤籮根莖不停地滴落下來，掉進水中，整座化石森林中，似乎是在不斷地下雨，到處都是水滴落進河中的聲響，由於洞穴弧形的結構，使得水滴聲十分空靈，頗像是寺廟中和尚敲木魚的聲音，給原本寂靜無聲的岩洞，增添了一些神祕的氣氛。

我們只好忍耐著酷熱的環境，又繼續前進了大約有數百米的距離，速度不得不慢了下來，由於這個洞穴中的化石樹越來越粗，必須繞著游過去才行，在漆黑漆黑的洞中，水流都被那些巨大的化石樹分割得支離破碎，形成了不少漩渦和亂流，已經不能在完全依賴水流的流向來判斷方位，一旦偏離了方向，就要用指南針重新定位，格外麻煩。

前方的水面上有很多漂浮型水草類植物，阻擋了我們在水面上的前進，只好取出工兵鏟，

不停地把這些漂浮著的水草撥開，浮萍和水草上生長了很多的蚊蟲、水蜘蛛、螞蝗，不斷地往人臉上撲來。

正當我們不勝其煩的當口，忽聽前邊有陣陣嗡嗡的昆蟲翅膀振動聲傳來，我下意識地把衝鋒槍從防水袋中抽了出來，為了看清是些什麼東西，胖子只好又打出一只照明彈，光亮中只見前邊被垂懸下來的植物根鬚和藤蘿，遮擋得嚴嚴實實，無數巨大的黑色飛蟲，長得好像蜻蜓一樣，只是沒有眼睛，數量成千上萬，如黑雲過境一般，在那片植物根鬚四周來回盤旋。

這種昆蟲誰也沒有見過，可能是地下潮溼的特殊環境裡才存在的，昆蟲是世界上最龐大的群體，還有大約三分之一的品種尚未被人類所認識。

不過這種好像黑色蜻蜓一樣的飛蟲，看上去好像並不會攻擊人，但是這麼龐大的群體，看上去也不免令人頭皮發麻。

我看情形不太對勁，空氣中的悶熱，似乎有著一股正在躁動不安的危險，便問Shirley楊那些飛蟲是哪類昆蟲？

Shirley楊說：「好像在什麼地方見過，是一種潮熱的溼源才有的黑色蚊類幼蟲，但是那種昆蟲，最大的只有指甲蓋般大小，而對面的這些飛蟲，大得好像山谷中的大蜻蜓……」

Shirley楊的話還沒說完就停住不說了，因為我們三人見到一隻拳頭大小的水蜘蛛從面前爬過，我們所見過的普通水蜘蛛，都是體積極小，可以用腳撐在水面上行走，而不落入水中，而這隻怎麼這麼大？

見了這麼大的水蜘蛛，三人都覺得心中駭異，肌膚起粟，尚未顧得上細想，又有兩隻也如拳頭大小的水蜘蛛從前邊游過，爬上了附近一棵倒塌斷裂後橫在水面上的古樹化石。

胖子驚奇地說：「這裡的蟲子怎麼越來越大？外邊可沒有這麼大的水蜘蛛。」

我好像忽然想到了什麼，對Shirley楊和胖子說道：「你們有沒有發現這個山洞，石壁光滑異常，而且還帶有很大的弧度，又是紅色的，頗像咱們在山神廟中所見的那只葫蘆，咱們莫不是掉進葫蘆中了……」

Shirley楊環顧四周，看了看附近的植物和昆蟲，對我和胖子說：「有個問題必須要搞清楚，是這洞穴中的蟲子和化石樹越來越大？還是咱們三個人越變越小？」

第一二三章　異底洞

我反問Shirley楊道：「咱們三個人越變越小？這話從何說起？」

Shirley楊對我說：「附近可以參照的物體，包括植物和昆蟲，還有大量的古樹化石，都大得異乎尋常，所以我才想會不會這葫蘆形的山洞裡，有什麼奧妙的所在，把進來的人身體逐漸變小。」

這件事聽上去實在是匪夷所思，現在我們正在漫無邊際的地下水中飄蕩起伏，一時也難以斷定，我對Shirley楊說：「就算是身體可能被變小了，難道連衣服鞋子也可以一同變小嗎？我看這裡是由於環境特殊，所以形成的生態系統都比外界要龐大。」

不過我這話說的是半點把握也沒有，這山洞倒真是極像山神殿中的紅葫蘆，洞口小肚子大，而且呈喇叭圓弧形，往深處走洞壁變會逐漸擴大，而且沒有人為加工修造的痕跡，完全都是天然形成的，說不定這是個比獻王墓更古老的遺跡，當地人可能是把這葫蘆形的山洞當做聖地，才在山神殿中供奉個葫蘆造像，至於這個山洞是否真有什麼特異之處，實屬難言，畢竟我們現在兩眼一抹黑，所見的範圍，只不過維持在大約二十米以內的距離，對自身或者稍遠環境的變化很難察覺。

附近的昆蟲都比正常的大了許多，特別是太古時代樹木的化石，更是大得嚇人，一株株張牙舞爪的探出水面，與上面垂下來的藤蘿糾結在一起，像是一隻隻老龍的怪爪。

我想應該找些植物一類的目標，當作參照物看一看，以便確認我們的身體並沒有因為進了這葫蘆形山洞而逐漸變小，否則就不能繼續前進，只好先按原路退回去，再做理會。

然而那些老藤的粗細幾乎和人體相差無幾，在外邊的叢林裡，也有這麼粗的藤蘿，所以無法以藤籮和植物根莖做參照物，目前最直接的辦法，便是潛入水中，看看附近的水草大小，那些藻類有其自身獨特的屬性，不會因為環境的變化而生長得大小有異，不論在哪種場合環境下，幾乎都差不多。

但是我一想起水下那具突然出現，又突然消失，好像鬼魅般的女性屍體，心裡多少有幾分發怵，當下只好把「安全鎖」掛在「充氣囊」上，對胖子和Shirley楊打個招呼，讓他們兩人暫時先不要向前移動，等我下水探明情況再說。

我把登山頭盔上的潛水鏡放下來，硬著頭皮鑽入幽暗的水底，登山頭盔上的戰術射燈，即使在水中也應該有十五米的照明範圍，但是這裡的地下水中雜質很多，有大量的浮游生物和微生物，以及藻類水草植物，可視範圍降低到了極限，只有不到五米。

水很深，摸不到底，我覺得現在還沒到使用氧氣的時候，只憑著自身的水性，閉住一口氣不斷向水下游去，透過潛水鏡，水下的世界更加模糊，黑暗中，隱約見有一大團黑呼呼的物體在水底慢慢漂浮，由於光源的缺乏，我只能看到那東西有車輪大小，看不清楚是水底的動物，還是什麼水草類植物。

這時水底那團黑呼呼的物體，又和我接近了一些，我認為魚類沒有這樣的體型，應該是某種水生植物，難道是水草糾纏在一起，長成了這樣一大團，倘若水草也是這般大，那我們可真就遇到大麻煩了。

我想到這裡，把手伸向那團漆黑的物體，準備抓一把到眼前看一看，究竟是不是大團的水

草，誰知剛一伸手，那東西忽然猛地向前一躥，斜刺裡朝頭上的水面彈了出去，在距離水面一兩米的位置停住，靜靜地潛伏在那裡。

在那團車輪狀的物體在水底躥動的時候，我已經瞧得清清楚楚，不是大團的水草，那東西縮在一起時顯得圓滾滾的，划水的時候，則伸出兩條弓起來的後腿和前肢，身上纏繞了不少水草，原來竟然是一隻碩大的紅背蟾蜍，而且四周好像不止這一隻，另有不少，都聚集到距離水面一米左右的地方，漆黑一團的水底之中，很難分辨究竟有多少這麼大型的蟾蜍，也不知是否還有更大的什麼東西。

怎麼會有這麼大的「癩蛤蟆」，我一驚之下，險些喝了口地下水，感覺這口氣有些憋不住了，也無心再潛到水底尋找藻類植物，急忙向上浮起，撥水而出，我頭一出水，趕緊深吸一口氣，對胖子與Shirley楊說：「水底下有東西，咱們的趕快離開這裡，先爬到那棵橫倒下來的化石大樹上去。」

在這裡地下洞穴的水面上，有整座古老森林的化石，其中一些大樹的化石，由於自然的原因，倒塌斷裂，那些倒下的化石樹，橫架在周圍的化石上，而沒有沉入水底，在密密麻麻的化石森林中，形成了一條條天然石橋。

我們前邊不遠，就剛好有這麼一棵橫倒在水面，被其餘化石卡住的老樹幹化石，樹幹上有很多枝杈。

三人急忙把剛才取出來的武器重新裝回防水袋中，迅速向那橫倒的化石樹游去，等到我們游到近前，Shirley楊先伸手抓住化石樹的樹杈，我和胖子托著她的腳，先協助Shirley楊爬上了橫倒的化石樹身，然後我也跟著爬了上去，垂下登山索給胖子，留在水中的胖子把充氣囊中的空氣迅速放淨，用登山索將背包掛在自己身上，我連拉帶拽，把胖子也弄上了樹幹，最後在把裝備背包吊了上來。

腳下踩到了石頭，心中方覺稍微安穩，但是我們三個人仍然不敢懈怠，以最快的速度把武器重新從防水袋中取出，胖子問我道：「一個李向陽(注)就把你嚇成這個樣子，水底下究竟有什麼東西？」

Shirley楊也問我道：「是看見那具沉在水底的女屍了嗎？」

我指著那片水面說：「沒有李向陽，也沒有女屍，水下有大隻的癩蛤蟆，也就是大蟾蜍，大的跟車軲轆，小的也有斗大，他媽的，這些傢伙背後疙疙瘩瘩的地方，有很多毒腺，千萬不能和牠們產生接觸，否則一旦中了癩毒，便有一百二十分的危險。」

Shirley楊舉起「狼眼」手電筒，將光柱掃向我們剛才停留的水面，那裡已經靜悄悄的，只有我們剛才快速游動時，造成的水紋，黑沉沉的水面下，看不到有什麼特別的跡象，Shirley楊看了兩眼，便轉頭對我說道：「以前做實驗的時候，經常會用到蟾蜍，我記得這種動物應該是白天隱藏在陰溼的泥土中、石塊下或草叢間，黃昏和夜間才出來活動，怎麼會出現在水這麼深的地方，你有沒有看錯？」

我搖頭道：「說實話，這麼大隻的蟾蜍，今天我也是第一次見到，但是我絕對不會看錯，我想你的本兒本兒主義，用在這裡恐怕不太合適，我在水底和那大癩蛤蟆相距不過三米，看的十分清楚，它們都浮在離水面不遠的地方，不知要做什麼，我擔心對咱們不利，所以才讓你們趕快爬到這裡，不管怎麼樣，咱們先看清楚了再說，我總覺得這片被地下水淹沒的化石森林，有些地方不太對勁兒。」

胖子忽然做了個噤聲的手勢，讓我們看前邊不遠處，那片蚊蚋聚集的地帶，無數大蜻蜓一樣的蚊子正發出「嗡嗡嗡……」的刺耳噪音，那裡離我們落腳的地方極近，用「狼眼」手電筒的光線，也可以看得十分清楚，由於那些攙聚成蟲牆一樣的蚊子，都沒有眼睛，它們對「狼眼」手電的光線並不敏感，仍然像無頭蒼蠅似地圍著植物根莖最密集的地方打轉。

Shirley楊低聲對我們說：「地面上的植物過於密集，造成養料和水分的缺乏，所以延伸下來的植物為了掠取水分，都拚命地向下生長，以便直接接觸到這裡的地下水，那些飛蟲……它們像是正聚集在那裡產卵。」

剛才我潛入水中，發現有不少大魚，這些魚不同於始終生長在地下環境中的盲眼魚類，都有眼睛，這說明這片地下水，雖然從地下洞穴中流過，卻是條明水，和外界相通。

但是這裡的環境過於獨特，植物和昆蟲都是獨立存在的生態系統，不過只要是能夠通到外界的明水，我們就應該可以沿著水流，進入到「獻王墓」的主陵附近。

現在的當務之急是要弄清楚，這酷似葫蘆形狀的大山洞，是不是越往深處走，人體就會逐漸變小，還是說由於葫蘆形洞穴那獨特的喇叭狀地形，越往裡面空間越大，以及生長在這特殊環境中的大型植物和昆蟲，從而使得我們產生了錯覺，誤以為自己的身體在變小。

忽然水面上傳來一陣騷動，一條條數尺長的大舌頭從水下伸出，以迅雷不及掩耳的速度，襲向那些水面上的大蚊子，長舌一捲，就裹住數十隻蚊蟲，水面上緊接著浮出無數大嘴，把那些被血紅長舌捲住的蚊子吞入口中，原來是那些浮在水下的大蟾蜍等到時機成熟，都紛紛從水

注　電影《平原游擊隊》中的八路軍隊長，智勇雙全，擊斃日本侵略軍的松井大隊長。

下躍出，捕食那些正聚集在一起的大群蚊子。

這一刻，化石樹前方的水面亂成了一鍋粥，就在蟾蜍的大口一張一闔之際，已有無數的蚊子丟掉了性命，那些怪蟾每一隻都大得驚人，雙眼猶如兩盞紅燈，密密麻麻的，數不清楚究竟有多少。

我們三人伏在橫倒的化石樹上，瞧見那些大蟾蜍背上疙裡疙瘩的賴腺，頓覺噁心無比，實在是不想再看，只好把爬在樹身上的身軀盡量壓低，暫時把頭低下不去看那水面的情形，只盼著那些蟾蜍盡快吃飽了就此散去，我們好再下水前進，速速離開這個古怪的洞穴，在天亮前抵達最後的目的地。

我低下頭的時候，發現化石樹的樹身上有很多細小的沙孔，這化石樹身經歷了千萬年的水中浸泡，被水流沖出了無數的沙孔，恐怕緊不住我們三人的重量，會從中斷裂。

於是我關掉了手中的「狼眼」手電筒，打開了登山頭盔上更加節省能源的射燈，隨後招呼Shirley楊和胖子，打個手勢，帶著他二人推進到左側比較平整的一個石臺上。

左側的這片石臺，十分堅固平穩，面積也不小，容下三個人綽綽有餘，在這片枝杈縱橫的化石森林中，這塊四方形石臺顯得有些與眾不同，四四方方的頗為整齊，很明顯是有人為修鑿過的痕跡，不過表面和四周都爬滿了藤蘿，還生了不少溼苔。

我對Shirley楊和胖子說道：「不知道這地方是不是造『獻王墓』時留下的遺跡，如果是的話，這裡又是用來做什麼用途的？會不會和咱們看到在水底出現的女屍有關？」

胖子說道：「眼再拙也能瞧出來，這是塊人工建造的石臺，咱們先前不是見到有個都是象牙的殉葬溝嗎，八成這地方也是什麼擺放貴重明器的所在。」說著話就拔出工兵鏟，動手把石

臺上的溼苔和植物層鏟掉，想看看下邊是不是有什麼裝「明器」的暗閣。

我和Shirley楊見胖子已經不管不顧地動上手了，只好幫他照明，不遠處那些大蟾蜍還在大肆吞食蚊子，攪動得水聲大響，看來一時半會兒的也完不了事。

胖子出手如風，轉眼間已經清理出小半塊石臺，只見下面沒有什麼機關石匣，而是一幅接一幅的浮雕，而且構圖複雜，包含的信息很多，但是只看一眼便會知道，這是些浮雕記錄的是古代某種祕密的祭祀儀式，這是個我們從未見到過的，十分離奇，並且充滿了神祕色彩的古老儀式，儀式就是在這葫蘆裡進行的，而這塊石臺，是一處特殊的祭臺。

第一二四章 山神的祕密

這個情況並不意外，這葫蘆形的山洞，整體上雖然是渾然天成，極有可能是在遠古時代，地質環境發生強烈變化而形成的，但是在葫蘆洞內的化石森林裡，有許多古人留下的遺跡，憑著化石祭臺上顯露出來的古老雕刻，幾乎就可以斷定，早在「獻王墓」修造前，這個神祕的洞穴，就被當地原住民視為一個極其重要的場所。

人類的祖先，在鴻濛初開的石器時代，便有了結繩記事的傳統，隨著文明的發展，石刻與岩畫、浮雕等直觀的表現形式，成為了傳承文明最有效的途徑，在一些舉行重要祭禮的場所，都會遺留下大量的圖形信息，給後人以最直接的啓示。

古代先民們在漫長的歲月裡運用寫實或抽象的藝術手法，在岩石上繪製和鑿刻圖形或者符號，它記錄了古代人類社會生活的各個方面，而我們在這「蟲谷」下的葫蘆洞中所發現的化石祭臺，就記載著古人在這裡祭拜山神的祕密活動。

首先映入眼簾的是這片祭臺上保存最完好的一幅，說是完好，只是相對而言，幾千年的歲月侵蝕，很大一部分雕刻都已經模糊不清，石刻圖案採用的是打磨工藝，磨製法就是先鑿後磨，線條較粗深，凹槽光潔，有些地方甚至還保留著原始的色彩。

大致還可以看出，這塊石刻的圖形中有一個身材高大的黑面神靈，大耳高鼻，臉上生有粗毛，口中銜著一枚骷髏頭，面相簡單奇異，很容易就會令人過目不忘。

胖子指著化石祭臺上的黑面神祇說道：「哎，這黑臉兒，像不像在入口出山神廟裡供奉的

神像？只少了兩個跟班的夜叉惡鬼，原來這葫蘆洞是他的地盤，不知道這孫子是什麼來路。」

Shirley楊說道：「形象上略有不同，但骨子裡卻如出一轍，多半就是同一人，不過山神殿中的造像，具有秦漢時期的風格，形象上顯得飄逸出塵，頗受內地大漢文明圈的影響，而這祭臺上的石刻，卻處處透露出原始蠻荒的寫意色彩，應該至少是三四千年前的原始古跡，大約是戰國時代之前，南疆先民留下的遺跡，可能入口處的山神廟，是建造獻王墓之時，根據這附近的傳說另行塑造的神祇形象，另外暫時還不能確定究竟是山神還是巫師，再看看其餘的部分。」

胖子用工兵鏟繼續清理其餘的石刻，他清除一部分，Shirley楊便看一部分，但是大部分都已經無法辨認，而且順序上顛三倒四，令人不明所以，看了一陣，竟沒再發現任何有價值的信息。

我心中也暗自焦慮，一邊舉著手電筒為胖子和Shirley楊照明，一邊警惕著四周的動靜，現在不當不正地停在山洞中間，這裡豈是等閒的所在，潛伏的危險實在太多，那神出鬼沒的水底女屍，體型大得超乎尋常的蟾蜍，還有那些碩大的飛蟲，雖然我們暫時還沒有受到什麼致命的攻擊，但是我們現在還沒搞清楚自己的身體有沒有在變小，是否是因為深入這葫蘆狀的洞穴而產生了某種變化。

裝備和能源的不斷消耗，使得我們不得不竭盡全力盡快地穿越這處山洞，但是這古怪的洞穴中危機四伏，越往深處走，洞穴變得越為寬廣，而裡面的植物和昆蟲也比外界大了許多，正如Shirley楊所說，昆蟲是世界上有最強生命力和殺傷力的物種，牠們之所以還沒有稱霸這個地球，完全是由於受到了體型過小的限制，如果我們在山洞裡照這麼走下去，那些飛蟲只消再大上三圈，倘若不走運被牠們叮上一口，就必然會一命嗚呼，任你是大羅金仙也難活命。

可以說在這進退之間徘徊不決的時候，發現了一處化石祭臺，就顯得意義十分重大了，我們現在只能寄希望於此，如果能從祭臺上找出一些線索，對我們現在的處境進行一次評估，那就可以決定是要繼續冒險前進，還是必須原路返回，另外再想其他的辦法，尋找進入「獻王墓」的通道。

我實在等不下去了，便對Shirley楊說：「我記得唐代風水宗師袁天罡的《窊天論》中，曾經描述過古人向山神獻祭的情形，與此間頗有相似之處，這山洞裡的石頭祭臺，很可能不止一座，咱們不妨在附近找找，也許還會有所收穫。」

Shirley楊讓我看她和胖子剛清理出來的一面石刻，對我說：「這是最後的部分，是連在一起的兩塊，感謝上帝，還算能看清楚個大概，你也來看看。」

我見Shirley楊的臉色有些古怪，看不出是喜是憂，似乎更多的是疑問，於是把「狼眼」手電筒和「劍威」汽步槍交給胖子，伏下身子，去看那祭臺上的磨繪石刻。

我定下心來仔細觀看，畫面藝術造型粗獷渾厚，構圖樸實，姿態自然，但是寫意性較強，那是一幕詭異無比的場面，在化石森林的水面中，一群頭插羽毛的土人，乘坐在小舟之上，手中都拿著長長的桿子，那些桿子和木舟，我們在通過「殉葬溝」之後，都曾經見到過，當時不知道是做什麼用的。

只見那些木舟中捆綁著很多大隻的蟾蜍，可能大蟾蜍都是被這些土人在附近所捕獲的，用繩索捆紮得甚是結實，那些大蟾蜍張著大嘴，表情顯得十分驚恐，似乎是在為自己即將面臨的命運極為擔心，都在盡力掙扎，刻畫得雖然簡單，卻極其生動，讓人一看之下，就能體會到石刻中所傳達的景象，其中充滿了一種古時候大規模犧牲殺戮的悲慘氛圍。

數名頭插羽毛的土人，在一位頭帶牛角盔的首領指揮下，同時用長桿吊起一隻大蟾蜍，把牠舉到半空，伸進化石森林石壁上的一個洞中，洞中冒出滾滾黑氣。

後邊另有一艘木船，擺放著幾隻變小了的蟾蜍，顯出一副死不瞑目的表情，圓滾滾的身體也變得乾癟，而且那些死蟾蜍石刻的顏色上，與那些活蟾蜍也有所區別，顯得毫無生氣，悲涼而又可怖，充分體現了生與死之間的落差。

我只看了這些，便聯想到在山神廟內目睹的種種事物，那黑面山神左右，各有一名山鬼服侍，一個捧著只火紅色的石頭葫蘆，另一個抓著一隻活蹦亂跳的蟾蜍，原來是表明這位鎮守大山的神靈，居住在一個葫蘆形的山洞之中，而且當地的人們，在巫師的指引下，捕捉大量的蟾蜍來供奉於他。

我問Shirley楊道：「那麼說咱們不是身體變小了，而是這山洞，確實是個葫蘆形狀，呈喇叭形，咱們從葫蘆嘴一樣的窄小山洞鑽進來，現在是走到了前半截葫蘆肚的地方？」

Shirley楊點頭道：「你只說對了一半，前邊的石刻雖然模糊不清，我卻發現裡面有一些關於這裡地形的描繪，咱們進來的入口，是葫蘆底，那是個人工鑿出來的入口，也被人為的修成倒葫蘆形狀，與這個天然的大葫蘆洞相互連通，而且大葫蘆洞的歷史比獻王墓可要早得多了，咱們倘若想從這洞中穿過抵達葫蘆嘴處的獻王墓，就要鑽進土人用長桿把大蟾蜍挑進去的那個洞口，有可能那位山神爺還在裡面等著咱們呢。」

我一時沒反應過來，完全怔住了：「山神老爺等著咱們做什麼？難不成想拿咱們當癩蛤蟆吃了？」

胖子對Shirley楊說：「你用不著嚇唬我們，除了毛主席，咱服過誰？老子拎著衝鋒槍進去溜溜，他若是乖乖騰出條路來讓咱們去還則罷了，否則惹得爺惱怒起來，二話不說先拿槍突突了他，這葫蘆洞以後就姓王不姓黑了。」

我回過味來，對胖子說道：「你胡說八道什麼，古代人封建迷信思想也能當真，我就不信有什麼山神，我在崑崙山挖了好幾年大地洞，也沒挖出過什麼山神，我想那不過是當年洞裡生存的某種野獸，當地那些無知愚昧，受到統治階級蒙蔽，以及被三座大山所壓迫的勤勞勇敢的勞動人民，就拿那傢伙當作神靈了，這樣的先例在中國歷史上比比皆是，數不勝數。」

胖子若有所思地說：「倒也是這麼個理，要不怎麼都說知識就是力量呢，假如真是什麼動物被當作山神，可能是蟒蛇一類的幹活，這深山老林裡就屬那玩意兒厲害，蛇吃青蛙的事咱們見得多了，八成就是條老蟒或者大蛇之類的。」

我對胖子說：「有老美的M1A1在手，便是條真龍下凡，咱們也能把它射成篩子，不過恐怕咱們這次沒有為民除害的機會了，這祭臺是幾千年前的遺跡，王八烏龜才能活一千年，那蟒蛇一類的動物壽命又怎能活到今時今日，那邊的山洞我估計已經空了多年了。」

我與胖子二人頓時躊躇滿志，頗覺英雄無用武之地，卻聽Shirley楊說道：「先別太早做出定論，你們看看這最後的磨繪，水底的女屍咱們可是剛剛親眼見過的，那邊的山洞未必就已經什麼都沒有了。」

我這才想起來，最後還有一塊磨繪的石刻，這才發現，一位黑面冷酷的神靈，說是神靈，臉上卻看不出一絲一毫的生氣，反而顯露出一些不易察覺的陰氣，在他身邊圍繞著無數女子，那些女子顯然都是死屍，都是平躺在地仰面朝天，雙手張開，垂在左右，雙腿弓起呈弧形，似乎是用反關節在地上爬行，女屍的特徵與我們剛才見到，從水底浮上來又忽然隱去的女屍完全

一樣，說是屍，不如說是亡魂，否則見到她的一瞬間，我們又怎麼會感到這麼強烈的怨念，我驚問：「難道那裡是個屍洞？有幾千年的老粽子成了精，盤據其內？」

第一二五章　黃金面具

我奇道：「怎麼這些女屍仰面朝天，但是四肢卻垂向一個不可思議的角度？」但是我隨即想到剛才在水中所見的那個「死漂」，難道前邊的洞中，還有更多的這種「死漂」不成？

這些女屍實在太古怪了，她們是什麼人？屍體泡在水中幾千年，為什麼至今還不腐爛？而且我始終感覺這種「死漂」，不像是我們尋常所說的浮屍，那種強烈的怨念是要傳達什麼？我反覆又看了數遍那座「化石祭臺」，但是祭臺的「磨繪」中到現在為止所保存下來、還能辨認的部分太少，再也找不出任何的線索。

此時附近那些大蟾蜍又紛紛潛入水中，水面上頓時平靜了下來，我四周看了一下，這塊化石祭臺附近還算是安全，由於在水中游得久了，三人都感到有些疲憊，於是我們便決定暫時在這裡稍微休息片刻，吃些補充熱量的食物，也有必要根據當前所處的狀況，重新調整一下行動的方案。

我心中稍微有點猶豫了，過往的經驗給了我一種不祥的預感，一時難以決斷，只好徵求了一下Shirley楊和胖子的意見，這個葫蘆形的遠古山洞，葫蘆嘴的位置便是「獻王墓」的玄宮，但是最後的一段路程吉凶難料，誰也搞不清楚「山神爺」的真面目，還有那些「死漂」，我們所面臨的最直接的威脅，就是那具在水底時隱時現的「女屍死漂」，如果原路返回當然可以，卻未必能再找到另一條可以進入「獻王墓」的入口了，關鍵是現在需要評估一下，是否值得冒這個險。

Shirley楊對我說道：「其實磨繪中還傳達了更多的信息，只不過你沒有發現，你看這畫中的土人皆是頭插羽翎，只有為首的首領是頭戴角盔，磨繪的構圖過於簡單，所以很容易忽視這個細節，咱們先前在獻王大祭司的玉棺中，曾經發現了一個在巫術儀式中所配戴的面具，我想那個黃金面具，便與此有關。」

「磨繪」中的土人首領，頭上所戴的究竟是頭盔，還是面具？很難區分，只有那兩根長長的彎角十分顯眼，標示著此人的地位與眾不同，即便不是所有人的大首領，也是一位司掌祭重要祭禮活動的大祭司。

我讓胖子把那副黃金面具取出來再看一看，那幾件祭器胖子始終沒捨得離身，一直裝在他自己的攜行袋中，此刻拿將出來一看，黃金面具頭頂是兩隻開岔的龍角，亦或是鹿角，獅目虎口，耳部是魚耳的形狀，綜合了各種動物的特點，造型非常怪異，而且在面具的紋飾上，鑄造了許多凹凸起伏的眼球，一看便和沙漠古城中精絕人崇拜的圖騰相同，這麼對照著一看，「磨繪」中那夷人首領的角盔，確實有幾分像這黃金面具的造型。

Shirley楊說：「化石祭臺的磨繪在先，至少有三千年以上的歷史，而獻王墓在後，只兩千載有餘，我想也許是這條在地下的祕密洞穴，是外界唯一可以通向王墓的路徑，而盤據洞內的所謂山神，自古便是當地夷人膜拜祭祀的對象，所以獻王的手下，套用了此地夷人古老的傳統祭祀儀式，在王墓封閉後，如果想進入明樓祭祀獻王，就依法施為，只須向洞中的神靈供奉了數量足夠多的大蟾蜍，就可以順利通過這裡，在殉葬溝盡頭，有些秦漢時期造型的木船，還有那些腐朽的長桿，就可以證明在王墓封閉之後，至少進行過一次以上這樣的祭祀儀式。」

Shirley楊頓了一頓，繼續說道：「另外根據我對動物的瞭解，附近水域中的大蟾蜍，應該不是生活在這裡，而是聚集在溪谷中的某處溼原，只是由於最近地下滋生的昆蟲正值產卵期，才引來了這許多大型蟾蜍。」

我聽罷了Shirley楊的分析，真是說得頭頭是道，讚嘆道：「楊參謀長高瞻遠矚，僅從一個絲毫沒有引起我們重視的面具著手，就分析出這麼多情報，想那獻王也是外來戶，有道是強龍尚且不壓地頭蛇……」

胖子頗覺不服，不等我把話說完，便對Shirley楊說：「這葫蘆洞通往獻王墓，早在咱們沒進來之前，我就最先瞧出來了，你倒說說那山神和女屍究竟是些什麼東西，這葫蘆裡賣的究竟是什麼藥？」

Shirley楊搖搖頭說：「我又不是先知，怎麼會知道那些，我只是根據眼下的線索做出的推斷，究竟是怎樣一回事，不親眼所見，怎能做得準？但是我想這祭臺上的信息，應該是真實的，山神和那些女屍都是存在的，即便他們的原形與古人的認識存在很大差別，但是那山洞裡肯定是有些古怪東西的。」

Shirley楊又問我道：「老胡，你是見多識廣的人，依你所見，這山神的本來面目會是什麼？咱們是否有把握穿過這座葫蘆洞？」

我對Shirley楊和胖子說：「依我所見，那黑面山神臉上長有硬毛，面部毫無生氣，必定就是個住在山洞裡的數千年老僵屍精，而且身上有大量屍毒，那祭臺上的磨繪含義十分清楚，夷人捉了大蟾蜍，用長桿吊進洞去，並不是被什麼東西吃掉，而是由於蟾蜍體內本身便有毒腺，一旦遇到更猛惡的毒氣攻擊，便會通過背後的毒腺放毒對抗，最後被屍毒耗盡了精血，所以拿出來的時候，才成了癩蛤蟆肉乾，只有這樣誘使那老僵屍把屍毒暫時放淨，再用黃金面具鎮住

他，才有可能從葫蘆洞裡通過，平日裡若是沒有這套手段，不知底細的外人一進洞，就不免中了屍毒而死，從前在雲南就有過這樣的民間傳說，我這推論有理有據，可不是我胡編亂造的，不過那種死漂的浮屍，我可真說不出來了，聞所未聞，見所未見，不知道那些女屍與那千年老粽子精能扯上什麼關係。」

胖子雖然並非外強中乾的貨色，但是此刻聽我說有三千年前的古老僵屍成精，也有些發虛，畢竟那些東西誰也沒見過，憑黑驢蹄子和糯米誰有把握能搞得定它，於是便說道：「胡政委，你剛才說什麼強龍不壓地頭蛇，這話說的太好了，說的在理啊，甭管怎麼說，那老僵屍在這兒住了這麼多年了，也沒違法亂紀，也沒在社會上搗亂，這說明什麼呀，說明人家是大大的良民，沒招過誰，也沒惹過誰，如果咱要非跟人家過不去，硬要從這裡強行通過，憑咱們的身手，也不是不行，可那就顯得咱們的不明白事理了，我看咱們不如繞路過去，互相給個面子，各自相安無事也就完了。」

Shirley楊說道：「用蟾蜍消耗掉洞中的毒氣這件事，十分有可能，但我看未必有什麼老僵屍成精，古人又怎麼會把僵屍當做山神，這絕不可能，只是水底出現的那具裸屍，全身赤裸，隱隱籠罩在一層幽冥的光暈之中，那女屍一出現，就會使人感覺到一陣莫名的憂傷，像是有某種強烈的怨念，看樣子前邊的洞裡會有更多，不知其中有什麼名堂，這卻不得不防。」

我和胖子聽得Shirley楊說「裸屍」二字，同聲驚呼：「光屁股女屍！」我自知失言，急忙用手捂嘴，卻已晚了，心中甚是奇怪：「怎麼胖子這傢伙跟我說一樣的話？而且連一個字都不差，這廝真夠流氓。」

適才我見到那突然從水底浮起，又悄然消失的女屍，由於事出突然，並未注意看女屍是否赤身裸體，只注意到浮屍是個女子，看那身形甚是年輕，身上籠著一層冷淒淒的白光，現在回想起來，好像確實是具裸屍，可她為什麼不穿衣服呢？難道被水泡爛了？就算真是僵屍，光光溜溜的倒也香豔，我好奇心起，突然產生了一種想再仔細看看的念頭。

我覺得剛才說出那句光屁股女屍的話有些尷尬，於是假裝咳了兩聲，開口對Shirley楊和胖子道：「已經來到此地，豈有不盡反退之理，咱們現在該動身了，你們要是夠膽色，就跟我戴上防毒面具，鑽進這葫蘆洞的最後一段，管他什麼鬼魅僵屍，都用黑驢蹄子連窩端掉，咱們來個單刀直入，直搗獻王的老巢，不管那洞中有什麼，只要咱們不怕犧牲，排除萬難，就一定能爭取到最後的勝利。」

胖子是個心裡裝不住事的人，這時候顯得有些激動，一拍大腿說道：「就是這麼著，陳教授那老爺子的性命就在旦夕之間，容不得再有耽擱，咱們救人救到底，送佛送到西，重任在肩，使我們不能停步不前，打鐵要趁熱才能成功，這就是最後的鬥爭，英特納雄耐爾（注）就一定會實現，山凶水險，擋不住雄心壯志，天高雲淡，架不住鷹擊長空，明天早上朝霞升起的時候，咱們就要帶著勝利的喜悅，返回闊別已久的家園，回想那戰鬥的日日夜夜，胸懷中激情未乾，我們要向祖國母親莊嚴的彙報，為了人類的幸福……」

我和胖子對是否要繼續走完「葫蘆」洞最後一段的態度，突然變得積極起來，使得Shirley楊有些莫名其妙，用好奇的目光看著我們，我見胖子嘮叨個沒完，急忙暗中扯了他一把，低聲說：「廁所裡摔罐子，就屬你臭詞兒亂飛，裝他媽什麼孫子，你不就是想看看裸屍嗎？甭廢話，趕緊抄上傢伙開路。」

第一二六章　群屍

Shirley楊向來十分重視團隊精神，始終認為三人一組，所有的事情都應該開誠布公，見我又和胖子低聲嘀咕，便問我道：「你們兩個剛才在說什麼？」

我最怕被Shirley楊追問，只好故計重施，從背包裡取出「芝加哥打字機」，遞給Shirley楊道：「前方去路恐有凶險，我這把衝鋒槍先給你使，如果遇到什麼不測，你別猶豫，扣住了扳機只管掃射就是。」

Shirley楊不接，取出那枝六四式對我說：「有這枝手槍防身就夠了，我投民主黨的票，所以是不太相信槍的，我認為武器有時候並不能解決一切問題，M1A1還是在你和胖子手中，才能發揮比較大的作用。」

胖子急不可待，連聲催促我和Shirley楊動作快點，於是我們匆匆把防毒面具取了出來，包括一些用來對付僵屍的東西，還有從玉棺中所發現的黃金面具等祭器，都裝進攜行袋中，由胖子把剩餘的裝備都背負了，按照化石祭臺上的地形，尋到葫蘆洞出口的方向，由於地形的原因，這次則不再進行武裝泅渡，倒塌的古樹木化石很多，有些連成一片，中間雖偶爾有些空隙，卻都可以縱身越過，這樣也不必擔心受到水底女屍的暗中襲擊了。

以指南針做為引導，逕直向西走出百餘米，四周的紅色石壁陡然收攏，如果我們所處的洞

注　共產國際歌〔Internationale〕的音譯，此指使社會主義推行至全世界的夢想。

穴，真是一個橫倒的大葫蘆形狀，那麼現在我們已經來到了葫蘆中間接口的位置，這一切都與化石祭臺那些古代夷人的磨繪記載完全相同。

這裡由上面延伸下來的各種粗大植物根莖逐漸稀少，空氣也不再像之前那麼溼熱，沿著翹起的紅色岩壁搜索，天然形成的兩個紅色大岩洞，中間部分的接口已在眼前，只是這裡的石壁也都是紅色嵤生岩層，是寒武紀的遺留，都像鏡子面一樣溜滑，最後這十幾米的距離，已經沒有古樹的化石可以落腳，我們只好涉水而行，用登山鎬用力鑿進溜滑的岩壁，三個人互相拉扯著，爬上了葫蘆洞中間的結合部。

地下水的水平面，剛好切到這個窄洞的最底部，好像這葫蘆洞是呈二十五度角向下橫倒傾斜，地下水流經過去之後，產生了一個水平面的落差，順著那邊的石壁向下流淌，形成了一個水流量並不是很大的瀑布，我扒住洞口，用「狼眼」手電筒向下望了一望，坡度很陡，而且是弧形的，下面的深度比我預想中的要深許多，根本看不到底，想要下去的話，也不是那麼容易，最穩妥的辦法只有用岩楔固定到這洞口處，然後放下繩索，用安全栓降下去，有了這道提前預設的繩索，回程的時候也能省去一些麻煩。

我讓胖子安裝岩楔和登山繩，胖子問道：「老胡，這洞裡當真有千年僵屍的屍毒嗎？黑驢蹄子能管用嗎？咱們可從來沒試驗過，萬一不靈怎麼辦？」

我對胖子說：「摸金倒斗的人，有幾個沒遇到過古墓中的僵屍？可能咱們就算是那為數不多的、從沒遇過僵屍的三個人，至於黑驢蹄子能否剋制僵屍，咱們也都是道聽途說，不過既然是歷代前輩們傳下來的手段，想必也應該比較靠譜，實在不行了，咱們不是還有老美的M1A1嗎，所以大可不必擔心。」

殭屍我確實從未親眼見過，但是耳聞不少，記得我祖父就說起過他年輕時被殭屍精掏了心肝的事，虧得遇到他的師傅，才沒變成行屍走肉，還有那陝西老鄉李春來，說起他們村裡的旱魃，那些應該都是殭屍，可見這種東西是當真有的，想當年我和胖子在野人溝初次倒斗，對付那屍煞的時候，黑驢蹄子和糯米等物，好像沒起任何作用，雖說屍煞與殭屍不是一回事，但畢竟都是古屍所化，所以我對黑驢蹄子能制住殭屍的傳說，始終持保留意見。

趁著固定岩楔和安裝登山繩的間歇，我問Shirley楊，她家祖上出了很多倒斗的高手，倒過許多大墓，一定沒少遇到過殭屍，這黑驢蹄子究竟管不管用？如果管用，它又是利用什麼原理來剋制殭屍的？

Shirley楊對我說：「我可以和你打個賭，洞裡的山神不會是殭屍，理由我剛才已經講過了，即便是夷人，也不會把屍體作為山川河流的神靈來供奉，這種習俗中國的少數民族沒有，別的國家也沒有，至於黑驢蹄子能制服殭屍，這是確有其事，其中的原理，流傳下來的說法很多，都有強烈的神祕色彩，我想應該是黑驢蹄子中有某種絕源的物質，與殭屍體內產生的生物電相沖，將黑驢蹄子塞進殭屍口中，如同在殭屍口中加了一個屏蔽器，也許你有些別的物品代替也可以，不過這只是我個人的見解。故老相傳，水能載舟，亦能覆舟，黑驢蹄子有時也會產生相反的作用，如果沒有發生屍變的屍體，接觸到黑驢蹄子，反而會激發它加速變化，這就不知是真是假了。」

我聽了之後，稍覺安心，現在這個洞口，就是當年夷人們用長桿將大蟾蜍吊進去的地方，但是在這裡看來，裡面靜悄悄黑沉沉的，像是個靜止的黑暗世界，似乎完全沒有任何生命的跡象，與我們剛才經過的區域完全不同，先前一段洞穴裡面有大量的植物、昆蟲和魚類，蛙鳴蚓吹，飛蟲振動翅膀，滲下來的水滴入河中，到處都充滿了自然界的聲音，兩端的葫蘆洞只不過隔著一個五六米長的接口，卻判如陰陽兩界生死兩極，如果真有老僵屍成了精，幾千年淤積不散的屍毒，可能就是造成這裡毫無生機的原因。

這時胖子已經把登山繩準備妥當，伸手一扯，足夠堅固，可以開始行動了，我先向下扔出一枚冷煙火，看清了高低，便帶上防毒面具，背上M1A1，順著放下去的登山繩從光滑的紅色石壁上溜了下去。

洞口下這片凹弧形的岩壁，經過地下水反覆的沖刷，溜滑異常，根本無法立足，只能控制登山繩的收放，延緩下落的速度，下落了大約有十來米才到底，腳下所立，是大片溼漉漉的疊生岩，兩邊都是地下水。

我抬頭向上看去，黑暗中只能見到高處胖子與Shirley楊兩人頭盔上的戰術射燈，其餘的一概看不到，我打個信號，告訴他們下邊安全，可以下來。

Shirley楊和胖子收到信號，先後用登山索滑了下來，胖子一下來就問我：「有沒有見到什麼僵屍？」

我對胖子說：「你怎麼還盼著遇到粽子？以後別說這種犯忌的話，萬一那老僵屍禁不住人念叨，突然跑出來怎麼辦。」

Shirley楊對我和胖子做了個不要聲張的手勢，然後給六四手槍的子彈上了膛，一看四周的環境，低聲說：「現在看來，還算一切正常，咱們不要耽擱，直奔葫蘆嘴，這裡的氣氛不太對頭，山神雖然未必真有，那水底浮屍可是千真萬確的，還不知她們是以什麼方式襲擊人類，咱們走動的時候，務必要小心水中的動靜。」

當下我們三個人各持武器，離開中間水深的地方，從圓形山洞的邊緣摸索著在黑暗中前

進，這最後的一段葫蘆洞穴深藏在地下，洞穴中央的水極深，而且一片死寂，穹頂上有無數倒懸的紅色石筍，兩邊是從水中突起的疊生岩層，可以供人行走，這些紅色的石頭，都被滲成了半透明的顏色，戰術射燈的光線照在上面，泛起微弱的反光。

水面上偶爾可以見到一些微小的浮游生物，看不出有毒的跡象，我不免有些慶幸，看來我們的選擇是正確的，隔了幾千年，恐怕以前把這裡當做巢穴的東西早已經不復存在了。

從上面的洞口下來，走了還不到數十米，忽然發現前邊的水面上出現了一道冰冷暗淡的白色光芒，我趕緊一揮手，三個人立刻都躲到了山石後邊潛伏起來，關閉了身上的一切光源，在黑暗中注視著那片鬼火般清冷如霧的光芒。

水中那團飄忽閃現的光團，由遠而近，我透過防毒面具看得並不十分清楚，似乎就是一具「死漂」，終於還是出現了，我用最小的聲音對身邊的胖子說：「我看那水裡的女屍似乎並沒發現咱們，你先瞄準了，給她一槍，然後咱們趁亂衝過去把她大卸八塊。」

胖子對開槍的事向來不推辭，把手中的「芝加哥打字機」先放下，摘下背後的步槍，以跪姿三點瞄成一線，當即便要擊發，卻見水中又出現了數具浮屍，有的已經浮上水面，有的還在水底，都是仰面朝上，雖然是漂浮在水中，但是手臂和雙腿向下彎曲，似乎不受水面浮力的影響，這姿勢說不出來的彆扭，像是關節都被折斷了。

水中浮出來的女屍數量越來越多，就連我們身後也有，前後不到幾分鐘的時間，也不知是從哪裡冒出來的這麼多死漂，水中滿滿的已經全是死人，數不清究竟有幾千幾百，群屍發出了大量鬼氣森森的白光，原本黑暗的洞穴被那些鬼火映得亮了起來，然而這種亮光卻使人覺得如墜寒冰地獄，止不住全身顫慄。

第一二七章 非常突然

Shirley楊低聲對我和胖子說：「這些浮屍好像正向某個區域內集結，看樣子不是衝咱們來的……」

胖子見被水中的「死漂」所包圍，心中起急，把「芝加哥打字機」的槍機拉開，滿臉凶悍的說道：「我看八成是要湊成一堆兒，合起夥來對付咱們，先下手為強，後下手遭殃，老胡你還等什麼?動手吧。」

我用手壓住胖子的肩膀，把他按到石頭後邊，不讓他莽撞行事，三個人潛伏在山岩後邊觀看那些浮屍的動靜，這時整個山洞的大半，都被那些發出詭異光芒的浮屍映亮，深不見底的地下水中層層疊疊，不知究竟有多少漂浮的女屍，我心中有些慌了，事先只想到這洞中可能有些奇特的「死漂」，有美式衝鋒槍在手，也盡可以對付了，但是萬萬沒有料到，這裡的水中竟然有成千上萬的「死漂」，就算我們有再多十倍的彈藥，怕也對付不了，望著那水面上不計其數的女性浮屍，我腦門子上的青筋都跳了起來。

現今唯一還算走運的是那些「死漂」，與河裡的圓木差不多，一個個無知無識，緩緩地向洞穴中間的深水處聚集，我們屏住了呼吸，連口大氣也不敢出，實在是想不出這許多女屍是哪裡來的，若說是幾千年前的古屍，怎麼又在水中保存得如此完好，一點都沒有腐爛，看那朦朧剔透的豐滿軀體，和活人也差不太多，屍體上發出的陰冷青光，又是什麼道理?我百思不得其解，只好壓制住內心的狂跳，躲在黑暗的岩石陰影後，瞪大了眼睛觀看。

我收攝心神，這才慢慢看出些頭緒，大片大片的「死漂」，可能都是從水深處浮上來的，逐漸聚集到距離我們位置不遠的地方，由於實在太多，使得光亮也比四周明亮了許多，冷光刺目，反倒看不太真切了。

而且在「死漂」最集中的所在，有一大團浮在水面上空的紅色氣體，最下邊的部分與水面相連，遮蔽了鬼氣逼人的青光，一群接一群的「死漂」，對準那團紅色雲霧，爭先恐後地鑽了進去。

大團的紅色煙霧，鮮豔得猶如色彩濃重的紅色油漆，裡面有些什麼無法看清，但其中就似是無底的大洞，大批浮屍被吸了進去，絲毫也沒有填滿的跡象。

紅色的雲霧，大概就是化石祭臺「磨繪」中記載的毒氣，可能是受到溼氣的侵蝕，「磨繪」的顏色已經改變，所以開始我們以為從洞中噴出的毒霧是黑色的，現在看來，竟是如此鮮豔，世間的毒物，其顏色的豔麗程度往往與毒性成正比，越是鮮紅翠綠、色彩斑爛的東西毒性越是猛烈，這紅霧不知毒性何等厲害，更是聚而不散，若不是我們都提前戴了防毒面具，在這麼近的距離，難免會將毒霧吸入七竅，中毒身亡，說來也怪，這麼多「死漂」，在水中擠成了一鍋粥，卻只有極微弱的流水聲，此外再也沒有其餘的聲音，所有的這一切，都在無聲無息的情況之下進行。

Shirley楊在我耳畔說：「毒霧中似乎有什麼東西，大概就是那位山神老爺的原形了，水中這些浮屍不知出於什麼原因，又是被這毒霧所吸引，不停的漂進其中，一旦進去好像就被吃掉了。」

我對Shirley楊說：「操他祖宗，這可真夠邪門，不管那山神是何方神聖，照他這麼個吃法，這麼多年以來，得有多少女屍才夠它吃，這些屍體又是什麼人的？」

胖子趴在地上，做了聳肩膀的動作說：「天曉得，鬼知道，不過那些浮屍好像還真沒穿衣服，這裡離得有點遠，看得模模糊糊，咱們不妨再靠近一些看個清楚，卻再計較如何應對。」

Shirley楊連連向下揮手，讓我們把說話的聲音再放小一點，指著西面小聲說：「這些都不重要，唯今之計，是正好趁那山神吃女屍的當口，咱們從邊上偷偷溜過去，萬不可驚動了那些……東西，否則對咱們絕對不利。」

現在也只有這麼辦了，對那山神老爺究竟是老僵屍，還是什麼山精水怪，我一點興趣也沒有，最好繞過去，在神不知鬼不覺的情況下從葫蘆嘴出去，畢竟我們的目標是「獻王墓」中的「雮塵珠」，而不是專門來和葫蘆洞中的山神老爺為難的。

我們把槍枝分開，各拿了一枝長槍，緊緊貼著葫蘆洞的洞壁，也不敢打開登山頭盔上的戰術射燈照明，就這麼縮在狼牙般的半透明山岩陰影裡，像電影裡放慢動作一樣，緩緩地向前移動，這段山洞中有許多大大小小的碎石，如果動作稍稍大一些，就會產生響動，三人不免都多加了十二分的小心，我們都知道躡足潛行的鐵律，千萬不能急躁，奈何身上攜帶的裝備和器械太多，想著不要弄出動靜，結果還是出了岔子。

我們身上都背著槍，我和胖子背的是「芝加哥打字機」，Shirley楊帶的則是「劍威」，不知道是誰的槍托刮到了一塊山石。

那石塊其實也不大，卻直掉落入水中，發出「噗咚」一聲，在靜悄悄的洞穴中，這微小的石塊落水聲，似乎被穹頂形的洞壁放大了十倍，水面上被那無數浮屍帶動的水聲，緊跟著停了下來，好像那些女屍都被我們驚動，正在盯著我們看。

我心中一凜，心想：「完了。」但是還抱有一絲僥倖心理，和胖子Shirley楊爬在原地，一動也不敢動，只盼著那紅色毒霧中的「山神」沒有察覺到，更不敢向那邊望上一眼。

我爬在地上，心中罵個不停，不過命苦不能賴政府，點兒背不能怨社會，事到如今抱怨運氣不好也是沒用。

胖子支起耳朵聽那邊的動靜，卻始終是一片死一般的沉寂，心中起疑，對我打個手勢，黑暗中我看不太清楚他的動作，但是我們多年廝混在一起，彼此的心意都很清楚，我知道他大概是想問我：「那紅霧裡邊是不是有成了精的老僵屍？」

我輕輕搖了搖手，示意胖子別再動彈，現在不要發出任何動靜，不管那邊是不是在屍毒中的僵屍，惹毛了它都夠咱們吃不了兜著走的，手心裡捏了把汗，只求能挨過眼下這一關。

其實我心中也充滿了疑惑，自問平生所學風水祕術，造詣也是不凡，縱觀這裡地勢，果真如同葫蘆一般，想那「葫蘆洞」、「眠牛地」、「太極暈」（別稱龍暈），都是風水中的神仙穴，這洞穴形似葫蘆，雖然古怪，但自古青烏術士有言：「若是真龍真住時，何論端嚴與欹拙，一任高山與平地，神仙真眼但標扦」，雖然形異勢奇，卻是貨真價實的寶地。

這樣的地方，又怎會有僵屍？倘若那裏在毒霧中的東西不是僵屍，又怎麼能時隔數千年還存在於此？若非千年僵屍成精，又哪裡有這般猛惡的屍毒，更何況看那些「死漂」的樣子，不是產生屍變了才怪，聽說僵屍能嗅出生人氣，不知道我們戴了防毒面具管不管用。

最讓人難以理解的還是那些從水底出現的無數女屍，怎麼我們剛一進洞，她們就冒了出來，之前在洞口窺探之時，卻未見異狀，他娘了個蛋的，看來這些傢伙研究過《地雷戰》的戰術，不見鬼子不掛弦啊。

我心下胡思亂想，就沒太注意水面附近的動靜，突然覺得胳膊上被Shirley楊捏了一把，立時回過神來，只聽水邊碎石嘩啦啦響成一片，像是有許多人在河邊踏步，洞中被那些「死漂」映出的光亮，也變得閃爍不定，似乎那片水域中的東西移動了過來。

我知道該來的終究會來，只是早晚的事，看來對方已經察覺到了我們的存在，我決定後發制人，輕輕轉動身體，改為臉朝上，手中已經把「芝加哥打字機」的子彈頂上了膛，靜靜地等待著即將從山石後露出來的東西，準備先用狂風暴雨般的子彈給它來個見面禮，我身旁的胖子和Shirley楊也在沒有發出任何動靜的情況下，做好了迎擊的準備。

厚重的防毒面具，由於有吸附式過濾系統，導致在裡面聽自己的呼吸聲十分粗重，外邊的聲音不易聽清，只聽那細碎的聲音逐漸逼近，直到近在咫尺，已經可以看到眼前出現了一些細微紅色霧氣的時候，才聽出來岩石後邊發出一陣陣鐵甲鏗鏘之聲，只聽那聲音，就知道來者體型不小，為什麼會有這種鐵甲聲？難道是支古代軍隊？我把衝鋒槍握得更緊了一些。

胖子再也沉不住氣了，突然從地上跳將起來，舉起衝鋒槍，一串串M1A1的子彈曳光而出，打字機一樣的射擊聲響徹了整個山洞，我見胖子提前發難，更不遲疑，也翻身而起，還沒看清楚究竟那邊究竟有些什麼，就扣住扳機對著藏身的半透明山岩後邊一通猛掃，先用火力壓制住了對方再說，子彈射進紅色的毒霧之中，發出了噌噌噹噹的跳彈聲，如同擊中了裝甲板，附近水中的「死漂」們似乎受到了驚嚇，炸了鍋似地在水中亂竄，屍體上發出的青光越發強烈，加上「芝加哥打字機」射擊時槍口噴發的火光，整個葫蘆狀的大山洞中忽明忽暗，猶如有無數螢火蟲在黑暗中快速飛舞。

正在這一明一暗閃爍不定之際，面前的紅霧突然變淡消散，空無一物，我不禁大為奇怪，

子彈都打到哪去了，忽聽得身側一陣低沉的喘息響起，一張戴著黃金面具的怪臉正對著我們噴吐出一大團鮮紅的霧氣。

第一二八章 龍鱗妖甲

黃金鑄造的異形面具，歷經了數千年歲月的消磨，依舊金光燦燦，與我們在獻王大祭司玉棺中找到的那個面具，除了眼框部分之外，基本上完全相同，都是龍角、獸口、魚尾形的耳括，只不過後者是人類帶的，而現在突然出現在我們側面，噴出鮮紅色毒霧的面具，卻要大得多，和一口以前大食堂煮大鍋飯的大鍋相差無幾。

只這一個照面，我還沒來得及看清楚那究竟是什麼東西，心中猛地一跳，我的直覺告訴我，不是僵屍，隱藏在那面具後是一個充滿怨恨之心的生靈，它所發出的粗重喘息，每一呼氣，便生出一團紅霧，早把它的身體籠罩在其中，窺不到全貌。

這時候刻不容緩，身體的本能反應，取代了頭腦中的思考，我縮身向後急退，躍向身旁的岩石後邊，以便跟對手保持一個安全的距離，手中的「芝加哥打字機」也在同時掉轉槍口，對準紅霧中的東西一陣射擊，美式M1A1衝鋒槍不斷彈出彈殼，發出代表著死亡的呼嘯。

被擊發的子彈呈波浪形的扇面分布，全部釘進了那團濃烈的紅色毒霧，金屬中彈的聲音響成了一片，似乎那紅霧中的東西全身都被鐵甲覆蓋，不知我們這一陣掃射，有沒有給它造成傷害，在我的身體翻過岩石落地的一刻，M1A1的彈匣已經空了。

另一邊的胖子與Shirley楊也同時散開退避，說時遲，那時快，凝固般的紅霧猛然間散開，金光閃爍的面具從中竄了出來，這次我借著那些水中女屍身上所發出的冷青光亮，瞧得一清二楚，巨大的黃金面具，中間只有一個獨眼，有個像眼球一樣的東西在轉來轉去，面具嘴部是虎

口的造型，在這時看去，血盆大口好似是一道通往地獄的大門，裡面露出粉紅色的肉膜，那些肉膜好像是某種蟲類的口器，大口一張，不像顎骨類動物的嘴是上下張闔運動，而是像四周展開，變成了方形，裡面還有一張相同的小嘴，說是小嘴，同時吞掉兩三個活人也不成問題，口內也沒有排狀牙齒，而是在四個最角落，各有一個堅硬的「肉」牙。

這些特徵都充分說明，這個龐然大物是隻蟲子，它後邊的身體上是一層厚重無比的甲殼，其下更有無數不停動彈的顎足，都是那有人腿粗細的「∧」字形腳爪，其軀體之龐大粗壯，不輸給「遮龍山」下的那條青鱗巨蟒，而且它身上還罩著很厚的鱗片形青銅重甲，上面長滿了銅花，在潮溼陰暗的葫蘆洞裡，這層盔甲已經有不少地方脫落，還有些部分已經成為了爛泥，裡面露出鮮紅色的甲殼，甑光發亮，似乎比鋼板還硬，子彈擊中它的地方，都流出大量的黃色汁液，其餘的子彈有些射在了青銅龍鱗之上，還有的把黃金面具穿了幾個大洞，但是這個傢伙實在太大，而且外紅色蟲殼厚實得如鐵似鋼，M1A1的強大威力，看來也很難對它構成直接威脅。

這是什麼東西？蟲子？還是動物？天龍（蜈蚣的別名）？都不像，「天龍」應該是扁的，這隻的身體圓滾滾的很鼓，而且只有一隻眼睛，它頭上的黃金面具，還有那龍鱗狀的青銅外殼，又是由誰給它裝上去的？他娘的，這趟來雲南碰上的東西怎麼都是這麼大塊頭的。

電光石火的一瞬間，又怎容多想，管它是什麼東西，先料理了再說，我眼看那破霧而出的怪物，在黃金面具後張著大口朝我猛撲下來，手中的衝鋒槍已經耗盡了彈藥，不敢硬拚，而且後邊是地下水，水中有無數的浮屍，也無路可退，只好就地臥倒翻滾，以避其鋒芒，就見洞穴中滲人的冷冷青光中，劃過一道金光，正擊在我身旁狼牙形的半透明山石上，發出一聲震耳欲聾的巨響，我倒吸了一口冷氣，雙腳一蹬山石，借著這一踹之力，將身體向後滑開。

沒想到頭頂處也有山石攔住，登山頭盔撞到了山石上，並沒有滑出太遠，巨形黃金面具覆蓋下的怪蟲，一擊落空，毫不停留地發動了第二波襲擊，我心中暗地裡叫苦不迭，M1A1的彈鼓和彈匣都在胖子背上的背包裡，我手中只有一桿空槍，只好拔出登山鎬進行抵抗。

附近的Shirley楊與胖子見我吃緊，一個用「芝加哥打字機」，另一個用「劍威」汽步槍和手槍，同時開槍射擊，照準了那隻大蟲子的頭部一陣亂打。

頭帶黃金面具，身披龍鱗青銅甲的巨大昆蟲，被猛烈的彈雨壓制，連連縮頭，從青銅外殼的縫隙裡，以及口中，不斷噴吐出紅色毒霧，頓時隱入了紅霧中，讓人難以捕捉目標射擊。

洞穴中一時紅霧瀰漫，能見度下降了許多，我趁此機會，對胖子大喊道：「小胖，子彈。」

胖子立刻從便攜袋中拿了一個壓滿子彈的彈鼓，朝我扔了過來，我剛伸手接住，還沒等把彈鼓替換到衝鋒槍上，那股紅霧便驟然飄散，怪蟲猶如火龍出雲一般從中竄出，迅速對我撲來，我心中惱火異常，這廝跟我較上勁了，怎麼總衝我來，但是我心中一片雪亮，這時候生氣歸生氣，卻千萬不能焦躁和緊張，生死之分，往往只在這一眨眼的功夫。

我當即一不躲，二不閃，拿自己給衝鋒槍上彈鼓的速度，與那黃金面具撲過來的速度，做了一場以生死為賭注的豪賭，胖子和Shirley楊剛才一番急速射擊，也耗盡了彈藥，都在重新給武器裝填，這時見了我不要命的舉動，都驚得呆了，一時忘了身在何處，站在當場發愣。

當年在前線百死餘生的經驗，終於使我搶得了先機，只比對方的速度快了幾分之一秒，我舉起槍口的時候，那怪蟲的大口也已經伸到了我面前，我已經無暇去顧及誰比誰快了，只是憑感覺扣動了扳機，「芝加哥打字機」幾乎是頂在黃金面具的口中開始擊發的，招牌式的老式打

字機聲快速響起……

我耳中聽到一股沉悶的哀嚎，身體像是被巨大的鐵板撞擊，被那黃金面具頂得向後翻了兩個跟頭，不斷地倒退，直撞到山壁才算止步，全身每一根骨頭都疼，要不是戴著護肘和護膝，關節非被撞斷不可，感覺胸腔裡的五臟六腑都翻了兩翻，以至於不能呼吸。

我的豪賭似乎取得了成功，一長串子彈，少說有十發以上，好像全部都打在那巨大怪蟲的口中，紅色的毒霧縮到葫蘆洞的角落裡越變越濃，再也沒有任何動靜。

胖子大喜，對我喊道：「好樣的老胡，你簡直太神勇了，我代表中央軍委祝賀你，我軍將在繼黃繼光與楊根思兩位同志之後，授予你特級戰鬥英雄的光榮稱號，你將歷史上第三個獲此殊榮，而且還活著的傳奇人物。」

Shirley楊在另一邊對我喊道：「什麼神勇，你不要命了？簡直太瘋狂了。」

我聽得胖子胡言亂語，十分氣惱，心想這他媽擠兌誰啊，特級戰鬥英雄哪有沒光榮犧牲的，還嫌我死得不夠快啊，想還嘴，但是全身疼痛，話也說不出來，我伸伸胳膊，蹬蹬腿，還好沒受什麼硬傷，內傷就顧不上了。

我突然覺得有點彆扭，身上好像少了什麼東西，慌忙用手亂摸，摸到臉上的時候，心底一片冰涼，糟糕，這一陣生死相拚，我的防毒面具被撞掉了，這一下我的冷汗頓時就冒了出來，剛才玩命的時候，雖然生死就在呼吸之間，但那畢竟是把生命掌握在自己手中，主動權掌握在自己手中，所以並沒有覺得太過害怕，但是沒了防毒面具，現在就算是立馬找回來，怕也完了，雖然我們帶了一些解毒的藥品，但那都是些解普通蛇毒的，這紅色毒霧即使是醫聖華陀復活，只怕也難妙手回春了，我現在已經吸進多少毒氣？八成是少不了，想到生死之事，心中如同亂痲，只是想中毒的症狀是什麼樣的，應該哪裡覺得不舒服，這麼一想，就覺得全身哪都不舒服，完了，完了，這回胡爺我真是要歸位了，操他奶奶的都怪胖子，好端端的拿什麼「特級戰鬥英雄」來咒我。

Shirley楊也發現我的防毒面具丟失了，急忙奔到近前，焦急地問：「防毒面具怎麼掉了？你……你覺得哪裡不舒服？」

我聽Shirley楊急得連說話的聲音都變了，心中突然覺得十分感動，一想到自己即將壯烈犧牲，即將和她永別了，登時手腳冰涼頹然坐倒在地，對她說道：「我這回是真不行了，我也說不出來哪不舒服，反正是現在全身哪都不舒服，看來受到毒氣的感染已經擴大了，大概已透入骨髓，行遍了九竅，不出片刻，可能就要……我最後還有幾句話想說……」

胖子也搶身過來，一隻手緊握住我的手，另一隻手把我的嘴按住，哽咽道：「胡司令，你可千萬不能說遺言，你沒看電影裡那些挨了槍子兒的革命者，受傷沒死的都沒話，凡是最後臺詞兒多的，交代完了大事小事和當月黨費，就指定撩屁了。」

我把胖子捂在我嘴上的手撥開，痛苦地對他說：「同志們，現在都什麼時候了，你們還不讓我說最後幾句話，你以為我願意死啊？有些事若是不讓你們知道，我……我就是死也是死不瞑目啊。」

第一二九章　痋氣之源

我繼續抓緊時間對胖子和Shirley楊說道：「我還沒看見四個現代化的實現，沒看見香港回歸祖國的懷抱，還沒看見共產主義大廈的落成，還沒看到紅旗插遍全世界，我真是不想死，不過事到如今，說這些也沒用了，我還是撿點有用的說吧，你們不要替我難過，對於一個老兵來講，死亡並不算什麼，我只不過是為了人類的幸福……歷史的必然……，長眠在這鮮花永遠不會凋殘的彩雲之南。」

Shirley楊也緊握住我的手，她雖然戴著防毒面具，我看不清她的面容，但是從她冰冷顫抖的指尖可以感覺到她在哭泣，只聽Shirley楊斷斷續續地說：「Old soldiers never die, they just fade away...」

我嘆了口氣說道：「我都黃土蓋過腦門了，你還跟我說洋文，我哪聽得懂？這些話你等我下輩子託生個美國戶口再說不遲，我還有緊要的話要對你們講，別再打岔了，想跟你們說點正事兒可真夠費勁的。」

我正要交代後事，卻忽然覺得身體除了有些痠疼，到現在為止並沒有什麼異狀，筋骨痠疼是因為被那黃金面具撞了一下，饒是躲避得快，也是被山石撞得不輕，剛才一發現自己的防毒面具沒了，有些六神無主，此刻過得這幾分鐘，卻似乎也沒覺得怎樣，和我所知的中毒症狀完全不同，我心中還有些狐疑，莫不是我迴光返照嗎？但是卻不太像，這麼說那些鮮豔的紅霧不含毒？

一想起「毒霧」，我腦海中像是劃過一道閃電，這葫蘆洞中的紅霧，與上面山谷裡的白霧山瘴之間，會有什麼關係嗎？白色的霧有毒，紅色的霧沒有毒，這隻怪蟲的身體裡有某種通道存在嗎？

胖子見我兩眼發直，以為我已經神智不清了，情急之下不斷搖晃我的肩膀：「胡司令，你不是還沒交代重要的遺言嗎？怎麼這就要翻白眼了？快醒醒啊。」

我用胳膊格開胖子的手：「我他媽哪翻白眼了？你想把我搖晃散了架？我剛想說什麼來著？」剛才想說的重要遺囑這時候全被我忘到了九霄雲外，我對Shirley楊和胖子說：「我發現這層洞穴好像沒什麼毒氣，這裡好像是山谷裡瘴霧的源頭，是間生產瘴霧的工廠。」

那二人一時還沒反應過來，同聲奇道：「沒有毒氣？這麼說你不會死了？」

我正要對胖子和Shirley楊二人分說明白，一瞥眼間，只見葫蘆洞角落裡那團紅霧不知在什麼時候，已經擴大了，變成了一個巨大的圓圈，把我們三人圍在其中，紅霧中那粗重哀傷的喘息聲再次發出悲鳴，聲音忽左忽右，像是在做著急速的運動，由於紅霧漸濃，早已經無法看清其間的情形。

那黃金面具下的怪蟲，周身被人為的裝滿了厚重甲葉，而且裡面的蟲殼比裝甲車也差不了多少，估計丙烷噴射器的火焰也奈何牠不得，似乎只有牠在黃金面具下的口部，才是唯一的弱點，適才我鋌而走險，用衝鋒槍抵在牠的口中射擊，還以為已經把牠幹掉了，我的老天爺，這位山神究竟要怎樣才肯死？

圍住我們的紅霧，忽然被快速的氣流帶動，向兩邊散開，那隻金面青甲的巨大爬蟲從半空中探出身體，只見黃金面具口部已經被M1A1打爛了，只有幾塊殘留的金片還嵌在肉中，由於失去面具遮蓋，裡面的怪口看得更加清楚，全是被打爛了的肉齒和顎肢，更顯露出口腔中的無數

觸角，還不斷冒出被子彈擊穿所流出的黃色汁液，這次捲土重來，攜著一股鮮紅色的腥霧直取胖子。

怪蟲的來勢如同雷霆萬鈞，胖子大驚，罵一聲：「真他媽噁心。」撒開兩腿就跑，誰知慌亂中，被洞內凹凸不平的半透明岩石絆倒，摔了個狗啃泥，這時他也顧不上喊疼，就地一滾，回身舉槍就射。

我也叫道：「不好，那廝還沒死得澈底，這次務必要斬草除根。」抓起地上的「芝加哥打字機」開槍射擊，不管是那身著龍鱗青銅甲的怪蟲身體哪個部位中槍，都會從甲葉的縫隙或者口中冒出一股股紅霧。

那怪蟲幾次想衝過來，都被M1A1逼退，最後牠被子彈打得急了，逐漸狂暴了起來，頂著密集的彈雨，用牠那巨大的軀體，拚命向我們掃來，牠的動作太快，又時時隱入紅霧之中，衝鋒槍難以鎖定牠的口部，我見衝鋒槍若是不抵近打牠的要害，便擋不住牠了，但是現在躲避尚且不及，又如何進攻，迫於無奈，只好打個呼哨，快速退到葫蘆洞的弧形岩壁附近，利用地下水邊的牙狀透明石做為掩體。

由於一邊有水一邊路窄，更加上這怪蟲身軀奇大，幾乎整個大洞穴，都籠罩在它的攻擊範圍之內，我們原本分散開的三個人，又被來勢洶洶的蟲軀，逼在了一處角落，已經無路可退了。

只聽那鏗鏘沉重的甲片，摩擦著地上的碎石，橫向擠壓過來，只一次勢頭極猛，激起洞中的氣流產生風壓，刮得人皮膚生疼。

這時我們退無可退，避無可避，形勢千鈞一髮，根本來不及交談，Shirley楊對我快速做了個手勢，只說了一個詞：「炸藥。」

我立刻領會了她的意思，她是想讓我和胖子想辦法牽制住對方，為她爭取時間，用炸藥幹掉牠，我們立刻分成左右兩路，我和胖子集中在右邊，那怪蟲果然被我們吸引，掉頭過來撲咬，Shirley楊正想藉機從左側的空檔，閃進附近的山岩後邊，誰知道那怪蟲聲東擊西，極為狡猾，見我和胖子這邊的交叉火力，子彈像冰雹般劈頭蓋臉地掃向牠，硬衝下來難免吃虧，竟然故意賣個破綻，掉頭去咬Shirley楊。

這一來，大出我們的所料，都沒想到一隻蟲子，不過是體形巨大，怎麼會如此狡猾，都是措手不及，Shirley楊的步槍早已沒了彈藥，僅憑六四式手槍根本不能將它擊退，幸虧她應變能力奇快，抽出背後的「金鋼傘」，堪堪擋住蟲口，這一下把「金鋼傘」也撞飛了，落在一邊的石頭上。

Shirley楊仗著身體輕捷，一個側滾翻避在一邊，而這裡已是由地面凹陷山岩形成的死角，再也不能周旋，只好伸手拔出登山鎬，準備最後一搏，甲聲轟鳴，咆哮如雷，只見紅霧中一道金光對準她直撲下去，Shirley楊知道萬萬難以正面抵禦，只好縱身向上躍起，用登山鎬掛住上面岩石的縫隙，雙足在岩壁上一點，將自己的身體向邊上盪開，剛一離地面，那怪蟲長滿觸角和肉顎的大口，一口便咬在了Shirley楊適才立足過的地方，唠哧一聲巨響，地上的岩石都幾乎被牠咬碎了。

從我們左右分散開始到現在，只不過是一轉瞬間，我們在旁邊看得真切，卻來不及趕過去救她，這時我和胖子已經紅了眼睛，二人想也不想，不等那隻被視為山神的怪蟲有下一步的動作，就扔掉沒了子彈的M1A1，雙雙拔出登山鎬，悶聲不響地用登山鎬掛住龍鱗狀青銅甲片，跳

上了那怪蟲的巨大軀體，我心中打定一個主意，先廢了牠的招子再說，這獨眼蟲只有一目，藏在黃金面具後邊，這隻眼睛小的和牠龐大的軀體不成比例，如果弄瞎了牠的眼睛，就好辦了。

手足並用之下，很快就爬到了它的頭頂，我和胖子齊聲暴喝，早把那登山鎬掄圓了，望黃金面具正中的眼球砸將下去，耳中只聽幾聲扎破皮球的聲音，把那怪蟲疼得不住抖動，一時間頭部黃汁四濺，也不知這種深黃色的液體，是不是就是牠的血液，味道奇腥，如同被陽光連續暴晒的死海魚，我們都被它濺了一身，幸好是沒有毒性。

我見得手，正要再接再厲，再給牠一些致命的打擊，但是那蟲身劇烈的抖動，使得我立足不穩，失了登山鎬，人也從上面滾落下來。

胖子卻在蟲身上抓得甚牢，他把登山鎬死死鉤進蟲身重甲，也不理會那不斷冒出來的紅色氣息，和滿頭滿臉的黃汁，伸手插進了怪蟲的眼睛，猛地裡向外掏了一把，也不知揪出來的都是些什麼東西，紅的綠的黃的，像是打翻了染料鋪，好像還有些很粗的神經纖維，怪蟲疼得不斷發出悲鳴，瘋了一樣的甩動頭部，這一來胖子可就抓不住了，一下被扔進了水中，水中亂蹿的「死漂」，迅速向四周散開，捲成了一個漩渦，又快速收攏，把胖子裹在了中間，頃刻間已不見了他的蹤影。

第一三〇章 褪色

我對胖子的底細瞭如指掌，知他水性精熟，此刻見他落水，卻不得不替胖子擔心，那些奇怪的浮屍像是煮開了鍋的餃子，翻滾不停，只見胖子一落入水中，便隨即被那無數的女屍裹住，眨眼之間，已看不到他身在何處，我想跳下水去救他，卻又被那狂呼慘叫、不斷掙扎的怪蟲擋住了去路，急切間難以得脫，只好對著水中大喊他的名字。

被挖了眼睛的怪蟲，瘋狂甩動牠那龐大的軀體，重重的掃過葫蘆洞岩壁，擊碎了很多岩石，沉悶的回聲在穹頂響個不停，從牠甲片縫隙中放出的紅霧更加多了，但是顏色好像已經沒有開始時那麼鮮紅如血，稍稍變淡了一些。

我以為紅色霧氣顏色上的變化，只是由於洞中光影的明暗所產生的，並未注意，只想趕快避過這隻大蟲子的阻礙，好去水中把胖子撈出來，然而那巨蟲身軀太大，我衝了幾次，都不得不退了回來，險些被它身上的重甲砸成肉餅。

Shirley楊在一邊看出破綻，抓起胖子落在地上的背包，爬到地勢最高的岩石上，一邊從攜行袋中取出炸藥，一邊對我喊道：「這些霧的色彩越來越淺，牠已經快支持不住了。」說完把她的六四式手槍朝我拋了過來。

我抬頭看到Shirley楊的舉動，又聽了她的說話，早已明白她言下之意了，於是用手一抄，接了那枝六四式手槍在手，對Shirley楊叫道：「我先引開她，你準備好了炸藥就發個信號，時間別太長了，胖子還在水裡不知是死是活。」

我舉起六四式手槍對準那巨蟲的頭部連開數槍，奈何這槍的射程雖然夠了，但它的殺傷力在這巨型爬蟲面前，實在是微不足道，以至於連子彈是否擊中了目標都無法判斷，為了給Shirley楊準備炸藥爭取時間，只好竭盡所能盡量把因為受了重傷而狂暴化的巨蟲引開。

巨蟲的獨眼雖然瞎了，但是牠長年生活在暗無天日的地下世界，這「葫蘆洞」中的光源只有水下浮屍散發的冷冷青光，所以牠的眼睛已經退化得十分嚴重了，取而代之的是觸覺的進化，我不停用工兵鏟敲打身邊的岩石，發出「噹噹噹」的響聲，這些強烈的震動，果然刺激了那隻巨蟲，牠怪軀一擺，朝我追了過來。

我見計策得逞，也不敢與牠正面接觸，專揀那些山石密集凸起的地方跑，巨蟲的頭部不斷撞到山岩，更加惱怒，無窮的蠻力如同一臺重型推土機，把洞中的山石撞得粉碎，我現在已經連回頭看看身後情形的餘地都沒有了，撒開兩條腿，全力以赴地奔逃，與牠展開了一場生與死的亡命追逐。

以人力之極限，又哪裡跑得過這跟火車一樣的怪蟲，我感覺吸引牠的時間不算短了，其實也就不到十幾秒鐘，我百忙之中抽空對Shirley楊喊道：「楊參謀長，你怎麼還不引爆炸藥？你這是存心要我好看啊。」

只聽在「葫蘆洞」中岩石最高處的Shirley楊對我叫道：「還差一點，想辦法再拖住牠十秒。」

我知道Shirley楊一定是已經在爭分奪秒，可是我現在別說再堅持十秒鐘，哪怕是三秒恐怕都夠嗆了，身後勁風撲至，能感覺到一股極強的熱流，還有身邊那漸漸濃重的紅色霧氣，我知道那怪蟲距離我身體的距離怕是小於一米了。

現在哪還顧得上數秒，前邊巨石聳立，已無路可去，慌不擇路的情況下，只好縱身跳進了旁邊的地下水之中，入水的時候肩膀剛好撞到一具浮屍，這一下好險沒把骨頭撞斷，疼得我喝了好幾口陰涼腥臭的河水，心中還在納悶，怎麼這屍體比石頭還硬？

卻忽然覺得心中一寒，像是被電流擊了一下，瞬時間，覺得無比的沮喪與恐慌，心裡產生了一股莫名的情緒，我突然想起來，我對這種特殊的感受，有這某種記憶，不是在前邊洞穴中泅渡的時候，不止那一次，似曾相識，這是一種令人厭惡的感受……

我心中受到強烈的感應，手足都變得有些麻木，身在水中，尚未來得及再尋思這是怎麼回事，就已經被水中無數「死漂」捲進水深處，陰暗寒冷的水底，也發出青慘慘的光，這次我距離那些沒穿衣服的女屍很近，幾乎都是面對面的距離，我在水中盡力睜大眼睛，想仔細看看這些屍體究竟有什麼名堂，以便找辦法脫身，卻被那數以千計的女屍晃得眼睛發花。

水面也已被無數女屍完全遮蓋，想要游上去破水而出，幾乎是不可能的，水性再好的人，也頂多在水底生存兩分鐘，除非出現奇蹟，否則肯定會被溺死在陰冷的水底。

由於這一切發生的實在太快，我根本毫無準備，沒有提前閉氣，又吃了那具硬梆梆的女屍一撞，喝了幾口臭水，這時剛一落入水下，已經覺得胸口憋悶，肺都要炸開了，再也閉不住氣，忽然我背後被一隻手抓住。

我立刻想起以前所見「水鬼扯腳」的往事，以為是水深處的女屍活了過來，伸手要來抓我做替身，嚇得我頭髮都快豎起來，只覺得那隻手拉住我的肩膀，把我身體扳了過來，原來身後拉我的人，是比我早一分多鍾之前掉下來的胖子，他也是被困在水底脫身不得，仗著水性好，肺活量又大，已經在底下憋了約有一分半鐘，這時也已經是強弩之末，馬上就要冒泡了。

我和胖子在水底一打照面，就覺得水中一陣震動，那頭巨型怪蟲聽到我落水的聲音，竟然窮追不捨地把頭扎進水裡，牠這一下勢大力猛，立時就把那些封住水面的浮屍都沖散了。

我和胖子正是求生無門，見那蟲頭扎進水裡，當即用手抓住怪蟲身上的甲殼，巨大的怪蟲立即有所察覺，馬上從水底把身體提了起來，一陣拚命地搖晃，想把我們甩脫。

我身體一離水面，立刻覺得那種鬼氣森森的怨念消失得無影無蹤，當下張大了嘴深深呼吸了幾口空氣，借著蟲軀的晃動，跳落到水面的岩石上，見胖子還牢牢抓著蟲體上的龍鱗青銅甲不放，心中稍覺安穩，對Shirley楊大喊：「還等什麼！」

Shirley楊在我喊話的同時，已經把數錠炸藥和導火索組裝完畢，點燃一個後從高處向那巨蟲的頭部擲了過去，並喊話讓胖子趕快離開，胖子一看炸藥扔過來了，哪裡還敢怠慢，看準了地面比較平整的地方，立刻順勢滾了下去。

蟲頭和蟲身相接的地方，有許多龍鱗甲的巨大甲片，還有頭上所罩的黃金面具殘片，Shirley楊原擬是算準了爆炸的時機，對著頭部扔過去，便立刻爆炸，隨後再繼續用炸藥連鎖攻擊。

沒想到成果出人意料，沒了眼睛的巨蟲，感應到半空中突然產生了一條拋物線狀的氣流，而且還有強烈的熱能，這隻巨蟲已經歇斯底里了，哪管來的是什麼，轉頭就咬，正好把炸藥吞進口中。

我們只聽半空中「砰」地響了一下，爆炸聲一點都不大，沉悶得像是破了只汽球，黃色的汁液，伴著大團的紅色霧氣，以及無數的細碎肉末，猶如滿天花雨般散開，巨蟲的軀體搖晃了幾下，重重地摔在地上，那一身的龍鱗妖甲與山石撞擊發出的聲音，震得我們耳膜生疼。

紅色的霧氣從它體內一股股的冒出，但是顏色更加淡了，漸漸消散在空氣之中，透過龍鱗妖甲裸露的地方，可以見到牠在鎧甲內的蟲殼，已經變成了黑色，完全不像初次見到時鮮紅如火。

我們估計這次牠該是死得澈底了，重新把散落的裝備收拾起來，端著槍慢慢靠近了觀看，只見蟲頭幾乎被炸成了喇叭花一樣，粉紅色的肉向四周翻著，還在不停地抖動。

看來百足之蟲，雖死不僵，不過就算牠沒死，也不會再對我們有任何威脅了，爆炸的重創，已經使牠體內暫時無法再產生紅色的濃霧了，這種紅霧雖不致命，但卻使牠的外殼堅硬，力量也奇大，這他媽的究竟是隻什麼怪物？

Shirley楊說：「可能是種已經滅絕的昆蟲，在史前的世界裡，才有這麼大的蟲子，不過現在還不太好做判斷，咱們再瞧瞧。」

我們順著巨蟲的身體向後走，想看看牠從頭到尾究竟有多大，單是牠這一身龍鱗青銅重甲，就需要多少青銅，不能不令人稱奇，不料走到葫蘆洞山壁的盡頭，發現這隻巨蟲沒有尾巴，或者說是牠的尾巴已經石化了，與「葫蘆洞」的紅色岩石成為了一體，根本無法區分哪一部分是蟲軀，那一部分是石頭。

我問Shirley楊道：「這種蟲子你見過嗎？」

Shirley楊搖頭道：「沒見過，不過從這裡的古森林化石，還有這葫蘆洞中半透明的紅色峉形疊生岩層來看，這應該是一隻三疊紀時代才有的，幾丁質殼類的多細胞底棲昆蟲。」

第一三一章　潘朵拉之盒

胖子用槍口在那巨型怪蟲的身體上戳了幾下：「剛才硬如鋼板，子彈都射不穿，現在卻軟得像松毛蟲，似乎還沒死透，我看咱們也甭問青紅皂白，再從牠嘴裡塞進些炸藥，把這東西送上西天，也好出一口心中的惡氣。」

Shirley楊說：「怕沒那麼簡單，憑咱們的裝備，眼下根本不可能澈底殺死它，好在牠現在已經沒有威脅了，這是只擁有類似於太陽女神螺那種罕見輪狀神經結構的蜮螂長蟲，除了改變空氣中的氧氣含量，很難找到殺死牠的辦法。」

這種蜮螂長蟲的祖先可以追述至幾億年前的「寒武紀」，無脊椎動物起源之時，當時除了昆蟲之外的其餘動物，還處在低級的演化階段，蜮螂長蟲的原生形態，憑藉著頑強的生命力，躲過了無數次天翻地覆的物種毀滅，一直存活到距今幾千萬年前的三疊紀，已經逐漸進化成了古往今來體形最龐大的蟲類。

與常見的以中樞神經為主，長有樹狀神經的生物不同，擁有輪狀神經組織，並且具有複合式細胞結構的生物至今為止，世界上只出現過兩種，第一種是距今幾億年前的神祕生物「太陽女神螺」，而牠的存在實在太早，人類對牠的瞭解只有一些碎片，輪狀神經組織沒有神經中樞，也就是說這種動物的肉體和神經是分離的，肉體組織壞死後，輪狀神經仍然會繼續存活，而且「太陽女神螺」是雌雄同體，不需要交配，產生的新生命便會取代身體外部死亡的軀體，雖然這種特性限制了牠的數量，但是只要生存環境允許，牠的輪狀神經與網式細胞結構，就會無休止地在殼中繁衍下去。

「蜮蜮長蟲」又名「霍氏不死蟲」，這個名字是為了紀念發現其化石的英國生物學家而命名的，這種網狀神經的奇特生物，介於無脊椎與半脊椎之間，又擁有類似「太陽女神螺」一樣的保護殼，堅硬的外殼是牠體內分泌物所形成的，在自然界裡，沒有任何天敵，除非能把牠整隻的吃下，用胃液完全消化，否則只要留下一部分神經網，牠依然可以生存下來，牠最後的滅絕，正和那些體形龐大的昆蟲一樣，是由於大氣層中氧氣含量的跳樓式改變。

Shirley楊說：「有一件事非常奇怪，是考古學與生物學之間的重合與衝突，研究古埃及文明的學者，認為在法老王徽章中出現的聖甲蟲，即為天神之蟲，其原形就是蜮蜮長蟲，所以不同意生物學者所提出的，這種巨形硬殼蟲早在三疊紀末期就滅絕的觀點，他們認為至少在古埃及文明的時代，世間還有這種龐大的昆蟲遺留下來，對此始終爭論不休。」

在那個時代，世界上所有的動物體形都很龐大，這和當時的植物與地質結構有關係，氧氣含量過高的環境，導致了昆蟲形體無限制的增長，現在發現的三疊紀蚊子化石，估計其翅展長度超過了一百釐米。

昆蟲是利用氣管進行呼吸，但是氧氣進入組織的速度，會隨著蟲子的體積而變慢，當昆蟲的身體超過一定長度的時候，空氣中氧氣的濃度便無法達到蟲體的要求，這一客觀因素，也是限制昆蟲體形，以及導致大形昆蟲滅絕的最主要原因。

我們目前所處的「葫蘆洞」的岩層結構十分特殊，是一種太古疊生岩，到處可見紅色的半透明晶體，還有大量的遠古化石森林，這些都是三疊紀的產物，通過那些在遠古時代的某個瞬間所形成的化石，可以得知在那一刻，火山的溶岩與吞沒萬物的泥石流，幾乎同時覆蓋了這片

森林，高溫後迅速冷卻。

地面氣體的膨脹，形成了「葫蘆洞」的特殊地形，這隻「蜮螂長蟲」身體的一部分，被熔岩和泥石流吞沒，岩漿還沒來得及熔化牠堅硬厚重的外殼，便被隨後而來的泥石流熄滅，所以蟲體的一部分與山洞長為了一體，再也無法分開，古時在「遮龍山」附近生活的夷人，可能就是把這種恐怖的「霍氏不死蟲」當做了山神來膜拜。

也不知這隻「蜮螂長蟲」是在這蟲殼中繁衍的第幾代了，牠的呼吸系統，竟然已經適應了現在大氣中氧氣的濃度，也許是與這「葫蘆洞」中的獨特結構有關，也許是這裡有某種特殊的植物或者食物。

一想到食物，我們忽然想起水中那無數的「死漂」，本想馬上離開此地的，但是現在看來，有必要再仔細調查一番，因為這隻大蟲子與「獻王墓」應該有極大的關聯。

這隻「蜮螂長蟲」為什麼會戴上獻王祭司造型的黃金面具，被人為的穿上一層龍鱗妖甲，牠是否就是「蟲谷」靠近王墓附近毒霧的根源？

我把自己所能想到的一些設想，都對Shirley楊講了一遍，但是對於「痋術」我們所瞭解的還是非常之有限，只知道古老邪惡的南洋三大邪術之一的「痋術」，是一種通過把死者靈魂的怨念，轉換為無形毒藥的邪術，死的人越悲慘，毒性也就越猛烈。

這隻怪蟲的外殼原本是紅色的，從牠體內不斷噴出紅色的霧氣，開始被我們誤以為有毒，然而後來發現，這些鮮紅的氣體，隨著蟲體受到不斷的打擊，而顏色逐漸變淡，待最後用炸藥把牠的頭部炸破之後，紅色的霧狀氣體全部散盡，這傢伙便澈底失去了抵抗能力，牠體內所產生的毒霧，肯定就是與牠常年吞吃水中的「死漂」有關係。

照此判斷，可能這隻巨蟲身體的某一部分，是連接著「蟲谷」上邊的某個地點，根據牠的特徵，蟲身有近百米長，也並不稀奇，還由於谷中極其低陷的地形，連植物的根莖都能穿透，可能蟲口吞進水中的浮屍，成千上萬女屍的怨念就會通過蟲體，轉化成谷中瀰漫不散的白色「瘴霧」，封鎖了從外界進入「獻王墓」唯一的道路。

「人皮地圖」上記載「獻王墓」外圍的「瘴霧」是環狀存在的，這可能是繪製「人皮地圖」的人不知詳情，經過我們在外邊的實地勘察，這種山谷的地形，不可能有一圈山瘴毒霧，兩側和後邊都是萬丈絕壁，抬頭只有一線天光，只要毒霧擋住溪谷中的道路，就不會再有別的路能進「獻王墓」了。

這時Shirley楊發現了蟲體外那些龍鱗青銅甲的甲片表面，刻著很多銘文，磨損的很嚴重，只有一小部分還可以看到，但是都奇形怪狀，無法辨認，我們突然想起來，這樣的符號，在「石碑店」中也曾經見到過，就在那口裝了死人，用鎖鏈沉入潭水中的那口大缸，缸身上便有這種符號，當時孫教授說這是失傳已久「瘴術」中的某種符咒，叫做「乑魂符」，是用來封堵住亡魂的歹毒邪術，這說明這層青銅妖甲，與那口水缸外包裹的銅皮，有異曲同工之處。

看來不出我們所料，這一身特製的龍鱗妖甲，還有那結合了獻王六妖獸特徵的黃金面具，都是通過某種「瘴術」儀式，安裝到這隻巨蟲身上的，那些人倒真會因地制宜，利用一切可以利用的資源，只不過這些事沒用到什麼正路上，專門做這害人的邪法，虧那獻王還總想成仙證道。

大概在修建「獻王墓」前，這位山神老爺只吃水中產的大蟾蜍癩蛤蟆，由於那些食物身體中都含有毒腺，所以使得這隻巨蟲也有了毒性，直到這個地方被獻王所發現，便利用古代夷人

流傳下來的辦法，放盡了牠的毒性，然後隨意按照意願炮製，弄得這隻蟲子半死不活，把牠變成了谷中拱衛王墓那片毒霧的生產源，無窮的死者恨意反覆通過牠的身體轉化，難怪牠會叫得這麼慘，這麼看來牠也滿可憐的，同那些人俑一樣，都是「獻王墓」的犧牲品。

如果照這麼推測，水中大量的女屍，就是為了製造「痋霧」而設置的，但是這兩千年來，照這蟲子吃下去的速度，整個漢代的人口加起來，也填不到今天，看來有必要從水中弄出一具「死漂」上來分析一番，得想個辦法破了谷中這道屏障，這樣離開的時候也許會用得到。

胖子生怕我和Shirley楊提出馬上出發，因為他還打算把地上散落的黃金殘片，還有蟲頭上的部分，都一一收集起來，這數量十分可觀，不要白不要，見我們圍在蟲體旁查看，當即手忙腳亂地找到工兵鏟，去稀爛的蟲頭上摳那些黃金。

我光顧著和Shirley楊用登山鎬，去打撈水邊的「死漂」，沒注意到胖子在做什麼，忽聽他在背後一聲驚喊，我們急忙回頭，只見那隻已經被炸爛了頭部的巨蟲，頭部忽然抬了起來，外邊的口器已經完全碎爛了，這時裡面那張嘴，已經不知在什麼時候，變得比之前大了數倍，不斷發出「咕咕」的聲音。

我心想這傢伙也太結實了，炸成這樣還能做這麼大的動作，但真是不死之身嗎？急忙抄起「芝加哥打字機」，準備再給牠來一梭子，卻發現牠並不是要對我們進行攻擊，看牠那樣子……好像是要嘔吐。

我剛想到這裡，還來不及提醒胖子躲避，就見那巨大的蟲口一張，哇啦哇啦，吐出一大堆女屍，就是先前在水中被牠吞進去的「死漂」，這時都已變作了黑褐色，也失去了表面那層青冷的陰光，屍體上還沾著許多紅的、綠的、黃的幾種顏色的黏稠液體，全部都噴到了胖子身上，我離了他約有七八米遠，都被惡臭薰得差點暈過去。

我立刻用手中的登山鎬，勾住胖子的攜行袋，與Shirley楊一起，奮力將他從屍堆裡扯了出來，還好有毒的「痋霧」都被排進了谷中，這些液體應該是胃液一類，雖然可能有些酸性，只要立刻洗淨，即便身上黏到一些，也是無妨。

巨大的「霍氏不死蟲」好像適才被我們打得狠了，一嘔吐起來便止不下來，待得吐出百餘具漆黑的女屍之後，又再次發出一陣劇烈的「咕嚕」聲，這次顯得十分痛苦，吐出一個巨大的正方形物體，沉重地落在地上，那物表面汁液淋漓，有很多凹凸的大銅釘帽，看似是個青銅箱子，或者是口大銅棺材。

我吃驚不已，萬沒想到牠肚子裡還有這麼個大件兒，幸虧提前把胖子拉了回來，否則非把他砸成瘦子不可，我與Shirley楊對視了一眼，Shirley楊也驚疑不定：「這簡直就像是西方傳說中，那只藏在古龍腹中的潘朵拉魔盒。」

第一三二章 胎動

一半化石化了的「霍氏不死蟲」，吐盡了肚子裡的東西，悲哀地慘叫了幾聲，昂起來的頭復又重重摔落，牠的體力已經完全耗盡，蜷縮起來，一動也不動了。

胖子剛才被那些女屍和巨蟲的胃液，噴了滿頭滿臉，又險些被那口大櫃子砸到，雖然驚魂未定，卻兀自未忘記摸金發財四字，立刻走到近前，一邊用手抹去自己臉上那些惡臭的黃色黏液，一邊自言自語道：「他媽的差點把胖爺砸成肉餅……大難不死必有後福，這口大箱子卻不知是用來裝什麼東西的？怎麼又被這隻大蟲吃進了肚裡？」

我也看得奇怪，平生之遭遇，以這次算是最為不可思議，同Shirley楊跟在胖子身後，一同看那在蟲腹裡裝了幾千年的箱子，心中生出無數的疑問，這只箱子也許真如Shirley楊所言，便像是西方傳說中的「潘多拉魔盒」，那個盒子也是藏在一條火龍的肚子裡，其中裝著一個極大的祕密，以及無數的妖魔鬼怪。

胖子早已等不及了，用登山鎬將堆在箱子附近的數具女屍扯到一旁，以便給箱子周圍清理出一塊空間，準備要打開箱子來看看，裡面有什麼值錢的行貨沒有。

我看被胖子手中登山鎬勾住的女屍，一具具都烏七八黑，與在水中漂浮的那些「死漂」相差甚多，不免好奇心起，戴上手套，將其中的一具女屍從屍堆裡扯了出來，手中覺得十分沉重，雖然常言道說「死沉，死沉」，剛死不久的屍體是很沉的，但是這些水底的女屍，都死了應該有兩千年以上了，怎麼還是這麼沉重？這麼沉的分量，在水中怕是也不容易漂浮起來。

女屍身上一絲不掛，就算是有衣服，可能也在水中泡沒了，屍體面目完好，只是顯得十分猙獰醜惡，像是表情定格在了死亡的瞬間，皮膚幾乎都變了質，黑得不像是黃種人，更像是非洲的黑人，與我和胖子先前想像的冷豔裸屍，沒有半點相似之處，這屍體只會讓人聯想到死亡的醜惡與殘酷。

我看女屍的表皮非常不一般，便隔著手套在屍身上一摸，只覺得很硬很滑，不知是產生了什麼變化，會導致變成這樣，以至於在陰冷的水底泡了大約兩千年，都不曾腐爛。

Shirley楊在旁問道：「女屍的軀體很奇怪，怎麼樣？有什麼發現？」

我搖了搖頭：「看不出什麼名堂，女屍身上的皮肉表層變得十分堅硬，有些像是琥珀，可能也是被石化了，究竟是如何形成這樣的硬膜，卻一時難以判明。」

Shirley楊說道：「女屍的外貌輪廓雖然還能看出一些，但其表面像被一層黑色的半透明物質包裹，有些看不太清楚，不過從屍體的外部特徵看，各有高矮胖瘦，都是年輕女子，首先可以確定，這不是用石頭造的人俑。」她怕屍體上有毒，說著話也戴上膠皮手套，翻看屍體的細部特徵。

胖子見我們翻動那些被巨蟲吐出來的女屍，而不去幫他開啓那古怪的銅箱，便大聲抱怨，說我沒有戰略眼光，那女屍能值得幾個錢，趁早別去管她，打開銅箱才是正事。

我對胖子說：「著他媽什麼急，飯要一口一口吃，仗要一個一個打，這獻王墓還沒進去，就已經碰上這許多稀奇古怪的事物，咱們務必要一一查清，做到知己知彼，才能百戰不殆，不至於把性命送在蟲谷下邊。那口大銅箱最是古怪，打開之後是凶是吉？殊難預料，等咱們搞清楚這些女屍的底細再去開它，也並不為遲，你還怕這箱子長腿自己跑了不成？」

胖子見沒人給他幫忙，那口四方的大銅箱封得甚是嚴緊，他又難憑一己之力打開，只好悻悻然走到地下水邊，找了個沒有「死漂」的地方，把自己身上那些腥臭的巨蟲胃液洗淨。

我當下不再理睬胖子，自行忙著調查堆積成小山一般的女屍，我與Shirley楊越看越奇，心中也是越發吃驚，這些女子的死狀，以及她們死後呈現出來的狀態，都太恐怖了。

女屍的手臂和雙腿，都反向蜷在身下，關節被完全折斷，四肢以一個不可思議的角度，抱著背後的一個橄欖形的半透明物體，這個東西像是個巨大的蟲繭，在外邊看起來，一共有數層，外邊是一層透明的蟲絲，裡面還有層硬殼，都十分薄，也很透明，但是卻很堅硬。

女屍的全部身體，包括四肢，以及抱在背後的蟲繭狀物體，全部被一層棕黑色的半透明物質包裹，像是一個巨大的琥珀。

這層半透明的黑色硬膜表面，全部都刻了一層層的祕咒，與那「龍鱗妖甲」，以及石碑店水缸表面上的符號完全相同，這就是那種在「痋術」中，用來封印死者怨魂，將其通過其他渠道轉化為奇毒的古老咒文。

我們再仔細觀察，發現「蟲繭」狀物體的底部，有無數密密麻麻的小孔，數量無法計算，這些蜂窩一樣的圓形細孔，大概都通著繭狀物的深處，像是用來讓蟲子排卵用的，不過密如蜂巢一般的圓孔上，有一股很強的吸力，Shirley楊用手一碰，感受到那股吸盤一樣的吸附力，趕緊將手縮了回來。

Shirley楊打開「狼眼」手電筒，用手電光往那蟲繭狀的物體中一照，裡面就立刻顯出一片黑色的陰影，看那形狀，竟然像是個沒出世的胎兒，而且還在一下一下的微微顫動。

胖子這時已經洗去了身上的汙垢，湊過來剛好看到，也連連稱奇對Shirley楊說：「哎……這裡面怎麼有個大蝦仁兒？」

Shirley楊對胖子說：「你想吃蝦了嗎？不過我看這倒更像是蟲卵裡的蛆蟲。」用傘兵刀在女屍與蟲繭的外殼上割了一刀，想刺破了看看裡面的東西是什麼，但那層黑色的半透明外膜，堅固得連傘兵刀鋒利的刀刃割在上面，都只是劃了道淺淺的痕跡，又哪裡割得破它。

胖子說：「你們看我的，要論氣力，那不是咱吹啊，隋唐年間長了板兒肋的奇人李元霸，也就我這意思了。」說罷拉開架式，揮動起工兵鏟來，用力切了下去，他這一下力量著實不小，果真便將那層半透明的硬膜斬出一條大口子。

只見裡面那蠕動著的物體從破口中顯露了出來，我在一旁動手相助，打算與胖子二人合力，將這黑色硬膜上的裂縫扒大，將那裡面的事物取出來，誰想剛把手挨到那蟲繭狀的物體上，被我們翻轉了過去，面朝下的女屍，突然猛地向前一竄，像是條剛被捉上岸，還沒有死的魚一樣，而且力量大得出奇，只這一躥便躥出去半米多遠。

再有不到一公分，便是「葫蘆洞」中深不見底的地下水了，我和胖子同聲發喊：「往哪裡跑？」伸出手中的兩枝「登山鎬」，同時把那女屍勾了個結實，這屍體極沉，用了好大力氣，才又把屍體重新拉了回來。

胖子罵道：「這都是裡面的死小鬼作怪，看胖爺怎麼收拾他。」說完邊動起手來，拿起工兵鏟，從硬膜的破口處伸將進去，把那裡面胎兒形的活動物體，用鏟刃搗了個稀爛，順著外膜流出一股股墨綠色的腥臭液體，比那巨蟲的胃液難聞十倍，我這輩子就沒聞過比這還難聞的東西，薰得我們三人急忙又把防毒面具扣在了臉上。

再看那被胖子用工兵鏟切成了肉醬般的一團黑色物體，已經死得透了，那些被鏟刃剁爛的

地方，肥肥白白，還有粉紅色的血絲，這是什麼東西？雖然外形像未出生的胎兒，但是沒有人體的輪廓，普通的孕婦也懷不出這麼大的胎兒。

看了這等情形，我忽然想到，以前在古代戰國的時候，有種刑法叫「鈛墜」，是專門來處置罪犯中的孕婦的，那時候封建社會，當然沒有現在對犯人還講什麼人道主義，行刑的過程是專等到孕者懷胎至八月，便將其盡去衣衫，瘆牢架四肢，鹽溺遍塗其體，亮於鬧市之中，以椿趁碾其體，則腔血饕胎並流，止於盡，世人俗稱其為「乳魚」，但有大出䶑脘者，市中爭相睹者無數，刑後皆面無人色，無不嘆其酷。

這就是說將懷胎的女犯人，剛好養到懷孕八月整再行刑（大出），動刑的時候，扒個精光，綁在木架子上，倒放在十字街口最中間，趕著兩隻水牛，水牛拉著一個不大的石滾子，這個大小不能太大，太重的話提前就壓死了，以不壓斷骨頭為準，罪犯身體上預先抹了「鹽溺」，「麻齋」等止疼的藥物，藥量以確保罪犯不會被活活疼死為準。

都備妥之後，牽著兩頭水牛，拉著特製的石滾，這種石滾很窄，在罪犯身上來回碾，腸子、肚子、心、肝、肺，和肚子裡的胎兒，都被壓得從兩邊往外冒，當然壓斷了心脈，這罪犯也就完了，不過按律必須碾到兩端不再有血流出，才算完事，圍著看熱鬧的看到最後，見那女人被慢慢壓成了一張人皮，都不忍目睹，感嘆王法森嚴，暗自告誡自己，今後一定要遵紀守法。

當然像那些不守婦道，勾結姦夫，某害親夫之類的女子所犯的罪行，雖然在古時對女子德行上的要求比較嚴格，貞節道德這些事很受重視，但都還不夠這級別享受這種待遇，得是那種做下驚天動地大事的女犯人，還剛好懷著孩子，才可能有機會體驗，據史書記載，被上過這種大刑的，在歷史上屈指可數，像這種酷刑，在中國歷史上很多，「鉽墜」到了唐代就逐漸廢止了，僅存其名，後世再也沒有用到犯人身上。

我想了半天，才對Shirley楊和胖子說：「看來這東西不是大蝦，也不是胎兒，倒有些像是咱們不久前所見到那些活人俑上的氂蜂，這是個大蜂蛹。」

胖子搖頭不信：「氂蜂的蜂蛹怎會有這麼大個，而且這東西力氣不小，又牢牢長在女屍背後，不是我危言聳聽，我看這分明就是個死人生下來的怪胎。」

Shirley楊小心翼翼的用傘兵刀，將爛成一堆的白肉一點點撥開，在這肥大白色肉蛹的末稍，竟然和那女屍的下體相連，還有已經石化了的紫河車（胎盤），另外還有臍帶相連。

不僅有臍帶與胎盤，這白色肉俑身體蜷曲，縮成弓形，頭大腳細，最末端直插入女屍的下體，說不定一直連到子宮裡面，這情形已經再明顯不過了。

我和胖子為她舉著手電筒照明，看到這裡，均是心驚肉跳，異口同聲的驚呼：「果然是怪胎！」

Shirley楊縱然見多識廣，也禁不住被那紅白分明的怪胎噁心得反胃，奔到水邊，摘下防毒面具，乾嘔了兩口，對我和胖子說：「這絕對不是人類的胎兒，是痋卵。」

第一三三章　龍與虎

我趕緊對Shirley楊擺了擺手，千萬別再說下去了，要不是今天基本上沒吃什麼正經東西，我也要反胃嘔吐了。

胖子卻對那些事物不以為然：「女人不生娃，怎麼產起了蟲子？這可多少有點不務正業。」

Shirley楊沒有理睬胖子，望著那堆積如山的屍體，輕輕嘆息：「實在是太慘了。」微一沉吟，還是決定繼續查明真相，取出一條繩索，綁了個活繩套，對準浮在水面的一具「死漂」扔了過去，一下便套個正著，剛好鎖住「死漂」的頭部。

我和胖子見她動手，便在旁相助，站在水邊用「登山鎬」勾扯被Shirley楊套住的那具女屍，三人連拉戴拽，著實費了一番力氣，才把那活蹦亂跳的「死漂」拉到了岸上。

「死漂」在水中的力氣很大，比起河裡的大魚也不遑多讓，平時看起來跟浮屍沒什麼兩樣，但是被外力接觸到的時候，那一躥一躍，都有數十斤的力氣，當然這是女屍用折斷的四肢所抱在背上的繭狀物，也就是裡面那個巨大的胎兒形蟲蛹在動。

胖子和我用腳踩住捉上來的「死漂」，使她不至於在地上亂撲騰，三人湊攏過來一起觀看，發現這具屍體果然同被巨蟲吃後又吐出來的黑色女屍不同。

剛捉上來的「死漂」，身體上密密麻麻的裹著滿滿一層肉蛆，這些東西，雖然體形外貌上像蛆，但我們並不能下結論，因為首先這些「蛆」個體太大，比常人的大拇指還要粗上兩圈，身體如果說是半透明，便不夠貼切，透明的程度接近了百分之七十，也完全不像我們之前見過活人俑中的「水彘蜂」，這根本就是沒有生命的東西。

看上去花白花白的，讓人頭髮根發乍不敢細看，與我們在水中看時又不相同，浮屍泡在水下之時，會發出一種陰森青冷的異樣微光，單具「死漂」的發光能力十分有限，但是眾多女屍聚集在一起，那種陰冷的青光幅度，似乎就會成倍的增長，把「葫蘆洞」玉石般紅色的岩壁，映照得像是籠罩了一層暗青色的妖氣，這種詭異恐怖的氣氛，倘若不是身臨其境，親身經歷過洞中種種使人寒毛倒豎的事件，根本就無法想像。

Shirley楊讓我幫著把一黑一白兩具女屍拖到一起，並頭排著，反覆對照了一番，變黑的那具女屍，身體上的「肥蛆」，大概已經被「霍式不死蟲」吃乾淨了。

我用傘兵刀刮掉吸附在女屍表面的肥大蛆蟲，裡面便露出來一層黑色透明硬膜，這都與被「霍式不死蟲」嘔吐出來的屍體完全一樣。

我和胖子與Shirley楊三人相對沉默不語，把這一件件的線索，串聯起來，雖然不敢斷言一定如此，但是再笨的人，此刻也能估計出個八九不離十了，這果然便是邪惡的「痋毒生產流水線。」

這是一場隱藏在歷史陰影中的大規模「犧牲」，這些女人的身分，我們無從得知，她們可能是奴隸，也可能是俘虜，也可能是當地被鎮壓的夷民，更有可能是那些被做成「人俑」的工匠眷屬，但是她們肯定都是為了一件事，那就是向設置在王墓外圍的「毒霧」提供源源不斷的能源，這樣同一個理由，而死於「獻王」的某種「痋術儀式」。

Shirley楊最近曾研究過有關「古滇國」的史料，各種史冊中對神祕而又古老的「痋術」，都

是一帶而過，沒有什麼詳細的記述，即便是有，也不過是隻言片語，但是野史中，曾經提到過利用「痋引」使婦女感孕產蟲卵之事，一定要等到十月懷胎生產之時，把該女子折磨至死，這樣她臨死時的恐懼與憎恨，才會通過她的身體，穿進她死時產下的蟲卵裡，這樣才有毒性，這是「痋毒」中很厲害的一種。

Shirley楊先前看到這些記載，覺得這大概是杜撰出來的野史歪說，並未信以為真，此時在現場加以對照，殘酷的實物歷歷在目，這才知道世間果真有此等慘事。

大概是獻王占了這「蟲谷」附近的領地，覺得是處風水絕佳、天下無雙的仙妙靈慧之地，又在「葫蘆洞」裡發現了被當地夷民們貢奉的「山神」，也就是這條半石化的巨蟲。

最重要的是，獻王知道這蟲子大得遠遠超出人類的想像，牠身體的某一部分，露在山谷裡面，於是獻王便把這「葫蘆洞」納進了他的陵區，禁止當地人再向山神老爺供奉大蟾蜍，待到巨蟲散盡了毒氣，無力反抗之時，給牠裝進了一套厚重的「龍鱗青銅甲」中，又戴上一只有著某種宗教色彩的「黃金六獸面具」，也許還有些不為人知的神祕手段，把這條僅存於世的蟲子，折磨得半死不活，「青銅重甲」和「黃金面具」這些物品，都刻有密密麻麻的痋術咒言，其實痋術的符咒，並不算是稀奇，道家捉鬼鎮魂，也有類似的東西。

再把這些夷女或者奴隸，在子宮裡種下「痋引」，等到她們生產蟲卵之時，先將女奴折斷四肢，反抱住剛產下來，還沒有完全脫離母體的「痋卵」，立刻用一種類似於燒化了的熱松脂，或是滾沸的樹熯，那一類的東西，活活澆在女奴身上，連同她背後的「痋卵」一起，做成透明的「活人琥珀」，等冷卻後，在表殼面上刻滿「烝魂符」，這就等於把女奴死亡時的恐懼、哀傷、憎恨、詛咒，都一起封在了「琥珀」之中，至於為什麼要採取這種古怪的姿勢，非要把女奴的四肢折斷，我們對「痋術」所知有限，就難以憑空推測了，有可能是為了增加死者的痛苦，或是根據信仰崇拜有關。

然而那剛被女奴產出的「痋卵」，生命力很強，不會輕易被滾沸的樹熯燙死，繭狀物被打上細孔後，就都被沉入這洞穴的深潭之中，「痋卵」通過那些蜂巢狀的地方，吸引水中的蜉蝣來吃，就在那無窮的怨念中生存，與其說是某種蟲，也許用有神經反射的植物來形容，會更恰當一些，它們根本就沒有任何意識，這些大肉蛹，只會憑神經反射行動，所有的進食、繁衍等等行為，都在繭狀卵中完成，為了保持死者怨念不會減退，從不會破卵而出，它們排出體內的排泄物，是一種特殊的物質，像是魚卵，又像是肉菌類植物，從蜂巢處被排出後，都附著在「死漂」的外殼上，逐漸會長成像透明蛆蟲的樣子，而女奴體內的「痋毒」，也都保存在了這些蛆形的物體之中。

這些「肉菌」，本身具有某種「鬼火」一樣的生物電，可以在水中放出青光，顯得女屍似乎是裹在一層光暈之中，我們在水中的時候，一見到那些「死漂」，就會產生一種莫名其妙的哀傷感覺，這可能是某種生物電的作用，而不應該是「肉菌」破裂，裡面的那些毒素流了出來，那樣的話我們早就中毒死了，現在回想起來，真有幾分僥倖，這麼多「肉菌」，我們竟沒中毒，多虧了祖師爺保佑，看來也合該這「獻王墓」該破。

幾乎與「葫蘆洞」年歲相同的那隻老蟲子，牠體內散發的鮮紅霧氣，會吸引這些肉菌向牠靠近，牠就以這些女屍為食，吞掉後，那些肉菌就被老蟲子消化，死者怨念形成的「痋毒」，便會通過牠的軀體，轉化為谷中常年不散的白色「山瘴」，有近者即死。

而有一層硬膜包裹的女屍，牠則吃不消了，又不能直接排泄出去，只好原樣嘔吐回水潭

裡，那些在女奴屍體中的「痋卵」，又會接著按原樣，繼續吸食蜉蝣生物，排出肉菌，浮出水面，被老蟲子吃了吐，吐了吃，不斷地輪迴。

我們三人對「痋術」的認識，始終停留在推測的程度上，缺少進一步的瞭解，我自從進入「遮龍山」開始，直到來到這「葫蘆洞」，一路上不斷看到與「痋術」有關的東西，大批大批的屍體，讓人從心底裡對前邊不遠的王墓產生了一股懼意，十成的銳氣，到這裡已折了七成。

倒斗摸金，膽氣為先，若是還沒進古墓，便有幾分怵頭，那麼這趟活肯定做不順當，我擔心胖子與Shirley楊心中沒底，只好給他們打氣說道：「那獻王殺人盈川，十惡不赦，而且他生前擅長奇術，其邪門之詭道，不是常人可以想像得到的，實在是不好對付，但是同志們，我們最擅長打的就是這種無準備之仗，若非如此，又怎能顯出咱們摸金校尉的本領，我看這獻王的伎倆也不過如此，都是他媽的紙老虎，像那精絕國的妖怪女王一樣，活著的時候再厲害，死後還不是任咱們擺布。」

胖子撇了撇嘴，一臉沉重嚴肅地說：「什麼都甭說了，同志們的責任重，婦女的怨仇深，雖然說古有花木蘭替父去從軍，今有娘子軍開槍為人民，但是做為一個男人，老子胸中的仇恨之火也在燃燒，耳邊是雷鳴電閃，已經下定了決心，當紅色信號彈升起的時候，咱們就要攻占最後一個至高點，把獻王老兒的明器，不管大小，一律捲包兒會了，回北京該賣的賣，改砸的砸，要不這麼幹，對不起這麼多含怨而死的婦女。」

Shirley楊聽胖子越說越沒邊，便打斷他的話頭，對我們說道：「女屍外邊的一層硬膜好像是琥珀一樣，本難受到胃液的腐蝕，消化不掉是理所當然的，但是按霍氏不死蟲的體形來看，通過腸道排出女屍這麼大的物體，並不算困難，但牠為什麼在吃後又重新吐出？」

其他的方面，我們已經推測了八九成，但是說到這個問題，卻不免有些為難，會不會是這隻大蟲子年歲太老了，腸胃不好？再不然就是牠平時不吐出來，今天是被咱們揍得狠了，所以才……

說到這裡，我們三人幾乎同時想到，都把目光移動，一齊看向了從巨蟲口中最後吐出來的那個東西，難道是因為牠肚子裡，卡著那口四四方方的大銅箱子，所以稍微大一些的東西都無法吃掉，只能在消化掉屍殼表面的「肉菌」後，把屍殼重新吐出來？

我對胖子和Shirley楊一招手：「此間大大小小的事物，都已探查明白，現在咱們該看看這箱子裡有什麼祕密了，有用的取走，沒用的毀掉。」

胖子立刻來了精神頭，告訴我說：「老胡，我剛才看了，這箱子全是大銅板，那個結實就甭提了，我一個人都打不開，咱們三人一起動手試試，再不行就給它上炸藥。」

正方形的銅箱上，還有厚厚的「霍氏不死蟲」胃液，我們只好用地下水，先清洗了一下，使其露出原有的面貌。

等把銅箱上的汙垢都去掉之後，這才發現，根本看不出來這就是口箱子，是個大銅塊，是口銅槨銅棺，或者是別的什麼東西，似乎是個從來沒見過的器物。

這個四方形的物體，每一面都完全一樣，看不出哪是上，哪是下，也不知道哪面是正，哪面是反，每側各有四十八個大釘帽，但是六個面都沒有縫隙，不像是能打開的樣子，

我心中猜疑：「別他媽再是個實心的大銅塊？」取出小型地質錘，在上邊輕輕敲了幾下，但是發出的聲音很悶，一點都不脆，不像是銅的，也無法聽出是空心還是實心。

我們三人推動這正方形的銅塊，以便看到它的最底部，並沒有我們想像的那麼沉重，這樣

一來，就知道，裡面肯定是空心的，但是怎麼打開呢？用炸藥也未必能炸開。

我沉住氣，再仔細查看，在最底下那一側，有兩個不大的小窟窿，裡面被巨蟲黃色的胃液堵塞了，所以不太容易發現，胖子一看有所發現，忙問是鑰匙孔嗎？

我搖頭道：「這兩個洞奇形怪狀，毫無規則可言，又怎會是鑰匙口，再說如果是鑰匙孔，那鑰匙在哪？是不是還要去蟲肚裡面翻找？」

Shirley楊用手比了一下大銅塊上的窟窿，忽然靈機一動：「用在大祭祀玉棺中發現的龍首虎頭短杖試一試，它們之間的大小和形狀好像很接近。」

我經她一提，也立刻發現，這兩個窟窿的形狀，正是一個龍頭，一個虎頭，不知為什麼，我突然產生了一種激動的情緒，自己竟然抑制不住，大聲對胖子說道：「太好了，我親愛的康斯坦丁・彼得洛維奇同志，今天是布爾什維克們的節日，快去把黨代表請來，只要他一到，尼古拉的大門，就可以為咱們無產階級打開了！」

第一三四章 一分為三

那無數慘不忍睹的浮屍，讓我心口上像是被壓了塊巨大的石頭，突然變得歇斯底里起來，想要吵鬧一場，使自己不至於被葫蘆洞中的怨念所感染。

面對這口神祕的銅箱，胖子也激動了起來，立刻從攜行袋裡掏出那枚「黃金獸頭短杖」喊道：「黨代……不是不是，是黃金鑰匙在此！」

兩端分別是龍首與虎首，中間略有一些弧度的黃金短杖，在「葫蘆洞」的青冷環境中，泛著金燦燦的光芒，這根金杖，與黃金面具等幾件金器，都是我們在獻王大祭司的玉棺中，所倒出來的陪葬品，這應該是一套完整古老的黃金祭器，其中最容易引人注意的，便是這面具與金杖。

出人意料的是這獸頭金杖，竟然會與從這「霍氏不死蟲」口中吐出來的大銅塊有關，我見胖子毛手毛腳的，正在將黃金短杖的龍首，對著銅塊上的窟窿塞進去。

我對這個正方形的銅塊，或者說是「銅箱」有一種難以形容的好奇，迫不及待地想要打開來看看，但是內心深處又隱隱約約覺得有些不妥，裡面會否有什麼危險的事物？

Shirley楊也十分慎重，提醒我和胖子道：「小心銅箱裡會有暗箭毒煙一類的機關。」

胖子雖然莽撞，卻也懂得愛惜自己的小命，聞聽Shirley楊此言，心中也不禁嘀咕，想了一想，出了個餿主意：「依我高見自然是以保存我軍有生力量為原則，不能冒這無謂的風險，所以只有用炸藥把它炸破，才最為穩妥，你們都遠遠躲到安全之處，看我給它來個爆破作業。」

我想胖子這傢伙，在平日裡也只仗著有一股蠻力和血勇之氣，銅箱中倘若真有什麼機關埋伏，以他的毛躁實難對付，沒的平白送了性命在此，便對他說：「裡面若是有緊要的東西，用炸藥豈能保全，我向來命大，我看這活還是我來幹吧，你們留在後邊替我觀敵掠陣。」

胖子爭辯道：「非是我膽小，這箱子裡八成也是明器，漢代的古物都是金玉青銅之屬，便炸得爛了，也不會對價格有太大的影響，你們若是捨不得，我就豁出這一頭去，冒死直接打開便了。」

我不由分說，搶過胖子手中的金杖，讓他和Shirley楊躲到附近的巨石後邊，Shirley楊把「金鋼傘」交給我，並囑咐道：「從這一路上所遇之事看來，王墓陵區內有許多陰狠歹毒的設置，你務必要多加小心。」

我對Shirley楊說：「楊參謀長儘管放心，我這人沒別的優點，就是電線桿子綁雞毛，膽子夠大，不僅膽子夠大，我還是膽大心細，不像胖子那種人似的，捂著雞巴過河，瞎小心。」

胖子本已趴到了石頭後邊，聽了我這話，立刻露出腦袋來同罵道：「胡八一，你個孫子又在背後詆毀我，你要是不敢，就趁早回來，換我去把銅箱打開，不過咱可提前說好了，裡面的東西全歸我。」

我對胖子揮了揮手，示意別再瞎鬧了，該做正經事了，剛才說得縱然輕鬆，只是想緩解一下過大的心理壓力，真到了「銅箱」近前，額頭鬢角也絲絲地冒出冷汗。

有金鋼傘和防毒面具，即便是再危險的機關，我也不懼，只是最近幾天見了不少慘不忍睹之事，心中忽然變得十分脆弱，只想大喊大叫一通，發泄一下心裡的巨大壓力，我真怕這口「銅箱」中會出現什麼死狀可怖的屍骸，我已經很難再次面對那些奴隸死亡的慘狀了，這樣很容易把自己逼瘋。

但是為了能搞清「獻王墓」內的祕密，不得不咬著牙頂硬上了，我深吸一口氣，把登山頭盔上的戰術射燈打開，使光線集中在「銅箱」側面的兩個窟窿上，對照手中的「龍虎雙首金杖」看了一看，這兩個窟窿的輪廓，果然與金杖的杖頭相同，左邊是龍，右側是虎。

如果按照這兩個窟窿插進去，龍虎首的方向都是正確的，那麼激活了內部的鎖簧後，「銅箱」打開時，也應該是上下，或是左右開合，「銅箱」上暫時看不出有什麼縫隙，不知道我們推測這是口銅箱是否正確，如果不是口「箱子」，這道機關又是做什麼用的呢？

而且這枝雙頭黃金短杖，中間無法分開，完全是一體的，也就是說一次，只能選擇龍與虎之一，而不可能同時將獸頭形的鑰匙一併插入，哪個先？哪個後？

我忍不住罵了一句，這簡直就是拆解定時炸彈上的紅綠線頭，「龍頭」、「虎頭」的順序有什麼名堂嗎？如果順序錯了會發生什麼？

猛然間想到，「遮龍山」後的陵區，其風水形勢，都是半天然、半人工，可以說這些寶穴，都是改格局改出來的，正所謂「逆天而行」，這是一種違背了大自然規律的行為，風水祕術中對於改風水，有龍虎相持一說，分別代表了提調「陰陽」二氣，虎蹲龍踞、玄武拒屍、龍虎垂頭、形勢騰去、龍悲虎泣、前花後假、左右跪落諸穴。皆指龍頭虎首不顯，是為龍凹虎缺，鬚牙不合，四獸不應。

改了格局的「形勢理氣」全仗著「陰陽清濁」之氣的微妙平衡，若把龍虎顛倒，也就是使清濁之氣混亂，最輕也會顯出忌煞之形，重則會導致風、蟻、水三害入穴相侵，墓中所葬之主，敗槨腐屍，其害無窮。

按青烏之理推斷，不妨先取清陽之氣，動這比較安全的「龍首」，但這只是我的猜測，這口類似重銅鑄造的箱子，除了這兩個窟窿之外，再無任何特徵，與此無關也未可知。

我心中一亂，知道再猜下去也是無益，只有走一步看一步了，當下便屏住呼吸，藏身在「金鋼傘」後，將那「黃金短杖」的龍首，對準了位置，推入「銅箱」側面的插槽裡。

只聽「啰嗒」一聲輕響，僅從手感便可知道，非常吻合，我回頭看了看躲在岩石後的Shirley楊和胖子，他們也正關注地盯著我看，我對他二人豎起大拇指一晃，立刻把頭低下，用手左右一轉那「雙頭金杖」，卻都擰不動分毫，我暗自稱奇，難道我們所預想的不對，這不是鑰匙孔嗎？

我隨手將「黃金短杖」亂轉，也是不起半點作用，我有些焦躁，從「金鋼傘」後露出頭，打算先將金杖拔出來，想想別的辦法再說，不料這「銅箱」的插槽中，原來是種進時壓簧，退時咬合的機括。

用力向後一扯之下，銅箱內部的機關便被激發，從那空著的虎形孔中，流出一股黑水，我以為是毒液，急忙撒開手中的「金杖」回避，跑回岩石後邊，與Shirley楊和胖子一同觀瞧。

那股黑水並不為多，片刻之間便已流盡，整個「銅箱」隨即震了一下，似是其中機關作動，隨即一切平復如初，沒了動靜。

我長出一口氣，胖子也把瞄準箱子的M1A1槍口放了下來，不過仍然沒敢大意，仍然由我再次單獨靠近「銅箱」，這次那「雙頭金杖」用手一拽，便輕而易舉地抽了出來。

「銅箱」果真就是「銅箱」，只不過箱口的縫隙，造得非常楔合，又因為年代太久，上下相同屬性的物質互相滲透，都長在了一起，如此一來，保持了它內部的物品，處於一個絕對密封的環境中，而不會被巨蟲的胃液所腐蝕，「雙頭黃金杖」啓動了裡面的機關，這「銅箱」的蓋子本應該向上彈開，卻由於縫隙處有很大一部分都連在了一起，所以只在箱體上露出一條細縫。

看來想打開這口「銅箱」還需要再給它一點外部的作用力，我用一隻手舉著「金鋼傘」，另一隻手拿「工兵鏟」的精鋼鏟刃，撬動箱縫，不費吹灰之力，已將那箱蓋打開，為預防萬一，我轉到後邊把「銅箱」蓋子扳了開來。

我們事先最擔心的暗箭、毒煙等機關，箱子裡都沒有，Shirley楊與胖子兩人見並無暗器，也都拿著武器從岩石後邊走過來，看那銅箱裡到底有些什麼事物。

三盞登山盔上的戰術射燈，都照在打開來的大銅箱之內，頓時照得一片通明，首先看到的是多半箱子黑水，就是從虎形鎖孔中流淌出來的那種，這可能是箱縫還沒長死的時候，滲進去的「霍氏不死蟲」胃液，這「銅箱」的材質日久之下並不發綠，內側反而呈現無數白斑，看來其中可能加入了「亍琁」一類的混合物，具有抗腐蝕的作用。

但是面對泡在箱中黑水裡的事物，我們可就半點都摸不著頭腦了，銅箱內平分為三格，半截黑水分別浸泡著三樣古怪的東西，三人目瞪口呆，半天也不知該如何下手，Shirley楊和胖子都看我，我攤著手對他們說：「沒辦法，咱們只有挨個看看了，天知道這些是做什麼用的。」

胖子其實早就想把銅箱翻個底掉，只是這些東西他看的不明不白，覺得都不像是值錢的事物，所以還能暫時忍住，此刻見我發話，便找出「探陰爪」，組裝成鉤子的形狀，伸到大箱子裡，隨便選了一格，將其中的一個蠟製的卵狀物鉤了出來。

這東西外形像個雞蛋一樣，不過只是說外形像是卵形，要比起雞蛋來可就大太多了，外邊

裹著一層蒸蠟，破損的地方露出一些玉石，在燈光下顯得十分晶瑩光潤，胖子見臘殼裡面竟然有層美玉，當下二話不說，工兵鏟已經切了上去，當時就把臘殼砸成無數碎片，他是想把外邊裹著的蠟鏟掉，看裡面的玉石，不料裡面的卵形玉也只是層薄殼，用工兵鏟只一敲，便都被他一同破壞了。

我見來不及阻攔，便在一旁袖手觀看，想瞧瞧這裡一層外一層的包裹之下，裝的究竟是哪一些古怪珍稀的器物。

第一三五章　暗懷鬼胎

胖子手起鏟落，將蠟層中的玉卵砸破了好大一塊，他自己也沒料到會是這樣，本來只想把外表的臘殼切掉，怎知裡面的脂玉僅僅是很薄的一層，真的便如同雞蛋殼一般，一觸即破，胖子手重，後悔也晚了，還自己安慰自己道：「整的碎的一樣是玉，裡外裡還是那些東西。」

「蠟」與「玉」這兩層之下，還有一層「軟木」，看樣子這些物品都是防潮防腐的，究竟有什麼東西要這麼嚴密的保存？「葫蘆洞」裡面的東西，都與獻王和他的大祭司有著千絲萬縷的聯繫，獻王本身並不擔任主持重大祭禮，而是另有大祭司，這說明他們是一個政教分離的統治體系，而非中國古代邊疆地區常見的政教合一。

軟木質地非常綿密，又比外邊的兩層厚得多，這次胖子學了乖，怕再將裡面值錢的東西打破，不敢再出蠻力，但是收著勁卻急切難下，胖子只好拿工兵鏟一點點的把木屑鏟掉，這樣看來，少說也得需要幾分鐘，才可以安全地把這層軟木切破。

我在旁望著掉落到地上的玉片，覺得有些古怪，隨手撿起來幾片殘玉，只見玉殼上都刻著極細密的雲氣，心念一動，暗想：「莫非也是刻著乯魂符的瘟器?這蠟層玉殼軟木下面封著含恨而死的亡魂?」

我讓胖子暫時停下，與Shirley楊走上兩步，蹲下身看那些沒有被工兵鏟砸破的玉片，用傘兵刀刮掉表層的臘狀物，晶瑩的玉殼上顯露出一些圖案，有龍虎百獸，還有神山神木，尤其是那險峻陡峭的高大山峰，氣象森嚴，雲封霧鎖，有明顯的圖騰化痕跡，看著十分眼熟，似乎表現

的就是「遮龍山」在古代神話傳說中的情景。

不過這些圖騰，都與我們所知所聞的相去甚遠，有很強烈的少數民族色彩，而且年代很遠，圖中有一部分在神山下的狩獵場景，其中所用到的武器很是奇特，看造型竟然都是石器。

玉卵也不是天然的，甚至連玉料都不是整體的一塊，有明顯的拼接痕跡，而且都是老玉，我對Shirley楊和胖子二人說：「此物非同小可，怕是四五千年前新石器時代的古物，可能不是獻王的東西，也許是遮龍山當地先民供奉在山神洞內的神器，未可輕舉妄動。」

胖子說道：「胡司令你可別跟我打馬虎眼，我也是浸淫古玩界多年的專家，在潘家園中標名掛姓，也是一號響噹噹的人物，據我所知，四五千年前還屬於石器時代，那時候人類還不會使用比玉石更堅硬的器具，怎麼可能對玉料進行加工？做出這麼複雜的玉刻圖形？我看這就是獻王老兒的，咱們按先前說好的，凡是這老鬼的明器，咱們全連窩端，你不要另生枝節，搞出什麼石器時代的名詞來唬我。」

我對胖子說：「我說王司令咱倆也別爭，不妨讓楊參謀長說說，她總比咱們兩個識貨吧？」

胖子點頭道：「那就讓美國顧問來鑑定一下，不過她倒只是比你識貨，跟我的水平相比，也只在伯仲之間……」

Shirley楊說：「這些玉料並不常見，我也看不出是什麼年代的，不過在石器時代，人類的確已經掌握了對玉料的加工技術，紅山文化出土的中國第一龍，包括長江流域的良渚古文化遺跡中，都出土了大量製造精美的玉器，但是對於那個還相對原始蠻荒的時期，人類是怎麼利用落後的工具做出這些玉器的，至今在考古界還沒有明確的定論，是一個未解之謎。」

胖子一聽原來還沒有定論，那就是判斷不出是夷人的還是獻王的，當下更不求甚解，抄起工兵鏟繼續去挖那層厚實的軟木。

我無可奈何，只好由他動手，其實我心中也急切地想看看是什麼事物，用得著封存如此嚴密，唯一的擔心就是裡面會是某些夷人供奉的神器，一旦取出來，會引發什麼難以預計的事端，我們這一路麻煩已經夠多，雖然沒死，也算扒了層皮，裝備體力都已消耗掉了大半，這麼折騰下去，就算進了「獻王墓」，怕也是不易出來了。

以我們目前的鑑別手段，暫時還無法認定，這古怪大銅櫃裡裝的器物究竟是屬於哪個時期的，玉殼上對「遮龍山」神話時期的刻畫，也有可能是獻王時代的人刻上去的，這一層層嚴密的封裝，像是一重重迷霧，遮蔽了我們的視線，不把最後一層打開，半點名堂也看不出來。

胖子幹起這些勾當來，手腳格外俐落，只過得半枝香菸的功夫，就已經將那軟木剝開，在他固定在登山頭盔側面的戰術射燈照明之下，深棕色的軟木裡面裹著一隻暗青色陶罐。

我和胖子一起伸手，小心翼翼地將這只罐子從軟木中抬了出來，放在附近的地面上，這青色的瓶罐，通體高約四十釐米，最粗的地方直徑有十釐米，直口，高身，鼓腹，瘦頸，三隻低矮的圈足向外撇出，罐口完全密封，罐肩靠近瓶口的地方，有五根形狀奇特的短管，這些短管就像是酒壺的壺嘴，不過口都被封死了，根部與罐身上的菱形紋路相聯，使之十分富有立體感。

我們望著這只造型簡潔，色彩溫潤浸人的罐子，都不知這是何物，就連Shirley楊也一時猜想不透，不過這製造精細的陶罐上沒有什麼「痋術」的標記，料來與之關係不大，裡面應該不是什麼惡毒的事物。

我一想，反正都已經取出來了，索性就打開來看看，於是就用傘兵刀將封著罐口的漆臘剔掉，胖子此時反而謹慎了起來，生怕我一不小心打破了這陶罐，連連提醒我動作輕點，也許裡面的東西還不如這精美的罐子有價值，打破了可就不值錢了。

說話間，我已經將罐蓋拔開，三個人好奇心都很盛，當下便一齊擠過來對著那窄小的罐口向裡面張望，只見罐中裝得滿滿的一泓清水，我看到這罐裡全是清澈異常的清水，腦中不免先畫了一個問號？這個裝水的罐子用得著如此保密嗎？

Shirley楊嫌頭盔上的戰術射燈看不分明，隨手取出「狼眼」手電筒，照準了罐中看了看說道：「水底還有個東西，那是什麼？啊……是個胎兒？」

我和胖子也已看清了，罐中那清得嚇人的水裡，浸泡著一個碧色的小小胎兒，由於角度有限，我只看到那胎兒的身體只有一個拳頭大小，蜷縮在罐底，仰起了頭，好像正在與我們對視，不過它的眼睛還沒有睜開，給我最直觀的感受就是，它的腦門格外寬大。

這裡怎麼會有個胎兒？而且大小、姿勢和外型，都和人類的胎兒有很大差別，我看得驚奇，微一凝視，忽然見那胎兒似乎猛地睜開了眼睛，它五官尚且只有輪廓，那一瞬間，在晃動的水光中，直如兩個黑洞越張越大，欲將人吞沒。

我心中一寒，急忙向後退了一步，險些一屁股坐倒在地，指著那罐子沒頭沒腦地問道：「這裡面是什麼鬼東西？」然後下意識地去掏黑驢蹄子。

Shirley楊問我：「你又搞什麼古怪？好端端的哪裡有鬼，這胎兒是件玉器。」

我指天發誓：「向毛主席保證，那小鬼剛剛衝我瞪眼……還齜牙來著。」我覺得剛才的舉動頗丟面子，於是又再後邊補充了半句，這樣恐怖才比較情有可原。

胖子對我說：「你莫非是看花眼了？怎麼咱們一同在看，我卻沒見到有什麼不對。」

Shirley楊道：「可能是罐子裡的水對光線產生了折射，你在的角度又比較巧，所以你才會看花眼，不信你把罐中的水倒淨了，這胎兒是不是玉石的，一看便知。」

我此刻回過神來，自己也暗暗奇怪，最近可能是由於壓力太大，導致神經過敏，以至於草木皆兵，於是定下神來，重新回到胖子與Shirley楊身邊。

Shirley楊說這裡面的水太清，可能是某種特殊的液體，先不要倒在地上，騰出一個水壺裝了，待看明白那碧色胎兒的詳情後，再重新倒回去，咱們只是為了收集「獻王墓」的情報，千萬別損壞了這些神奇的古物。

胖子也被這碧油油的玉胎，搞得有幾分發怵，暫時失去了將其打包帶回北京的念頭，打算先看清楚再做計較，若真是玉的，再打包不遲，假如是活的，那帶在身邊真是十分不妥，當下依言而行，把那罐中的清水倒在了一個空水壺中，但是那裡面的嬰兒卻比罐子的窄口寬大，不破壞外邊的罐子，就取不出來，但是看起來就清楚多了，畢竟再清澈的液體也屬於密度高於空氣的介質，對手電光線有阻擋的作用。

的的確確便是個玉質胎兒，至少上半身極像，小手的手指有幾根都能數得出來，甚至連前額的血關都清晰可辨，唯獨下半身還沒成形，不過半點人工雕琢的痕跡都沒有，竟似是天然生成的，大自然造物之奇，實乃人所難測，但是與真正的胎兒形態過於酷似，若不是只有拳頭大小，真會讓人以為是個活生生的胎兒，被人用邪法變成了玉的。

第一三六章　鬼哭神嚎

直到此時，我們才忽然想到，也許這銅箱中的器物，可能是最古時「遮龍山」當地夷民們用來供奉「山神」的神器。

我對胖子和Shirley楊說道：「從前的邊疆不毛之地，夷民們多有生殖崇拜的風俗，這和古時邊遠地區惡劣的生活環境有關係，當時人類在大自然面前還顯得無比渺小，人口的數量十分稀少，大大小小的天災人禍，都可能導致整個部族就此滅絕，唯一的辦法就是多生娃，娃生多了，人口就多了起來，生產力才能提高上去，所以我覺得這玉胎可能是上古時祈禱讓女人們多生孩子用的，是一種胎形圖騰，象徵著人丁興旺。」

胖子笑道：「還是古時候好啊，哪像現在似的，哪兒哪兒都是人，不得不搞計畫生育了，咱們現在應該反對多生孩子，應該多種樹，所以這種不符合社會發展趨勢的東西，放這也沒什麼意義了，我先收著了，回去換點菸酒錢。」

我點頭道：「此話雖然有些道理，計畫生育咱們當然是應該支持，但是現在最好別隨便動這些東西，因為這玉胎的底細尚未摸清，咱們這趟行動，是來獻王墓掏那枚事關咱們身家性命的雮塵珠，這才是頭等大事，你要分出輕重緩急。」

我話未說完，胖子早就當做了耳旁風，伸手就去拿那罐子，準備砸了，取出其中的玉胎，Shirley楊攔了他一道，對胖子說：「這些夷人的古物，被獻王祭司藏在巨蟲的肚子裡，說明非同一般，咱們再未得知其目的之前，還是不要輕舉妄動，先看看其餘兩樣東西再說。」

我看胖子兩眼放光，根本沒聽見我們對她說些什麼，只好伸手把他硬拽了回來，胖子見狀不住口地埋怨，說來雲南這一路餐風飲露，腦袋別到褲腰帶上，遇到了多少凶險，在刀尖上滾了幾滾，油鍋裡涮了幾涮，好不容易見著點真東西，豈有不拿之理？

我對胖子說：「獻王的古墓玄宮中寶物一定堆積如山，何必非貪戀這罐子裡的玉胎，更何況這玉胎隱隱透著一股邪氣，不是一般的東西，帶回去說不定會惹麻煩，咱們的眼光應該放長遠一點，別總盯著眼前這點東西，難道你沒聽主席教導我們說牢騷太盛防腸斷，風物長宜放眼量嗎？」

胖子嘟囔道：「我還聽他老人家說過莫道昆明池水淺，觀魚勝過富春江呢，可這雲南的池水，一點都他媽的不淺……」

牢騷歸牢騷，還是要繼續查看大銅櫃中的另外兩樣神祕器物，否則一個疏漏，留下些後患，只會給我們稍後進入「獻王墓」帶來更大的麻煩。

我們三人看了看方形「銅箱」的另外兩格，另一側放的是個大皮囊，皮子就是雲豹的毛皮，上邊還紋著金銀線，都是些符咒密言一類的圖案，裡面鼓鼓囊囊的，好像裝了不少的東西，抬出來的時候，感覺並不沉重，至少沒有想像中的那麼沉。

見了那些奇特的咒文印記，就可以說明不管那玉胎是否是古夷民留下來的，至少這豹皮囊裡的東西，與獻王有關，「痋術」鎮魂的符籙十分獨特，像是一堆蝌蚪很有規律地爬在一處，令人過目難忘。

這時候不得不令人有些緊張，這「痋術」陰毒凶殘，主要是將死者的怨念具現化，不僅可以成為殺人於無形的毒藥，更能將這種怨狠歹毒的氣息轉嫁到其他物體上，令人防不勝防，但

是既然知道了與「獻王」有關，便不得不橫下心來，將皮囊打開一探究竟。

當下檢視了一遍武器與防毒裝備，互相商議了幾句，看豹皮囊口用獸筋牢牢紮著，一時難以解開，只好用「傘兵刀」去割，我們當下一齊動手，三下五除二，就把獸筋挑斷。

撥開豹皮囊，裡面登時露出一大堆散了架的人骨，我們早已有了心理準備，「乑魂符」裡面，肯定都有屍骨，所以見狀並不慌亂，隨即向後退開，靜觀其變。

過了一陣見無異狀，方才回到近處查看，我把那些骨骼從大皮囊中傾在地上，這一來便立時看出，共有三隻骷髏，這三具枯骨身上並無衣衫，不知是爛沒了，還是壓根兒就什麼都沒穿，骨骼的形狀也很奇特，頭骨大，臂骨長，腿骨短小，看其大小都是五六歲孩童般大，然而看那骨質密度，骨齡都是老朽年邁之人，最明顯的是牙齒，不僅已經長齊，而且磨損得已經十分嚴重，不可能是小孩子的。

從以往的經驗來看，被用「乑魂符」封住的，都是些奴隸之類的成年人，沒見到過有小孩，而這骨齡與體形又太不成比例，委實教人難以揣摩。

我和胖子兩人壯起膽子，在亂骨中翻了一翻，想看看還有沒有別的什麼特異之處，不成想這一翻，竟然翻出一些飾物，有串在金環上的獸牙之類的東西，還有散碎的玉璧，最顯眼的是一個黑色蟾蜍的小石像。

Shirley楊見了之後立刻說：「夷人給山神造像配戴的飾品，這不是人骨，一定就是傳說中的山魈，常被認為是山精，古籍中不乏對其詳細的描述，身材矮小，長臂似猿，黑面白毛，能通人言，於山中能行風布雨，但是現代人從未見過，以為是虛構的生物，也有人說是以黑面鬼狒狒為原型，所以現在非洲的黑面鬼狒狒別名也叫做山魈，中國古時傳說中的山魈卻與現在的黑面鬼狒狒不太相同，現在看來這些骨骼最有可能是古時山魈的，它們才是山神的真身。」

看來這三隻「山魈」，都是被獻王所殺，它們被夷人視為守護大山的神明，還有那玉胎，可能都是被夷人看重的神物，獻王侵占了這裡，肯定大施暴虐，將山神的遺骨如此敗壞，與夷民的神器一同填進了巨蟲的肚子裡，使其成為了阻止「霍氏不死蟲」消化浮屍與蟲卵的「胃瘤」，用這種變態的手段來破壞當地人的信仰，達到鞏固統治地位的目的，是否真是這樣，恐怕還要等到進了龍暈中的「獻王墓」，得知他生平所為，才能知曉確切的答案。

我們望了一眼不遠處那隻倒在地上，身批龍鱗妖甲，怎麼打都死不了的巨蟲，原來這只大蟲子並非山神原形，真正的山神卻是在它的肚子裡。

潘朵拉的魔盒，也就是這只方形「銅箱」中兩側的東西，我們都已看完了，只剩下最中間，也是最神祕的一件東西，我們之所以前兩次都沒有動它，而是特地把它留在最後，是因為都摸不清這究竟是個什麼東西，想先看看另外那兩件是什麼器物，心中多少也能有點底，沒想到頭兩格都已經極其出人意料，對這銅箱最中間的東西，反而更是猜想不透。

銅箱的中部，其空間遠比兩側要寬大許多，看這格局，擺放的理應是最為重要的物品，其餘的兩格，都與祖居此地的先古夷民有關，這件多半也是，但是具體是什麼，那就難說了，我一邊同胖子動手去搬中間的東西，一邊胡思亂想：「八成是夷族首領的屍體，更可能也是獻王從夷人處掠來的重要神器。」

我們輕手輕腳地抬了兩下，卻取不出來，中間是個與外邊的方形銅箱類似的小銅盒，上面鑄著個鬼臉，面貌極是醜惡，背後還生著翅膀，好像是巡天的夜叉，細處都有種種奇怪的飾鑿，讓人一看之下，便覺得裡面裝的不是一般的東西，難道是封印著惡鬼不成。

再細一打量，原來銅匣有一部分中空，與大銅櫃側面的虎形鎖孔相聯，裡面都是鏤空的，黑色與銅櫃下的黑水顏色相同，剛才沒有注意到，匣上無鎖，只能在銅箱內將其打開。

為了避免被機關所傷，仍然是轉到後邊，用登山鎬將那鑄有鬼頭的蓋子勾開，隨著鬼匣的打開，裡面藍幽幽冷森森的微光，銅函裡面是隻藍色的三足蟾蜍，胖子「咦」了一聲，用手中的登山鎬在蟾蜍身上輕輕捅了一下，噹噹有聲，竟似是石頭的，原來這飛天鬼頭銅函是用來供養它的青銅「蟾宮」。

那隻不曉得是用什麼材料製成的藍色三足怪蟾，有人頭大小，體態豐滿，昂首向上，表現出一副洋洋自得的神情，形制罕見，不論用料，單從形象上已是難得的傑作，實屬神物。

我和胖子看得直吞口水，據說嫦娥吃了長生不老藥，飛到了月宮之中，變化為了一隻蟾蜍，所以牠也被視為月宮的代表，象徵著高高在上，形容一個人飛黃騰達，也可以說是「蟾宮折桂」，想把這隻怪蟾從「蟾宮」中抱出來，心中按捺不住一陣狂喜，這隻藍色的三足怪蟾，一定是這「遮龍山」裡最值錢的寶貝，似此神物，除非福緣所至，否則別說裝進包裡帶回去，便是看一眼都是上輩子修來的福氣。

Shirley楊在面對這種寶物的場合下，可比我跟胖子冷靜多了：「小心，小心，洞裡越來越大的植物和昆蟲，還有墜毀在叢林中，至少兩架以上的飛機，其根源可能就在這裡了，它守護著王墓的天空……」

Shirley楊的話音剛落，我和胖子還沒完全反應過來，忽然覺得洞中氣氛有些不對，腳下發出一陣陣骨頭爆裂的聲音，忙低頭一看，放在腳旁的那三巨山神遺骨，正由於「葫蘆洞」中過高的氧氣含量，在發生加速的質變，所有的骨頭都在收縮變黑。

氧化的速度過快，再加上這堆「山神」的屍骨的密度比人骨要高出數倍，所以導致骨頭裡發出一種尖銳而又奇怪的破裂聲音。

我向後退了兩步，對胖子和Shirley楊說：「這些亂七八糟的東西，都邪得厲害，管它是神器還是邪器，乾脆全部用炸藥炸它個淨光，免留後患。」說罷就從胖子的背包裡去掏炸藥，但是胖子在包裡塞了很多黃金殘片，翻了半天才把炸藥翻出來。

胖子轉過身來想幫我裝雷管，剛一回身，便是雙腳一跳，像是看到了什麼嚇人的東西，他忙用手指Shirley楊的腿，我順著他的手看過去，也是差點蹦了起來，一聲聲嬰兒的啼哭，直鑽入雙耳……

第一三七章　破卵而出

Shirley楊也在低頭看著自己的腿，一隻半人半蟲的怪嬰，下肢保持著昆蟲的特徵，沒有腿，像是軟體動物，正抱住了她的腿哇哇大哭，那哭聲嘶啞得好像根本不是人聲，就連我們在深夜叢林中聽到的「夜貓子」叫，聽上去都比這聲音舒服些。

大概是由於事出突然，Shirley楊竟然愣住了，那半蟲怪嬰哭聲忽止，嘴部朝四個對角方向同時裂成四瓣，每一片的內部，都生滿了反鋸齒形倒刺，如同昆蟲的口器，這一裂開，彷彿是整個嬰兒的腦袋都分開了四片，晃晃悠悠地就想咬Shirley楊的腿。

我看得真切，見Shirley楊愣住了竟然不知躲避，我雖然端著M1A1在手，卻由於距離實在太近，不敢貿然開槍，怕「芝加哥打字機」射出子彈的風暴，會連Shirley楊的腿一併掃斷，情急之下，倒轉了槍托，對準那半蟲半人的怪嬰搗了下去。

眼看著槍托就要砸到怪嬰的頭部，它忽然一轉頭，那裂成四瓣的怪口，將M1A1的槍托牢牢咬住，槍托的硬木被它咬得嘎嘎直響，順著嘴角流下一縷縷黑水，看似含有毒素。

我爭取了這寶貴的幾秒鐘，Shirley楊終於驚魂稍定，從被那半人半蟲的異類嬰兒的震懾中回過神來，輕呼一聲，想把腿從那怪嬰的懷抱中掙脫，我也在同時把槍身向回拉，怪嬰昆蟲般的怪口裡全是倒刺，咬在了槍托上一時擺脫不掉，連同它的身體，都被我從Shirley楊腿上扯了下來。

我唯恐手底下稍有停留，這怪嬰會順著M1A1爬上來咬我手臂，便將槍身掄了起來，胖子在一旁看得清楚，早把工兵鏟抄在手裡，大喊一聲：「我操，見真章兒吧。」手中的工兵鏟帶著一股疾風，迎著被我用槍托甩在半空的怪嬰拍出。

在半空中接了個正著，跟打棒球一樣擊中，猛聽一聲精鋼鏟身拍碎血肉骨骼的悶響，半人半蟲的怪嬰像個被踢出去的破皮球，筆直地從空中撞到了「葫蘆洞」岩壁上，又是「啪」的一聲，撞了個腦漿迸裂，半透明的紅色岩壁，被它撞過的地方，就像是開了染料鋪，紅、綠、黃、黑各色汁液順著岩壁流淌。

我讚道：「打得好，真他媽解恨。」低頭一看自己手中M1A1衝鋒槍的槍托，還有幾顆蟲子口器中的倒刺還扎在上面，不禁又罵道：「好硬的牙口，沒斷奶就長牙，真是他娘的怪胎。」舉目四下裡搜索，想看看它是從哪兒爬出來的。

誰知掉在地上的怪嬰竟然還沒有死，在地上滾了幾滾，忽然抬起那血肉模糊的大頭，對我們聲嘶力竭地大哭，這哭聲刺耳之極，聽得人心煩意亂，我舉槍一個點射，將那怪嬰的頭打得肉末骨渣飛濺，子彈過後，便只剩下一個空空的無頭腔子，空腔左右一栽歪，隨即無力地伏在地上澈底死了。

一波未平，一波又起，我們還沒搞清剛才這突然冒出來的怪嬰是從何而來，這整個巨大的山洞，忽然完全暗了下來，被河中浮動的女屍映出的青冷光線，頓時消失無蹤，諾大的洞穴，就只剩下我們登山頭盔上的燈光。

四周傳來無數蠕動的白色物體撞動碎石所發出的嘈雜，一聲聲嬰兒的悲啼直指人心，我心中立刻明白了，是那些從女屍中長出的痋卵，它們不知何時開始脫離母體了，我們只把注意力都集中在裝著「遮龍山」神器的銅箱中，以至未能即刻察覺，現在發現已經有些遲了，它們似

乎爬得到處都是，已經在不知不覺中形成了包圍圈。

Shirley楊點亮了一枝冷煙火，高舉在手，大概是出於女性的本能反應，她似乎很懼怕這些半蟲半人的怪嬰，舉著冷煙火的手微微晃動，洞中光影晃動，只見無數爬著走路的怪嬰，層層疊疊的擠在一起，都把大嘴裂成四片，動作非常迅捷，正圍著我們團團打轉，似乎是已經把這三個活人，當做了它們出世以來的第一頓美餐，只是被那冷煙火的光亮所懾，還稍微有些猶豫，只須這光線一暗，便會立刻蜂擁而上，我們的兩枝M1A1，一把六四式手槍，再加一枝單發「劍威」，根本難以抵擋，必須盡快殺出一條血路突圍。

我們三人背靠著背，互相依托在一起，只待那些「痋嬰」稍有破綻，便伺機而動，一舉衝將出去，它們體內含有死者怨念轉化的痋毒，被輕輕蹭上一口，都足以致命。

我一手端槍一手舉著「狼眼」手電筒，把光柱照向黑暗處擠在一起的怪嬰，想看看它們的具體特徵，但它們似乎極怕強光，立刻紛紛躲閃，有幾隻竟然順著溜滑筆直的洞壁爬了上去，我暗地裡吃驚，怎麼跟壁虎一樣？再照了照地面的那個死嬰，才發現原來他們的肚子和前肢上都有吸盤，同一個身體中具備了人和昆蟲的多種特徵。

胖子叫道：「這些蟲崽子怕手電光，咱們只管衝出去便是。」

Shirley楊對我和胖子說：「不，它們只是還沒有適應，並非遠遠逃開，只是避過了光線的直射，不會輕易退開，隨便衝出去只會形成硬碰硬的局面，它們數量太多，咱們連三成把握都沒有。」

這些怪嬰在那些「死漂」母體中千年不出，為什麼現在突然出來，這豈不是斷了谷中痋毒的根源？難道我們無意中觸發了某種儀式，想到這我急忙去尋找從銅箱中翻出來的三件神器，蟾宮裡的三足怪蟾，三堆山神的骨骼，還有那在陶罐中的碧色玉胎，這些神器會是導致「痋卵」脫離母體的罪魁禍首嗎？

但是離我們不遠處的那些夷人「神器」，都被怪嬰覆蓋，洞中各處一片混亂，難辨蹤影，黑暗中嬰兒的哭嚎聲越來越響，看來不會再有什麼特殊時機了，不能以拖待變，事到如今，只有硬著頭皮往外強衝。

我提醒胖子，讓他從背包中把「丙烷噴射器」取出來，這時候也沒什麼捨不得用了，這叫火燒眉毛，先顧眼下，給它來個火燒連營，咱們趁亂往葫蘆嘴的方向跑，一出山洞，占了地利，便不懼這些傢伙了。

我們剛要發作，卻聽Shirley楊說：「咱們將那隻巨蟲打得狠了，那半人半蟲的怪嬰突然從母體中脫離，可能正是由於這洞穴裡，缺少了讓它們保持睡眠狀態的紅色霧氣，與那三件神器並無關聯，不過咱們必須把那些神器毀掉，尤其是那隻在蟾宮裡的三足藍蜍，那怪蟾的材料，是一塊具有藍色夸克膠質離子的罕見隕石，埋在地下千米都能向上空發出干擾離子，沒有了它，谷口的兩塊大隕石就會失去作用，否則還會有更多的飛機墜毀在這裡。」

不容我們再做計議，飢餓的「痋嬰」，已經先等不及了，完全不顧手電筒的強光，越逼越近，將包圍圈逐漸縮小，那些神器散落的地方，正是在洞穴的裡側，我們要強行向外突破，就顧不上毀掉它們了，何況我們唯一所能仰仗的「丙烷噴射器」只夠使用短短的三次，難以補充，一旦用光了，身陷重圍之中，後果不堪設想，只好先衝出去，然後再想辦法。

我對胖子與Shirley楊喊道：「並肩往外衝吧。」此時一隻「痋嬰」的怪口已經咬來，Shirley楊飛起一腳，正中它的腦側，登時將它踢了出去，同時豎起「金鋼傘」，擋住了後邊幾隻「痋

嬰」的糾纏。

胖子手中緊著忙活，舉著「丙烷瓶」的噴嘴，對準前方噴射，數十隻「痋嬰」立刻被丙烷引發的烈火包圍，變成了一個個大火球，掙扎著嘶叫，頃刻便成為了焦炭，這是我們初回使用「丙烷噴射器」，未想到此等器械，威力竟然如此驚人，連岩石都給一併燒著了。

胖子連發兩次，在那些怪嬰被強烈火焰燒灼，所發出的慘叫聲中，我和Shirley楊還有胖子，借這混亂的時機，從薄弱處闖了出去，一路狂奔，在起伏的岩石上，高一腳低一腳地跑了一段距離，只聽後邊哭聲大作，心裡一急，暗道不妙，來得好快，這就追上來了，而且聽聲音距離已經不遠，這麼跑下去不是辦法。

順著水邊又跑不幾步，便已經無路可走，「葫蘆洞」的地勢開始收縮，看來快到葫蘆嘴了，石壁弧度突然加大，變得極為陡峭，想繼續前進，只有下水游出去了，不遠出一個半圓形的亮光，應該就是出口，這段水面寬闊，由於洞口很窄，所以水流並不湍急，以我們最快的速度游過去，不到一半就會被大群的痋嬰追上。

三人已經跑了連吁帶喘了，心臟砰砰砰砰跳成了一個點兒，我一指那片光亮：「那就是出口了，你們兩個先游出去，我在這抵擋一陣，否則咱們在水中倉促應敵，有死無生，你們不用擔心，我自有辦法脫身。」

胖子嘩地拉開槍栓：「你有個屁辦法，我看誰也別跟我爭，要留下我留下，老子還真就不信了，八十老娘反怕了孩兒不成。」說著話就要把我和Shirley楊推進水裡。

Shirley楊撥開胖子的手，到他背包裡去掏炸藥：「盡快設置幾圈導爆索，稍稍擋它們一擋，咱們就有時間脫身了。」

我和胖子會意，此刻事不宜遲，爭分奪秒地把導爆索從細鐵絲的捆紮中解開，胡亂鋪在地上，我聽那些怪嬰狼嚎般淒厲的哭聲，由遠而近，洞中雖然漆黑，但是從慘哭聲中判斷，已經快到跟前了，便不住催促胖子：「快撤快撤。」

在胖子把全部的導爆索都設在洞中的同時，Shirley楊已經把裝備包的氣囊栓打開，三人更是片刻不敢停留，在催命般的哭聲中，一併跳入水中，拉著氣囊手足並用，向著洞口划水而去。

我百忙中不忘回頭看了一眼，只見那無數不清是人是蟲的怪嬰，已經如附骨之蛆一般，隨後攆到了水邊，第一條導爆索剛好爆炸，雖然這種繩索狀炸藥威力不強，卻也足可以暫時使它們窮追不捨的勢頭緩下來，胖子把導爆索一共設了五層，憑我們的速度，足可以在它們追上之前，鑽出葫蘆洞去。

這些痋嬰的生命力都像蟑螂一樣頑強，不打個稀爛就根本殺不死，而且看它們滿嘴的倒刺和黑汁，毒性一定十分猛惡，更可怕的是數量太多，難以應付，只好先從這「葫蘆洞」絕地出去，到外邊再求脫身之策。

我一邊全力游水，一邊盤算出去之後如何想個辦法將它們一網打盡，忽然間覺得身體一沉，腿上像被幾隻力量奇大的爪子抓住，不但難以再向前游，身體竟也被拉扯得迅速沉向漆黑的水底。

由於我在氣囊的後邊，胖子和Shirley楊分別在前邊左右兩側，所以他們並未察覺到我遇到了情況，我的腳突然被被拉住，事出突然，心中一慌，抓著充氣氣囊的手沒抓牢，急忙伸手想要拉住，但是由於氣囊順水流向前的速度很快，這零點零一秒的偏差，就抓不住了，只是指甲掛到了一點，我想開口招呼Shirley楊和胖子，而陰冷的河水卻已經沒過了鼻子。

第一三八章　天上宮闕

我腿上不知被什麼東西死死抓住，沒有絲毫擺脫的餘地，甚至我還沒來得及向前邊的胖子Shirley楊二人示警，身體便快速沉入水底。

我身上唯一開著的光源，來自於登山頭盔上的戰術射燈，射燈的光線一沉入漆黑陰冷的水中，照明範圍立刻降到了冰點，光線只能照出去一米多遠，在這黑沉沉的地下水域裡，這僅有的不到一點五米的可視範圍，跟瞎子差不多。

倉皇之中，我趕緊閉住呼吸，低頭向水下一看，一隻蟲人合一的怪嬰，它的四瓣形口器，剛好咬在我的水壺袋上，軍用水壺都有一個綠色的帆布套，十分堅固厚實，它的「嘴」中全是向內反長的肉刺，咬到了東西如果不吞掉，就很難鬆口，此刻這個怪嬰正用兩條前肢拚命拽我的大腿，想把它的「嘴」從水壺袋上拔出來。

在昏暗的水下，那「痋嬰」的面目更加醜陋，全身都是皺摺，堅韌的皮膚哪有半點像是新生兒，根本就是一隻又老又醜的軟體爬蟲，此刻在水底近距離一看，立刻生出一股厭惡的感覺，還好游在水裡的時候，是被它咬到了水壺上，倘若咬到屁股上，此番已是休了。

「痋嬰」的力量極大，早在沒有脫離母體的時候，它就能在卵中帶動「死漂」快速躥動，被它不斷扯向水底，可大為不妙，我恨不得離開擺脫這隻醜陋凶悍的怪嬰，工兵鏟、登山鎬等稱手的器械，都在有充氣氣囊的背包裡，只好伸手在腿上一探，拔了俄式傘兵刀在手。

本來心中起了一股殺意，想要割那怪嬰包在水壺上的四瓣口器，但是忽然想到，一割破了難免會流出毒血，那樣一來我也有中毒的危險，還是割斷水壺的帶子穩妥一些。

當下把俄式傘兵刀別住行軍壺的背帶，用刀刃內側的勾槽用力向外一蹭，已把水壺的背帶挑斷，「痋嬰」的「嘴」，還掛在水壺上施展不得，我胸口憋得快要炸開了，一顆心臟噗通噗通狂跳，急於浮上水面換氣，更不想再與它多做糾纏，用空著的腳猛地向下一踩怪嬰的腦袋，將它蹬開，自己則借力向水面上快速游去。

在上浮的過程中我看到，身邊浮動著幾具「死漂」，不過都早已失去了發出青冷之光的外殼，看來裡面的蟲卵都已脫離母體了，忽然發覺左右兩邊有白影一晃，各有一隻大白魚一般的怪嬰，在水底向我撲至，它們在水中的動作靈活敏捷，竟不輸游魚。

我心中只叫得一聲命苦，便已被它們包在中間，兩邊俱是裂成四大片的怪口，粉紅色的倒刺叢叢張開，這時性命相拚，即便不被它們咬死，我氣息已近極限，稍做糾纏，也得被水嗆死。

我連想都不想，其實是根本沒有思索的餘地，見左側猛撲過來的怪嬰先至，張開四片黑洞洞的大口就咬，我只好一縮肩避過它的怪口，緊跟著左手從上面繞過去，掐住它後邊的脖頸。

另一側的「痋嬰」也旋即撲到身邊，我忙用左手一帶，將那被我抓住後頸的「痋嬰」，借著它在水中猛衝之力，斜刺裡一帶，與右手邊那隻隨後撲來的「痋嬰」撞在一起，兩張八片滿是倒刺的怪口咬合在了一處，再也分離不開，一同掙扎著沉入水底。

我死裡逃生，立刻雙腳踩水，躥出了水面，貪婪的大口呼吸著「葫蘆洞」中悶熱的空氣，大腦從半缺氧的空白狀態中恢復了過來。

向四周一看，水面靜悄悄的一片漆黑，也不見了胖子二人的蹤影，導爆索爆炸後的回聲還

在洞內迴蕩，硝煙的味道也尚未散盡，我把身上沉重的東西都摘掉，掄開雙臂，使出自由泳的架式，全力朝著有亮光的「葫蘆嘴」游過去。

越向前游水流越急，甚至不用出力，都會身不由己地被水沖向前方，傾斜的葫蘆洞，正將裡面的地下水倒灌進外面的深谷，眼看洞口的亮光開始變得刺眼，身後的嬰兒嘶心裂肺地哭喊聲驟然響起，想是被爆炸暫時嚇退的怪嬰們，又追上來了，這些傢伙在石壁上都能迅速行動，在水裡更是迅捷無倫，我不由得心中犯難，縱然出了葫蘆洞，怕也無法對付這些怪胎。

不過愁也沒用，只好自己安慰自己，當年解放軍不也是在一路撤退中，拖垮了敵人，換來了最後的全線大反攻嗎，只好咬緊牙關接著跑了，抬頭看那洞口時，只見人影一晃，有人扔下一條繩子，由於逆光，看不清那人的面目，但是看身形應該是Shirley楊，葫蘆嘴的水流太急，我抓住繩子，才沒被水沖到下面，洞外水聲轟鳴，陽光刺得眼睛發花，一時也看不清楚究竟身在何方，只抓住一根垂在洞邊的老藤，從水中抽身出去。

身體懸在半空，只覺身邊藤蘿縱橫，Shirley楊問我道：「我們出了洞才發覺你不見了，正要回去尋你，你怎麼掉隊了？」

我一擺手：「一言難盡，回頭再說詳情，胖子呢？」我用力揉了揉眼睛，開始適應了外邊的陽光，向下一看，目為之眩，原來我所處的地方是「葫蘆嘴」的邊緣，這是一大片瀑布群，在這三江並流，群峰崢嶸的大盆地中，從蟲谷中奔流出來的所有水系，都變成了大大小小的瀑布，奔流進下邊的大水潭中，其中最大的一條寬近二十米，落差四十餘米，水勢一瀉而下，水花四濺，聲震翠谷。

這個大水潭深淺莫測，直徑有將近八百米，除了瀑布群這一面之外，到處都長滿了粗大的藤蘿類植物，放眼皆綠，像是個綠色的巨筒，更襯得下面水潭綠油油的深不可測，我們出來的洞口是流量比較小的一條瀑布，又在瀑布群的最外側，四周長了無數藤蔓，否則我們一出洞，就免不得被奔流的水勢砸進深潭，胖子和裝著全部裝備的大背囊，都掛在下邊的老藤上，那幾條老藤顫悠悠的，也不知能否承受這些重量。

這裡距離下方的深潭不下三十餘米，胖子恐高症發作，乾脆閉上了眼睛，連看都不敢看，Shirley楊已經將在石縫中裝了個岩釘，並把一條繩索放了下去，垂到胖子身邊，胖子閉著眼摸到繩子，掛在自己腰上的安全栓裡。

我看這些老藤又老又韌，而且還有登山索掛著胖子做為保護，料來一時並無大礙，只怕那些怪胎追著出來，在這絕壁上遇到更是危險，這時是上是下，必須立刻做出判斷，向絕壁上攀爬，那就可以回到蟲谷的盡頭，向下則是深潭，不過照目前的情形開來，胖子是無論如何也爬不上去，只有向下移動。

我定下神來，這才看清周圍的環境，不看則可，一看之下，頓時目瞪口呆，瀑布群巨大的水流量，激起無窮的水氣，由於地勢太低了，水氣瀰漫不散，被日光一照，化作了七彩虹光，無數條彩虹托著半空中一座金碧輝煌的宮殿，宮闕中闕臺、神牆、碑亭、角樓、獻殿、靈臺一應俱全，瓊樓玉閣，完全是大秦時的氣象，巍峨雄渾的秦磚漢瓦，矗立在虹光水氣中，如同一座幻化出的天上宮闕。

我被這座天空之城展現出的壯麗神祕所驚呆了，Shirley楊剛出葫蘆洞時就已經見到了，在旁扯了扯我的胳膊：「那就是獻王墓了，不過你再仔細看看，它並非是在空中。」

我止住心旌神搖，定睛再看，才看出來這座天上宮闕，果然並不是凌空虛建，而是一座整

體的大型歇山式建築，如同世間聞名的懸空寺一樣，以難以想像的工程技術，修建在懸崖絕壁的垂直面上，由於四周山壁都是綠色植物，而使得這宮殿的色彩極為突出，殿閣又半突出來，加上下邊七彩虹霞異彩紛呈，形成了一種特殊的光學現象，使人猝然產生一種目睹天空之城、海市蜃樓的夢幻之感。

不知是什麼原理使這天空之城保存得如此完好，豔麗的色彩竟然絲毫未減，但是眼下來不及多想，雖然水聲隆隆不絕，但是洞中那催魂般的哭聲在洞外已經可以聽到了，那些怪胎轉瞬就會追上來，我一指那王墓的宮闕，對Shirley楊說：「咱們先想辦法退到那裡，王墓的斷蟲道應該可以攔住它們。」

Shirley楊說道：「好，側面有數條懸空的古棧道，可以繞過去。」

我也看到了那些懸在絕壁上的棧道遺跡，都是用木樁、石板搭建，有些地方更是因地制宜，直接開鑿山體為階梯，一圈圈圍繞著環形的險壁危崖，其中還有兩條棧道，通向下面的大水潭中，但是這些棧道的工程量，就令人嘆為觀止，不是一般通人用的棧道，其堅固與寬度都空前絕後，修建王墓的一磚一瓦，都是奴隸們從這裡運上去的。

越想越覺得心寒，這麼大的古代王墓，完全超乎預想以外，有沒有把握破了它，找出「鳳凰膽」，到現在一想，實無半分把握，我們把「獻王墓」的規模想像得太小了。

我搖了搖頭，打消了這沮喪的念頭，攀著老藤，下到胖子所在的位置，隨後把Shirley楊也接了下來，離我們最近的棧道就在左邊不遠，我對胖子和Shirley楊說：「砍斷了藤蘿，抓著盪到棧道上去。」

雖然這個辦法比較冒險，但是眼下沒有更好的法子了，這麼高的絕壁懸崖，別說胖子這種有恐高症的人，便是我和Shirley楊也覺得眼暈，在這裡的一舉一動，都像是站在虹氣之上，水霧就在身邊升騰，岩石和植物上都是溼漉漉的，每一步都如臨淵履冰，驚險絕倫，不得不把心提到嗓子眼上，更何況要拽著斷藤，飛身到七八米開外的棧道遺跡上，誰敢保證那懸崖上的棧道還依然結實，說不定一碰就成齏粉了。

胖子依然猶豫不決，雙腿篩糠似的抖個不停，我對胖子說：「你能不能別哆嗦了，再抖下去，這些藤蔓便已被你晃悠斷了，這樣還不如豁出拚命一跳，便是摔死也是條好漢，勝似你這熊包的窩囊死法。」

胖子說道：「別拿話擠兌我啊，你先跳，你跳過去之後我就跳，誰不跳誰是孫子。」

Shirley楊已用傘兵刀勾住一條長藤，對我和胖子說：「別吵了，那些痋嬰已經爬過來了，再不走便來不及了。」

我舉頭一看，果然見四五個遍體黏液的人形蟲，從頭頂處朝我們爬了下來，看來後邊還有更多，而且它們的身體似乎比先前長大了一些，已經脫離了嬰兒的形狀了，身體上昆蟲的特徵更加明顯。

我從胖子的背包裡取出「芝加哥打字機」，對著上面射了幾槍，三隻半人形爬蟲立刻中彈，翻滾著落下碧綠色的深潭之中，之間水面上激起兩團白色的水花，連聲音都沒聽到，全被如雷的瀑布聲覆蓋了，更不見它們的屍首浮出水面。

三人心驚肉跳，Shirley楊低頭看了看手腕上的氣壓計，海拔竟然比美國著名的克羅拉多大峽谷還低，不禁驚呼，這地方怎麼那麼像扎格拉瑪山中的「無底鬼洞」？

我伸手把背包負在自己背後，哪裡還顧得上這地方是否與「鬼洞相似」，心想胖子這廝在

高處，膽子比起兔子來也還不如，如果我們先到得棧道上，留下他定然不敢跳過去，只好讓他先跳了，當下不由分說，將老藤塞進胖子手中，對他說道：「你儘管放心過去，別忘了你腰上還掛著安全栓，摔不死你。」言罷立刻割斷老藤，一腳踹在胖子屁股後邊，想讓他先跳到斜下方五米開外的棧道。

然而我的腳卻踹了個空，我們所在的地方是十餘條糾纏在一起的藤蘿，墜著我們三個人和一大包裝備，承受力堪堪平衡，這時突然有三四條老藤一齊斷開，我們頓時都被掛在了半空搖搖欲墜，突然的下墜令人措手不及，抬眼看時，原來藤條是被那些後邊趕上來的怪蟲咬斷了。

第一三九章　碧水之玄

瀑布群巨大的水流聲如轟雷般響個不絕，如此近的距離聽起來，讓我們的心神格外震動，在這種環境下很難保持應有的鎮定，隨著幾條老藤的斷裂，身體也隨著猛然下墜，若不是胖子腰上有條安全繩，三人早就一發落入下面的深潭。

但是現在這種上不來，下不去的情況更加要命，那些「痋嬰」本是半人半蟲，過了這一段時間，身體有了明顯的變化，人類的特徵更少，昆蟲的特徵越來越是顯著，已經是半蟲半鬼，醜惡的面目讓人不敢直視。

它們正從「葫蘆嘴」源源不絕地爬下絕壁，依仗著身體上的吸盤，以及前肢上的倒勾，攀在藤蘿上快速向我們包抄而來。

我大頭朝下地懸掛在藤蔓上，下面深綠色的潭水直讓人眼暈，急忙掙扎著使身體反轉過來，這一下動作過大，掛住我們三人的藤蔓又斷了一條，身體又是一墜，差點把腰抻斷了，多虧Shirley楊用登山鎬掛住岩壁，暫時找到了一個著力點。

我苦笑道：「這回可真是捅了馬蜂窩了。」說著話，把M1A1舉起來射殺了兩隻已經爬到頭頂出的半蟲人，其中一隻落下去的時候蹭到了我的身體，直覺一股腥臭令人作嘔，我趕緊把身體緊貼在絕壁上，免得被它的下落之勢帶動，跟著它一起滾進深潭，從這麼高的地方落進水中，可不是鬧著玩的，水深若是不夠的話，跟跳樓也沒什麼區別。

Shirley楊掛在懸崖絕壁上對我叫道：「老胡，這些藤籮堅持不了多久，得趕快轉移到棧道上

去。」

我答道：「就是這麼著，不過這可是玩命的勾當，你快求你的上帝顯靈創造點奇蹟吧。」

我說罷轉頭看了一眼身邊的胖子，他在高處根本就不敢睜眼，死死地抓著兩三根老藤，腰上的安全繩綳得筆直，上面的岩釘恐怕已經快撐不住他的重量了，碎石頭末和植物泥正哧哧哧地往下落。

棧道原本在我們的斜下方，但是經過剛才突然的下墜，已經幾乎平行了，但是中間幾米的距離是反斜面，寸草不生，要想過去只有抓住藤籮與登山繩，向鐘擺一樣左右甩動，把這種力量積累起來，最後一舉盪到棧道上。

我把M1A1衝鋒槍遞給Shirley楊：「你掩護我，我先把胖子弄過去，然後是你，我殿後。」這種情況下沒有商量的餘地，Shirley楊一隻手攀在一條粗藤上，單手抵住槍托，把槍管支在掛住岩壁的登山鎬上射擊，不時地變換角度，把爬至近處的「痋人」紛紛打落。

我把背包掛到胖子身上，雙腳抬起猛踹他的屁股，胖子被我一踹，立即明白了我做要什麼，大喊道：「爺是來倒斗的，不是他媽的來耍雜技的……」

話未說完，胖子已帶著顫音向棧道的方向橫擺了過去，但是由於力量不夠，擺動的幅度不到三十度就又盪了回來，胖子所抓的藤條，被鋒利的岩石一層，喀喀兩根齊斷，登山繩綳得更緊，眼看便要斷了。

我知道這次必須要盡全力，只有一根登山繩，萬難承受胖子和那包沉重的裝備，只剩下最後一次機會，要是力量不夠，就只有去河裡撈他了。

這時忽然聽到M1A1那打字機般的掃射聲停了下來，估計Shirley楊那邊彈藥已經耗盡，剩餘的彈鼓都在背包裡，在這絕壁上沒辦法重新裝彈，此刻已成燃眉之勢，當即奮起全力，先向側後擺動至極限，抓著老藤用雙腳直踹向胖子的大屁股。

我用力過度，自己腦中已是一片空白，耳中只聽胖子「嗷」的一嗓子，登山繩斷開的同時，胖子已經落在了棧道的石板上，但是大腿以下還懸在殘破棧道的半空，原本離我們就不算近的棧道，此時又被他壓塌了將近一米。

與我們所處位置最接近的這段古代「棧道」，是修建「獻王墓」之時架設的，都是螺旋形由上至下，一匝匝圍著懸崖絕壁築成，我們進谷時曾見過截斷水流的堤防，當初施工之時，這些瀑布都被截了流，所以有一部分「棧道」是曾經穿過這裡的，後來想必是被瀑布沖毀了，所以這一段是處殘道，胖子砸落了幾塊石板，卻終於爬了上去，躺在地上驚魂難定，一條命只剩下了小半條，不住口地念「阿彌陀佛」。

我助胖子上了「棧道」，但是用力太大，自己賴以支撐的最後兩條藤籮又斷了一根，僅剩的一根也隨時會斷，抬頭再一看Shirley楊，她正反轉M1A1的槍托，將一隻抓到她肩頭的痋人打落，碧綠色的絕壁上，面目可憎的蟲子們像是在上面鋪了厚厚一層白蛆，形成彎月形的包圍圈，已將我們兩人裹住。

我緊向上一躥，用手勾住側面一條老藤，對Shirley楊喊道：「該妳過去了，快走。」這時候不是謙讓的時候，Shirley楊足上一點，將身體擺向棧道，也是第一次力量不夠，需要反覆擺動積蓄力量，我見狀也想故計重施，抬腳準備踹她屁股。

Shirley楊卻也抬起雙腳，在我腳上一撐，借力彈向「棧道」，隨即一撒手，落在了胖子旁邊，這時胖子也已回過神來，從背囊中取出另一把「芝加哥打字機」，把我身邊的「痋人」一

個接一個射進深潭。

但是M1A1火力雖強，放在這裡也如杯水車薪，擋不住潮水般一波接一波的半人半蟲怪物，然而古棧道上可能有防蟲防蟻的祕料，這些傢伙都不接近「棧道」，反倒是全朝我擁來。

我的工兵鏟、登山鎬，全讓我在游泳的時候扔了，身上只有一把俄式傘兵刀，在這絕壁危崖上難以使用，只好順手拔起了Shirley楊插在絕壁上的登山鎬，隨手亂砍。

在胖子和Shirley楊雙槍的掩護下，我雖然暫時沒有性命之憂，但是被團團包圍，只求自保，已無暇抽身盪到「棧道」上去了。

Shirley楊靈機一動，正要扔繩子過來接應我，卻在此時我攀住的藤籮已被啃斷，這些千年老藤雖然比較脆，卻都十分堅韌，那些「痋人」像是一群失去理智的瘋狗，顧不上口器裡的倒刺都被折斷，咬住了藤條就不鬆嘴。

我在這生死攸關的時刻，發揮出了身體中百分之二百的潛能，感到那老藤一鬆，不等身體開始往下墜，便向側面橫躍，抓住了另一根藤條，但是這樣一來，反而又離那「棧道」遠了幾分。

我的手剛剛抓牢這根藤條，有隻紅了眼的「痋人」突然凌空躍下，剛好掛在我的背上，裂開四片生滿倒刺的大嘴，對著我後腦勺便咬，我覺腥風撲鼻，暗道不妙，這要是被咬上了，那四片怪嘴足能把我腦袋全包進去，急忙猛一偏頭，使它咬了個空。

被我當作武器的登山鎬，剛好被另一隻「痋人」咬住，無法用來抵擋背後的攻擊，我的頭偏到了一側，卻沒有擺脫抱住我後背那隻「痋人」的攻擊範圍，它轉頭又咬，我已避無可避，只見那怪口中粉紅色的森森肉刺，只奔我的面門咬來。

一串M1A1的子彈，擦著我後脖子的皮飛了過去，我背後那只「痋人」的腦袋，被齊著脖子打掉，我只感覺脖子上一熱，後腦被濺了不少蟲血。

我顧不上去看究竟是胖子，還是Shirley楊打的槍，但是那救我性命的射手，肯定考慮到如果射擊蟲頭，必定會把有毒的蟲血濺進我的嘴裡，故此用精準的槍法射斷了它的脖子，雖然Shirley楊槍法也是極好，但是她的射擊缺少了一股狠勁兒，能直接打要害，而且手底下這麼有準的，應該是胖子。

我手上的登山鎬，被蟲口牢牢咬住，正自吃緊，想用力把它甩落，忽然又有三隻「痋人」從絕壁上跳落，效仿先前被打掉腦袋的那隻，直接向我撲了過來，其中兩隻在半空便被Shirley楊和胖子的M1A1打死，剩下的一隻卻又跳到了我的背上。

我背後尚有一具沒頭的蟲屍沒能甩落，這下又加上一個活的，手中的藤條再也承受不了，立刻斷了開來，幾乎在同時，支援我的火力，將第二個蟲頭也擊成碎片，但是我失去了重心，身後掛著兩具無頭蟲屍，在空中向後翻轉著直墜下去。

耳中只聽水聲轟隆，由於上半身重量過沉，頭重腳輕，所以是頭下腳上地直向深潭中落去，我身處空中，眼中所見皆是墨綠，哪裡還分得清楚東南西北，只有一個圓形的天光晃動，四周垂直的危崖向下延伸形成鐵壁，這一刻彷彿是掉進了一個綠色的大漏斗裡，全身冰冷，感覺又好像孤身墜入十八層冥冥洞府之中，距離人間無限遙遠。

第一四〇章　黑色旋渦

「獻王墓」所在的墨綠色水窟，其地形地貌，在地理學上被名副其實的稱作「漏斗」，其形成的原因不外乎兩種，其一是強烈的水流沖毀了溶解岩岩洞，造成了大面積的塌陷；其二，也許是在億萬年前，墜落的隕石衝擊所致。

我背著兩隻沒頭的半蟲人，從陡峭的絕壁上翻滾落下，這次有了心理準備，身體雖然快速的在空中墜落，手中卻一刻沒閒著，將登山頭盔上的潛水鏡罩到眼睛上，甩脫掉了身後兩具無頭屍體，深吸了一口氣，將嘴張開，以避免被從高處入水的巨大衝擊力壓破耳鼓。

剛想將身體完全伸展開，來個飛魚入水，但卻沒等做出來，身體便已經落到了水面，肩膀和頭先入水，被巨大的衝擊力在水上一拍，五臟六腑都翻了幾翻，只覺胸腔中氣血翻騰，嗓子眼發甜，練武術的人常說「胸如井，背如餅」，後背比起前胸，更為脆弱，我心中非常清楚，這一下雖然落進水裡，但是沒有準備好入水的姿勢，後背先入水，搞不好已經受了內傷。

所幸潭水夠深，落水的力量雖然大，卻沒戳到潭底，帶著無數白色的水花直沉下數米方止，我睜眼一看，這潭水雖然在上面看起來幽深碧綠，但是身處水中，只覺這水清澈見底，陽光照在水面上，亮閃閃的綠光蕩漾，便像是來到了水晶宮裡一般，潭中有無數的大魚，其中很多是裂腹鯉，此魚肉味鮮美，蓋世無雙，等閒也難見到如此肥大的。

不過我此刻沒時間去回味不久前路過大理時所吃的大頭裂腹鯉，急於浮上水面游到潭邊的「棧道」上會合胖子與Shirley楊二人，當下便雙手分水，向水面游去。

但是手分足踩，半天也不見動地方，這才感覺到身處一股漩渦狀的潛流之中，這水潭清澈無比，在水中連潭底的水草都看得一清二楚，在我不遠出的潭底，卻有一個巨大的黑色圓形，之所以看起來黑是因為太深了，那是個巨大的漩渦，帶動潭中的潛流，將潭水無休無止地抽進其中。

正是因為潭底有這麼個大漩渦，所以瀑布群總縱然日夜不停地傾瀉下來，也難以將水潭注滿，康巴崑崙的不凍泉下也有這麼個大漩渦，據說直通萬里之外的東海，所以這潭中的漩渦可能也是處大水眼，通著江河湖海等大川大水，這種可能絕不是沒有。

如果被捲進漩渦，恐怕都沒人能給我收屍了，想到這裡心中頓時打了個突，急忙使盡全身的力氣向漩渦以外游動，但是欲速則不達，越是焦急手足越是僵硬，不但沒游到外圍，反而被暗流帶動，離那潭底的大漩渦又近了幾米。

從我閉氣入水到現在，不過十幾秒鐘，肺裡的空氣還能再維持一陣，不過要是被漩渦的暗流吸在這裡，用不了多一會兒，氣息耗盡，就難以倖免，肯定會被漩渦捲進深處。

不過此時我已經身不由己，完全無法抵擋漩渦的強烈吸力，轉瞬間便已被湧動著的暗流卷到了潭底，慌急之下，見得身旁有一叢茂密的水草，這大片水草也被漩渦邊緣的潛流帶動，都朝一個方向偏著頭，水草是長在潭底的石縫中，那石縫的間隙很窄，手指都難伸進去。

我就像是看見了救命稻草，趕緊身手去抓那些水草，想使得自己的身體暫時固定下來，否則哪怕再離漩渦一米，就再也出不來了，不過正應了胖子常說的那句話了，趕上摸金校尉燒香，連佛爺都掉屁股，好不容易揪住一把水草，誰知那水草上有很多蜉蝣卵，滑不留手，用力一抓竟然攥了個空。

我對準那大叢水草，接連伸手揪了幾次，都沒有抓到，每一次抓空，心就跟著沉下去一截，已經數不清這是今天第幾次面臨生死考驗了，隨手拔出俄式傘兵刀，倒轉了插進那生長水草的石縫中，傘兵刀刀刃上的倒勾此時起到了至關重要的作用，使刀身固定在水草根部與石縫的交接處。

這塊潭底的條形大石，似乎是人工鑿成的，也許是建造「獻王墓」時掉落下來的，由於條石沉重，所以沒被漩渦吸進去，我終於找到了能夠固定的地方，更不敢有任何怠慢，抓著條石在潭底向遠處爬行，漸漸脫離了漩渦的吸力範圍。

忽然覺得手中觸感不對，冰冷堅硬，似乎是一層厚重的鋼鐵外殼，生有大量的斑剝鏽跡，借著碧波中閃爍的水光，看到這條石，盡頭連接著一個巨大的圓柱，橫倒在潭底，上面全是碧綠的水草，一群群小魚在水草中穿梭游動，顯得這個大圓柱也是綠色的。

長滿水草的巨大圓柱一端稍稍有些傾斜，撞進了潭邊的石壁上，竟然撞破了一個大洞，洞中極黑，好似另有洞天，我心念一動：「是了，是被我們埋葬的那個轟炸機飛行員，原來他的轟炸機是墜毀在了這水潭裡，他跳傘降落到了遮龍山的邊緣，不幸被那大祭司的玉棺纏住，枉死在了密林邊緣。」

正是因為那位飛行員穿著轟炸機機組成員的制服，我們才判斷出它與墜毀在樹上的運輸機是兩碼事，Shirley楊形容這蟲谷是雲南的百慕達三角，飛機的墳場，我們見到的就有兩架大型飛機，沒見到的不知道還有多少。

再看那被機頭撞穿的石壁上，破損的石窟裡，隱現著很多異獸的石像，這個方向剛好與深潭正上方，建在絕壁危崖中的王墓寶頂宮殿一致，難道「獻王墓」的地宮已被墜毀的飛機撞破了？

我在水下已待了一分多鍾，無法再多停留，只好迅速浮上去換氣，頭一出水，便被上空的萬道虹光晃得眼睛發花，硬塑膠的登山頭盔上雖然有排水孔，用來潛水時保護頭部，並且減輕水流的阻力，但是仍然覺得非常沉重，只好暫時把登山頭盔摘了下來。

漏斗形大水潭獨特的地勢，像是一個巨大的天然擴音器，把瀑布群水流激瀉的聲音來回傳遞，只在這絕壁之內轟鳴回響，在這什麼也聽不到，我看見高處的「棧道」上，有兩個人影飛快地向下奔來，遇到被瀑布沖毀的殘道，便利用藤蘿直接向絕壁下爬，正是胖子和Shirley楊，他們下來得再迅速，終究是不及我直接摔下來的速度。

在瀑布奔騰的地方，便是近在身邊，把嘴貼在對方的耳朵上說話，也未必能聽得清楚，我們相隔幾十米的距離，我乾脆放棄了呼喊，將登山頭盔拿到手裡，在水面上對他們揮動手臂。墨綠色的大水潭中浮上來一個人，在絕壁上居高臨下看來，十分醒目，果然胖子和Shirley楊立刻發現了我，也在「棧道」上對著我揮手。

我仰起頭來，四周絕壁如斧劈刀削般直，圓形的藍天，高高再上，遙不可及，頓生身陷絕境之懼，那大批的半蟲人卻正在退回瀑布邊的洞口，可能是因為這裡是王墓的主陵區，設有大量的「斷蟲道」，所以它們無法適應這「漏斗」中的環境，竟如潮退卻，不過這些怪胎適應環境的能力很強，不知它們還會否捲土重來，不過總算是能暫時平靜下來喘口氣了。

我對著「棧道」上的Shirley楊和胖子打手勢，示意他們不用下來接我，我自己盡可以爬上去，讓他二人到「獻王墓」的明樓寶頂上等我。

然而那兩人就像是沒聽懂一樣，對我又跳又喊，拚命地指指點點，顯得很是急躁，我雖然

聽不到他們喊話的內容，但是從他們的動作中可以瞭解，在這水潭深處，正有一個潛伏的危險在向我逼進，我立刻以游泳比賽撞線的速度，迅速游向潭邊的「棧道」。

胖子與Shirley楊見我會意，馬上衝下了「棧道」，胖子懼高，只能沿著寬闊的石階下來，遇到斷裂處才撅著屁股一點點蹭下來，而Shirley楊幾乎是一層一層的往下跳，他們越是這麼匆忙，我越是清楚自己的處境有多危險。

好在離那潭邊的「棧道」甚近，頃刻就到，我此時已經精疲力竭，使出最後的幾分力氣，爬上了「棧道」的石板，但是仍然覺得不太穩妥，又向上走了幾步，才坐在地上不住喘氣，看那碧綠的潭水，平如明鏡，只有對面大瀑布激起的一圈圈波紋，實在看不出有什麼險惡之處，頂多也就是有不少被打成頭破腸穿的痋人，落入了水底，估計都被捲進了大漩渦裡，它們的血液雖然有毒，但數量畢竟有限，入水便被稀釋，而且這水潭下的大水眼，換水量奇大，再多的毒液在潭中也留不住。

這時Shirley楊已經趕了下來，見我無事，方才安心，我想問她究竟怎麼回事，但是這裡水聲太大，沒辦法說話交流，於是我指了指絕壁上的「獻王墓寶頂」，那裡看起來還比較安全，暫時到那裡休整一番，目前輜重損失不小，只好休息到天黑，連夜動手，反正古墓地宮裡的白天和晚上都沒什麼分別。

抬眼望了望險壁危崖上的宮殿，正在虹光水氣中發出異樣的光彩，如夢又似幻，一時之間也無法多做思量，當下便舉步踏著千年古棧道，向著「天宮」前進。

攀藤尋道，越行越高，漏斗狀的地形把聲音都向下吸去，走到高處時，水聲已不覺得有多大了，我忍不住問Shirley楊：「剛才你們如此驚慌，究竟見到了什麼？」

第一四一章　微妙通玄水龍暈

我們沿著螺旋形的古棧道向著「天宮」攀登，目前所在的位置，正好是我在深潭中剛見到Shirley楊和胖子的地方，我忽然想到他們二人方才驚慌焦急的神態，忍不住出口相詢。

Shirley楊聽我問起，便對我說道：「我們剛剛下到大概也是在這一段棧道的地方，望下去見你從潭底浮了上來，才把懸著的心放下，卻見潭水深處有隻巨大的怪爪，足有數間房屋大小，而你就在那隻手的掌心邊緣，好像隨時都會被那隻巨掌捉住，故此才急於下去接應。」

我聽了Shirley楊的解釋，也覺得十分奇怪，怎麼我自己在水中的時候一點都沒察覺？低頭從「棧道」向下觀看，除卻瀑布群傾瀉的邊緣以外，碧綠幽深的水潭，恬靜而且安謐，其深邃處那幽絕的氣息，足能隔絕人的心神，從我們所在的高度，甚至可以看到水中的魚群穿梭來去。

再仔細端詳，潭底的溝壑起伏之處，也都可以分辨出來，包括那駕墜毀在水底的美國轟炸機殘骸，種種輪廓都隱約可見，水潭中部有個黑色的圓點，那應該就是險些將我吞沒的漩渦了，在漩渦形水眼的外邊，有數枝突起的弧形椎狀物，粗細長短不等，環繞著潭底的漩渦，剛好圍成一圈。

從高處看下去，如同一隻超大的異獸之爪，捧著潭底的漩渦，由於漩渦的潛流，在上面看不出來，卻使水底的物體有種動態效果，那巨爪好似微微張合，如同有生命一般，但確實是死物，我對墜崖落入深潭的過程毫無準備，最開始的時候，我在那陡峭的絕壁之上，只覺得下邊的綠水使人眼暈，所以也未曾細看，不知潭中有這等景象，Shirley楊下到潭邊看明之後，才知道

只不過是虛驚一場。

我看得出神，心中只是反覆在想：「這隻異獸的巨爪如此形象，剛好爪在水眼的邊緣，難道是建獻王墓時有意而為？」

胖子見我站著不走，便連聲催促，他大概是懼怕這令人足底生雲的古舊「棧道」，想盡快上去，我聽他在後邊催得甚緊，也只好不再細想，繼續踏著天梯般的「棧道」，拾階而上。

我走出沒幾步，好像想起了些什麼重要的事，對了，是Shirley楊曾經說這深綠的漏斗地形，有幾分像扎格拉瑪神山下的「無底鬼洞」。

於是我邊向上走，邊對Shirley楊把我在水下所見的情形，揀緊要的講了一遍，最後說道：「潭底的漩渦，與咱們要找的那枚雮塵珠，有某種程度上看起來，有幾處特徵都是不謀而合，圍著水眼下的獸爪也似乎是人工造的，這說明潭底也是王墓的一部分，少說也有這一個具有象徵意味的謎之建築。」

Shirley楊點頭道：「這深綠的大水潭，一定有很多古怪之處，但水下水草茂盛，給潭底加上了一層厚厚的偽裝，憑咱們三個人，很難摸清下面的詳細結構，只能從高處看那凹凸起伏的輪廓憑空猜測而已。」

我們又說起水下的墜機，我不太熟悉美國的飛機形狀，墜毀的飛機又不完整，而且我匆忙中也沒仔細看，只好大致描述了一下形狀，Shirley楊說那可能是一架B24遠程轟炸機。

接連看到墜毀的飛機，一定與蟲谷入口處的兩塊隕石有關，那隕石本是一個整體，而且至少還有數塊，以「葫蘆洞」為中心，呈環形分布，分別藏在溪谷入口的兩側，以及周邊的一些地區，在茂密的叢林中，如果不走到近處，很難發現它們的存在，隕石中強烈的電磁干擾波，這些負電磁的波頻，又受到「葫蘆洞」裡鎮山的神物，也就是那隻被放置在「蟾宮」中的藍色三足怪蟾影響。

藍色怪蟾的材料非常特殊，可能是一塊具有夸克粒子與膠克粒子等稀有元素的鐳性緻密礦石，這種東西使含有電磁輻射的隕石干擾範圍擴大，使電子設備失靈，甚至一些具有導航生物系統的侯鳥，都會受到影響，以至於經過「蟲谷」上空的時候，從空中落下跌死。

Shirley楊認為，這塊稀有的緻密礦石結晶體，本身就具有強烈的輻射作用，它可能最早存在於一片三疊紀的古老森林中，在造成古森林變成化石的那次大災難中，由於它被高溫加熱，產生了更多的放射性物質，在四周形成了現在的暗紅色半透明疊生岩，而且使其化為了穹弧的形狀。

甚至就連那隻「霍式不死蟲」，也都是由於它的存在，才躲過了那場毀滅性的災難，否則任憑那蟲子的生命力有多頑強，也適應不了大氣中含氧量的變化，鐳性緻密礦石周邊的特殊環境，才使這隻巨大的老蟲子，苟活至今，至於洞穴中大量的巨大昆蟲和植物，也肯定都是受其長期影響形成的。

我們邊走邊商量這些事情，把所見到的種種跡象，綜合起來進行橫向的對比分析，再加上一些主觀的推測，如此一來那些凌亂的信息，被逐漸拉成了一條直線。

Shirley楊已經下定了決心，無論如何，都要在這此的行動中，增加一個分支任務：毀滅遮龍山的神器。

因為這種放射性物質非常不穩定，時強時弱，可能在第二次世界大戰期間，是放射性元素比較活躍的一個時期，所以我們所見的墜機殘骸都是那個時期的，但是根據我們身上電子設備受干擾的程度，最近它又開始活躍了，如今不同於古代，現代的空中交通越來越發達，為了避

免以後再有慘劇發生，只有再想辦法冒險回到山洞中部，設法毀掉這件神器。

那支「黃金龍虎雙首短杖」，虎頭的一端，應該是用關閉「蟾宮」，那做為「蟾宮」的銅匣，也許可以用來屏蔽鐳性緻密物，如果那樣起作用的話，便盡量爭取不損毀這件東西，畢竟這是古文明的瑰寶，不是說毀就下得了手的，把它沉入深潭，使其永久的長眠於水底，與時間同朽，也是一個不錯的歸宿。

我忽然想起那張「人皮地圖」背面的話來，但是記得不太確切，連忙讓胖子取出來觀看，只見其背面對「獻王墓」的注釋中有一大段寫道：「神魂漭漭歸何處，碧水生玄顯真形，龍山入雲，蟲谷深陷，覆壓百里，隔天斷世，三水膴膴，堇荼聚首，各守形勢，中鎮天心有龍暈，龍暈生處相牽連，隱隱微微繞仙穴，奧妙玄通在此中，隱隱是謂有中之無也，微微是謂無中之有也，其狀猶如盞中酥，雲中雁，灰中路，草中蛇，仙氣行乎其間，微妙隱伏，然善形吉勢無以復加，獻王殪，殯於水龍暈中，尸解升仙，龍暈無形，若非天崩，殊難為外人所破。」

「人皮地圖」背面這些近似於青烏風水中的言語，是單道那「獻王墓」所在仙穴的好處，最後一句卻出人意料，提到了「天崩」一詞，當時我們無人能解其意，甚至猜測有可能是指有星墜發生的特殊時刻，才能有機會進入王墓的玄宮，但是自入「遮龍山」以來，見到了很多墜毀飛機的殘骸，很難不聯想到「天崩」是指落下來的飛機撞破了墓牆。

不過這王墓上的「龍暈」尚在，我以前並不認為世界上真的存在這種仙穴，覺得那只是誇大其詞，危言聳聽的某種傳說，因為就連《十六字陰陽風水祕術》中，都只說「神仙穴」不可遇，不可求，因為其需要的元素太多，缺一不可，僅僅只在理論上存在。

現實中當然不會有千年不散的百道七彩水虹聚集一處，但是身臨其境，才知道原來統治階級除了長生不老以外，沒有什麼是做不到的，那獻王竟然能改格局，硬是改出這麼個「龍暈」來，在風水學的角度來看，所謂「龍暈」是指「清濁陰陽」二氣相交之處，那層明顯的界限，這層界限不是互相融合的區域，而更像是天地未分時的混沌狀態，正是常人說的「低一分是水，高一分是氣」，「龍暈」正是不高不低，非水非氣，而是光，凝固且有形無質，千年不散的虹光。

聽Shirley楊說這附近有「鐳性緻密物」，我才想到，正是這塊石頭，使「蟲谷」內負線性離子增大，幾乎無雲無雨，讓瀑布群生騰的水氣難以揮發，在綠色大漏斗上空，形成了一層只在傳說中才有的「龍暈」，原來這是一種人造的光學現象。

說話間我們已經在「棧道」上走了許久了，恰好經過那層「天宮」下的「龍暈」，以前只覺得彩虹遠在天邊，此時竟然從中穿過，只覺得像是進入了太虛幻境，自己則變成了仙人一樣，三人都忍不住伸手去摸那四周的虹光，當然是都抓了個空，一個個都咧著嘴傻笑，突然產生了一種奇怪的念頭：如果這是夢境，最好永遠也不要醒來。

不過那片七彩虹光極薄，很快就穿了過去，剛才美妙的感覺蕩然無存，只是感覺爬這棧道爬得腿腳痠疼，下來的時候容易，此時向上攀登，才覺得這一圈圈的螺旋棧道十分漫長，足足走了一個多小時，才算是繞到了「天宮」的殿門之前。

我指著面前的殿門對Shirley楊和胖子說：「如果天乩中所描述的天崩，就是那些發生空難的飛機，那麼我想這應該是符合的，潭底的石壁已經被機頭撞出一個大洞，只是還不能肯定那洞中是否就是玄宮，摸金校尉縱然有分金定穴，卻定不出這神仙穴的規模，不過咱們在王墓的寶頂中來個地毯式搜索，倒也不愁查不明白，裡面一定隱藏著很多祕密。」

第一四二章　凌雲宮會仙殿

站在「天宮」般宏偉華麗的宮殿正下方，感覺整個人都變得無比渺小，「宮殿」這種特殊的建築，代表了中國古典建築風格與成就的全部精髓，是帝王政治與倫理觀念的直接折射，早在夏代的時候，中國歷史上便有了宮殿的雛形，至隋唐為顛峰，後世明清等朝莫能超越，只不過是在細微處更加精細而已。

「古滇國」雖然偏安西南荒夷之地，自居化外之國，但最初時乃是秦國的一部分，王權也始終掌握在秦人之手，到漢武帝時期，所建造的這座「獻王墓」，自然脫不出秦漢建築的整體框架，外觀與布局都按秦王制，而建築材料則吸取了大量漢代的先進經驗。

正殿下有長長的玉階，上合星數，共計九十九階，由於地形的關係，這道玉階雖然夠寬，卻極為陡峭，最下面剛好從道道虹光中延伸向上，直通殿門，大殿由一百六十根楠木做為主體而構成，金黃色的琉璃瓦鋪頂，兩側高聳盤龍金桂樹，雕鏤細膩的漢白玉欄桿臺基，更說不盡那雕梁畫棟，只見一層層秦磚漢瓦，紫柱金梁，都極盡奢華之能事。

這些完全都與「鎮陵譜」上的描述相同，在這危崖的絕險之處，盤岩重疊，層層宮闕都嵌進絕壁之中，逐漸升高，憑虛凌煙之中，有一種欲附不附之險，我們三人看得目眩心駭，沿山凹的石板「棧道」登上玉階，放眼一望，但見得金頂上聳岩含閣，懸崖古道處飛瀑垂簾，深潭周遭古木怪藤，四下裡虹光異彩浮動，遙聽鳥鳴幽谷，一派於世隔絕的脫俗景象，若不是事先見了不少藏在這深谷中令人毛骨聳然的事物，恐怕還真會拿這裡當作是一處仙境。

而現在不管這「天宮」景象如何神妙，總是先入為主的，感覺裡面透著一股邪氣，不管再怎麼裝飾，再如何奢華，它都是一座給死人住的宮殿，是一座大墳，而為了修這座大墳，更不知死了多少人，有道是：萬人伐木，一人升天。

白玉臺階懸在深潭幽谷之上，又陡又滑，可能由於重心的偏移，整座宮殿向深潭一面斜出來幾度，有種隨時翻進深淵的可能，膽色稍遜之人，都無法走上「天宮」，胖子在「棧道」上便已嚇得臉上變色，半句話也說不出來，此刻在絕高處，雙腳踏著這險上之險的白玉階，更是魂不附體，只好由我和Shirley楊兩人架著他，閉起眼來才能緩緩上行。

走到玉階的盡頭，我突然發現，這裡的空氣與那層「龍暈」下面，竟是截然不同，「龍暈」下水氣縱橫，所有的東西，包括那些藤蘿，「棧道」的石板，都是溼漉漉的好似剛被雨淋過，而我們現在所在的「天宮」卻極其的涼爽乾燥，想不到這一高一低之間，空氣溼度差了那麼多，這應該都是「龍暈」隔絕了下面水氣的作用，這在清濁不分明環境中，才讓宮殿建築保持到如今，依然如新，果然不愧是微妙通玄，善狀第一的神仙穴，那「天輪龍暈」的神仙形勢，確是非同凡俗。

這段玉階本就很難行走，又要架著胖子，更是十足艱難，三人連拖帶爬，好不容易蹭到闕臺上，我問Shirley楊要了「金鋼傘」，來至殿門前，見那門旁立著一塊石碑，碑下是個跪著的怪獸，坐出在雲端負碑的姿態，石碑上書幾個大字，筆畫繁雜，我一個也識不得，只知道可能是古篆。

只好又讓Shirley楊過來辨認，Shirley楊只看了一遍，便指著那些字一個一個的念道：「玄之又玄，眾妙之門，凌雲天宮，會仙寶殿。」原來這座古墓的明樓是有名目的，是叫做「凌雲

宮」，而這頭一間殿閣，叫什麼「會仙殿」。

我忍不住笑罵：「獻王大概想做神仙想瘋了，以為在懸崖絕壁上蓋座宮殿，便能請神仙前來相會，陪他下棋彈琴，再傳他些長生不死的仙術。」

Shirley楊對我說：「又有哪個帝王不追求長生呢？不過自秦皇漢武之後，後世的君主們，大多都明白了那只不過是一場如光似影的夢，生老病死是大自然的規律，縱然貴為真命天子，也難以逆天行事，即便是明白了這一點，他們仍希望死後能享受生前的榮華富貴，所以才如此看重王陵的布置格局。」

我對Shirley楊說：「他們若不窮奢極欲，淫逸無度的置辦這麼多陪葬品，這世上又哪裡會有什麼摸金校尉。」口中說著話，便抬腿踢開殿門，那殿門只是關著，並沒有鎖，十分沉重，連踹了三腳，也只被我踹開一條細縫，連一人都難進去，裡面黑燈瞎火，什麼也看不清楚。

雖說按以往的經驗，在明樓這種設施中，極少有機關暗器，但我不願意冒著無謂的風險，仍然擔心會有意外，剛將殿門開啓，立刻閃身躲到一邊，撐起「金鋼傘」遮住要害，等了一陣，見殿中沒有什麼異常動靜，才再次過去又把殿門的縫隙再推大了一些。

我對胖子和Shirley楊點了點頭，示意可以進去了，三人都拿了武器和照明設備，合力將殿門完全推開，但是由於角度的原因，雖然是白天，陽光卻也只能照到門口，寬廣的宮殿深處仍然是黑暗陰森，只好舉起手電筒探路。

剛邁過殿門那道高大的紅木門檻，便見門後兩側，矗立著數十尊巨像，首先是兩隻威武的辟邪銅獅，都有一人多高，左邊那隻是雄獅，爪下按著個金球，象徵著統一宇宙的無上權利。右邊的爪下踩著幼獅，象徵子孫綿延無窮，此乃雌獅。

獅子所蹲伏的銅臺，刻著鳳凰和牡丹，三者綜合起來象徵著「王」，獸中之王，鳥中之王，花中之王。

雖然世間多是石獅，銅獅比較罕見，卻也不是沒有，所以這並沒什麼奇怪的，奇怪就奇怪這對銅獅不擺在殿門前，而是放置在裡側，不知是出於什麼原因，總之是非常的不合常理。

銅獅後邊依此是獬、犼、象、麒麟、駱駝、馬各一對，銅獸後則有武將、文臣、勛臣共計三十六尊，銅獸就不好說了，銅人的姿態服飾都十分奇特，與其說是在朝中侍奉王道，則更像是在做著某種儀式中奇怪的動作，大群的銅獸銅人如眾星捧月般，拱衛著殿中最深處的王座。

胖子說：「這宮殿怎麼跟咱們參觀過的十三陵明樓，完全不同？十三陵的寶頂金蓋中，雖然也是宮殿形式，卻沒有這些古怪的銅人銅獸。」

我對胖子說：「倒也沒什麼奇怪，反正都是追求侍死如侍生，朝代不同，所以形式有異，但是其宗旨完全一樣，咱們去陝西倒……旅游的時候，不是也在漢陵區見過滿地的大瓦片嗎，那都是倒塌的漢墓地上宮殿遺留下的，木梁經不住千年歲月的消磨，早就朽為空氣，而磚瓦卻一直保存到現在。」

所謂「朝代不同，形制有異」，只不過是我自己說出來安慰自己的言語，至於這些靜靜矗立在宮殿中千年的銅像有什麼名堂，我還半點摸不著頭腦，不過我不希望把這種狐疑的成分，轉化為對胖子與Shirley楊的心理壓力，但願是我多慮了。

Shirley楊見了殿中的非凡氣象，也說這滇國為西南夷地，其王墓已有這般排場，相比之下，那些代表著中央集權的唐宗漢武之墓，其中寶物都是以數千噸為單位來計算，更不知有多大規模，可惜都很早就已被嚴重破壞，咱們現代人是永遠都沒有機會見到，只能神馳想像了。」

我對Shirley楊說：「也不是所有的王墓，都有這獻王墓的氣派，獻王根本就沒為他的後人打算，可能他畢生追求的就是死後埋在龍暈裡，以便成仙，秦漢之時求仙煉丹之風最盛。」

因為這「凌雲宮」是古墓地宮的地上設施，並非放置棺槨的墓室，所以我們還算覺得放鬆，並未像是進了玄宮般緊張，談論之間我們已經走進宮殿的深處，距離身後殿門處的光亮顯得十分遙遠，這殿中靜得出奇，越是沒什麼動靜，越開始顯得陰森可怖。

我手心裡也開始出汗了，畢竟這地方，少說也有兩千年沒活人進來過了，但是這裡絲毫沒有潮溼的霉氣，相對來說稍微有一點乾燥，在幾乎所有的物體上，都蒙有一層厚厚的灰塵，這些落灰也都是殿中磚瓦中的，每一層覆蓋著兩千年前的歷史，更沒有半點外界的雜塵。

鑲金嵌玉的王座，就在「會仙殿」的最深處，前邊有個金水池阻隔，中間卻沒有白玉橋相連，這水池不窄，裡面的水早已乾涸了，從這裡隔著水池用「狼眼」照過去，只能隱約看見到王座上盤著一條紅色玉龍，看不清是否有獻王的坐像。

胖子見狀罵道：「是不是當了領導的人，都喜歡脫離群眾？和群臣離得那麼遠，還他媽商議個蛋朝政啊，走走，咱們過去瞧瞧。」扛起「芝加哥打字機」當先跳下了一米多深的池中。

我和Shirley楊也跟著他跳下乾涸的金水池，見池中有隻木船，造得如同荷葉形狀，原來以前要過這水池還必須要踏舟而行，看來這獻王倒也會玩些花樣。

沒等從金水池的另一端上去，我們就沉不住氣了，拿著「狼眼」向對面亂照，王座上似乎沒有人像，但是後邊卻非同尋常，我們三人越看越奇，急不可待地爬上對面，我心中變得忐忑起來：「難道憑我胡某人料事如神的頭腦，竟把天崩這件事理解錯了不成？看來天崩與墜機應該是毫無關聯的，那獻王的屍體如今還在不在墓中？」

第一四三章　後宮

王座上盤著一條紅色的玉龍，用「狼眼」一照，龍體中頓時流光異彩，有滾滾紅光湧動，裡面竟然全是水銀，不過這條「空心水銀龍」倒不算奇怪，真正吸引我們注目的，是這條龍的前半截。

盤據在王座上的只是包括龍尾在內的一小部分龍身，一頭扎進壁中，龍尾與雙爪搭在寶座的靠背之上，顯得有幾分慵懶，龍體前邊的大半段，都凹凸起伏的鑲嵌在王座後壁上，與殿壁上的彩繪融為一體，使整幅壁繪表現出的強烈的層次感，卻沒有任何令人覺得突兀的不協調，其構思之奇，工藝之精，都已至化境，世人常說：「神龍見首不見尾。」而王座與牆壁上的這條龍，卻是見尾不見首，好似這條中空的水銀玉龍，正在變活，飛入壁畫之中。

與龍身結合在一起的大型壁畫，則展現的是獻王成仙登天的景象，畫中仙雲似海，香煙繚繞，綿延的山峰與宮殿在雲中顯得若隱若現，雲霧山光，都充滿了靈動之氣，最突出的紅色玉龍，向著雲海中昂首而上，天空裂開一條紅色縫隙，龍頭的一半已穿入其中，龍身與「凌雲天宮」的殿中寶座相聯，一位王者正在眾臣子的簇擁下，踏著龍身，緩步登上天空。

這位王者大概就是「獻王」了，只見他身形遠比一般人要高大得多，身穿圓領寬大蟒袍，腰繫玉帶，頭頂金冠，冠上嵌著一顆珠子，好似人眼，分明就是「雮塵珠」的樣子。

王者留著三縷長髯，看不出有具體有多大歲數，面相也不十分凶惡，與我們事前想像的不太一樣，我總覺得暴君應是滿臉橫肉，虬髯戟張的樣子，而這獻王的繪像神態莊嚴安詳，我猜

想大概是人為的進行美化了。

畫面的最高處，有一位騎乘仙鶴的老人，鬚眉皆白，面帶微笑，正拱手向下張望，他身後還有無數清逸出塵的仙人，雖然姿態各異，但表情都非常恭謹，正在迎接踩著龍身步上天庭的獻王。

我看得咋舌不下，原來所謂的「天崩」，是說仙王證道成仙的場景，而不是什麼外人能否進入玄宮冥殿，想必此事極其機密，非是獻王的親信之人，難以得知。

正中大壁畫的角落邊，還有兩幅小畫，都是獻王登天時奉上祭品的場景，在銅鼎中裝滿屍體焚燒，其情形令人慘不忍睹，也就沒再細看。

胖子說道：「按這壁畫中所描繪的，那獻王應該已經上天當神仙逍遙去了，看來咱們撲了個空，王墓的地宮八成早已空了，我看咱們不如鑿了這條龍，再一把火燒了這天宮，趁早回去找個下家將玉龍賣了，發上一筆橫財，然後該吃吃，該喝喝。」

Shirley楊說：「不對，這只是獻王生前一廂情願的痴心妄想，世上怎麼可能這種凡人成仙的事情。」

我也贊同Shirley楊的話，對她二人說道：「已經到了王墓的寶頂，豈有不入地宮倒斗之理，何況你們有沒有看見，這畫上獻王的繪像，他頭上戴的金冠上所嵌的，那可正是能救咱們性命的鳳凰膽。」

三人稍加商議，決定先搜索完這處「凌雲宮」，再探明潭中的破洞是否就是地宮的墓道，然後連夜動手，不管怎樣，眼見為實，只有把那冥宮裡的明器翻個遍，屆時若還找不到「雮塵珠」，便是時運不濟，再作罷不遲，這叫盡人事、安天命。

在秦代之前，宮殿是集大型祭祀活動與政治統治於一體的核心設施，具有多種功能，直到秦時，才僅做為前朝後寢的皇帝居所，單獨設立。

至於帝王墓上的明樓，其後殿應該是祭堂，而並非寢殿，裡面應該有許多歌功頌德的碑文壁畫，供後人祭拜瞻仰。

我們都沒見過秦宮是什麼樣子，不過「凌雲天宮」，應該與秦時的「阿房宮」相似，雖然規模上肯定及不上三月燒不盡的「阿房宮」，但在形勢上或許會凌駕其上，想那秦始皇也是古時帝王中，對煉丹修仙最為執著的第一人，可始皇帝恐怕做夢也沒想到，他的手下會建出一座天宮來做墳墓，可比他的秦陵要顯赫得多了。

我們計較已定，便動身轉向後殿，我走在最後，忍不住又回頭看了一眼那大殿正中的銅人銅獸，心中仍是不住疑惑不定，總覺得有哪裡不太對頭，有股說不出來的不協調感。

等我轉過頭來的時候，見Shirley楊正站定了等我，看她的神色，竟似和我想到了一處，只是一時還沒察覺到究竟哪裡不對，我對Shirley楊搖了搖頭，暫時不必多想，反正船到橋頭自然直，於是並肩前往後殿。

穿過一條短廊，來到了更為陰森黑暗的後宮殿堂，看廊中題刻，這後半部分叫做「上真殿」，殿中碑刻林立，有單獨的八堵壁畫牆，殿堂雖深，卻由於石碑畫牆很多，仍顯得略有局促，不過布局頗為合理，八堵壁畫牆擺成九宮八卦形狀，每一堵牆都是一塊塊大磚砌成，皆是白底加三色彩繪。

除了某些反映戰爭場面的壁畫之外，幾乎是一磚一畫，或一二人物，或二三動物、建築、器械，涵蓋了獻王時期古滇國的政治、經濟、文化、外交、軍事、祭祀、民族等全部領域。

這些也許對於研究斷代史的學者來講，是無價的瑰寶，可是對我這種摸金倒斗的人，卻無

大用，只希望從中找到一些關於王墓地宮情形的信息，但是一時之間，看得眼花繚亂，又哪裡看得了這許多。

這八面壁畫牆中的壁畫，不下數千幅，與殿中的石碑碑文相結合，整個就是一部滇國的史料大全，我舉著「狼眼」手電筒，選其中大幅的壁畫，粗略看了幾眼，又由Shirley楊解釋了幾句，倒也看明白了個八九分。

大幅的壁畫全是戰爭繪卷，記錄了獻王生前所指揮的兩次戰爭，第一次是與「夜郎國」，「夜郎」和「滇國」在漢代都被視為西南之夷，第二次戰爭是獻王脫離「古滇國」的統治體系之後，在「遮龍山」下屠殺當地夷人。

這兩次戰爭都大獲全勝，殺敵甚眾，俘擄了大批的戰俘，繳獲了很多物品，當時的兩個對手，其社會型態尚處於奴隸所有制的晚期階段，生產手段極為落後原始，對青銅的冶煉技術遠不如繼承秦人手段的滇國，所以一觸既潰，根本不是滇人的對手。

這些戰爭的俘虜中有大量奴隸，這批戰俘和奴隸，就成為了日後修建王墓的主要力量，壁畫與碑文中自然對這些功績大肆渲染。

但是壁畫對於王墓的地宮仍然沒有任何描述，有一堵牆上的壁畫，全部是祭禮，包括請天乩、占卜、行巫等活動情形，場面詭異無比，Shirley楊用照相機把這些壁畫全拍攝了下來，說不定以後破解「雮塵珠」的祕密時，會用得上。

胖子見這後殿全是這些東西，頓時索然無味，拎著衝鋒槍、打著手電，在裡面瞎轉，突然在壁畫牆環繞的正中間發現了一些東西，連忙招呼我和Shirley楊過去看看。

原來殿堂正中的地面，立著一只六足大銅鼎，鼎上蓋著銅蓋，兩側各有一個巨大的銅環，銅鼎的六足，分別是六個半跪的神獸，造型蒼勁古樸，全身筋肉糾結，遍體身滿鱗片，做出嘶吼的樣子，從造型上看，非常類似於麒麟一類。

這只銅鼎大得出奇，不知為什麼，被漆成了全黑的顏色，沒有任何花紋裝飾，在黑暗的宮殿中，我們只注意到那些碑文壁畫，直到胖子轉悠到中間，招呼我們過來看，走到近處這才得以見到，否則並不容易發現這只與黑暗混為一體的巨鼎。

胖子用M1A1的槍托敲了敲甕體，立刻發出沉悶的回音，問我和Shirley楊道：「莫不是陪葬的明器太多，地宮中放不下了，所以先暫時存在這裡？打開來先看看倒也使得。」

Shirley楊說：「這大概就是準備在祭典中煮屍的大鼎，鼎口至今還封著，這說明獻王並沒有尸解化仙，他的屍骨還在地宮的棺槨裡，否則就不必封著這口巨鼎了。」

我對Shirley楊和胖子說：「鬼才知道這是做什麼用的，如果是用來烹煮人牛羊做祭的祭器，那應該是用釜而非鼎，再說這恐怕根本就不是甕鼎之類的東西，鼎又怎麼會有六足？」

三人各執一詞，都無法說服對方，便準備要看個究竟，這次我們是有所為而來，為了找「雮塵珠」，絕不會放過任何可疑的地方，黑色的銅鼎觸手可及，我從胖子的背包裡，取出開棺用的探陰爪，刮開封著鼎口的火漆，見那層漆上有個押印，圖案是一個被鎖鏈穿過琵琶骨的罪犯，既然有押印就說明從來沒開啓過。

刮淨火漆之後，用探陰爪頂上的寸針一試，鼎口再也沒有什麼連接阻礙的地方，直接揭掉鼎蓋就可以了，便招呼胖子過來幫手，二人捉住銅環，兩膀剛一叫力，便聽死氣沉沉的宮殿深處，傳來一陣「咯咯咯，嘿嘿嘿」的笑聲，聽那聲音是個女人，但是她又奸又冷的笑聲，絕對不懷好意，笑聲如冰似霜，彷彿可以凍結人心。

第一四四章　鬼星

寂靜無人的宮殿中，怎麼會有女人的笑聲？我們手中的三支「狼眼」光柱立刻釘向那個角落，冰冷的笑聲隨即嘎然而止，只留下一個宮殿的空曠牆角，什麼也沒有。

三人極為震驚，一時無言，就連Shirley楊的額頭上也見了汗珠，隔了一會兒才問道：「剛剛那是什麼聲音？」

我只是搖了搖頭，沒有說話，來者不善，善著不來，在這用來祭祀死人的鬼宮裡，能有什麼好東西？想到這裡，便伸手將裝有黑驢蹄子、糯米等物的攜行袋搭扣撥開。

這時胖子也開始顯得緊張了，因為我們從陝西石碑店找來的算命瞎子，沒事就跟我們吹他當年倒斗的英雄事跡，我們雖然不怎麼拿瞎子的話當真，但卻有幾句特殊的話至今記得一清二楚，據瞎子說那是幾句曾被盜墓賊奉為金科玉律的言語：「發丘印，摸金符，護身不護鬼吹燈；窨子棺，青銅槨，八字不硬勿近前；豎葬坑，匣子墳，搬山卸嶺繞著走；赤衣凶，笑面屍，鬼笑莫如聽鬼哭。」

後來我曾問過Shirley楊，這幾句話倒不是瞎子自己攢的，果然是舊時流傳，說的是若干種比僵屍更可怕的東西，最後說倒斗摸金遇到死屍穿大紅色、沒雜色的喪服，或是死人臉上帶笑，都是大凶之兆，命不夠硬的就難重見天日了，鬼哭在很多地方都有，有人會把狼嚎誤當作鬼哭，那倒也無妨，最怕的就是在墳地裡聽見厲鬼的笑聲，只有厲鬼才會發笑。

雖然這「天宮」是古墓的地面建築，卻絕對是百分之一百的屬於古墓的一部分，此刻在這漆黑的宮殿深處，聽到那能令人一摸身上就雞皮疙瘩掉一地的笑聲，用手電一照之下，卻什麼都沒有，如何能夠不怕？

不過我們事先做了思想準備，古時摸金校尉們管在古墓裡遇到這些不吉的東西，叫做遇著「黑星」，「黑星」在相術中又叫「鬼星」，凡人一遇「黑星」，肩頭三昧真火立滅，猶如在萬丈深淵之上走獨木橋，小命難以保全。

而我們三人都戴著真正的「摸金符」，還有若干開過光的器物，縱有厲鬼也能與之周旋幾個回合，於是定了定神，暫時不去理會那口黑色的銅鼎，各持器械，分三路向那剛剛發出笑聲的角落包抄過去。

殿中碑牆林立，圍著一圈又一圈，若是在這裡捉迷藏倒是合適，不過想看清楚十幾米外的事物，便被遮遮掩掩，我們原先的位置，只能穿過石碑和壁畫牆的縫隙，看到的角度有限，隨著逐漸接近，視線中除了空落的牆角、地面的石板，此外一無所有，宮殿中又變得一片死寂，若不是那陰冷的笑聲猶在耳邊，不免會以為是聽錯了。

Shirley楊問我：「老胡，你不常跟我吹你倒過許多斗嗎？實踐方面我可不如你的經驗豐富，在古墓中遇到厲鬼，依你來看該如何應對？」

我現在也是六神無主，心想這美國妞子想將我一軍，便對Shirley楊說：「我們以前遇到這種不知如何著手的情況，都是放手發動當地群眾，變不利因素為有利因素，人民群眾的創造性是無窮的，他們一定會想出辦法來的。」

胖子不解，也問我道：「胡司令，在這荒墳野嶺中只有咱們三個活人，上哪找人民群眾去？」

我對胖子說：「你以為你是誰啊？你的政治面目不就是群眾嗎？我現在派你搜索這天宮的後殿，想盡一切辦法，將那背後的笑聲查明，不管是厲鬼也好，還是有鬧春的野貓也罷，都交給你來收拾，我接著去查那銅鼎裡的名堂，讓楊參謀長居中策應，兩邊都別耽誤了，也許這是敵人的調虎離山之計，想把咱們的注意力從銅鼎上分散開。」

胖子一點都不傻，忙說：「不如咱倆換換，我出力氣去搬那鼎蓋，老胡你還不知道我嗎？咱哥們兒就是有這兩膀子肉，對那些看不見摸不著的東西，卻是向來缺少創造力……」

胖子緊著謙讓，我不予理睬，轉身想回去搬那銅鼎的蓋子，也就剛一轉身，忽聽我身後的這處牆角中，又發出一陣令人毛骨悚然的冷笑，這笑聲太過突然，三人嚇得都急忙向後退開一步，我背後依住一塊石碑，忙拍亮了登山頭盔上的戰術射燈，一手端著M1A1，一手隨時準備掏攜行袋中辟邪的器物。

冰冷的奸笑稍縱既逝，牆角中有哪有什麼東西，這裡已是最後一進殿堂，更不會有什麼密室暗道之類的插閣，我壯著膽子過去，用腳跺了跺地上的石磚，絲毫沒有活動的跡象，真是他娘的見鬼了，這後宮中難道是獻王的婆娘陰魂不散？她又究竟想做什麼？

Shirley楊與胖子站在我身後，也是心驚膽顫，連聽那笑聲響起兩次，絕對不會聽錯，這宮殿的殿堂雖大，卻只有一個出口，而非四通八達，畢竟這是明樓寶頂，而非真正的宮殿，說白了就是個樣子貨，在外邊看一重接一重，層層疊疊似是千門萬戶，其實裡面的構造很簡單，只不過就是個祭祀的所在。

就是這麼有限的一塊地方，笑聲是從哪兒發出來的呢？越是看不見，心中越是沒底，反不如與那巨蟒、食人魚搏鬥的時候，雖然命懸一線，卻也落得打個痛快，現在的局面雖然平靜，卻不免使人焦躁不安，不停地在想：「神仙穴裡怎麼會有厲鬼？不過也許只有這種陰陽不明的區域，才會有厲鬼也說不定。」對這件事，我是半點也拿不準。

我乾脆踩在胖子肩膀上，攀到了離牆角最近的一塊石碑頂上，想居高臨下再仔細看看，剛剛騎到碑頂，還沒來得及向下張望，就發覺頭上有片紅光晃動，我立刻抬頭用戰術射燈照去，只見一個長袍大袖的紅衣女子，晃晃悠悠悄無聲息地懸在殿堂穹頂之上，殿頂黑暗無光，我只看見她的下半身，上面都隱在暗處，不知是用繩吊住脖子，還是怎樣吊的，其位置剛好是在我頭頂的斜上方，這殿閣高大，非比尋常建築，但是我們剛才只注意牆角的地面，卻始終沒想到看房頂。

我這冷不丁一看，難免心中大駭，若非雙腿在石碑頂上夾得牢固，就得一腦袋從石碑上倒栽下去，趕緊趴在石碑頂端，雙手緊緊抱住石碑，好在我這輩子也算是見過些大墓的，心理素質還算穩定，換了胖子在這，非嚇得他直接跳下去不可。

胖子和Shirley楊仰著頭看我在上面行動，自然也見到了高處的紅衣女人，不過位置比我低，看得更是模糊，縱然如此也不由得面上失色，又替我擔心，不停地催我先從石碑頂上下來，免得被厲鬼捉到上面去，那就麻煩大了。

我把身體穩定住了之後，沒有立刻跳下，反倒是抬頭去看房頂的情況，剛看一眼，便又出了一身冷汗，只見得那紅色大袍裡面……沒有腳，衣服裡空空蕩蕩的，緊緊貼著殿堂高處的牆角，好像僅是件空衣服懸在半空，屍體到哪去了？

鮮紅的女人衣服款式，與我所知古時女子的服裝迥然不同，不似漢服，大概是滇國女人死的時候所穿的特別斂服，這身血紅色的衣服，靜靜的一動不動，那詭異的笑聲，也不再發出。

我對石碑下的胖子和Shirley楊把情況簡要地說了，Shirley楊想看得更清楚一些，也爬上了石碑頂端，坐在我前面看了這懸在半空的凶服說道：「這衣服很古怪，工藝也很複雜，像是少數民族中的閃婆、鬼婆，或是夷人之中大巫一類的人穿的……是件巫袍。」

我問Shirley楊道：「這麼說不是死屍穿的凶服了?但那笑聲是從這衣服裡發出來的嗎？」

Shirley楊對我說：「還不好確定，再看看清楚，上邊太黑了，你用『狼眼』試一下。」

由於登山頭盔的射燈主要是為了照明眼前的區域，難以及遠，懸空衣服的上半截完全看不到，雖然上面也有可能是空空如也，但畢竟看明白了心中才踏實，要是這件衣服作怪，大不了一把火燒了它。

我又拿出射程更遠的「狼眼」手電筒，一推底部的開關，一道橘黃色的光柱，立刻照了上去，這一來方才看清紅色凶服上半身的情況。

上面不是空的，高高豎起的領口處有東西，我一看之下不禁驚呼：「是顆人頭！」不過也許這女屍是有上半身的，但是其餘的部位都隱在紅色袍服之中，衣服寬大，瞧不出裡面是鼓是癟，只有肩上的頭臉看得清楚。

那女屍似乎是察覺到了我們再用「狼眼」手電筒照她的臉，竟然把頭微微晃動，對著我們轉了過來，她臉上畫著濃妝，口中發出一陣尖利的冷笑：「咯咯咯咯……」

第一四五章　熔爐

我們正眼睜睜地盯著高處那件衣服，衣服上那顆人頭猛然間無聲無息地轉了過來，衝著我們陰笑，我和Shirley楊心中雖然驚駭，但並沒有亂了陣腳。

據說厲鬼不能拐彎，有錢人宅子裡的影壁牆，便是專門擋煞神厲鬼的，這後殿的殿堂中全是石頭畫牆，大不了與她周旋幾圈，反正現在外邊正是白天，倒也不愁沒地方逃，想到這裡我取出了一個黑驢蹄子，大叫一聲：「胡爺今天請你吃紅燒蹄膀，著傢伙吧。」舉手便對著那黑暗中的人頭扔了過去。

專剋僵屍惡鬼的「黑驢蹄子」，夾帶著一股勁風，從半空中飛了過去，我一使力，另一隻手拿著的「狼眼」也難以穩定，光線一晃，殿堂的頂上立刻全被黑暗覆蓋，只聽黑處「啪」的一聲響，掉下來好大一個物體，正摔在我和Shirley楊所在石碑旁的一堵壁畫牆上。

我忙用手電筒照過去，想看看究竟是什麼厲鬼，定睛一看，一隻半蟲人正在壁畫牆上咧著嘴對著我們，原來不是那套紅色巫衣。痋人比剛脫離母體之時已大了足足一倍，剛才它們被「凌雲天宮」與「螺旋棧道」上的防蟲藥物，逼得退回了「葫蘆洞」，但是想必王墓建築群中的幾層「斷蟲道」，主要是針對鼠蟻之類的，而且年代久遠，對體形這麼大的「痋人」，並不會起太大的作用，它們已經適應了這些氣味。

這隻「痋人」不知什麼時候溜進了殿中，躲在黑處想趁機偷襲，結果撲過來的時候，剛好撞到了槍口上，被我扔過去砸厲鬼的黑驢蹄子打中，掉在了壁畫牆上。

我隨身所帶的這個黑驢蹄子，還是在內蒙的時候，讓燕子找來的，帶在身邊一年多了，跟鐵球也差不多少，誤打誤撞，竟砸到了那「痋人」的左眼上，直打得它眼珠都凹了進去，流出不少綠水，疼得嘶嘶亂叫。

我和Shirley楊用「狼眼」照那壁畫牆上的「痋人」，卻無意中發現它身後的殿堂頂上，垂著另一套衣服，樣式也是十分古怪，那應該是一身屬於古代西南夷人的皮甲，同樣也是只有甲冑，裡面沒有屍體，而且這套甲連腦袋都沒有，只扣著個牛角盔，看不到是否頭盔裡也有個人頭。

看來這後殿中，還不止那一套紅色巫衣，不知道這些服裝的主人們怎麼樣了，八成都早已被獻王殺了祭天了。

但是根本不容我再細想其中根由，壁畫牆頂端的獨眼「痋人」，已經從半空躥了過來，Shirley楊手中的六四式連開三槍，將它從半空打落，下邊的胖子當即趕上補了幾槍。

胖子抬頭對我們喊道：「還有不少也進來了，他媽的，它們算是吃定咱們了……」說著話繼續扣動扳機，黑沉沉的宮殿中立時被槍彈映得忽明忽暗。

Shirley楊對我說：「它們一定記得咱們身上的氣味，所以才窮追不捨。不過這些傢伙生長的速度這麼快，一定是和葫蘆洞裡的特殊環境有關，它們離了老巢就不會活太久。」

我急著從石碑下去取衝鋒槍，於是一邊爬下石碑，一邊對胖子和Shirley楊說：「趁它們數量不多，盡快全數消滅掉，馬上關閉後殿短廊的門戶，既然體積大的昆蟲在氧氣濃度正常的情況下，不會存活太長時間，咱們只要能撐一段時間就行。」

趁我們不備，悄悄溜進宮殿中的「痋人」，大約不下數十隻，雖然數量不多，但是體型不小，一時難以全數消滅，只好借著殿中錯落的石碑畫牆，與它們周旋，只所以沒有大批的湧進來，大概是由於其餘的體型還沒長成，抵擋不住殿中的蟲藥藥性，不過這也只是時間長短的事。

我和胖子背靠著背相互依托，將衝過來的「痋人」一一射殺，胖子百忙之中對我說道：「胡司令，咱們彈藥可不多了，手底下可得悠著點了。」

我一聽他說子彈不多了，心中略有些急躁，端著的「芝加哥打字機」失了準頭，剛被子彈咬住的一隻「痋人」背上中了三槍，猛躥進了壁畫牆後的射擊死角，我後面的幾發子彈全釘在了牆上，打得磚塵飛濺。

我心想打死一個少一個，於是緊追不放，跟著轉到了壁畫牆內側，只見那隻受了重傷的「痋人」正蹲在黑鼎的鼎蓋上，虎視眈眈地盯著我，張開四片大嘴，嚎叫發洩著被大口徑子彈攪碎筋骨的痛楚，以及它體內流淌著的毒血中，所充滿那些的女奴無盡的怨恨。

受傷不輕的「痋人」見我隨後追到，立刻發了狂，惡狠狠地用雙肢猛撐鼎蓋，借力向我撲來，它的力量大得出奇，這一撐之勢，竟把黑色銅鼎的蓋子從鼎身上向後蹬了出去，我背後是壁畫牆，難以閃躲，但我心知肚明，對方撲擊之勢凌厲凶狠，把生命中剩餘的能量都集中在嘴上，是準備跟我同歸於盡。

我更不躲閃，舉槍就想將它在半空中了結了，不料一扣扳機，子彈竟在這時候卡了殼，真是怕什麼來什麼，這美式裝備雖然犀利，卻是陳年的宿貨，用到現在才卡殼已經難能可貴了，我想反轉槍托去擊打飛身撲至的「痋人」，但它來勢又快又猛，鼻端只聞得一股惡臭，顎肢肉齒聳動的怪嘴，已撲至我的面門。

我只好橫起M1A1架住它的脖子，想不到對方似乎力大無窮，撲擊之力絲毫不減，把我撞倒在地，我順勢一腳蹬向那「痋人」的肚腹，借著它撲擊的力道，將它向後踹開，那「痋人」的頭部正好撞在壁畫牆上，雪白的牆體上，立刻留下一大片黑色的血汙。

我見那「痋人」仍沒死絕，便想上前再用槍托把它的腦袋徹底搗碎，卻聽背後發出一陣沉重的金屬滾動聲，好像有個巨大的車輪從後向我碾壓過來。

我心想他娘的哪來的火車，不敢托大，趕緊一翻身躲向側面，那只黑色巨鼎的鼎蓋擦著我的後心滾了過去，剛從壁畫牆下掙扎著爬起的「痋人」，被鼎蓋的邊緣撞個正著，隨著一聲西瓜從樓上掉下來一般的悶響，整個壁畫牆上噴濺出大量黑血，它被厚重的鼎蓋撞成了一堆蟲泥，腦袋已經癟了，與壁畫牆被撞裂的地方融為一體，再也分辨不出那裡是頭哪裡是牆壁，只剩下前肢仍然作勢張開，還在不停地抖動。

俗話說搬起石頭砸自己的腳，這隻「痋人」想必是前世不修善果，只顧著撲過來咬我，竟然被它自己蹬開的鼎蓋，在地上滾了一圈，最後正碾到它自己頭上。

殿中的槍聲還在響個不停，胖子和Shirley楊已經解決掉了十餘隻體型最大的「痋人」，正在將餘下的幾隻趕盡殺絕，我見自己這裡暫時安全了，長出了一口大氣，順手拔掉彈鼓，退掉了卡住的那殼子彈，險些被它壞了性命。

隨後站起身來，想去給胖子他們幫忙，但是剛一起身，竟見到了一幅詭異得難以形容的景象，那尊失去了鼎蓋的六足黑鼎，裡面白花花的一片，全是赤身裸體的屍體，從屍身上看，男女老幼都有，數量少說有十七八具。

這些屍體堆積在白色的凝固油脂中，那些油脂都透明得如同皮凍，所以看上去像是被製成了蠟屍，屍身上的血跡殷然，我心中暗想：「看來還是讓Shirley楊說中了，果然是燒煮屍體祭天的煉鼎，這些屍體大概就是房頂上那些古怪衣服的主人，或許他們都是被獻王俘獲的夷人中，最有身分之人，還有夷王的眷屬之流。」

早在夏商之時，便有用鼎烹人祭祀天地神明的記載，而且被烹者不能是一般的奴隸，否則會被認為是對神明的不敬，看來獻王果然還沒有舉行他踏龍登天的儀式就已經死了，所以這只「大鍋」，還沒派得上用場。

我又想剛剛那宮殿角落厲鬼的陰笑，是否想阻止我們開啓這鼎蓋，難道這鼎中有什麼見不得人的祕密？縱是有赤裸女屍，那滿身牛油凝脂和鮮血的樣子，想想都覺得反胃，誰他娘的又稀罕去看你。

這些夷人的屍體，死狀怪異，又被製成了這副樣子，我實在是不想再多看半眼，便想轉身離開，想著要走，腳下還沒挪動步子，忽然感覺一股灼熱的氣流，從黑鼎中冒了出來，只見鼎下的六隻獸足，像是六隻火麒麟，面朝內側分別對應，從牠們的獸口中噴出六條火柱，鼎上的黑色表層，一遇烈火燒灼，也立刻劇烈地燃燒起來，鼎中的屍體都被烈火和熱油裹住，迅速開始融化起來，一股股強烈的煉油氣息，瀰漫在殿中，這濃重的氣味中人欲嘔。

六足黑鼎在這一瞬間變成了一個大火球，熊熊火焰將整個後殿映的一片通明，只見殿頂上懸著十幾套異式服裝，都各不相同，而且這些古人的衣裝都不像是給活人準備的。

第一四六章 主梁

我顧不上再仔細觀望，急忙召喚胖子和Shirley楊趕快脫出此地，銅鼎中可能有火硝，蓋子一動就立刻觸發，本是獻王準備在闕臺上祭天時燒的，卻在殿堂裡面燃了起來，而且這火燒得大了，「凌雲天宮」的主體是楠木加磚瓦結構，建在「龍暈」上邊，十分乾燥，從六足黑鼎被引燃到現在這短暫的功夫，殿中的木頭已經被熱流烤得「劈啪」作響，看來這天宮要變火宮了。

殿中還剩下四五隻凶殘的「痋人」，胖子與Shirley楊，正同他們在角落中繞著石碑纏鬥，被這突如其來的巨大火光一驚，都駭然變色，當即便跟在我身後，急速衝向連接著前殿的短廊，若是再多留片刻，恐怕就要變燒肉了。

怎知還未踏出後殿，那短廊的頂子，忽然像坍方了一樣，轟然壓下，把出口堵了個嚴絲合縫，這時不知該是慶幸，還是該抱怨，若是快得幾步，不免已被這萬鈞巨岩，在廊中砸作一堆肉醬，但是此刻還留在後殿中，無路逃脫，稍後也會遭火焚而死。

現在憑我們身上的裝備，想要滅了那火無異痴人說夢，殿中熱浪撲面，感覺眉毛都快被那大火燎著了，胖子急得亂轉，我一把將他拽住，對胖子和Shirley楊說：「千萬別慌，先用水壺裡的水把頭髮淋溼。」

胖子說道：「那豈不是顧頭不顧屁股了？再說這點水根本不頂用……又是什麼東西？」

胖子正在說話之中，忽然猛聽殿內牆壁轟隆一聲，我們忙轉頭一看，見牆上破了一個大洞，前面正殿那條一頭扎進「獻王登天圖」的水銀龍，它的龍頭竟然穿過後殿的隔牆。

從後殿中露出的龍頭，立刻從龍口中噴瀉出大量水銀，地面上立刻濺滿了大大小小的球狀物，我急得好似火衝頂梁門，急忙對胖子和Shirley楊說：「殿門出不去了，上面是楠木龍骨搭琉璃瓦的頂子，咱們快上石碑，從上面炸破了殿頂出去。」

胖子也忘了自己的恐高症，舉手一指牆角的那塊石碑道：「只有這塊碑最高，咱們快搭人梯上去，趕緊的，趕緊的，晚了可就要他媽長一身養明器的水銀癍了。」說著話已經奔了過去，我和Shirley楊也不敢停留，避著腳下的水銀，躥到殿角的高大石碑下面，三人搭人梯爬上石碑。

這石碑上方，正是吊在殿頂，那上半身有個濃妝人頭，下半截衣服空空蕩蕩的大紅巫服之處，但是只有這裡才有可能攀上殿頂的木梁。

我總覺得從這裡上去多有不妥，雖然未看清她如何發笑，究竟是屍是鬼，但總之那濃妝艷抹的女屍絕非善類，考慮到這些便稍微有些猶豫。

就在我心中一轉念的同時，殿中的另外三面牆壁上，也探出三隻獸頭，同樣是口吐水銀的機關，殿中的地面立刻被水銀覆蓋滿了，就算是殿頂真有厲鬼也顧不得了，只好伸手讓胖子將我拽上了石碑。

此時Shirley楊已經用「飛虎爪」勾住殿堂的主梁，提縱身體，躍到了楠木構架的橫梁上，並將繩索和滑輪放下，殿中的水銀已經很深了，我讓Shirley楊先用滑索把胖子吊上去，我最後再上。

俯身向下看時，流動的水銀已經有半米多深，並仍然在迅速增加，殿內燃燒的六足黑鼎的火焰也黯淡了下來，火光在地面反射出無數流動的波紋，使殿中的光影不斷變化，十分的綺麗

之中，更帶著十二分的詭異。

由於「痋人」是通過口器的肌肉運動控制氣管系統收縮，幫助氧氣擴散進入組織細胞。而且對氧氣濃度依賴過高，這時由於火焰的劇烈燃燒，殿中的空氣比正常情況下稀薄了許多，所以剩下的幾隻「痋人」都倒在地上蠕動，被水銀埋住了一半，看那苦苦掙扎的樣子，應該是不用我們動手，它們也已活不了許久了。

殿中的大量水銀，被火焰的溫度一逼，散發出刺鼻的熱汞味道，氣味難聞已極，其中含有一定的毒素，好在短時間內並不致命，一等胖子上了木梁，我也不敢怠慢，迅速掛住登山索，用滑輪把自己牽引上去。

一上木梁才想起來吊在殿頂的巫衣，從主梁上回頭一張，那件大紅的女人巫袍，就無聲無息的掛在我身後一道橫梁之上，與我相距不過一米，流光的反射光中，看起來這件衣服好似有了生命一樣，微微擺動。

剛才Shirley楊說這像是夷人中「閃婆」穿的巫衣，我以前並沒見過那種服裝，但是我知道如果與獻王的祭祀活動有關，一定會有眼球的標記，而這件紅袍上沒有眼球的裝飾，若是巫衣，一定是遭獻王所屠夷人中的緊要人物。

與殿上掛著的其餘空衣服相同，他們的屍體都在六足火鼎中，被煮成了油脂，自古相傳，穿紅衣而死之人，若正死於陰年陰月陰時，就必為厲鬼，因為紅為陽，時為陰，所以這種厲鬼在黑暗的地方幾乎沒有弱點，極難對付，所以逢上全陰時辰，甚至半陰小輪的死人，其親屬多為其著白色凶服，而不敢動紅，這就是基於恐其變為厲鬼的考慮。

這時我們三人都身處高懸殿鼎的大梁之上，下面是不斷增加的水銀，殿上的木頭剛才被烈火烤了一下，現在火雖滅了，卻仍然由於受熱膨脹，發出嘎吱嘎吱和木頭接隙漲裂的聲音，就在這隨時要斷裂的獨木橋上，我們都不約而同的想到那巫衣上不是有個人頭嗎？

剛才只顧躲避下面的水銀與烈火，又同一批凶殘的「痋人」周旋，幾乎每一分每一秒，都是性命攸關的緊迫，一直在急匆匆地向上逃脫，所以暫時把那發出陰森冷笑的女人頭給忘了，這時方才想起，這套「巫衣」上半截是包著東西的。

我想再次確認一下，看那紅衣裡面是否有屍體，但怎奈殿內火光已熄，殿頂的木梁之間，又變作了黑漆漆的一片，一套套古怪的衣服憑空吊在其間，用頭盔上射燈的光線照將過去，更顯得影影綽綽，像是一個個索命的千年幽靈徘徊在殿頂。

距離最近的就是那套鮮血般鮮艷的女子「巫衣」，看那黑暗中的輪廓，上半身裡確實有東西，但是頭部被一根短梁所遮擋，在我們所處的主梁上看不到。

於是我對身後的胖子和Shirley楊打了個手勢，讓他們先不要動，在水銀注滿後殿之前，還有一點富裕的時間，我要從木梁上過去，在最近的距離看一看，究竟是不是那「巫衣」中附著夷人閃婆的厲鬼。

「閃婆」就是可以通過服用藥物，在精神極度顛狂的狀態下，可以和神進行交流的女巫，雖然名為「閃婆」，倒並不一定是上了年歲的女子，也有可能是年輕的，像這樣的巫女，在夷人中地位極高，以神的名義，掌握著全部話語權。

我向胖子要了他的登山鎬，望了望地面的水銀，屏住呼吸，在木梁上向那件「巫衣」爬近了一些，剛好可以看到她的頭部，那是一顆血淋淋的女人頭，臉部被散亂的長髮遮蓋，只露出中間的一條窄縫，頭部低垂向下，絲毫不動。

我想不明白剛才那陰森可怖的笑聲是怎麼傳出來的，既然有屍體，便也有可能不是厲鬼，而是僵屍，傳說中僵屍在被火焚燒的時候，也會發出像是夜貓子般的悲嗚，但我轉念一想，剛才我們所聽到的笑聲，是一種冰冷中帶著陰險的尖笑，恐怕沒有僵屍能發出那種聲音，他奶奶的非看個清楚不可，要是有鬼，正好把宮殿的琉璃頂炸破，讓日光照進來滅了它的魂魄，縱然查不出什麼名堂，也要用打火機燒了這套詭異的衣服，免留後患。

雖然殿中陰暗，但外邊畢竟是白天，想到這裡，膽氣也為之一壯，便又在主梁上向前蹭了半米，這個角度剛好可以完全看到「巫衣」女屍那張低垂的臉，只見她臉上白得滲人，不是那種沒有血色的死人白，而是由於化了很濃的妝，施了厚厚的一層粉，兩腮塗了大紅的兩片胭脂，紅色的嘴唇也緊閉著，「巫衣」的背面吊著根繩，頂端和其餘的那些空衣服一樣，同樣奇怪地掛在木梁上。

但是在我的位置看來，女屍的頭部仍然低得角度比較大，看不到她的雙眼，當我正想用手中的登山鎬去戳那女屍的頭，想讓她抬起來一些，以便瞧個清楚，然後就放火燒了它，卻聽那屍體忽然衝我發出一陣陰笑，「嘿嘿嘿，哼哼哼，咯咯咯……」一片寂靜的黑暗中，那笑聲令人血液都快要結冰了。

我雖然有所準備，仍然嚇了一大跳，急向後退，不料失去了身體的平衡，身體一晃從主梁上摔了下去，幸虧身上還掛著繩索，才不至直接掉落到滿殿的水銀之中。

但是在我從上方掉落的一瞬間，見燈光在水銀上晃動，心中猛然間出現一個念頭，凌雲天宮的後殿中古怪的地方極多，尤其是這突如其來的水銀機關，雖然出口被堵死了，但是這宮殿的上層結構，即便沒有炸藥也能輕易突破逃出生天，那這機關的意義何在？難道不是用來對付入侵者，而是為了用大量水銀，埋住隱藏在這後殿中的一個祕密，一個絕對不能見光的「祕密」……

第一四七章　天窗

我從大木梁上跌落，被繩索像那些空空的衣服一樣懸吊在空中，我頭上腳下地吊在那裡，剛想到這後殿中的水銀機關，有可能是想保存後殿中的某個祕密，便覺得腰上一緊，Shirley楊和胖子正在動手拽動繩索，緩緩地將我拽回木梁。

我的大腦在飛速旋轉，眼瞅著殿內水銀越來越多，已經沒過了六足銅鼎的鼎腹，只消再有片刻，就會將畫牆、石碑完全覆蓋，那個只要一碰就會引發水銀機關的地方，應該就是藏有那個「祕密」的所在，而且它一定就在這壁畫、石碑和黑色銅鼎之中的某一處，究竟是在哪裡呢？

八成是那銅鼎內的眾多夷人屍體中，藏有什麼重要的物品或者屍首？不對，銅鼎裡面的所有屍體，都在鼎蓋開啓之後，便立刻被烈火燒成了一鍋臭油，便是有什麼極端重要的事物，也早已蕩然無存了，何必再去大費周折，布置那空心水銀龍的機括。

時間一秒一秒地流逝，我的身體被胖子他們逐漸拉高，大概是由於身體反轉血液倒流，那殿中的景象看起來也與正面不同，這一刻頭腦卻異常清醒，由於我是頭朝下，一仰頭看到的就是殿中的地面，在半空中看來，殿中最突出的，便是那數堵擺成八卦九宮之形的壁畫牆。

眼前閃現的八卦形壁畫牆，其中的一堵格外突出，有隻「痋人」被鼎蓋碾到牆壁上，血肉模糊之下，把那白底畫牆濺得像打翻了墨水，滿壁盡是漆黑深綠的血液肉末，而且由於鼎蓋的沉重，那堵牆壁也被撞裂了一處缺口，四周延伸出數道裂紋。

八堵磚牆上的壁畫眾多，其中最特別的，畫滿了滇國種種詭異行巫儀式的卻只有一堵，正是被鼎蓋撞破了那面，此牆一破，殿中的短廊立刻被封死，又有大量水銀從龍口傾瀉而出，這一切都只說明，牆中藏著什麼重要的東西，一旦受到外力侵犯，便觸發殿內機括，躲不及的，就被水銀吞沒，全身變黑而死，倘若入侵者身手靈便，能從殿頂逃脫，那片刻之間，水銀也可注滿後殿，外人絕難發現那牆中藏著東西。

這件東西一定是很重要的，之所以不做那類絕戶機關，可能是因為日後還要將此物取出來，但不知為什麼，獻王入葬的時候，沒有將其帶入地下玄宮，而是藏於明樓寶頂之上，現在當務之急，是在水銀沒過那畫牆裂縫之前，把裡面的東西掏出來。

我當時並沒有想得這麼細緻，只是在那一瞬間，憑「摸金校尉」的直覺，認為牆裡藏著東西，所謂「直覺」，不過是有腦中若干記憶碎片與五感接受到的信息綜合在一起，跳過邏輯層次，直接將這些信息中和的結果，反射到思維之中，其結果的準確程度，在很大方面取決於一個人的判斷能力。

這時候我顧不得懸在空中，立刻大喊道：「就在這堵牆裡。」我突然地大喊大叫，倒將在木梁上，正在拉扯繩索的胖子與Shirley楊嚇了一跳，二人頗為不解，都問：「什麼在牆裡？」

我發覺這殿內的汞氣漸濃，已無法再多停留，此時更無暇細說，便讓他們先別把我拽上，我要下降到破裂的壁畫牆處，看還有沒有機會將裡面的東西取出來，另外讓胖子去用打火機燒了那套鬧鬼的「巫衣」，並特別對胖子強調，不論那衣服有何古怪，一概不要理睬，只管點火就是。

然後讓Shirley楊抓緊時間先攀上最高處，炸破殿瓦，三人如此分頭行事，爭取在最短的時間

內離開這「凌雲天宮」，否則再拖延下去，且不說這水銀的厲害，單是外邊天黑下來，仍逗留在這鬧鬼的宮殿裡，便大為不妙。

Shirley楊和胖子雖不知我想做什麼，但是我們久在一起，都明白我一定有我的道理，等出去再分說不遲，於是二人從大木梁上分頭行事。

胖子仗著殿內漆黑，從高處看不清離下面有多高，倒也能夠行動，我見他撞著膽子從木梁上蹭到殿角懸掛的「巫衣」處，顫顫悠悠地取出打火機，知道以他這種魯莽狠惡之人，便是鬼神也懼怕他三分，於是便不再去看他，自行扯動腰間的滑輪，就近蹬踩一座石碑，將身體從半空中蕩向那堵壁畫牆。

從空中盪過去的時候，登山頭盔甚至已經蹭到了地面的水銀，雙手一搆到壁畫牆，趕緊先向上爬了半米，避開下面的水銀，秦漢之時加熱硫化汞技術的發達，還是得自秦皇漢武對煉丹求長生的不懈努力。

只見壁畫牆被鼎蓋撞裂的位置，果然露出半截玉函，函上纏有數匝金繩，不斷上漲的流動水銀，已即將淹沒牆上的裂縫，匆忙中不及細看，先將尚且顛倒身體反轉過來，便立刻動手，用登山鎬猛鑿牆壁，這種拆牆的活我當年還是工兵的時候，便已駕輕就熟，忍耐著嗆人的汞臭，不停揮動登山鎬，將牆體的裂縫不斷擴大。

壁畫牆全是以「土磚」壘成，沒有石頭，是以並不堅固，可能有幾塊特殊的磚是活動的，可以在裡面藏東西，不過由於受到巨大的外力撞擊，活動磚的契合處都有些變形，已經難以分辨哪些磚是砌死的，哪些磚又是可以活動的，只好都將其澈底鑿開。

藏在牆中的玉函不小，需要鑿掉好大一片「土磚」，才能將之取出，正當我忙於鑿牆之際，忽聽頭上轟隆一聲，掉下來不少磚瓦，一道刺眼的陽光射進了陰森的宮殿。

我抬頭向殿頂一望，原來Shirley楊已經給殿頂開了個天窗，但是這天宮的琉璃頂不厚，並沒有用到炸藥，直接用工兵鏟和登山鎬破出個大洞，陽光斜射進殿，恰好照在牆角那套「巫衣」之上，而胖子也剛好同時點著了火，那件像是染滿了鮮血的紅色「巫衣」，燃燒著掉落下來，化為了一團灰燼，頃刻便被水銀蓋住。

我見他們二人都已得手，當下也奮起全力，鑿掉最後兩塊礙事的土磚，伸手將藏在牆壁中的玉函取出，一掂分量，也不甚沉重，現下也沒功夫去猜想裡面裝的何物，隨手將玉函夾在掖下，轉動滑輪升上主梁，這時殿中的數隻獸頭，仍不斷噴出水銀，沒過了壁畫牆內藏東西位置的高度，倘若剛才慢個半分鐘，就永遠也沒機會得到這只玉函了。

我一上主梁，立時與胖子會合到一處，匆匆忙忙地攀著木橼，從被Shirley楊清除的「天窗」爬出了這危機四伏的天宮。

外邊日光已斜，由於特殊地形的關係，「蟲谷」深處每天受到日光照射的時間極短，日頭一偏，就被大山遮蓋，谷內便會逐漸陷入黑暗之中，站在溜滑的大片琉璃瓦上，見天宮下的「龍暈」已由日照充足時的七彩，變為了一抹昏暗的金光，再深處的漏斗狀水潭，已經黑得看不清水面了，似是與深潭底部的黑色漩渦融為了一體。

回想剛才在天宮中的一幕幕遭遇，最讓我費解的仍然是那些銅獸銅人，至於那滿殿高懸的古怪衣裝、如冰似霜的女人尖笑、激瀉而出的大量水銀、藏在壁畫牆中的玉函，反都並不掛心，滿腦子都是大鼎下升騰的烈焰，以及那動作服飾都異乎尋常的銅像，一定有什麼不尋常的事我還沒想起來，但是越想越是抓不住半點頭緒。

這時Shirley楊輕輕推了我一下，我才從苦苦思索中回過神來，定了定神，將那只從畫牆裡掏出來玉函取出來給胖子和Shirley楊看，並將當時的情形簡要說了一遍。

玉函上纏繞著數匝金繩，玉色古樸，有點點殷紅斑跡，一看便是數千年前的古物，不過這玉函是扁平長方的，看起來應該不是放「鳳凰膽」的容器，如此機密的藏在天宮後殿，其中的事物一定非同小可，我當下便想打開觀看，但那玉函閉合甚嚴，如果沒有特殊工具，若想將其打開，就只有毀掉外邊這塊古玉。

Shirley楊說：「古玉事小，裡面的物品事大，還是等咱們回去之後，再細看不遲，現下時間緊迫，也不爭早看這幾時。」

我點頭稱是，便讓胖子將玉函包好，先裝進他的背包之中，我問胖子：「你燒那件紅衣服的時候，可覺得有什麼古怪之處嗎？」

胖子裝好玉函後，便將大背囊放在身旁，對我抱怨道：「你還有臉問啊，那件衣服真他媽邪門，若是胖爺我膽量稍遜那麼幾分，此刻你就得給我收屍了，下次再有這種要命的差事，還是胡司令你親自出馬比較合適，連算命的瞎子都說你命大。」

眼看天色漸黑，我們下一步便打算立刻下到潭底，探明墓道的位置，於是我一邊忙著同Shirley楊打點裝備，一邊問胖子道：「那瞎子不是也說過你嗎，說你是三國時呂布呂奉先轉世投胎，有萬夫不擋之勇，又有什麼東西能嚇住你？你倒跟我仔細說說，衣服裡的半截女屍是怎麼個樣子？」

第一四八章　黑豬渡河

胖子身在最高的天宮寶頂，望了望下面漆黑的深谷，發覺足下大瓦滑溜異常，心中正怯，聽我這麼一問，便隨口答道：「什麼什麼古怪，他媽的不過是在腦袋那裡綳著張人皮，還有假髮，是個頭套，我堵上了耳朵，便聽不到那鬼笑的聲音，就按你所說，直接揪了這那人皮頭套，一把火連頭套帶衣服燒個精光。」

我奇道：「怎麼只是在人皮頭套上畫了濃妝嗎？那厲鬼的尖笑聲又從何而來？莫不是有鬼魂附在那件巫衣上了？」

胖子嘬著後槽牙對我小聲說道：「你是沒離近了看，人皮頭套畫得白底紅唇，跟張死人臉也差不了太多，我操他媽的，我現在想想還覺得腿肚子大筋發顫，若是再有什麼鬼魂，此時又哪裡還有命在這裡與你述說？那鬼笑聲我看八成是人皮頭套上有幾個窟窿，被那殿頂的小風一吹，那殿上又全是能發沉龍音的大棵楠木，所以咱們大概是聽差了，你就不用胡思亂想疑神疑鬼了。」

我聽了胖子所講的經過與理由，一時不置可否，陷入了沉默，心中暗想：「這胖廝一貫糊塗倒帳，說起話來也著三不著兩，雖然已看著他將那巫衣燒燬，卻不能放心，那厲鬼的尖笑能讓人汗毛上長一層寒霜，新疆魔鬼城也有奇異風聲，卻絕無這般厲害，向毛主席保證，那衣服和人皮頭套絕沒那麼簡單，現在我們身處絕險之地，萬事都須謹慎小心，還是再試他一試，才能安心，別再一個大意，釀成遺恨。」

我擔心胖子被厲鬼附身，便準備用辟邪的東西在他身上試試驗，這時日光西斜，堪堪將落入西邊的大山之後，要動手也只在這一時三刻。

如果胖子真被厲鬼附在身上，只要用能拔鬼氣屍毒的糯米，便能一見分曉，不過倘若直接動手，難免顯得我信不過兄弟，而且如果真有陰魂作祟，正面衝突與我不利，弄不好反傷了胖子，所以只有先繞到他背後，伺機而動。

我將方案在腦中轉了三轉，便放下手中正在檢點的裝備，從天宮的琉璃頂上站起身來，假裝伸個懶腰，活動活動筋骨，就勢繞到胖子身後。

不料這一來顯得有些做作了，胖子倒未察覺，正在大口啃著巧克力充飢，反到是讓Shirley楊看我不太對勁，她立刻問我：「老胡你又發什麼瘋？這不早不晚的，為什麼要抻你的懶筋？琉璃瓦很滑，你小心一些。」

我對Shirley楊連使眼色，讓她先不要說話，心想：「你平時也是鬼靈精的，怎麼今日卻這般不開竅，你雖然不信鬼，只信上帝，但片刻之後，你恐怕就要見識我胡某人料事如神了，管教你佩服得五體投地。」

Shirley楊雖然不明白我為什麼對她擠眉弄眼，卻也見機極快，立刻便不再說話，低頭繼續更換「狼眼」手電筒的電池。

胖子卻塞了滿口的巧克力和牛肉乾，扭過頭來看我，烏裡烏魯地問道：「胡司令，是不是從木梁上掉下去的時候把腰扭了？要我說咱也都是三十啷噹歲的人了，比不得從前，凡事都得悠著點了，回去讓瞎子給你按摩一道，嘿，你還別說瞎子這手藝還真靈，上回我這肉都打柳兒了……」

我趕緊對胖子說：「三十啷噹歲就很老嗎？你別忘了革命人永遠是年輕啊，再說我根本不是閃了腰，而是在天宮的絕頂之上，居高臨下，飽覽了祖國的大好河山，心懷中激情澎湃，所以特意站起來，想吟詩一首留作紀念。」

胖子笑噴了，將口中的食物都吐了出來：「胡司令你可別拿我們糟改了，就你認識那兩半字兒還吟詩呢？趕緊歇著吧你，留點精神頭兒，一會兒咱還得下到玄宮裡摸明器呢。」

我見胖子神態如常，並非像是被厲鬼所附，心想沒鬼最好，要是真有厲鬼，又免不得要與她拚上三合，確實沒有把握能對付紅衣厲鬼，不過既然已經站起來了，還是按事先盤算的方案行事，多上一道保險，終歸是有好處沒壞處。

於是一邊信口開河，一邊踩著琉璃瓦繞到胖子背後：「王司令你不要用老眼光看待新問題，古代很多大詩人也都是目不識丁、游手好閒之徒，不是照樣留下很多千古佳句嗎？我承認我小時候是不如你愛學習，因為那時候我光忙著響應號召，天天關心國家大事去了，不過我對祖國大好河山的熱愛之情，可一點也不輸給你，我……」

我說著說著便已繞至胖子背後，口中依然不停說話，手中卻已從攜行袋裡摸了一大把糯米，這些糯米還是去年置辦的，放得久了一些，米色有些發陳，不過糯米祛陰，有辟屍驅鬼剋陰之能，過了期的糯米也照樣能用。

我立刻將著一大把糯米，像天女散花一般從胖子後邊狠狠撒落，胖子正坐著和我說話，不想突然有大量糯米從後潑至，嚇了一跳，忙扭頭問我：「你吃多了撐的啊？不是說吟詩嗎？怎麼又撒米？又想捉鳥探那古墓地宮裡的空氣質量是怎麼著！」

Shirley楊也在一旁用奇異的目光看著我，我見糯米沒從胖子身上砸出什麼厲鬼，只好解釋

道：「我本來是想出來了幾句高詞兒，也都是千古絕句，不過突然想起來小胖剛剛碰了那人皮頭套，漢代的死人皮一定陰氣很重，便替他驅驅晦氣，不過按故老相傳的規矩，這事不能提前打招呼，必須在你不知道的情況下才起作用，祛淨了這古舊的晦氣，日後你肯定是升官發財，大展宏圖，你看我為了你的前途，都把我那好幾句能流芳百世的絕句，給忘到九霄雲外去了，現在再想卻想不起來了，他奶奶個蛋的，沒靈感了。」

我胡編了一些理由，暫時將胖子與Shirley楊的疑問搪塞過去，也不知這麼說他們能否接受，正當我繼續自圓其說之際，Shirley楊忽然指著天空對我們說：「你們看那天空的雲，可有多奇怪。」

胖子舉頭一望，也連連稱奇：「胡司令，莫不是龍王爺亮翅兒了？」

只見山際那片仍有亮光的天空中，伸出一大條長長的厚重黑雲，宛如一條橫在空中的黑龍，又似乎是一條黑色天河懸於天際，逐漸與山這邊已陷入黑暗的天空連為一體，立時將谷中的「天宮」和「水龍暈」，籠上了一層陰影。

尋常在野外空氣清新之處，或是空氣稀薄的高山之上，每當夜晚降臨的時候，如果空中雲少，都可以看到璀燦的銀河，不過與星空中的銀河相比，此刻籠罩在我們頭上的這條「黑河」，卻顯得十分不祥，充滿了蕭颯陰鬱之氣，幽谷中的陵區本來就靜，此刻更是又黑又靜，好像我們此時已經置身於陰森黑暗的地下冥宮一般。

我對Shirley楊和胖子說：「這種天象在古風水中有過記載，天漢間黑氣貫穿相連，此天兆謂之黑豬過天河，天星祕術中稱此為雨候犯境，而青竹地氣論中則說，黑豬渡河必主此地有古屍作祟，是以屍氣由陰沖陽，遮蔽星月。」

胖子不解其意，問我道：「照這麼說不是什麼好兆頭了，究竟是雨候還是屍氣？對了，那雨侯又是什麼？可是要擋咱們的財路？」

我對胖子說：「雨候是指洪水暴漲，咱們前趕後錯，今夜就要動手倒那獻王墓，而又碰上這種百年不遇的罕見天象，不知這是否和獻王改動地脈格局有關，也許這裡在最近一些年中，經常會出現這種異象，這場暴雨憋著下不出來，遲早要釀成大變，說不定過不多久，這蟲谷天宮就都要被大山洪吞了，咱們事不宜遲，現在立刻下潭。」

說話間天已經變成了黑鍋底，伸手不見五指，三人連忙將登山頭盔上的射燈打開，這才有了些許光亮，將裝備器械稍作分配，仍將那些怕水的武器炸藥放在背囊中，從殿側垂著繩子降下，找準了「棧道」的石板，沿途盤旋而下，這一路漆黑無比，只好一步一蹭地走，有時候遇到斷開的「殘道」，還要攀藤向下，三束光柱在這漫無邊際的黑暗中，顯得微不足道，只能勉強看清腳下，就連五六米開外的地形輪廓都難以辨認。

也不知向下走了多遠，估計時間已經過了不下兩個鐘頭，一路上，不斷看到腳下出現一些白色的死體，都是那些無法適應外界環境的「痋人」，估計剩餘的此時已退回洞中，不會再對我們構成什麼威脅了。

我們摸著黑，經過兩個來小時的跋涉，終於到了谷底「棧道」的盡頭，但是我估計此時也就是剛剛下午五點來鐘，漏斗上的圓形天空，已經和其餘的景物一同融入了黑暗之中，這黑豬渡河，來得好快，突然想到今天是七月十九，這可大事不妙了。

第一四九章　舌頭

我見天象奇異，明天又趕上一個特殊的日子，必須在子時之前離開，否則恐有巨變，不過Shirley楊不信這些，我說將出來，也憑白讓她嘲笑一場，在「凌雲天宮」的琉璃頂上，已經丟過一次人了，還是暫時先別說了，但盼著此番行動能夠盡快功成身退。

我想到此處，便指著水潭對胖子和Shirley楊說：「我先前掉進這潭水中一次，雖然匆忙，但對這裡的地形了大致上有所掌握，現在咱們所在的位置，就是潭中那架重型轟炸機殘骸機頭附近的位置，也就是說我在潭底見到的那個破洞，就在咱們這裡偏移二十度的方向，距離很近。」

Shirley楊說：「老胡你估計下面會是墓道嗎？如果整個地宮都被水淹沒了，倒也麻煩，關鍵是咱們的氧氣瓶容量太小，在水下維持不了太久。」

我對Shirley楊說：「我見到的山體缺口裡，有很多沉在水底的異獸造像，就算不在墓門附近，多半也是通往玄宮的墓道了，至少一定是陵寢的某處地下設施，我猜測這獻王墓的地宮是井字形，或是回字形，而非平面直鋪推進，即便是這一段墓道浸了水，玄宮也仍然處於絕對封閉的環境之中。」

事先我們已經針對王墓結構的種種可能性，制定了多種方案，此刻已經準備充分，便戴上潛水鏡，拿出白酒喝了幾口增加體溫，Shirley楊舉著水下專用的照明設備，「波塞東之炫」潛水探燈，當先下水。

我正準備跟著她下去，卻見胖子落在後邊，磨磨蹭蹭的顯得有些遲疑，便扯了他一把，招呼他趕緊動身，然後一頭扎進了水中。

不知是出於什麼原因，我覺得夜裡的潭水，比白天的溫度又低了許多，水下更加陰冷黑暗，三人在水下辨明了方向，摸向重型轟炸機的位置，由於潭中有個大「水眼」，黑暗中如果被潛流捲住極是危險，所以我們只貼著邊緣前進，不時有大量被我們驚動的魚群從眼前掠過，原本如碧綠水晶一樣的潭底，在黑暗中看來完全化作了另一個世界。

游在前邊的Shirley楊忽然回過頭來，對我們打了個手勢，她已經找到了那處被機頭撞破的缺口了，我向前游了兩米，只見Shirley楊手中的「波塞東之炫」，正將其光束照在與機頭相聯的破洞中。

「波塞東之炫」雖然在地面沒什麼用處，但是其特殊性能，在水下便能發揮出很強的作用，漆黑的潭水，絲毫沒使它的光束走形，十六米之內的區域，只要被「波塞東之炫」照到，便清晰明亮得如同白晝。

洞中正如我在白天所見，有數尊張牙舞爪的鎮墓石獸，外邊被轟炸機撞破的，是層石牆，看來這裡與墓道相聯，不過看不到王墓墓道的石門所在，潭底有特徵的地方，可能都被水生植被遮擋住了，漩渦處那隻龍爪，恐怕應該是和墓門的獸頭呼應一體的，如果從那隻巨爪著眼，大概也可以找到墓門，不過既然這裡有個缺口，倒是省去了我們的一些麻煩。

我對Shirley楊點了點頭，不管是不是墓道，先進去看看再說，Shirley楊想先進去，但是我擔心裡面會有什麼突發情況，於是我接過她手中的「波塞東之炫」，當先游進了洞口。

我順著墓道中的水路向前游了一段，回頭看了一眼，Shirley楊和胖子也隨後跟了進來，這時

我忽然心中一動，若在往日，在這種情況下，胖子總是會自告奮勇搶先進去，但是這次不知為什麼，他始終落在後面，和我們保持一段距離，這很不尋常，但是身處水底，也難以問清究竟是什麼一回事。

這段墓道並不算長，是一道平緩向上的大石階，兩側有些簡單的石雕，都是鎮墓的一些內容，石道慢慢地過了水平面，我也將頭從水中探出，只見前方露出一個大形石臺，臺上影影綽綽好似矗立著許多人馬，「波塞東之炫」在這裡就失去了它的作用，我只好再次換成「狼眼」。

原來石臺中列著一些部分泡在水中的綠色銅人車馬，Shirley楊也在這時候從水下冒了出來，一看這石道中的銅車馬，立刻問我道：「這些銅人是陳列在玄宮門前的車馬儀仗？」

我被這些暗綠色的銅人兵俑所懾，我們位於石道的側面，水中散落著許多被水泡塌的大條石，看來王墓的保存狀況，並不樂觀，於是頓了一頓才點頭說道：「沒錯，正是護送獻王登天時的銅車銅馬，外加三十六名將校。」

看來我們進來的地方，是修建王墓時的一條土石作業用道，因為當時施工之時，要先截流蟲谷中的大小水脈，從潭底向上鑿山，

這時我聽身後水花聲再次響起，我轉回頭看，胖子正從水下鑽了上來，他並沒有開頭盔上的射燈，也不像往常那樣，迅速同我們會合，而是沉默地站在水中，同我們不即不離，露出水面的身體都躲進黑暗的地方，我頭盔上的燈光竟然照不到他的臉。

我見他這一反常態的表現，心中便先涼了半截，急忙在水中向他躥了過去，口中問道：「你怎麼不開頭盔上的戰術射燈？躲在黑處想做什麼？」

不等胖子答話，我已經撲到了他的身前，我頭盔上的燈光，正好照在胖子的大臉上，胖子只是沖我嘿嘿一陣冷笑，沒在水中的手突然抬了起來，手中不知在何時，已拿出了明晃晃的「傘兵刀」。

那笑聲令人肌膚起栗，我心中大駭，胖子怎麼笑得像個女人！這個人究竟是誰？這一瞬間我才意識到，好像天色徹底變黑之後，胖子就沒跟我們說過話，總是躲在不遠的後邊嘀咕著什麼，不過在天宮的琉璃頂上，我已用糯米試過了，若是真有厲鬼附體，怎麼那糯米竟然無用？「傘兵刀」的刀刃，被我和Shirley楊身上的光源，映得好似一泓秋水，裹著一道銀光，從上劃了下來。

這一切只發生在短短的一瞬間，Shirley楊也被這突如其來的變故嚇壞了，驚聲叫道：「小心！」

我見胖子對我揮刀便插，知道若真和他搏擊起來，很難將胖子放倒，出手必須要快，不能有絲毫猶豫，立刻使出在部隊裡習練的「擒敵拳」，以進為退，揉身向前撲去，一手推他右肩，另一隻手猛托他的肘關節，趁其手臂還未發力揮落之際，先消了他的發力點，雙手剛一觸到他，緊跟著把全身的力量集中在右肩上，合身猛撞，登時將胖子撲倒在地。

我搶過了胖子手中的「傘兵刀」，用雙腿夾住他的身體，只讓他把腦袋露出水面，心想肯定是這胖廝被厲鬼上了身，天色一黑透了，便露出原形，想來謀害我們的性命，若是再晚察覺片刻，說不定我和Shirley楊此時已橫屍當場，而胖子也活不成了。

我厲聲對那「胖子」喝問：「你這變了鬼的婊子也敢害人，讓你先吃一記黑驢蹄子。」說著話便想從攜行袋中取出黑驢蹄子，誰知一摸之下竟然摸了個空，糯米也沒有了，原來我的那

份在「凌雲天宮」中都扔了出去，至此已什麼都沒有剩下。

胖子在水中，依然尖笑不停，鬼氣森森的女人笑聲，迴蕩在墓道的石牆之間，我大罵道：「你他娘的要是再笑，可別怪老子不客氣了，我這還有一堆桃木釘沒使呢……」

Shirley楊在旁見我和胖子打在一起處，鬥得雖是激烈卻十分短暫，但是其中大有古怪，便脫口叫道：「老胡先別動手，胖子很古怪。」

我一邊按住不停掙扎、大聲尖笑的胖子，一邊在百忙之中對Shirley楊說：「他當然奇怪了，他……他他媽的被鬼上身了，妳倒是快想想辦法，我按不住他了。」

Shirley楊說道：「不是鬼，是他的聲帶或是舌頭出了問題，古時降頭術的發源地就在滇南，其中便有種控制人發聲的舌降，類似於泰國的舌蠱。」

Shirley楊說著話，早已取出有墨線的「縛屍索」，想和我先合力將胖子捆住，然後撬開牙關看看他的舌頭上有什麼東西。

我剛才見胖子被鬼上身，有些著急上火，此時聽Shirley楊一說，方才發現胖子確實另有古怪，他嘴中不斷發笑，臉上的表情卻顯得十分驚慌，與那鬼笑聲完全不符，難道他的意識沒有喪失，剛才是想拔刀割自己的舌頭？我卻當成是他想用刀扎我，反將他撲倒在地，不過既然他沒有失去意識，為何不對我明示，反是自己躲在後邊搗鬼？

我想到這裡，立刻明白了，攔住Shirley楊，暫時沒必要捆他，我太清楚胖子的為人了，對胖子大罵道：「你他媽的是不是窮瘋了，我問你，你有沒有順手牽羊，從那件巫衣中拿出來什麼東西？」

胖子鬼氣逼人地笑了一笑，眼睛卻斜過去，看他自己胸前的皮袋，連連眨眼，那是我們在魚骨廟撿到的「百寶囊」，始終被胖子帶在身邊，我立刻身手去那囊中一摸，掏出來黑黝黝一件物品，窄長平整，一邊是平頭，另一邊則是尖半圓，用手一摸，感覺又硬又韌，表層已經有些玉化了，平頭那面還有幾個乳白色的圓圈，被登山頭盔的燈光一照，裡面竟然隱隱有層紅黃相間的黯淡顏色。

我一時沒看出來這是什麼東西，舉著那物奇道：「這是塊玉石嗎？黑玉倒也當真罕見。」

Shirley楊說道：「不是，是人的舌頭……………夷人中閃婆甗女的舌頭。」

我聽說這是人舌，險些失手將它掉入水中，忙將這脫水變黑、好似玉石般的「舌頭」扔給了Shirley楊，對她說：「我對這東西有些過敏，妳先拿一拿……」

Shirley楊正要伸手去接的時候，在墓道的最深處，大概是地宮的方向，傳出一陣刺耳的尖笑，好像那「天宮」中的厲鬼，已經走進了冥殿的墓穴裡，Shirley楊也被那詭異的笑聲嚇得一縮手，那塊「舌頭」，就此落入齊腰深的漆黑水中。

第一五〇章　拔舌

只聽那古墓深處傳來一陣陣驚悚的笑聲，我這才發現原本被我按在水中的胖子不見了，這胖廝在我的注意力被那脫水的黑「舌頭」所吸引之時，竟然偷著溜進了墓道的最深處。

我感到十分奇怪，怎麼已經找到了「舌頭」，為什麼他還發出這種冷冷的怪笑？莫非胖子真的已經不是「胖子」了？「巫衣」中的厲鬼通過這塊「舌頭」，附在了胖子的身上，就是為了讓我們帶「她」進入王墓的地宮！

Shirley楊對我說道：「糟糕，胖子的嘴裡還有東西，而且那舌蟲掉進水裡了，如果找不到，恐怕再過一會兒，便救不得他了。」

我對Shirley楊說：「只要不是鬼上身就好，咱們還是分頭行事，我先去前邊追上他，妳盡快在水中找到那半截舌頭，然後到地宮前跟我們會合。」

Shirley楊點頭答應，由於那兩枝「芝加哥打字機」都放在防水的背包裡，一時來不及取出，便將她自己的那枝六四式給了我。

我接過槍，拔腿就追，沿著墓道，尋著那笑聲奔去，邊跑邊在心中不斷咒罵胖子貪小便宜吃大虧，卻又十分擔心他這次要出什麼岔子，不知他嘴中還有什麼東西，輕則搭上條舌頭，下半輩子當個啞巴，重則就把他的小命交代在這「獻王墓」中了。

這時為了追上前面的胖子，我也顧不上留意墓道中是否有什麼機關埋伏了，舉著「狼眼」手電筒，在沒腰深的黑水中，奮力向前。

這條墓道並沒有岔口，先是一段石階，隨後就變得極為寬敞，巨大的石臺上陳列著數十尊銅人銅馬，以及銅車，我剛奔至石臺，便隱隱察覺有些不對，這些青灰色的銅人銅車有些不同尋常，不過又與「天宮」正殿中異形銅人的詭異之處不同，這些銅車馬雖然中規中矩，卻好似都少了點什麼。

正待細看，卻聽女人的尖笑聲從銅車後面傳出，只好暫且不去顧那銅人銅馬，逕直趕上前去，只見銅車後邊，並不是我預想的「地宮」大門，而是一個用青石壘砌的石坡，坡下有個漆黑的洞口，兩側各有一個夯土包，從沒聽說過世間有這種在地宮中起封土堆的古墓，一時卻看不明白這有什麼名堂。

剛才就在這一帶傳出的笑聲，卻突然中斷了，附近的環境非常複雜，有很多不知道是用來做什麼的東西，我只好將腳步放慢，借著手電筒的燈光，逐步搜索。

地面上有很多古代男子乾屍，擺放得雜亂無章，粗略一看，少說也有上百具，乾屍都被割去了耳鼻，剜掉了雙目，雖然看不見嘴裡怎樣，但估計他們的舌頭也都被拔了，然後活活被澆以熱臘，在飽嘗酷刑之後，製成了現在這幅模樣，我看得怵目驚心，握著槍的手攥得更緊了。

前面除了那個石坡中的黑洞，再無任何去路，除了遍地的乾屍，卻哪裡有胖子的蹤影，黑暗之中，唯恐目力有所不及，只好小聲喊道：「王司令，你在哪啊?別躲躲藏藏的，趕緊給我滾出來。」

連喊了兩遍，又哪裡有人回應，我回頭望瞭望墓道的入口，那裡也是漆黑一團，可能Shirley楊仍然在水中找那巫女的「舌頭」，雖然明知這古墓裡，包括我在內有三個活人，卻不免覺得心驚，好像陰森的地宮裡只剩下了我獨自一人，只得繼續張口招呼胖子：「王司令，你儘管放

心，組織上對失足青年採取的政策，一直以來都是寬大處理，只要你站出來，我們一定對你以前的所作所為，既往不咎……」

我正在喊話宣傳政策，忽聽腳下有「窸窸窣窣」的一陣輕微響動，忙把「狼眼」壓低，只見胖子正背對著我，趴在古墓角落的乾屍堆裡做著什麼，對手電筒的光線渾然不覺。

我沒敢驚動他，躡手躡腳的繞到他正面，這才發現原來胖子正抱著一具蠟屍在啃，我心中大急，抬腿就是一腳，將他踢得向後仰倒，隨後一撲，騎到了他的肚子上，掐住他的脖子問道：「你他媽的還真讓厲鬼纏上了，你啃那死人做什麼？不怕中屍毒啊你。」

胖子被我壓住，臉上全是驚慌失措的表情，用一隻手緊緊捂著自己的嘴，另一隻手不斷揮動，我抬腿別住他的兩條胳膊，使出全身的力氣，用左手捏住他的大臉，掰開了胖子的嘴，他的口中立刻發出一陣陰森的笑聲。

我右手舉著「狼眼」手電筒向他口中一照，頓時看得清清楚楚，至此我終於搞明白了，與Shirley楊所料完全相同，胖子的嘴裡確實有東西，他的舌頭上，長了一個女人頭，確切地說那是個肉瘤狀的東西。

黃黃的也不算大，只有拇指肚大小那麼一塊，冷眼一看，會以為他舌頭上長了很厚一層「舌苔」，不過那「舌苔」上五官輪廓俱全，非常像是一個閉目睡覺的年輕女子面部。

胖子舌頭上那女子面孔一般的肉瘤，雖然閉目不動，如在昏睡，但是這張臉的嘴卻不停開闔，發出一陣陣的冷笑，我心想原來是這張「嘴」在笑，不知胖子是怎麼惹上這麼惡毒的降頭，他舌頭上長的這張「嘴」，好像是對人肉情有獨鍾，進了墓道之後，他就已經控制不住「它」了，為了避免咬我和Shirley楊，所以他才跑進墓道深處，啃噬那些乾屍。

這時Shirley楊也已趕至，她用「波塞東之炫」在水下照明，終於找到了那半條黑色的「女子舌頭」，便匆匆趕來，見了這番詭異無比的情景，也是不勝駭異，忙將那半石化了的「舌頭」，放在一處乾燥的石板上，倒上些固體燃料，用打火機引燃。

閃婆的「舌頭」一著火，立即冒出一股惡臭的煙霧，不消片刻，便化為了灰燼，我也在同時對胖子叫道：「別動，把舌頭伸直了，我替你挑了它。」

就著身邊那火，將俄式近衛傘兵刀烤了兩烤，讓Shirley楊按住胖子的頭，兩指捏住他舌頭上的人頭形肉瘤，用傘兵刀一勾一挑，登時血淋淋地挑了出來，裡面似是有條骨刺，噁心之餘，也懶得細看，將刀身一抖，順手甩進火中，同那「舌頭」一起燒為烏有。

胖子心智尚且清醒，知道我們的所作所為，完全是為了救他，任憑嘴中血如泉湧，硬是張著嘴撐住一聲沒吭，等他舌頭上的肉瘤一被挑落，這才大聲叫疼，雖然舌頭破了個大口子，但是終於能說話了。

Shirley楊趕緊拿出牙膏一樣的「彈性蛋白」止血膠，給胖子的舌頭止血，我見胖子總算還活著，雖然舌頭被傘兵刀挑了個不小的口子，短時間內說話可能會有些口齒不清，但這已是不幸中的萬幸了，畢竟沒缺胳膊少腿落下殘疾，這才鬆了一口氣。

我們暫時精疲力竭，無力去調查地宮的石門所在，又不願久在這些乾屍附近逗留，只好退回了放置銅車馬的石臺上稍作休整。

Shirley楊對胖子說：「你就先張著嘴伸著舌頭吧，等傷口乾了再閉嘴，要不然一沾潭水就該發炎了。」

我取出香菸來先給自己點上一枝，又假意要遞給胖子一枝菸，Shirley楊急忙阻攔，我笑著對

胖子說：「首長需要抽根菸壓壓驚啊，這回吸取教訓了吧，名副其實是血的教訓，要我說這就是活該啊，誰讓你跟撿破爛兒似的什麼都順。」

胖子嘴裡的傷不算太重，那彈性膠質蛋白又十分有效，過了一會兒，傷口便已癒合，胖子用水漱了漱滿嘴的鮮血，痛心疾首地表示再也不逮什麼順什麼了，以後要拿只拿最值錢的。

我對胖子說：「你這毛病要是能改，我胡字都倒過來寫，我們也不需要你寫書面檢查，只希望你今後在偶而空閒的時候，能夠抽出一些時間，深挖自己錯誤的思想根源，對照當前國內國外的大好形勢，表明自己改正錯誤的決心，並拿出實際行動來……」

我取笑了胖子一番，忽然想起一事，忙繃起臉來問胖子道：「目前組織上對你還是持懷疑態度，你舌頭上的降頭是拔去了，但是你的思想和意識形態，究竟有沒有受到什麼影響，就不好說了，誰又能保證你還是以前的你，說不定你已經成為潛伏進我們純潔隊伍內部的特務了。」

胖子大呼冤枉，口齒不清地說道：「胡司令，要是連你都不相信我了，我他媽真不活了，乾脆一頭撞死算了，不信你可以考驗我啊，你說咱是蹦油鍋還是滾釘板，只要你畫出道兒來，我立馬給你做出來，要不然一會兒開棺掏獻王明器的時候，你瞧我的，就算是他媽聖母瑪麗亞挺著兩個奶子過來說這棺材裡裝的是上帝，老子也照摸不誤。」

我趕緊把胖子的嘴按住：「行了行了，你嘴底下積點德，你的問題咱們就算有結論了，以後只要你戴罪立功就行了，但是有件事你得說清楚了，你究竟是怎麼在舌頭上長了這麼個……東西的？」

第一五一章　入口

胖子解釋道：「其實……當時……當時我也就隱瞞了一件事，不對不對，不是想隱瞞，是沒得空說，而且我考慮到咱們最近開銷比較大，光出不進也不是事兒……好好，我揀有用的說，我爬過房梁，去燒吊在牆角的那套衣服，開始也被那好像腦袋一般的人皮頭套唬得夠嗆，但是我一想到董存瑞（注1）和黃繼光（注2）那些英雄，我腦袋裡就沒有我個人了，一把將那頭套扯了下來，想做為火源，先點著了，再扔過去燎下面的衣服，怎知那死人皮裡掉出一塊石頭，我撿起來一看，又黑又滑，像是玉的，我跟大金牙那孫子學的，習慣性地用鼻子聞了聞，又用舌頭舔了一下，就甭提多苦了，可能還不是玉，我以為就是塊茅坑裡的臭石頭，但在咱們潘家園吃藥的（購假貨）很多，我想這塊黑石八成也能冒充黑玉賣個好價錢，就順手塞進了百寶囊裡，再後來我自己都把這件事給忘了，從棧道上下來的時候，便忽然覺得舌頭上癢得鑽心，直等進了墓道，已經是有口不能言了，必須捂著嘴，否則它就自己發笑，把我也嚇得不輕，而且非常想吃人肉，自己都管不住自己了……」

Shirley楊聽到這裡，插口道：「我想咱們所推測的完全正確，確實中了舌降或舌蠱一類的滇南邪術，殿頂懸掛的那些套服裝，百分之百就是六足火鼎裡眾多屍體的主人，他們都是夷人中的首腦，落此下場，也著實可悲，這獻王墓的地上地下，都處處透著古怪詭異，獻王臨死前，一定是在準備一個龐大的儀式，但是未等完成，便盡了陽壽。」

我對Shirley楊和胖子說：「這些巫蠱邪術雖然詭異，畢竟還有跡可尋，我看王墓裡不尋常的

東西實在太多，天宮中的銅獸銅人便令人費解，我總覺得好像在哪兒見到過，但是說什麼也回想不起來了，另外你們再看看這地宮墓道裡的銅車馬，還有那盡頭處的土丘邊，有上百具身受酷刑的乾屍，即使全是殉葬的奴隸，也不應如此殘忍的殺害，這哪裡還有半分像是王墓？分明就是個刑場。」

我們休息了這片刻，便按捺不住，一同起身查看那些乾屍，以及石臺上的銅車馬，由於乾屍被蠟裹住，胖子剛才用舌頭舔了半天，也沒舔破那層硬蠟，這樣還好，至少想起來還能讓我們心理稍微舒服一些，否則真沒人願意再和他一起吃飯了。

這時凝神細看，發現眾多死狀恐怖的乾屍，老幼青壯均有，看來都是些奴隸，不知為何被施以如此重刑，但有一點可以肯定，古時活人殉葬，絕不會如此熱蠟灌頂，削耳剜目，如果他們並非奴隸，就一定是犯了滔天大罪的犯人。

再看那些銅人銅馬，果然是少了點什麼，首先是人未持器，馬不及鞍，其次數量也不對，古代人對二、三、六、七、九五個數字極為看重，尤其是六，按制王侯級貴冑出行，至少有三十六騎開道，次一級的為十六騎，而這隊銅人馬數量尚不足三十。

最主要的是除了銅馬還好之外，這些銅人朽爛得十分嚴重，甚至有些地方已經軟化剝落，我曾經看過一些資料，很多漢墓中。都曾出土過青銅器陪葬品，雖然受到空氣和水的侵蝕，生出銅花，但是絕不如這些銅人馬，所受的侵蝕嚴重。

注1　以自殺式炸彈攻擊國民黨防守重地隆化中學的碉堡，卒時年僅十九。

注2　韓戰期間任某部六連通信員，於戰役中多處負傷、彈藥用盡，便以肉身阻擋砲火而捐軀。

雖然這墓道被潭水侵入，但是這裡絕對溼度並不很大，出現這種現象，十分難以理解，我一時沒了頭緒。

Shirley楊腦子轉得很快，稍加思索便對我說：「如果換個角度，就不難理解了，咱們先入為主，一直認為這裡是安置獻王棺槨的地宮，但咱們可能從一開始就搞錯了，這裡根本不是地宮，而是一處為王墓鑄造銅人，雕刻石獸的加工廠，這些銅人腐朽得如此嚴重，我想這可能與銅錫合金的比例失調有關，這王墓規模頗巨，想必單憑滇國之力很難建造，工程中一定大量使用了俘擄自周邊國家的奴隸，其中必然也從中訓練了一些技術型工匠，但這批從俘虜中選出的工匠把配料比例搞錯了，導致浪費了不少時間和原料，自古銅錫便有六齊（劑）之說，金有六齊，六分其金而錫居一，謂之鐘鼎之齊，五分其金而錫居一，謂之斧戈之齊等等……雖然同樣是銅器，但是比例不同，製造出來的物品性能毫不相同，如果失去六齊的基準，鑄造出來的東西就是廢品，所以這些犯了錯誤的奴隸們，被殘酷的處死，殺一儆百，而後封閉了這處作房。」

我一拍自己的登山頭盔：「對啊，我剛要想到就被妳說出來，難怪這裡根本不像是古墓的玄宮，不過既然這裡不是，那王墓的墓道又在哪裡呢？」

Shirley楊對我說：「普天下懂得分金定穴祕術之人，再無能出你之右者……當然，這是你自我標榜的，所以這就要問你了，咱們時間不多了，一定要盡快找到墓道的入口。」

所謂「分金定穴」，是只有少數「摸金校尉」才掌握的祕術，可以通過分辨「形勢理氣，龍砂穴水」這些風水元素，用羅盤金針，確認古墓棺槨放置的精確位置，其誤差最多不超過一枚金針的直徑，故名「分金定穴」。

但現在的情況實在是讓我為難，倘若能直接用分金定穴找那王墓的墓室，我早就直接找了，但問題是羅盤一進「蟲谷」便已失靈，而且這種「水龍暈」只在傳說中才有，我的《十六字陰陽風水祕術》也只是略微提及了一些，而且書中只是以後人的觀點，從一個側面分析了一下其形勢布局，未曾詳論。

經過我多年的研讀，我判斷我家裡祖傳的這本殘卷出自晚清年間，而其理論主要是基於唐代的風水星位之說，但這蟲谷深處的「水龍暈」，則是屬於上古風水中提及的仙穴，後世風水高手多半認為世間並不存在這種仙穴，所以我一直仰仗的《十六字陰陽風水祕術》殘卷，在這裡已經派不上多大用場了。

若想盜墓，必先找墓，但是有些帝陵王墓，就在那擺著，一直沒有遭盜掘，這主要是有兩方面的原因，其一，自古以來盜發帝陵等超大古墓，多是軍閥農民軍等團體所為，想那些帝陵都是開山鑿嶺，深藏地下，由數十萬人，窮數十年精力才建成，那都是何等堅固深厚，不起大軍，難以發掘，因為它不是挖挖土那麼簡單，其工程量和從大山裡開條隧道出來差不多，而且這還是在能挖出墓道的前提下，找不到墓道，把山挖走一半，也不一定能摸找墓門在哪，見過真正大山的人，都應該知道，山脈和土坡有多大差別。

其二，帝陵再堅固，也對付不了盜墓賊，它再怎麼堅固，怎麼隱蔽，畢竟沒長腿，跑不了，永遠只能在一個地方藏著，即便是沒有大隊人馬發掘，這撥人挖不了，還有下一撥人，豁出去挖個十年二十年的，早晚能給它盜了，但是能使分金定穴的人，都知道地脈縱橫，祖脈中重要的支岔，影響著大自然的格局和平衡，所以他們決不肯輕易去碰那些建在重要龍脈上的帝陵，以免破了大風水，導致世間有大的災難發生。

在這「獻王墓」中，我們無法直接確認棺木的位置，只好用最土的法子，也就是軍閥或農民起義軍的手段，找「墓道」，帝陵墓道中一重接一重的千斤大石門，就是用來對付這個土法子的，因為只要找到墓道，就能順藤摸瓜找出墓門墓室，但是我開始的時候，發現這個被墜機撞破的山體缺口，竟然不是墓道，那麼這墓道究竟藏在哪裡呢？

雖然知道肯定就在這山谷最深處，不會超出「凌雲天宮」之下一里的範圍，但是就這麼個綠色大漏斗的四面絕壁深潭，只憑我們三個慢慢找起來，怕是十年也找不到。

我忽然靈機一動，想到了一個地方，我立刻對Shirley楊說：「水眼，那個黑色的大漩渦，我想那裡最有可能是安放獻王屍骨的所在，最有可能被忽視的就是那裡，地宮一定是在山體中，但是入口是好似鬼洞一樣的水眼。」

Shirley楊奇道：「你是說那水眼下有棺槨？你最好能明確的告訴我，這個判斷有幾成把握？那裡的潛流和暗湧非常危險，咱們有沒有必要冒這個險？」

我對Shirley楊說：「即便獻王不在水眼中，那裡也應該是墓道的入口，我至少有七成把握，這次孤注一擲，倒也值得搏上一搏，不過咱們三人雖然都水性精熟，但我已領教過那口水眼的厲害了，縱然願意冒十成的風險，卻也不易下去。」

Shirley楊看了看四周的銅人說：「我有個辦法，能增加安全係數，現在還有三根最粗的加固長繩，每一根都足能承受咱們三個人的重量，為了確保安全，可以分三處固定，即使斷了一根，也還有兩根，咱們在潭底拖上只沉重的銅馬，就不會輕易被暗流捲動，這樣要下到水眼中，收工後再退出來，也並非不可能。」

我對胖子和Shirley楊說：「那咱們就依計行事，讓胖子戴罪立功，第一個去塞那水眼。」

第一五二章　水眼

獻王的棺槨，有很大的可能就在潭底的「水眼」中，我記得曾在潭底見到一條巨大的石梁，那時我以為是建造王墓時掉下去的石料，現在想想，說不定那就是墓道的石頂。

我們分頭著手準備，將三條最粗的長索，分別固定在水下那架重型轟炸機的殘骸上，沒有比這架「空中堡壘」的遺體更合適的固定栓了，它不僅具有極高的自重，而且龐大的軀殼，遠遠超出了「水眼」的直徑與吸力。

然後我們就著手搬動銅馬，那銅馬極為沉重，好在這裡的地形是個斜坡，三人使出全力，終於將銅馬推進水裡，再把那潛水袋上的充氣氣囊，固定在銅馬的腹部，這樣做是為了從「水眼」中回來的時候，可以利用氣囊的浮力，抵消一些漩渦中巨大的吸力。

從那破口出來的時候，外邊依然是黑雲壓空，星月無光，白天那潭壁上古木叢生，藤蔓纏繞，大瀑布飛珠搗玉、銀沫翻湧、玉練掛碧峰的神祕絢麗氛圍，則全都看不見了，瀑布群巨大的水流聲，完全像是一頭躲在黑暗中咆哮如雷的怪獸，聽得人心驚動魄。

我們三個人踩著水浮在潭中，我對胖子和Shirley楊說：「成功與否，就在此一舉了，千萬要注意，不能讓銅馬沉到水眼底下，否則咱們可就再也上不來了。」

Shirley楊說：「水性無常，水底的事最是難以預料，如果從漩渦處難以進入墓道，一定不要勉強硬來，可以先退回來，再從長計議。」

我對Shirley楊說：「留得青山在，不怕沒柴燒，不過天時一過，恐怕就再也沒機會進這王墓了，咱們今天務必要盡全力，假如還不能成功，便是天意。」說罷用手敲了敲自己的登山頭盔，讓戰術射燈亮起來，放下潛水鏡，戴上氧氣罩，做了個下潛的手勢，當先沉入潭底。

Shirley楊和胖子也隨即潛入水中，三人在水底找到銅馬，還有綁在上邊的繩索，把腰上的安全鎖與之牢牢拴在一起，都互相鎖定，加上了三重保險，我舉起「波塞東之炫」水下探照燈，用強烈的光束向四周一掃，發現在潭邊，根本看不到位於中央的黑色漩渦，上下左右，全是漆黑一片。

但是這潭底的地形，我已經十分熟悉，當下先找到轟炸機的機體，巨大的暗綠色機身，此時就是一隻大型路標，機尾正對著的方向，就是那個神祕的「水眼」，機尾和「水眼」中間，還有一條大青石相聯，沿著這些潭底的記號，即便是能見度再差，也能找準方位。

水下無法交談，只好用手語交流，我們使用的手語名稱叫做「海豹」，而並非世界通用的德式手語，這主要是因為美國海軍的手語更為簡便易懂，學起來很快，我對Shirley楊和胖子二人指了指重型轟炸機的殘骸，向著那個方向，做了個切入的手勢。

胖子嘴邊冒著一串串的氧氣白泡，衝我點了點頭，Shirley楊也已會意，立刻將銅馬上的氣囊浮標解開，使它升到水面，這樣我們在中途如果氧氣耗盡，或是氣瓶出了問題，仍可以借與浮標連接的氣管，暫時換氣。

大約一分鐘後，浮標的氣嘴已經為氣囊充了大約三分之一的空氣，減輕了銅馬的一部分重量，我們在水底推著銅馬，不斷向著潭底的漩渦推進。

我們經過的地方，潭底的泥藻和蜉蝣都漂浮了來，在水中雜亂地飛舞，原本就漆黑的水底，能見度更加低了，我感覺腳下的泥藻並沒有多厚，下面十分堅實，好像都是平整的大石，

看來「獻王墓」的墓穴果然是隱藏在潭底，至此又多了幾分把握。

這時位置稍微靠前的Shirley楊停了下來，左右握拳，手肘向下一壓，這是「停止」的信號，我和胖子急忙停下，不再用力推動銅馬。

Shirley楊回過頭來，不用她再做手勢，我也已經察覺到了，水底開始出現了潛流，看來我們已經到了「水眼」的邊緣了，按事先預定的方案，我對胖子做了個手勢，伸出雙指，反指自己的雙眼，然後指向胖子：「你在前，我們來掩護你。」

胖子拇指食指圈攏，其餘三指伸直：「收到。」隨即移動到銅馬的前邊，由於他的體型在我們之中最壯，所以他要在前邊確保銅馬不被捲進漩渦深處。

有了沉重的青銅馬，三人又結成一團，我們就不會被漩渦捲起的水流力量帶動，但仍然感覺到潛流的吸力越來越大，等到那黑洞洞的漩渦近在眼前之時，已經有些控制不住身體了，那銅馬並非一體，而是多個部位分別鑄就後拼接而成，不知照這樣下去，會不會被水流攪碎。

我趕緊舉起一條胳膊，張開五指劃了個圈，攥成拳頭，對Shirley楊和胖子做了個「迅速靠攏」的手勢。

三個人加上一個沉重的背囊，和那匹青銅馬的重量總和，將近千斤，這才稍稍穩住重心，我慢慢放開安全鎖，使長繩保持一釐米一釐米地逐漸放出。

胖子拽出兩枚冷煙火，在登山頭盔上一撞，立刻在水中冒出不燃煙和冷火花，先讓這兩枚冷煙火在手中燃了五秒，然後一撒手，兩團亮光立刻被捲進了漩渦深處。

我在銅馬後邊，無法看到冷煙火的光芒在漩渦中是什麼樣子，只見胖子回過頭，將右手平伸，遮住眉骨，又指了指下面的漩渦，最後豎起大拇指：「看見了，就在下面。」

我用力固定住身體，分別指了指Shirley楊和胖子，拍了拍自己的登山頭盔：「注意安全。」然後三人緊緊抱住銅馬，借著漩渦的吸力，慢慢沉了下去，多虧有這銅馬的重量，否則人一下去，就難免被水流捲得暈頭轉向。

剛一沉入漩渦，Shirley楊立刻將拉動充氣繩，將氣囊充滿，以免向下的吸力太強，直接被暗流捲入深處，若說這潭底像個大鍋底，那著中間的「水眼」，就鍋底上的一個大洞，就連「波塞東之炫」這種先進的水底照明設備，在水眼中也好像成了一根小火柴，能見度急劇地下降，這時就如同置身於那個恐怖的鬼洞中，被惡鬼拽進無邊的黑暗之中。

好在抱著那匹青銅馬，感覺到一種沉穩的重量，心跳才逐漸平穩下來，胖子最先看見的墓道入口，並不在漩渦的深處，幾乎是貼著潭底，不過上面有條石遮擋，若非進到「水眼」中，根本無法見到。

我見已發現墓道了，忙和胖子與Shirley楊一齊發力，使我們這一團人馬脫離漩渦的中心，掙扎著游進了墓道裡面。

墓道並沒有石門，裡面也全是漆黑冰冷的潭水，不過一進墓道，便感覺不到暗流的吸捲之力，這條青石墓道入口的大石，是反斜面收縮排列，絲毫不受與之一米之隔的「水眼」力場影響，雖然如此，我們仍然不敢怠慢，又向墓道深處游了二十多米，方才停下。

剛才在「水眼」中全力掙扎，完全沒來得及害怕，現在稍微回想一下，任何一個環節上稍有差遲，此時已不免成為潭底的怨魂了，不過總算是找到了墓道，冒這麼大的風險，倒也值了。

我們解開身上的繩索，在被水淹沒的墓道中繼續向深處游去，對四周的環境稍作打量，只

見這墓道還算寬闊平整，兩壁和地下，均是方大的石磚，只有頭頂是大青條石，也沒有壁畫和題刻的銘文，甚至連鎮墓的造像都沒有，最奇怪的是沒有石門，看來我們準備的炸藥也用不到了。

但是我立刻想明白了，這裡絕對可以通往王墓的「玄宮」，因為獻王沉迷修仙長生之術，所以他認為他死後是可以登天的，而且自信這座墓不會有外人進入，所以墓道不設石門攔擋，對盜墓賊來說，石門確實是最笨的東西，有石門與沒有石門的區別，只不過是多費些力氣時間而已。

墓道又深又長，向裡游了很久，始終都在水下，我對胖子和Shirley楊做了個繼續向前推進的手勢，從這裡的地形規模來判斷，放棺槨明器的「玄宮」，應該已經不遠了。

果然再向前數十米，前方的水底出現了一道石坡，墓道也變得比之前寬闊了數倍，順著石坡向上，很快就超出了潭水的水平面，三人頭部一出水，立刻看見墓道石坡的盡頭，聳立著一道青灰色的千斤石門。

我抹了一把臉上的水，驚喜交集：「總算是到地方了。」恨不得立時破門而入，胖子在水中指著大石門上面說：「哎，老胡你看那上邊……怎麼還有個小門？」

胖子所說的那扇小門，是個在最高處的銅造門樓，整體都是黑色，構造極為精巧，門洞剛好可以容一人穿過，門樓上還有滴水簷，四周鑄著雲霞飛鳥，似乎象徵著高在雲天之上。

我對胖子說道：「那個地方叫天門，是給墓主人尸解仙化後登天用的，只有在道門的人墓中才有，但是成仙登天的美事，那些乾屍就連想都別想了，這天門，正好可以給咱們這夥摸金校尉當做現成的盜洞。」

我們歷盡千難萬險，總算是摸到了王墓「玄宮」的大門，心中不禁十分興奮，Shirley楊卻仍然擔心裡面沒有那枚「雮塵珠」，突然問我道：「古時候的中國，當真有神仙嗎？」

第一五三章　叩啓天門

我反問Shirley楊道：「你一直都是科學至上，怎麼突然問這種沒斤兩的話？要說這人有靈魂存在我完全相信，但是說到神仙那種事……我覺得那些都是胡說八道。」

Shirley楊道：「我也是有宗教信仰的，我相信這世界上有上帝，不過……」

胖子突然口齒不清地插嘴道：「什麼不過，我告訴你吧，神仙啊，不是有位哲人說過嗎，殺死一個人你會成為罪犯，殺死一百萬人，你可以做國王，能把全部人都殺死，你就是神。」

我把防水背囊從水中拎了上來，邊把武器和工具分發給他們二人，邊對他們說：「你們也不要想太多了，咱們倒斗之人就是百無禁忌，什麼仙啊神的，不要多去考慮那些愚弄老百姓的造神論，時代不一樣，對神與仙的看法也不同，我覺得到了現代，神明只不過做為一種文化元素，是一種象徵性的存在，可以看作是一個精神層面上的寄託，當然也存在另外一種觀點，人也可以成為神，能創造奇跡的人，他就是神，所以有些偉人也會被捧上神壇，但是不管他多偉大多傑出，都逃不過生老病死，所以單從生物學的角度看，世界上不會有神，人畢竟還是人。」

胖子剛好收拾停當，笑道：「行啊胡司令，最近理論水平又見提高，俗話說生不帶來，死不帶去，這獻王死都死了兩千年了，估計成仙不死是沒戲了，沒爛成泥土就不錯了，他地宮裡的陪葬品，也陪著死人放了這麼久，是時候拿出去晒晒太陽、過過風了，咱們還等什麼，抄傢伙上吧。」

我摸了摸脖子上的「摸金符」說道：「好，但願祖師爺顯靈，保佑咱們一切順利，還是那句話，一萬年太久，只爭朝夕，咱們現在就叩開天門，倒斗摸金，升官發財。」

Shirley楊咬了咬牙，低聲念道：「我們在天上的父啊，讓我們尊稱祢的名字為聖，請保佑我們此……」終於下定了最後的決心，她的這個決心不是很好下的，一進古墓，便注定了要告別清白的過去，做一位名副其實的「摸金校尉」，而且永遠都要背上「盜墓賊」的稱號了。

Shirley楊取出飛虎爪，拋將上去，掛住「天門」的門樓，向下一扯，十分牢固，便當先爬了上去，在上面對我招了招手，我也拽住飛虎爪的索鏈，第二個爬上了「天門」。

我一登上門樓，便仔細查看這銅鑄鏤雕的「天門」有沒有什麼機關，確認無誤，便取出摸金校尉的「黑摺子」，這東西名稱很玄，其實就是根特製的撬棍，可以拉伸收縮，並且能夠折疊起來帶在身邊，專門用來撬墓門墓牆，或是撬墓磚，可以配合撬棺材的「探陰爪」來使用。

「天門」的門原本是活動的，與真正的城門一樣，可以由內向外推開，但是裡面被鎖死了，用「黑摺子」撬了七八下，才見鬆動，這時候胖子氣喘吁吁地爬了上來，我就交由他來撬門，我在後邊托著他的背部，免得他用力過猛，從門樓上翻下去。

胖子抖擻精神，使出一身蠻牛般的力氣，「哢嚓」一聲，終於把銅門撬開，我趕緊把他拉在一邊，這古墓的地宮，處於絕對封閉的環境中，空氣並不流通，鬱積在內的陰氣屍氣，都對人體有很大的傷害，大金牙的爹老金頭，不僅腿凍癱了，而且肺裡像裝了個破風箱，一喘氣就像是用鐵刷子刮銅，經常吐黑痰，他雖自稱是在朝鮮戰場上凍的，其實我們都知道，他從來不吸煙，那是他年輕時盜墓，被鬱積在棺內的屍臭嗆了一下，才留下這麼個永遠治不好的病根。

等了幾分鐘後，Shirley楊點了枝蠟燭，托在工兵鏟上，將鏟身送進黑洞洞的「天門」，想

探一探墓中的陰氣是否嚴重，那蠟燭一直燃著，雖然火苗被陰風吹得忽明忽暗，卻始終沒有熄滅，Shirley楊說：「墓中有股冷嗖嗖的陰風，還裹著極重的腐爛潮溼氣味，安全起見，咱們還是都戴上防毒面具再下去。」

據我估計，這墓門大概位於漏斗狀的絕壁之中，利用一個天然型的岩洞加工修鑿而成，年代實在太久了，裡面也許會有些地方滲水，但是這種「井」字形，或者「回」字形的大墓，裡面結構特殊，每一段都可以形成密閉空間，空氣不流動的地方比例很大，不戴防毒面具，絕不能進去，於是三人分別取出防毒面具戴在頭上，垂下登山索，從天門翻入了大墓門的內側。

墓門後的空間並不大，這一段叫做「嵌道」，連接著墓室和墓門，其中陳列著數排銅車人馬，銅馬都是雄駿高大，昂首向前，比我們看到的第一批質量和工藝都好了許多，軍俑都持具有滇國特色的「空槽鉞」，「凸刃斧」，每一尊的面目都各不相同，但是面部表情嚴峻威武，這群無聲的青銅武士，就這樣靜靜的站在玄宮前，等候著為升天為仙的墓主開道護衛。

這裡地形十分狹窄，如果想往深處走，就必須從這些青銅軍俑中間穿過，那些高舉的長大兵刃，似乎會隨時落下，砍在我們頭上，我們把心懸到嗓子眼，迅速從銅人軍陣中蹭了過去，我對胖子和Shirley楊說：「我估計這墓裡已不會有什麼暗箭毒煙類的機關，不過咱們小心為上，千萬別亂動玄宮裡的東西，搞不好再惹上個什麼草鬼婆的舌頭，可不是鬧著玩的。」

胖子和Shirley楊點頭答應，我仍然覺得不太放心，就同Shirley楊把胖子夾在中間，探著路向前摸索，繼續往深處尋找玄宮中墓室的所在。

「嵌道」向前，又是一段平整的墓道，墓道的兩側，有幾個石洞，裡面都堆滿了各種殉葬品，全是些銅器、骨器、多耳陶罐、金餅、銀餅、玉器，還有動物的骨骼，看那形狀，有馬骨，還有很多不知名的禽鳥，看樣子都是準備帶到天上去的，放陪葬品的洞都用銅環撐著，但仍有兩個洞已經塌了，上邊有不少黃水滲了下來，把洞中的陪葬品侵蝕損毀了不少。

胖子見了這些情景，急得抓耳撓腮，可惜只長了兩隻手，看哪一樣都好，但實在是搬不了這一洞接一洞的明器，而且胖子也很清楚，只有墓主棺槨內的明器，才是最有價值的，也是最為重要的，只好強行忍住那如飢似渴的心情，對那滿洞的寶貝視而不見。

這時墓道前出現了連著的三座短窄石橋，橋下深溝中有渾濁的黃水，不知其有多深，也不見流動，像是一汪死水。

我對Shirley楊說：「這叫三世橋，在中國古代傳說中，人死之後化仙升天，便要先踏過這三世橋，擺脫世俗的糾纏，然後就才會脫胎換骨，遨遊太虛，做個逍遙神仙。」

Shirley楊說：「這些鬼名堂你倒真懂得不少，你看橋對面似乎有一堵白色的牆壁，那裡又是什麼去處？」

我對Shirley楊說：「過了三世橋，一準兒便是獻王的棺槨了，但是你看這橋上浮雕的動物都分為雌雄一雙，所以那邊的棺槨很可能有兩具，是獻王和他的老婆，這是處合葬墓。」

Shirley楊說道：「我總覺得自從進了天門之後，這一路有些過於順利了，以獻王墓之複雜，他的棺槨有這麼容易被找到嗎？」

胖子對Shirley楊說道：「你大概也被傳染上老胡那套懷疑主義的論調了，剛才我就向你們打過包票了，開那老粽子的棺蓋，有我一個人就夠，你們就跟後邊瞧好吧。」

胖子說著話，舉步登上了「三世橋」，搶先行去，我心想找這棺材容易嗎？凡事還是都往樂觀的方面想吧，按陵制，只要過了橋，必是棺槨，這是肯定不會有錯的，於是就勸Shirley楊別

再疑惑，不管怎麼說，開了那棺材之後，才能知道裡面是否有「霍塵珠」，與其胡思亂想地飽受煎熬，還不如直接上去撬開棺蓋，看個究竟。

我見胖子走得太快，我跟Shirley楊說話的功夫，他已經走到了那白色的牆壁下邊，怕他不等我布置便提前開棺，只好拉著Shirley楊在後邊追了上去。

一過「三世橋」，這地洞便豁然開闊，在天然的地洞中，建有一處讓墓主安息的陰宮，雪白的圍牆在黑暗中十分顯眼，這種白色並非汗白玉，似乎是一種石英白，直連接到六七米高的洞頂，與地洞連成一體，牆中有個門洞，有扇釘著十三枚銅母的大木門，胖子正在用「黑摺子」撬門，木門已經爛得差不多了，只剩下銅母撐架著，沒費多大力氣，便將門撬破。

我知道門後一定就是擺棺槨的墓室，若有機關也就在門廊左近，而且這門內的空間又廣又高，墓中又黑到了極點，在門口看不到裡面的情況，便讓Shirley楊在這裡打進去一枚照明彈，先看看裡面的情況再說。

Shirley楊取出信號槍，一抬手將一枚白光耀眼的照明彈，射進了墓室，慘白的光芒立刻驅散了沉重的黑暗，強光中，只見墓室內以一種非常怪異、無比特殊的方式，呈「人」字型擺放著三口大棺，每一口棺槨都完全不同，不僅形狀、材料、款式不一樣，就連擺放的方式都毫不相同，最靠外邊這口用大銅環懸吊在半空，由於離我們最近，所以看得最為清楚，三人都不由得倒吸了一口冷氣，誰也沒想到會碰到這樣的棺槨。

胖子一時沒了主意，問我道：「老胡，瞎子那幾句話怎麼說來著？難道這就是他媽的什麼窨子棺？」

我對胖子和Shirley楊說：「不合常理為妖，咱們這次要拆的是三口妖棺。」

第一五四章　三個國王

胖子正想再問，我一擺手將他的話打斷：「怎麼著，剛看見棺材就怵了？以前的確是有過窨子棺，青銅槨，八字不硬勿近前的戒條，但咱們能踏過三生橋，來到陰宮冥門之前，說明咱們三人的命絕對夠硬，否則未踩三生橋，就早已墜入幽冥之中了。」

胖子說道：「笑話，本司令什麼時候害怕過，只不過沒見過這種棺材，老虎咬刺猬，不知該如何下嘴。」

其實我也不知道我們的八字夠不夠硬，這麼說只是給胖子添些膽氣，在陰牆的門洞前，離墓室深處那三口奇形怪狀的棺槨，還有一定距離，照明彈雖然亮得滲人，卻也看不到細微之處，只好先等了一等，見門被撬破後，沒有觸動什麼機關，便對Shirley楊和胖子點了點頭，示意能進去了。

Shirley楊撐開「金鋼傘」在最前邊開路，我和胖子緊緊跟在後邊，適才射進去的照明彈兀自未熄，將陰暗的墓室照得一片通明，和我所料一樣，這是一個很大的「回」字形墓室，陰宮共分為內外兩層，白牆之內，是第一層，與這道牆間隔七八米的距離，另有一層磚牆圍在當中，兩層牆上的墓門相對，裡面則只是個弧頂的低矮門洞，並沒有門柵阻攔，照明彈直接穿過去，打進了最深處的墓室裡。

一進外門，我先用「狼眼」手電筒照了照兩側，那裡是兩道墓牆的夾層，堆滿了各種青灰的巨型銅鑄「祭器」，這些銅盤、銅鼎，還有堆放其間的象牙、玉幣、玉釜，象徵著墓室中主

人的國主身分。

這是我有生以來，見到陪葬品最多的一座王墓了，這些陪葬品就是為了死者特意製造的，而不是像精絕國那樣，隨便拿來些值錢的東西就堆進去，漢唐時期厚葬之風最盛，傳說這期間，有些帝陵中的陪葬品超過了上千噸，相當於當時整個國家財力的三分之一，而這「獻王墓」中的陪葬器物，雖然沒有那些帝陵奢華眾多，卻幾乎是把整個滇國都給埋進了墓坑裡，但是這些臣民、奴隸和財寶，誰也沒能跟隨獻王上天，就都在兩千年歲月的消磨中，腐爛在了這陰森黑暗，不見天日的地下。

我嘆了口氣，心想中國以前那些值錢的老東西，都是這麼糟蹋了，當下加快腳步，跟著Shirley楊進了內層墓室，兩重墓室就如同古城池的內城和外城，最深處的這間墓室，即是古墓的核心部分。

照明彈的光芒正逐漸黯淡下來，我們一踏進墓室，四周頓時陷入一片漆黑之中，我們立刻將頭盔上的射燈打開，立刻看到那面前那具用銅環懸在半空的銅槨，它的體積最大，在三具棺槨中也最突出，其餘兩具都沒有吊在銅環上。

銅槨黑沉沉的毫無光澤，上面落滿了很厚一層積灰，我戴上手套，將銅槨上的灰塵撫去一層，槨身立刻被燈光映成詭異的青灰色，銅槨上已經生了不少綠色銅花，冷眼一看，倒似是爬滿了深綠色的蜈蚣。

仔細一看，銅槨上還纏著九道重鎖，封得密不透風，外邊鑄著很多奇異植物，除此之外，也沒有什麼更明顯的特徵，就是大、沉、重而已，真正的棺木應該在它的裡面。

再看另兩具棺槨，一具是木製的，看那式樣和大小，應該不是木槨，而只有一層棺材板，但這棺木也非尋常之物，粗略一看，棺板厚約八寸，棺上沒有走漆，露著木料的原色，黑得好似焦炭，木質卻極為細密鋼韌。

Shirley楊奇道：「棺木似乎沒有進行過特殊加工，但世上怎麼會有這種材質的木料？」

我用手敲了敲棺蓋，發出「空空」的撞擊銅鐘聲，在墓室中聽來，聲音格外宏亮沉厚，我對Shirley楊說：「這就是傳說中的窨子棺了，在深山老林的山溝山陰裡，陽光永遠照射不到之處，有種碳色異樹，這種樹從生長開始，就從來沒見過陽光，普通的樹木，每一年增長一圈年輪，而這種不見陽光的樹，要過幾十上百年，它的年輪才增加一圈，這就叫窨子木，這名字很特殊，形容它是在地窖中長起來的樹。」

胖子也伸手摸了摸那口窨子棺：「我的天老爺，這要真是窨子棺，那可真是寶貝了，聽說這種地窨子木很難長成材，能做成棺材，而且棺板還這麼厚，一點別的材料都沒添加，按現在的行市，可比等量體積的黃金還值錢啊，我看實在找不著合適的，咱把它扛回去……也行，那咱這回來雲南，就不算是星期六義務勞動了，你們說是不是？」

我對胖子和Shirley楊說：「黃金哪能和這木料比，便是十口黃金棺材也換不得，你們看這棺板有多厚，而且都是最好的窨樹芯，這有個名目，喚作窨木斷檲八寸板，不是萬年窨子木，又哪有這麼厚的樹芯，想當年慈禧太后老佛爺，也沒混上這待遇，因為這樹在漢代就絕了，後世再也沒人能找到這麼粗的樹了。」

胖子連連搓手，呼吸都變得粗重起來：「怎麼著我說二位，咱還等什麼呀，趕緊把它扛出去吧。」

Shirley楊沒理睬胖子，對我說：「吊在墓室半空的青銅槨也很特別，那又是怎麼回事？那邊

還有另外一口奇形怪狀的棺材，難道這裡是獻王和他的兩位妻子？」

我搖了搖頭：「我現在也有些摸不著門了，青銅槨在陵制中也屬異類，只有一些大罪人，或者是得了傳染病的貴族，才會用銅槨封死，還有一說，是入斂前有屍變的跡象，防止僵屍破棺而出，你看這銅槨上有九道重鎖，想開它又談何容易，鬼才知道這裡面裝的是什麼。」

Shirley楊道：「我只知有種銅角金棺是為了防止屍變，原來這具吊懸的青銅槨，也是同理，那懸在空中卻是何意？」

胖子又插口道：「這連我都知道，以前我們曾見識過一具人面銅槨，比這可生猛多了，當時胡司令差點嚇尿褲子，後來我聽說這種環吊槨，是專門用來裝修道求仙之人的，讓他們死後不接地面濁氣，據我估計這裡頭裝的，有九成九的可能便是獻王那只老粽子，他不僅沒成仙，反倒先起了毛要生屍變，所以才用銅環銅槨懸在墓室裡，咱們趁早還是別碰它，不如直接抬了這窨子棺回去，下半輩子數錢都數不過來了。」

我對Shirley楊說：「你甭聽他胡說八道，嚇得尿了褲子的人是他不是我，不過他後半部分說得沒錯，要吊在空中的都是在道門之人，銅槨是用來裝僵屍的，不過並不能就次斷定裡面就是獻王，這三口棺材大有文章，咱們看明白了再下手。」

我們決定再看看第三口棺槨是什麼樣子，才決定如何開棺，便一同走到墓室最深處的地方，那裡則是一具無縫石棺，這是一具用一體的「紋石」直接造成的石棺，紋石的棺板顯得格外古樸，甚至有些原始，飾有數百個聯歡相套的圓環，這些環形鑿刻，聚在一起，就形成了一隻黑色的野獸，也看不出那是個什麼，非龍非虎的樣子，充滿了古老神祕的色彩。

無縫石棺的外邊封著一層半透明丹漆，棺縫被封在裡面，無法看到，不過通過最近在潘家園積累的一些經驗，雖然那裡假貨多，但是信息量十分豐富，能接觸到大量超越見聞以外的事情，特別是有些民間的收藏家，從他們口中能瞭解到不少有關各種明器的信息，都是書本上難以接觸到的，我就曾經不止一次聽人提到過這種無縫石棺，據說在西山就曾挖出來過兩次。

但是這石棺，明顯比平常的棺材短了一大截，底下有四個粗壯的獨腳石人抬著，所以顯得又比那口窨木棺高出一大塊，胖子看後立刻說：「這肯定是獻王的兒子，是個王子，初中沒畢業，便給他老子陪葬了，也不要文憑了，等著一起升天成仙呢？」

Shirley楊說：「不可能，從沒聽說有誰讓自己子女陪葬，虎毒尚且不食子。」

我對他們兩個人說道：「當然不是什麼王子王孫了，這石棺之所以短小，很可能這裡面裝的不是全屍，古代戰國時，列國相爭，百家爭鳴，墓葬文化也趨於多元化，有種拼肢葬，還有種叫做碎葬，還有什麼蜷葬，俯身葬，蹲葬，懸、側臥葬等等，對死亡的理解不同，安放死屍的方式也各不相同，這應該是蜷葬的石棺，而且紋石也非同小可，是種稀有的涼石，其性似水玉，裡面的屍體生前必定也是有頭有臉的人物。」

只是那種「蜷葬」的方式，到了漢武帝時期，已經絕跡了，是否在滇南還有所留存，可就不好說了，問題是這三口棺槨，除了都極特別之外，完全難以放在一起相提並論，雖然同在一個墓室中，又似乎其中沒有半點關聯。

我心想反正也想不明白，全啓開來看看也就是了，於是讓胖子去進門的角落處，點上三枝蠟燭，然後就先從這口最值錢的「窨子棺」下手，獻王就是爛成了土，那「雮塵珠」也應該仍然留在棺內。

胖子點蠟的時候，我見那三枝蠟燭的燭光亮了起來，把陰森的墓室角落照亮，心中突然想

起了什麼，三世橋，三口棺槨？

正冥思苦想之時，卻聽Shirley楊對我說：「我剛想起在陰宮門前所見的三世橋，這三口棺槨中放的屍骸，都是獻王也未可知，不過可能不會有咱們要找的，那位擁有鳳凰膽的獻王，墓室中的棺槨，是他從別的古墳裡挖出來的，可能他通過某種方式，認定這是他前世的屍骸。」

我想了一想，答道：「是啊，這樣就不難理解了，三副棺槨並不屬於同一時期，而是代表了獻王在人間的三生三世，中國道家向來都有仙返化三生的傳說，這前三生被稱為三獄，最後的死狀都會極慘，所以才會用這種特殊的棺槨裝斂，真正的獻王，一定也藏在這間墓室中的某個地方……哎，咱倆光顧著看這三口妖棺，去牆角點蠟燭的胖子怎麼還不回來？三……六……九……牆角有九枝蠟燭，這孫子怎麼點了這麼多蠟燭？他人呢？」

Shirley楊對我做了個放低聲音的手勢：「你聽那青銅槨裡，是不是有聲音？」

第一五五章　長生燭

墓室角落的燭光，距離我們最近的，是與室中三口妖棺的擺放位置相同，按「△」型排列的三隻蠟燭，這種光線是我所熟悉的，肯定是胖子剛點的三枝蠟燭。

然而三隻蠟燭右邊，卻另有兩排微弱的藍光，豎著出現在牆上，三三為列，這種光只能使人在黑暗的地方察覺到那裡有光，而幽藍色的光源本身卻沒有任何照明度，黑處還是那麼黑，只是在這一片漆黑中，多了六盞幽暗的藍色「鬼火」。

那口掉懸在銅環上的巨大青銅槨，也正穿出一陣陣銅鐵摩擦的聲響，我心想這定是僵屍在裡面撓動棺蓋的聲音，他媽的怎麼剛一進陰宮就碰上屍變，莫不是剛才我用手擦去銅槨上的積灰，棺中的古屍感覺到了活人的生氣，不會啊，我記得我戴手套了。

又轉念一想，且不說那六盞「鬼火」從何而來，我們三個「摸金校尉」的命燈尚在，位置也絲毫不錯，所以這墓室中至少到目前為止，還沒有發生「屍變」，或是厲鬼冤魂之類髒東西出沒的跡象，卻不知是什麼在作怪。

我想到這裡，便鎮定下來，在墓室中大叫道：「王司令，你他媽的又在撿什麼破爛兒？快給老子滾出來，否則軍法從事。」

只見胖子從那青銅槨的另一端露出頭來，問道：「胡司令，你找我？我在這銅棺上啓下來了一件好東西，好像是金的。」說完舉著個圓形的金屬物體走了過來。

我接過一看，見是面銅鏡，撫去上面的塵土，銅鏡表面依然光可鑑人，並沒怎麼生鏽，

背面卻銅鏽斑斕，鏡周有圈金黃色的「緡石」作為妝點，這些圓形的石塊，很容易被人誤認為是黃金，銅鏡背面雖然破爛不堪，但是給人一種古時文物獨有的頹廢美感，銅槨上裝面銅鏡做什麼？難道是鎮住裡面的千年古屍？倒從沒聽說有這種東西，我把鏡子交給胖子說：「這是銅鏡，背上鑲嵌的是緡石，不是黃金的，你從哪裡拿來的，就趕緊給裝回哪裡去，咱們大事當前，別為這些微不足道的明器耽誤了正事。」

Shirley楊在旁問胖子：「剛才你在墓室東南角，一共點了幾枝蠟燭？」

胖子聽Shirley楊問這件事，不禁奇道：「三枝啊，好歹我也是文化人，還能不識數嗎？妳看……」說著轉頭一看，頓時傻了眼，他也看到，除了那三枝蠟燭外，還另有六點幽暗陰森的藍光，似乎那些也是火光，由於火源太弱，難以充分燃燒，所以發出來的光呈藍色，和荒墳野地裡的鬼火一樣。

我見那六盞鬼火般的藍光果然不是胖子所為，但只要三枝蠟燭不滅，就不會有太大危險，還是過去看個清楚，墓室中的三口棺槨都很結實，得需要些時間才能開啓，所以倘若真是有什麼邪門的預兆，盡早將其扼殺於萌芽狀態，別讓其給我們在墓室中尋找「雮塵珠」造成障礙。

墓室中能點燃蠟燭，說明氧氣已經在逐漸增加，我先用手電筒掃視了一下，但墓室深埋地下，絕對黑暗的空間中，空氣又多少有點雜質，照了半天，也沒看出來那裡有什麼。

我嫌防毒面具厚重的視鏡看不清楚，便將防毒面具暫時摘掉，掛在胸前，換了副口罩戴上，拎著M1A1，帶領Shirley楊和胖子，走過去查看。

亮起詭異藍光的位置，就在墓室門側，由於這陰宮中的墓室面積不小，胖子點在牆角的蠟燭相對集中，蠟燭光亮十分有限，兩處光源之間的距離大約為八九米遠，誰也照不到誰。

走到距離「鬼火」五米的地方，「狼眼」已經可以把墓牆照得一清二楚了，我們一進墓室，視線就被正中的三口棺槨吸引，隨身攜帶的光源範圍有其局限，所以沒留意到內室門洞邊，還有東西。

最早進入「狼眼」射程的，是一張生滿黑鱗的怪臉，這長臉沒有嘴唇，只有兩排戟張開的鋒利牙齒，那「鬼火」的微弱光芒，就是從它口中冒出來的。

我和胖子乍一見到這等可憎可怖的面目，心裡頭一個念頭就是「惡鬼」，也忘了想子彈是不是管用，舉起早就頂上火的「芝加哥打字機」，立刻就要射擊。

Shirley楊有雙夜眼，目力過人，在黑暗中往往比我和胖子看得都清楚，她突然開口說：「是黑鱗鮫人……不要緊，都是死的，原來這是古墓裡的長明燈、往生燭。」

我把抬起的槍口慢慢壓低，我們不久前還曾談論過地宮裡萬年不滅的長明燈，想不到一進來就遇上了，心中不免有些好奇：「世上真有美人魚嗎？那不只是古代對海牛的稱呼嗎？」便又走近幾步，想要看看那長滿黑鱗的人魚是怎個個樣子。

只見那是兩根嵌進墓牆的銅柱，每根銅柱上都分上中下，共綁著六隻半人半魚的怪物乾屍，這些鮫人上半身似女子，也有兩個乳房，脖頸很細，鰓長在了脖子上，但是牠們沒有人類的皮膚，全身都是稀疏的黑色大鱗片，只有肚腹處無鱗。

屍體似乎經過了特殊處理，乾硬漆黑，在陰宮裡並沒有發生腐爛，銅柱上有鎖鏈，將著六隻鮫人穿了琵琶骨，坐出蹲伏下跪的姿勢，反鎖在銅柱上，正好從上到下，均勻的排成一隊，它們的嘴大得出奇，全都大張著，我用「狼眼」手電筒往裡一照，發現鮫人的喉嚨，都被類似石棉的白色東西堵住了，乾枯發硬的舌頭上插著一節火絨，正在燃出暗淡的藍光。

胖子好奇的用M1A1的槍管戳了戳鮫人，死體都已經發硬了：「跟我想像中的美人魚不太一樣，不過勝在模樣奇怪，都死挺了，看來賣給動物園是沒戲了，咱們首都的自然博物館還真缺這麼一個標本。」

我見這黑鱗鮫人雖然奇怪，卻只是盞地宮裡普通的「長生燭」，是用來象徵性的表示雖然墓主肉身已滅，靈魂卻依然存在的道具，當即就把懸著的心放了下來，掏出一枝香菸，就著人魚口中的藍火點了，把煙圈吐在胖子臉上，對他說道：「王司令這次覺悟還是比較高的，沒有只想到個人，而是先考慮國家這個大集體，你把牠扛回去送給自然博物館，填補了這一領域的空白，說不定還能混張獎狀掛掛。」

Shirley楊對我說：「這並不是首次發現，世界上已經有很多人發現人魚的屍骨了，美國海軍還曾捉過一條活的，據說海中鮫人的油膏，不僅燃點很低，而且只有一滴便可以燃燒數月不滅，古時貴族墓中常有以其油脂做為萬年燈的，不過直接以鮫人屍體做蠟燭，我卻從沒聽說過，我想這和秦漢時傳說的仙山是在海中有關。」

我想到中國古代陵制裡曾詳細記載過長生燭，心裡忽然一沉，對Shirley楊說道：「你只知其一其二，卻不知其三，傳說東海鮫人其性最淫，十分嗜血，都聚居於海中一座死珊瑚形成的島嶼下，那島下珊瑚洞，洞穴縱橫交錯，深不可知，那裡就是人魚的老巢，牠們在附近海域放出聲色，吸引過往海船客商，遇害者全被吃得連骨頭也剩不下，有人捉到活的黑鱗鮫人，將其宰殺晾乾，灌入牠的油膏，製成長生燭，價值金珠三千，這些故事我以前都曾聽我祖父講過，以前以為只是故事，現在看來確有其事，另外這墓室中封閉穩定的微環境，被咱們打破了，火絨遇到空氣即燃，所以這些……鬼火，突然亮了起來，我覺得這都並不奇怪。」

最奇怪的是這「長生燭」，一共有六枝，按陵制，地宮裡的「長生燭」，只在墓室裡有，不同於萬年燈，「長生燭」一枝，對應墓中的一具重要屍體，當然殉葬者是用不到的，比如夫妻合葬墓，棺前便往往有兩枝長生燭。

胖子掰著手指頭數了數：「墓室裡只有三口棺材，加上咱們三個活人才夠數，我操他祖宗的，莫非連咱們都給算進去了？」

Shirley楊搖頭道：「不會，我想獻王應該不會在墓室正中的三口棺槨裡，他的棺槨雖然出不了這間墓室的範圍，卻一定藏匿得極深，而這更古老的三套棺槨，其中的屍骨，分別代表獻王的前生，加上獻王，這就是四具屍體了，老胡曾說過，三世橋上的動物雕刻，都有雌雄一對，這王墓是座合葬墓，那也就是說這裡至少有五具屍體，但這樣算來，屍體與長生燭的數目還是對不上……」

正說著話，一陣陰風飄過，墓室東南角的三枝蠟燭齊滅，身後的青銅槨中傳來一陣指甲抓撓金屬的刺耳聲音，在寂靜陰森的地宮裡，這種聲音足可以深度衝擊人體的大腦皮層，使人由內而外的產生一種強烈的壓倒性恐懼感，我們立刻轉回身去，胖子在旁對我說道：「向毛主席保證，這次可真不是我幹的。」

我對胖子說：「組織上向來都是相信你的，但是現在考驗你的時候到了，你快去看看那青銅槨裡有什麼東西……不對，他媽的真見鬼，你們看棺槨那一端，怎麼又冒出三盞一字並列的大團鬼火？難道這裡有九具屍骨？」

第一五六章 木裹墓

相較之下，數目與光芒都詭異到了極點的「長生燭」，畢竟沒有那青銅槨裡指甲撓動金屬的響聲滲人，那抓撓聲在壓抑的地下空間裡，顯得格外突出刺耳。

我急忙對胖子說：「那銅鏡作用雖然不明，但很有可能是用來鎮住銅棺中古屍的，你趕緊把它給我，我先安回去試試，看還能否管用。」

胖子把銅鏡交在我手中，我接過銅鏡，讓胖子與Shirley楊先別管那邊剛剛亮起來的「長生燭」，立刻到三枝蠟燭旁等候，我裝上銅鏡後，立刻再把「命燈」點上。

我心想：「這回就先作弊了，這次的明器關係重大，不得不拿，反正那「雞鳴燈滅不摸金」的規矩，我們也不是沒破過，祖師爺在天有靈，多半也會體諒我們的苦衷，他媽的，誰讓我們幾個手藝潮了點，運氣背了點呢。」

我們分作兩組，我獨自一人，匆匆趕到青銅槨旁，舉著「狼眼」手電筒，略一打量，青銅槨側面，有個圓形凹槽，應該就是嵌入銅鏡的位置，不過已經被胖子用工兵鏟撬豁了一大塊，我被那棺中傳出的聲音，攪得心驚不已，哪裡敢有半點耽擱，急忙把銅鏡鏡面朝內，按了進去。

誰知剛一離手，銅鏡便立刻掉落在地，由於有個豁口，那原本就淺的凹槽，就更掛不住沉重的銅鏡了，我趕緊拾起來，把它重新嵌進青銅槨，用手牢牢按住，但這也不是事，總不能我就這麼一直按著。

說來也怪了，銅鏡一被嵌進青銅槨，裡面的抓撓金屬聲便立即止歇，看來如我所料，銅鏡多半就是件用來「鎮屍」的法器，歷來各家有各法，我只懂「摸金校尉」們對付僵屍的法子，至於那些道家等各家的手段，卻絲毫不懂，但是這不要緊，只要不發生屍變，就謝天謝地了。

我急中生智，先回頭招呼Shirley楊，讓她將三枝蠟燭重新點燃，然後從攜行袋裡翻了翻，記得有膠帶，卻說什麼也找不到了，正好有一小包美國口香糖，我心想膠帶沒有，有這個也湊和了，當下全塞進嘴裡，胡亂狂嚼一通，然後將其貼進豁口與銅鏡相接的地方，又用手錘了兩下，再放手一看，雖然不如先前那原裝的牢固，也足能夠對付一時了。

Shirley楊和胖子那邊的蠟燭也已全部點燃，我過去與他們會合到一起，對他們說：「剛才蠟燭說滅就滅，火苗連抖都沒抖，就沒了，這說明墓中古屍不是一般的厲害，天還沒黑的時候，咱們就見到外邊有黑豬過河，雨候犯境的奇怪天兆，這都表示此地屍氣沖天，而且絕不是一般的屍怪。」

胖子說道：「那不就是青銅槨裡的粽子嗎?既然已被銅鏡鎮住，料也無妨。」

我搖頭道：「未必，這青銅槨裡有什麼，沒看之前還不好下結論，而且你別忘了，這銅鏡除了剛才被你撬掉之外，可始終沒人動過，之前天兆便已如此異常，所以我想……恐怕這墓中還有別的什麼東西隱藏著，總之你別在給我沒事找事了，等咱們找到雮塵珠後，你願意怎麼瞎折騰都沒人攔你。」

胖子不以為然：「怎麼我是瞎折騰呢?咱們一路上的髒活累活，可都是我搶著做的，群眾的眼睛是雪亮的，我一貫是任勞任怨的老黃牛，胡司令你要是總這麼汙蔑我的話，那我可就要橫眉冷對千夫指，俯首甘為孺子牛了。」

我忍不住笑道：「我的王司令，看在黨國的分上，你能不能也稍停一會兒，我以前怎麼沒

發現，你還挺會美化你自己，不過孺子牛有你這麼多肉嗎？你就是一肥牛，你現在先別跟我橫眉冷對，咱們最要緊的，還是先去看看那新冒出來的三盞長生燭是怎麼回事，他奶奶的，這巴掌大的墓室裡，究竟有多少屍體？」

我說完帶著胖子和Shirley楊，從三套妖棺之間穿過，來到了那一字排開的「長生燭」前，這裡的墓牆上，嵌著三根銅柱，不過這裡卻沒有「黑鱗鮫人」做的燈了，這三盞「長生燭」的材料，要遠比那面目猙獰的六盞人魚燈恐怖得多。

這是三個用十一二歲左右的肥胖男孩，做成的「接引童子」的模樣，「接引童子」的姿勢和人魚相同，也作出跪地拜伏狀，低頭閉目，神態十分祥和，燈芯則安在肚臍處，長長的探出一截，「接引童子」的肚子與身後的銅柱聯為一體，以前在銅柱和人皮裡面可能都儲滿了油脂，能夠同過肚臍，一滴滴的流淌出來。

但是這些油膏可能早在千年前就流光了，那燈芯更是在地宮封閉不久，便已早早熄滅，這時隨著空氣逐漸進入墓室深處，三盞「接引童子」燈上殘存的一點油膏，又時隔兩千年，再次燃燒了起來，不過用不了多久，一旦耗盡殘餘的燈油，應該就會澈底永遠的熄滅。

Shirley楊嘆了口氣：「印度的甘地，曾經指出毀滅人類的七宗罪，其中兩條即是政治而沒有道德，科學而沒有人性，這些小孩子就這麼成為了古代帝王不死春夢的犧牲品……」

我對Shirley楊說：「童男童女殉葬，在明代之前都很普遍，洪武之後就不多見了，我就看見過好幾回，可見時代距離現代越近，那成仙不死的夢想，越被世人認為渺茫無望。」

胖子舉著「狼眼」手電筒，在三個「接引童子」身上來回打量，看了半晌轉頭對我說：「胡司令，你瞅瞅，這小孩手裡還捏著個牌子，上面這字是什麼意思？」

我蹲下去照胖子所說的位置一看，果然每個「接引童子」被製成鐵皮般硬的手中，各握著一隻銅牌，上面寫著四個古字，它不認識我，我也不認識它，只好再讓Shirley楊來辨認。

Shirley楊半跪在地上，舉著手電筒看了看，說這四個字是「接仙引聖」。

我點頭道：「這我就敢斷言了，與傳說中的完全相同，這三盞活人長生燭，也就是接引童子，是為成仙之人引路的執牌童子，大概是使者那一類的角色，獻王老賊想得倒也周全，不過它畢竟還是『長生燭』的一種形式，難道這墓裡真有九具屍體？怎麼算也算不出這麼許多。」

Shirley楊站起身來，向側面走了幾步，轉頭對我說：「還不止九具，這裡還有一盞最大的長生燭……可是由於太大了，它已經再也亮不起來了。」

我和胖子走到Shirley楊身邊，果然又見到一盞大出鮫人長生燭十倍的純黑色銅燈，銅燈造成大牛頭的形狀，蒼勁古樸，由於燈芯過於沉重，已經掉在了地上，對於長生燭的數量與墓主數量相等的陵制，我絕對有十足的把握能夠確定是一比一，而這地宮裡為何會有十盞「長生燭」？即便那三個「接引童子」有可能不算，那也是有七個。

究竟還有什麼重要人物的屍體也在這裡？除了王妃外，其餘的重臣都該埋在離這有一定距離的陪陵之中，十具屍骨究竟都是誰？這可就怎麼想也想不明白了。

Shirley楊也表示難以理解，只有胖子說：「這有什麼好大驚小怪的，大概是他老婆比較多，咱就別滲著了，趕緊升棺發材，倒斗摸金才是頭等大事，究竟有幾具屍體，開棺數上一數，自然一清二楚。」

我對胖子說：「真難得你也有理智的時候，看來在長期艱苦複雜的鬥爭環境中，你終於開始成熟了，要在家裡的話，咱就衝這個，也該吃頓撈麵。」

我們原本計畫先開那口最值錢的窨子棺，但是稍做計較，覺得反正三口棺都得開，還是選那口最凶的青銅棺先下手，先打一場攻堅戰，啃掉這塊最硬的骨頭，剩下的就好對付了，即便真有僵屍，只要事先有所準備，也能確保無虞，堂堂「摸金校尉」若是被還沒發生屍變的屍體嚇跑了，說出去恐怕也教人恥笑。

那青銅懸棺，離地面不下一米，槨身的高度也有將近兩米，端的是龐然大物，用鎖鏈捆了數匝，用九重大鎖加固，以十六個大銅環吊在墓室的頂層，上面可能有根承重的銅梁連接著。

Shirley楊對我說：「青銅槨懸在空中，難以著手開啓，須設法使它降到地上。」

我舉起手電筒向上照了照，摸金校尉的「纏屍網」和「縛屍索」，在半空也的確施展不開，只好我先上去，拆掉那些銅環，讓其掉落下來，這樣雖然有可能把銅槨摔裂，一時之間卻也想不出更好的辦法了。

於是我用飛虎爪攀了上去，在這巨大的青銅槨上，已經無法抬頭站直了，一抬頭，登山頭盔就撞到墓頂了，只好略微彎腰，而且稍一走動，青銅槨便有些搖晃，銅環發出沉悶的金屬音，但那銅環鎖鏈都很結實，不易將其弄斷，我在上面用力向下撐了幾撐，想試試能否以自己的體重，將這銅環墜斷。

誰知剛一踏足，便聽頭頂傳來一聲硬脆鏗鏘的斷音，而且斷裂聲逐漸擴大，我心道不妙，看來它在這懸吊得年頭太多了，幾個受力點的疲勞程度，都已至油盡燈枯，鎖鏈未斷，上面的銅梁反倒要先折了，急忙讓在下方的Shirley楊和胖子躲開，免得被砸到，自己也隨即翻身從半空滾落。

足有兩千斤的銅槨並沒有再維持多久，懸掛的一個銅環首先從銅梁上脫落，其餘的力點自然更難支持，立刻從上面砸了下來，這一下自然免不得震耳欲聾，地動山搖，卻沒想到青銅槨竟然在墓室的地面上，砸破了一個大洞，下面傳來幾聲朽木的塌落之聲，青銅槨在地上也就停留了片刻，就沉入了被它砸破的窟窿裡。

我們三人趕緊湊過去看那地面，只見破裂的墓磚下，都是一根根漆黑的方木，每一根都有成人身體粗細，搭得密密實實，但是其中被汙水侵蝕得很嚴重，都已腐爛到了很嚴重的程度，這些木料以前並不是黑的，都是被汙水侵蝕所致，青銅槨就砸破了這些爛木頭，掉進了深處。

我隨即扔下去一根冷煙火，眼前驟然一亮，下面有一間用方木搭建的斗室，十分低矮狹窄，除了掉下去的銅槨外，旁邊還有一口非常特別的棺槨，發著淡淡的螢光，全然不似俗世之物，我們所在的墓室地磚下，與下面方木相接的夾層裡，墊了很厚一層石灰，都已變成了白色的爛泥，下面的環境又溼又潮，溼臭腐爛的味道直衝上來。

我雖然戴了口罩，仍覺微有窒息，捂著鼻子對胖子和Shirley楊說：「原來獻王老賊躲在這磚墓下面，這是個類似木槨（或作裹）墓的墓室，想不到竟被沉重的青銅槨砸破，顯露出來，否則還真不太好找，有人說這是巧合，但我認為這就是命運，他的雮塵珠，不出這一時三刻，也定是咱們的囊中物了。」

胖子從地面撿起一面銅鏡對我說：「胡司令，這鏡子你沒黏結實呀……」

我先是一愣，心想這回麻煩大了，竟把這銅鏡的事給忘了，接過一看，還好沒有破損，只要再放回去就行了，但是低頭再向木槨墓中一看，不由連聲叫苦，鎖縛著棺身的鏈條被砸斷了，九道重鎖脫落了大半，銅槨的蓋子……也摔開了，恍惚的光線中，好像有數條長得難以想象的「指甲」從縫隙中探出，說來也算是歪打正著，這陰宮中的屍骨果然又多出來了一具。

第一五七章　石精

我知道情況不妙，本擬先設下鎮伏僵屍的器械，然後才開啓這青銅槨，但誰都沒想到這墓室中有個聯環套，下面藏著個木裹墓，青銅槨落下去的力量太大，便使鏈條和重鎖鬆脫，那面神祕的銅鏡也掉了下來，如果裡面的古屍先爬出來，對我們來講，局面便急轉直下，可就大為不利了。

這時我血氣上湧，無暇再想，拿著那面銅鏡，對胖子和Shirley楊叫道：「你們快把膠帶找出來。」說話的同時，已縱身躍進下面的木槨（用木頭搭建的墓室，就叫做木槨，而不是尋常說的那種棺槨的槨）。

我一落地就差點把腳脖子扭了，那些長方的粗木，都已糟爛透了，一踩就陷下一塊，突突地往上冒黑水，那枚冷煙火還在燃燒，火光中，只見銅槨縫隙裡，是層冷木棺板，那棺板蓋子已經破了兩個大窟窿，從中露出數圈長長的指甲，那些指甲都是白森森的，非常尖銳，由於太長，指甲都打起彎了，我們在墓室中聽到的聲音，八成就是這指甲抓撓銅槨蓋子發出的。

我顧不上腳腕子生疼，也無意仔細欣賞那指甲的造型，立刻抄起手中的銅鏡，按進了銅槨後面的凹槽中，身體跳到了青銅槨的蓋子上，也不知哪生出來的這麼大力氣，連手帶腳往下用力一壓，竟將那被頂開的蓋子，硬生生重新扣了上去。

Shirley楊緊接著也跳進了「木槨」，把一卷膠帶遞在我手中，她晚了半步，沒見到棺中的東西，便問我：「裡面有什麼？」

我邊把那膠帶一層層的貼牢銅鏡，一邊對她說：「還能有什麼，無非是一具行屍走肉，不知這銅鏡為什麼能鎮住它，似乎一拿開來，它的指甲就噌噌噌地飛速暴長。」

胖子也跳了下來，聽到我的話，立刻說：「我就知道這鏡子是個好東西，等咱們撤退的時候，想辦法順上它，堅決不把一草一木留給敵人。」

我見這青銅槨被重新鎮住，料來暫無大礙，抬頭看了看上層的墓室，全是黑色爛木頭的木槨，高度只有不到三米，裡面滲水十分嚴重，潮氣嗆人，原本想讓胖子留在上面接應，但是在下面看來，若有什麼閃失，直接爬上去不成問題，而且要在下面開棺，三人在一起多少能有個照應，便對胖子和Shirley楊說：「木槨內的角落有口棺材，也不知是不是用來裝斂獻王的，此墓中處處都有玄機，咱們升棺發材之時，都要小心則個。」

說罷三人來到那口在黑暗中發出螢光的棺材前，黑暗潮溼的「木槨」中局促狹窄，為了行動方便，我們又都打開了登山頭盔上的戰術射燈，只見棺材上被幾根掉落的方木壓著，我最擔心就是這些糟爛的木頭隨時會塌，把我們活活埋在下面，於是動手在那些倒塌的木頭中，尋了兩三根還算結實的，撐在被青銅槨砸漏的缺口旁，用以承重。

我幹活的時候在想：這些方型木料，又稱為「木枋」，原本層層疊壓，搭建成題湊結構，顯得十分緊密，不知何以朽爛到了這種地步，以至於應該是黃腸色的「木枋」，都變為漆黑糜壞，按說這「獻王墓」是處生氣圓潤不洩的神仙穴，這種穴內，又怎麼會被侵蝕成這個樣子，而且又有屍氣沖天，以至上都竟然出現了「黑豬過天河」的黑星天兆，且不管那些，但是青銅槨中那具有屍變徵兆的古屍，就很不合理，看來這千年古墓的最深處，一定隱藏著什麼恐怖的東西。

隨著我們迅速的清理，被爛木枋蓋住的古棺逐漸呈現出來，我用手擦去那些朽木的殘渣和泥水，那古棺上的藍色熒光更加明顯，整個棺身光滑似鏡，像是一塊來自冰海深處的藍色玄冰，閃耀著迷人的光澤，胖子連聲讚嘆：「操他祖奶奶的，怎麼這兒的棺槨一個比一個值錢，這……這是什麼做的？是玉？水晶？還是冰？」說罷連連撫摸，愛不釋手。

我搖頭道：「不知道，我當工兵的時候，挖了那麼多年石頭，在地勘隊參觀的時候，見的礦石切片數都數不過來，卻也沒見過這種石料，好像不是冰，除了很滑之外，並不涼。」

Shirley楊被這奇異的古棺吸引，始終都在仔細觀看，這時才開口說：「是藍色石精岩，或是水晶的變種，只有在地下疊生岩洞裡才會形成。」

石精在古籍中記載，是冥府附近山谷中才有的石頭，傳說地獄中有種用石精做的石磨，凡事罪大惡極之徒，墜入幽冥後，免不得要被那石磨研碾，地下有隻黑狗，專等著伸舌頭去舔那些被碾出來的肉醬，剩下的碎肉則化為蒼蠅、蚊蟲，在世間被人拍打，永無超生之日。

當然那是屬於迷信傳說，但有一點可以肯定，這幽藍的「石精」雖然眩目奪魄，但這東西不太吉祥，並不適宜做為棺槨，更何況是用來盛斂貴族的屍骨。

看來這絕對是一口來自幽冥之中的「鬼棺」，究竟有什麼用途？為什麼藏在墓室下這陰森潮溼的「木槨」裡，不封不樹的「木槨」在西周前後十分普遍，但到得秦漢時期，便已鮮有人用，我們已在墓室中發現了十盞「長生燭」，眼前這口「鬼棺」中的屍骨，會是對應十具屍體之一嗎？實在是有太多疑問了，根本就毫無頭緒。

Shirley楊看了看身後的青銅槨說：「王墓中的棺槨都極為罕見，令人百思不得其解，越是這樣，越讓人覺得如同臨淵履冰，咱們必須找到一個突破點，澈底揭開埋藏在獻王墓中的祕密。」

我對Shirley楊和胖子說：「傷其十指，不如斷其一指，那就採取各個擊破的辦法，見棺升棺，見材發材，咱們這就動手，掛上絆腳繩，先看看這鬼棺裡究竟是不是獻王。」

胖子立刻擼胳膊挽袖子：「升棺發財這些勾當我太拿手了，便在睡夢裡也是時常演練，不怕千招會，就怕一招熟，你們倆去裝絆腳繩，開棺的活兒，胖爺就一個人全包了。」

我拍了拍胖子的肩膀：「好樣的王司令，滄海橫流，方顯英雄本色，但是切記，懷揣一顆紅心，須做兩手準備，摸明器的同時也要提防屍變，兩手都要抓，兩手都要硬，另外古代的棺材裡有屍氣，記得提前檢查一下防毒面具，還有不要跟上回在東北似的……忘了戴手套。」

我囑咐完胖子，便分頭動手，找出三條浸過朱砂的紅色線繩，Shirley楊對僵屍始終很好奇，便問我：「老胡，為什麼僵屍會怕紅色的朱砂。」

我對Shirley楊說：「這種事要問那算命瞎子才知道，我就不太清楚了，不過我估計朱砂沒什麼用，這原理就是，用繩子攔住棺口，裡面的屍體僵硬不能打彎，胳膊腿都抬不起來，這樣它就出不來了，以前我只遇到過被下了陣符的屍煞，那東西也不知和僵屍相比，哪個更厲害些，不過看起來今天是肯定得跟僵屍照個面了，因為稍後咱們還要開那套青銅槨，至於眼前這鬼棺裡有沒有僵屍，那就難說了，總之咱們有備無患，提前攔上它。」

說著話，我已將「絆腳繩」準備妥當，Shirley楊則按「木槨」中那兩具棺槨的位置，在角落處點上了兩枝蠟燭，我對胖子舉手示意，胖子立刻用鋒利的「探陰爪」，刮去封在「鬼棺」接口處的丹漆，幽藍色的「鬼棺」材料是種罕有的特殊石頭，如果要分類的話，可以將其與玉棺等一併劃為石棺，這種石棺沒有棺材釘，都是石榫鉚合封閉，摸金校尉的「探陰爪」，就如同

一把多功能瑞士軍刀，有一段就是專門用來拔石榫的。

「鬼棺」共有七個榫鉚，頭上一個，兩側各三個，底部沒有，胖子幹得不亦樂乎，一個接一個的片刻之間，就將那棺蓋撬了開來，棺蓋下又有一層魚膠黏合，早已長死，只能用「探陰爪」的戳針，伸進去一點點地磨開。

最後只聽胖子叫道：「得了。」我和Shirley楊伺機在側，見差不多了，立刻把三條朱砂「絆腳繩」，攔在棺上，棺蓋一開，「木槨」中的能見度，並未見下降，這說明棺中沒有屍氣，我心道一聲怪哉，莫非裡面沒有屍骨，又或是鬼棺結構不嚴，尸解後的穢氣都順著棺縫消散了，我趕緊去看「鬼棺」裡面。

一看之下，便放下心來，裡面確有棺主屍體，棺裡平躺著一具男屍，脖子以下，被白錦裹住，只能看見腦袋，屍體保存得相對完好，甚至面部肌肉都沒有塌陷萎縮，說是栩栩如生也不為過，不過他的死相，著實可怖，兩個眼窩深陷進去，形成了兩個黑中帶紅的窟窿，眼珠已被人摘掉了，由於五官中缺了眼睛，看上去顯得極度可驚可怖。

我正要再仔細看看，胖子已用「纏屍索」，套住了那棺主的腦袋，將其從棺中拉得抬起頭來，抬起手左右開弓，抽了那死屍七八個大耳光。

我和Shirley楊都看傻了，心想這胖廝哪根筋又搭錯了，莫非中邪了不成？趕緊把他攔下，問他到底想幹什麼。

胖子的臉罩著防毒面具，我看不到他的面目，只聽他莫名其妙地反問道：「你們難道還沒瞧出來嗎？」

第一五八章　影骨

我見胖子用「縛屍索」將那古屍的脖子勾住，掄圓了胳膊「啪啪啪啪啪」，狠抽了古屍五個響亮的大耳光，我趕緊將他攔下，聽他說得古怪，便繼續問道：「你是不是吃多了撐的，打死人做什麼？」但是隨即想到，先前胖子中了「舌降」，莫非仍沒澈底清除，還留下些什麼，想來那套「巫衣」的主人，也是被獻王殘害而死，是不是她化為厲鬼，附在胖子身上，就為了潛入陰宮，學那當年伍子胥的行徑，鞭屍以洩心頭之恨？

想到這裡，立刻抬手將胖子的防毒面具扒掉，看他的眼神，倒也沒什麼特異之處，這時卻聽胖子說：「這裡潮氣薰人，你為什麼扒我防毒面具？」說著搶了回去，又戴在臉上，繼續說道：「我說胡司令，楊參謀長，你們難道沒瞧出來麼？你們看這……」

胖子一指這棺中古屍的頭顱，話剛說了一半，只見那具無眼古屍的腦袋，忽然在屍身上晃了三晃，搖了三搖，只聽「咯噔」一聲，竟然掉了下來，剛好落到「石精鬼棺」的邊緣，石精光滑如冰，稍一停留，旋即又滾到了木槨的地上。

三人都是一驚，這石精所製的鬼棺封閉甚嚴，而且非比尋常棺槨，陰氣極重的「石精」，雖然被視為不祥之物，但其特有的陰涼屬性，能極其完好的保存屍體原貌，開棺時見那古屍鬚眉如生，肌肉都不曾萎縮蹋陷，屍體中的大部分水分也都被鎖在其中，毫無腐爛乾枯的跡象，怎麼這人頭如此不結實，胖子這幾個耳光抽得雖猛，也絕不可能竟把腦袋打掉？

胖子也甚覺奇怪，立刻把掉在地上的頭顱捧了起來，只見那顆頭的皮膚正開始逐漸變黑，

這應該是由於「木槨」中潮溼的空氣環境，對長期放至於封閉環境中的古屍，產生了急劇氧化作用。

胖子說：「怎麼如此不經打?便是往下揪，應該也揪不掉啊?」

Shirley楊從胖子手中接過那顆古屍的頭顱：「讓我看看。」隨即又問胖子：「你剛才想說什麼?我們沒瞧出來什麼?」

胖子對Shirley楊說道：「噢，那個……我說難道你們沒瞧出來我剛才在做什麼嗎?據那算命瞎子說，當年他們倒斗的時候，遇到新鮮的屍體，都要用捆屍繩將其纏上，狠狠地抽它幾個嘴巴，不這樣做的話，屍體的斂服，還有棺中的明器，就都拿不出來，當時他講這些的時候，咱們是在一起吃飯，你們應當也聽到了，我本想讓你們瞧瞧，這粽子的腦袋，跟活人一般無二，理應先抽它一頓，誰又能想到竟然如同是紙糊的，輕輕一碰就掉了。」

我點頭道：「原來你是說這件事，算命瞎子是這麼說過沒錯，不過那是他們那些人的手段，那樣做是為了給自己壯膽，鎮住死屍，至於不抽死人耳光，斂服明器便取不到的說法，那多少有點自欺欺人，而且其對象多是剛埋進墳裡的新死之人，你這麼做真是多此一舉，我宣布從現在開始撤消你副司令的職務。」

胖子欲待爭辯，卻聽Shirley楊捧著古屍的頭顱說：「你們別爭了，快來看看這顆人頭……」說著把那顆頭顱放在棺蓋上，讓我們觀看。

我過去看了兩眼，古屍的腦袋在這短短的一段時間中，又比之前更黑了一層，顯得極為恐怖，尤其是兩眼深陷，使得看上去如同一個漆黑的骷髏頭，眼窩的邊緣，有一圈圈螺旋狀的深紅血痕，由於這顆頭顱正在不斷變黑乾枯，我只看了一眼，那些痕跡就都不見了。

古墓棺槨裡的屍體，我也沒見過多少，滿打滿算，也只有黑風口的金人墓，蟲谷入口叢林中的玉棺，那其中有具浸泡在血液中的屍體，我見這古屍的頭顱，除了眼睛被挖掉了以外，也看不出什麼特殊的地方，問Shirley楊道：「驗看古屍，我不在行，你覺得這有沒有可能，就是獻王的人頭？」

Shirley楊說：「是不是獻王還難以確定，你剛才也看到了，頭顱的眼框處，有被施過剜刑的痕跡，古時有種刑具，形狀像是酒杯，內有旋轉刀齒，放在人的眼睛處一轉，就能活生生的將眼球全部剜出來。」

我和胖子同時點頭，前兩年在北京看過一個古代藏俗展覽，其中就有一個剜活人眼珠子的碗，不過那些文物都是西藏的，原來內地在古代也有相同的刑具，但是這具古屍為什麼會在生前被剜掉雙目？又為什麼會裝斂在一口陰氣沉重的「鬼棺」之中？王墓中絕不會埋著王室成員以外的人，那這古屍究竟是誰？

另外我還發現，這顆古屍的頭顱下，還有被利器切割的痕跡，但不像是被斬首，而是死後被割掉的，看來這不是胖子手重，將古屍的脖子抽打斷的，人頭本來就是被人拼接到屍身上的，這麼做又是處於什麼原因？難道古滇國有這種死後切掉腦袋，再重新按上的風俗嗎？

我突然想到了一種可能，只是暫時還無法斷言，必須先看看「鬼棺」裡的屍身才好進一步確認，於是我們又圍攏在棺前，我讓胖子舉著手電筒照明，由我和Shirley楊動手，用傘兵刀割開纏繞著屍身的層層白錦，漢時王者有著玉衣（又稱玉匣）的習俗，用涼潤的美玉防腐，而這具古屍是用白錦嚴密裹纏，卻把腦袋露在外邊，這就顯得十分離譜了。

那些白錦也開始受到潮溼黴氣的侵蝕，越到裡面，越是難剝，在悶熱的防毒面具中，我的

鼻尖都冒了汗，總算是有Shirley楊協助，終於將層層疊疊的裹屍布澈底拆剝開來。

在剝那好幾層的白錦之時，我已察覺到手感有異，但是看到裡面的情況，手電筒的光束照進棺中，將無數金光反射到光滑的石精表面，耀眼的金光勾人魂魄，心中更是頗為驚奇，怎麼會是這樣？

裹屍的白錦中，是一副金燦燦的骨架，除了脊骨和腰胯處，還保留著幾塊人類的骨頭之外，其餘的部分，都是用黃金補齊，沒有一絲一毫的皮肉，這半骨半金的腔架，似乎是由於屍骨的腐爛程度太高，幾乎全變成了泥土空氣，又被人為地再次整理拼湊，造了一套黃金骨。

這金光閃爍的骨頭，與那顆被胖子打落的頭顱，形成了鮮明的對比，一身快爛沒了，需要用黃金填補的骨頭，怎麼那人頭卻又絲毫不腐？若說由於我們拆開裹屍白錦，導致身體急速屍解，頃刻便消失於空氣之中，也絕無此理。

Shirley楊對我說：「老胡，你看這具黃金骨的脖頸處，有個玉箍，是用來連接著頭顱的，剛才被胖子一頓耳光，把玉箍打掉了，才導致頭顱落地。」

胖子立刻說：「楊參謀長還是你明戲，若不是本司令手勁拿捏得恰到好處，可就不那麼容易發現這具古屍的祕密了，這一身的黃金骨，凡人哪裡消受得起，我看這就是獻王那老東西了。」

Shirley楊不至可否，只是指著那金燦燦的骨架說：「左側的肋骨缺了幾根，似乎是故意沒有補齊……」

我看到這裡已經有了頭緒，便對Shirley楊說：「這就很明顯了，這是保持著屍骨生前受到掏心極刑的樣子，看來鬼棺中的古屍，是用墓室中三具棺槨的棺主，拼成的一具屍體，咱們先前已經想到了，三套不同時期的異形棺中，封著三位被處極刑的大貴人，他們雖然被處死，卻仍被恩賜享受與生前地位相同的葬制，他們都被認定是獻王的前世，表示他歷經三獄，是他成仙前留在冥世的影骨。」

自古「孔子有仁，老子有道」，道教專門煉丹養氣，以求證道成仙，脫離凡人的生老病死之苦，但是長生不死自然不是等閒就能得到的，若想脫胎換骨，不是扒層皮那麼簡單的，必須經歷幾次重大的劫難，而這些劫難也不是強求得來的，所以有些在道門的人，就找自己前三世的屍骨做代，埋進陰穴之內當作影骨，以便向天地表明，自己已經歷三獄，足能脫胎換骨了，這樣一來，此生化仙便有指望了。

看來獻王就是這麼做的，這陰宮墓室下的「木槨」就代表了冥間，將三具屍骸受刑的部分，拼湊成一個完整的替身在此，而那三具殘屍，由於被認作是獻王的前三生，所以和他本人沒什麼區別，也被安放進了主墓室。

Shirley楊和我想的差不多，對我說：「可能這墓室每一層所象徵的意義也有不同，中間那層代表了人間，下面的木槨則代表虛無的幽冥，墓室上面應該還有另一層墓室，代表仙山，而獻王的真正屍骨就躺在仙山上。」

我對Shirley楊和胖子說：「咱們剛才所說的都只是一種假設，還是應當再進一步確認，向這樣修仙求長生的王墓，沒幾個人見過，似乎處處都有玄機，不如先找找棺中還有沒有其他有信息價值的東西，現在已經把頭和身體都看完了，石精能保屍體千年不朽，所以屍骨的狀態，應與各自棺槨中的原貌一致，我想頭部保存如此完好，它必定是來自那口極品八寸板的窨子棺，中間這段，骨頭都快爛沒了，才不得不用黃金補上，多半是那石棺中的殘骨，而石棺外的丹漆

則是後來才封上的。」

胖子說道：「這拼湊的替身屍骨，僅剩下腿部咱們還沒看，可能又是什麼值錢的行貨。」

我想那倒不太可能，腿部是來自於那巨大的青銅槨，前面的兩獄分別是「剜眼」和「掏心」，那麼第三獄一定就是最可怕的「奪魂」了，所以那青銅槨裡的主兒，才會如此猛惡，我邊剝去裹在屍骨腿上的白錦，邊問Shirley楊和胖子：「你們可知什麼是奪魂？」

Shirley楊道：「似乎在商湯時期，有種巫刑可以抽去活人的魂魄，剩下的軀體，便成了一具既不生又不死的行屍走肉，但具體是怎樣做的，在歷史上沒有任何記載，至今仍是個謎，那種神祕的巫刑就是奪魂嗎？」

第一五九章　奪魂

我一邊拆剝裹屍白錦，一邊對Shirley楊簡略說了一件發生在不久以前的事，「奪魂」的巫刑一直到戰國時期才絕跡，有一次在潘家園古玩市場，突然冒出來幾件東西，是河南安陽的一個老農，他拿了一百多枚奇形怪狀的骨器要尋下家，那些東西有點像是「骨針」，不過更粗更長，中間是空心的，都裝在一個全是古字的古瓦罐裡。

那老農說是在地裡挖出來的，由於上邊有甲骨文，當然他並不認識，但他家那一帶地區，出土過很多有價值的文物，他只是覺得這些「骨針」能拿到北京來賣大錢，當時我們有不少人看見，但是當時假貨太多，誰都吃不準，畢竟這東西的年頭太古老，誰也沒見過，甚至不清楚那是什麼。

結果正好有兩日本人看上眼了，當時就要全部包了，沒想到這時候雷子來了，連人帶東西全扣了，原來是這老農的老家，有人見他挖出古物覺得眼紅，把這件事捅了出去，一直追到北京，後來聽說他挖出來的一罐子「骨針」，就是商代用來施行「奪魂」巫刑的刑具，現在這東西，就落在河南當地的博物館了。

胖子在旁補充道：「我還特意打聽來著，這套奪魂針擱現在，一根就能換一輛進口汽車，當初我們眼力不夠，要不然……要不然現在進去蹲土窯的就是我們那夥人了。」

Shirley楊說：「這麼說來，奪魂，是一種放盡人血的酷刑了？」

我已經將棺中屍骨上裹的白錦全部拆掉，一雙人腿赫然露了出來，乾癟的皮膚都是紫褐色，

上面全是點點斑斑的圓形黑痕，這大量黑斑應該就是被奪魂針刺進血脈的位置，我對Shirley楊和胖子說：「放盡血的同時還不算完，據說還要給受刑的人灌服大量牛、羊、雞之類，混合在一起的畜牲血，這些血都被加入過雀眼和屍鼠那類早就絕跡的東西，反正就是把活人變成僵屍，待咱們清查澈底之後，為了防止屍變，最好將這兩條乾屍腿，還有那青銅槨裡的棺木，都一併燒燬。」

「屍變」可分為數種，有些是屍起，新死不久的死人，突然起來撲著陽氣追人；有些則是屍體亡而不腐，雖然死亡已久，但是頭髮指甲還在緩慢生長；還有些屍體由於風水不好，埋在地脈滯塞的所在，身體生出細毛，在墓穴內化而為凶；另有一種屍體埋進地下後，被些成了精的老狐狸、黃鼠狼，或者瘟神、旱魃、惡煞所附著，更是能為禍一方，危害極大。

在這王墓青銅槨中的屍首，就完全具備了「屍變」的跡象，我想既然遇上這種情況，如果有條件的話，應該想方設法將有屍變跡象的屍體銷毀，這樣做於人於己都有好處，算是補回些虧損的陰德，當然若是遇到僵屍中的「凶」，那還是趁早溜之大吉為上。

三段屍體都已驗明，棺內沒有任何多餘的事物，只要再燒燬青銅槨裡的屍體，並確認棺內只有上半身，那就完全可以證實我們的推斷了，上面墓室裡剩餘的兩具棺槨，就都沒有再開啓的必要了。

我對Shirley楊說：「現在我可以打包票，雖然獻王墓布局奇詭，但既然下層有影骨，那必定是分為天門、地戶，使龍勢潛伏待起，這是一個蝦尾、蟹身、金魚眼構成的三層水墓，獻王真正屍骨的位置，一定是與木槨中的影骨完全重合，既然已經確認了影骨，就可以直接順藤摸瓜去掏獻王了。」

我們自從入葫蘆洞開始，一直到現在，差不多已經連續行動了十幾個小時，精力和體力消耗掉了不少，不過目前總算是有了些眉目，想到這裡精神均是為之一振。

我進行了簡短的部署，讓Shirley楊和胖子先留在「木槨」，燒掉這兩具屍體，一則破了「獻王墓」的布局，二則免得將來這青銅槨裡的屍體發生「屍變」，當然還可以順手把那面銅鏡取走，以後總會用得到的。

而我則先上去找一找「金魚眼」，上去前我特意叮囑Shirley楊讓她看好胖子，務必要先點燃了青銅槨裡的棺木，然後再取走銅鏡，Shirley楊點頭答應，將「飛虎爪」交給了我：「你自己也多加小心，別總那麼冒失。」

隨後我攀著腐爛的「木枋」爬回了中間的墓室，那九盞藍幽幽的「長生燭」尚未熄滅，東南角的三枝蠟燭，也仍在正常的燃燒著，光亮雖弱，卻令人頓覺安心。

抬頭看那墓頂那裡斷裂的銅梁，由於光線不足，一時難以看清上面是否有空間，只是在斷梁處，隱隱有一大片白色的事物，我見頭盔上的射燈不管用，又取出「狼眼」，這才看清楚，原來墓頂暴露出來的部分，是一種和陰宮外牆相似的花白石英，大約就在「影骨」的正上方，若是不知上邊可能還有一層墓室，根本不會察覺這微小的痕跡。

我又利用Shirley楊的飛虎爪，上到墓頂剩餘的那段銅梁，將遮住裡面白色岩石的破碎墓磚清除，著實費了不少力氣，上方白色的岩石面積逐漸增加，露出一個又長有窄的橄欖形入口，摘下手套伸過去一試，有嗖嗖的陰冷氣流，再用「狼眼」手電筒往上照了照，上方墓穴的高度難以確認。

粗略一看，似乎上面是個圓形大空洞，與外邊水潭處的漏斗地形相似，不過這是人工的修的，規模要小得多，大空洞的直徑只有十幾米，有條盤旋的土坡蜿蜒而上，再往上就超出了

「狼眼」的射程，一片漆黑。

我心中暗罵不止：「獻王即使死了，也仍然要把自己放在陰宮的最高處，他對權力和仙道的執著程度，已經到了變態的地步。」我心裡仍然記掛著「木槨」中的同伴，見已確認了入口，便縛好繩索和岩楔，重新回到中層墓室的地面，只見下邊的「木槨」中火光閃動，知道胖子他們也得手了。

不一會兒，胖子和Shirley楊就從底下爬了上來，那面銅鏡算是到手了，這是繼天宮後殿玉函後，第二件最有價值的戰利品，胖子見面就問：「青銅槨裡的乾屍的確沒有腿，有石腿代替的，怎麼樣胡司令，你在上邊見到有值錢的明器嗎？」

不過此時我正盯著「木槨」中的火光發愣，對胖子的話充耳不聞，隔了半晌才回過神來，總覺得有一件重要的事，始終卻想不起來，其實我也不知是想不起來，還是不忍心去想，越想頭就越疼，便盡量不去想了，我轉身對胖子和Shirley楊說：「中層墓室上方，是個大空洞，獻王就肯定在最上邊懸著，位置與木槨中的影骨相對應。」

誰也不想在死人長眠的陰宮中多做停留，說完便分頭用繩索攀上三米多高的墓頂，鑽進我先前清理出來的入口，圓形的空洞太高了，在下面根本望不到頂，這裡沒有任何其餘的磚木材料，一色的全是白色石英岩，環繞著空洞的牆壁。

環壁四周都畫滿了大型彩色壁畫，漢夷色彩與宗教色彩兼容並蓄，王者之風與仙道的飄逸虛幻共存，這是從未流傳於世的一種繪畫風格，近距離一看，更是覺得布局周密，用意嚴謹，直教人嘆為觀止，我估計就衝著這麼精美的墓內壁畫，獻王墓的核心也該不遠了。

畫中人物都是怒目天神，幾乎與常人比例相等，皆是俯首向下凝視，似乎正在注視著洞底的來者，他們的眼睛全是三層水晶、螢石鑲嵌，流光紛呈，隨著我們位置的移動，畫像的眼神光芒也在跟著移動，總之這種被眾多畫像盯著看的感覺非常不好。

胖子被那些畫中人物看得發毛，拿工兵鏟去胡亂挖下來幾隻水晶石眼，但是壁畫規模龐大，人物上百，一時又哪裡挖得過來，只好盡量不去看那些畫像的眼睛，免得心生懼意。

我心中一直反覆在想那灼熱的火焰氣息，造型奇異的銅人，也沒怎麼去注意大空洞中的畫像，順著盤旋的坡道向上行了一段，才終於想了起來，大約十年前的事了，人道是：十年彈指一揮間，尤憶當年烽煙裡，九死一生如昨……

我的確是曾經見過這種服飾姿勢奇異的銅人，只不過它們……那是在崑崙山下飛雪滿天的康巴青普……

一時各種雜亂的思緒紛至沓來，不知不覺間，已經走到了空洞最高處，領先了胖子和Shirley楊一個轉彎的距離，盡頭被一堵白色石牆封死，我抬眼一看，面前那牆壁上繪著一位婦人，這八成是獻王老婆的繪像吧？

我心裡這麼想著，甚至還沒看清那畫中婦人的服飾相貌，便覺得手腕上突然一緊，如同被鐵箍牢牢扣住，急忙向後縮手，但是被扣得極緊，根本掙脫不開，頓時覺得疼入骨髓，低頭一看，只見一隻白生生的人手，從對面那婦人繪像中伸了出來，捉住了我的手臂。

那人手五指細長，而且白皙沒有半點血色，是隻女人的手，但是力量奇大，難道這堵牆是獻王老婆埋骨之處，劇疼之下，來不及抬頭再看對面的壁畫有什麼變化，只好忍著疼吸了口氣，用另一隻手舉起「芝加哥打字機」，M1A1的槍口還沒抬起，從壁畫中冷不丁又伸出一隻手，如同冰冷的鐵鉗，死死掐住了我的脖子，窒息的感覺頓使眼前發黑。

第一六〇章　王墓的盡頭

我覺得呼吸困難，手足俱廢，右手的衝鋒槍說什麼也舉不起來，身後的胖子和Shirley楊應該很快就到，但是恐怕再有兩秒鐘，我就得先歸位了。

脖頸被緊緊扼住，頭被迫仰了起來，只看到上面白花花的石英岩，完全看不到對面是什麼東西在掐我，這時背後猛然被人拍了一巴掌，我「啊」的一聲叫出聲來，手腕和脖子疼得快要斷了，然而那掐住我的手卻像夢魘般地消失了。

原來身後拍我肩膀的人是胖子，胖子問道：「胡司令你剛才那造型擺得不錯啊，抬頭挺胸的，有點當年大躍進時抓革命促生產的那副勁頭。」

這時Shirley楊也跟了上來，見此情形，便也問發生了什麼事？

我摸著脖子茫然若失，根本不知該怎麼形容，只是大口地喘著粗氣，我緩了半晌，才把剛才那短短幾秒中發生的事情對他們說了。

胖子不失時機地譏笑我又在做白日夢，我對胖子和Shirley楊說：「要是做夢，這他娘的又是什麼？」說著平舉手臂，讓他們看我胳膊上烏青的手印，我繼續說道：「我早就覺得這獻王墓形勢詭異，有很多在仙穴中不該有的東西，這面牆中必定有鬼。」

Shirley楊問道：「你不是戴著一些開過光的護身符嗎？」

我拍了拍胸口那些玉佛掛件：「這些東西蛋用沒有，要不是都挺老貴的，我早就扔路邊了，留著回去打給那些洋莊算了，以後我再戴我就是他媽孫子。」

這一來胖子也笑不出來了，仔細一看，那壁畫上的婦人比平面明顯凸出來一塊，似乎畫像下就是砌有一具屍體，而且好像與白色的石英岩長為一體了，是她在活動嗎？胖子對我說：「反正這面牆壁也擋住了通往墓室的去路，乾脆一不做，二不休，咱不是還有炸藥嗎？給它放個土飛機，牆裡就算有什麼東西，也都炸個乾淨。」說著就放下身後的背囊，動手準備炸藥。

一路上不停的消耗物資，胖子的背囊本已空著一大半，他在墓裡看見什麼抄什麼，這時仍然是鼓鼓囊囊的，最上邊放的就是那面銅鏡，我心想這鏡子既然能鎮屍，用來照照鬼不知能不能起什麼作用，於是一彎腰順手拿起銅鏡，轉身用銅鏡去照那婦人的繪像。

剛一轉身，還沒等將那面鏡子舉起，立刻覺得脖子上一緊，又被死死掐住，這次力量比先前更狠，也就是一眨眼的功夫，半點聲音也發不出來了，胖子和Shirley楊在我身後翻找炸藥，對我被無聲無息地掐住，竟然絲毫也沒察覺到，但是我這次看清楚了，掐住我脖子的手，正是這面牆上的婦人。

脖子一被掐牢，手腳都使不上力，所以上吊的人一踹倒凳子，雙手就抬不起來了，這時候我想發個輕微的信號求救都已做不到了。

就在我要被掐得失去意識的時候，突然覺得面前的這堵牆塌了，從牆中躥出一個東西，巨大的力量將我撲倒，順著空洞中的旋轉坡道，倒撞了下去，我脖子上稍微一鬆，終於倒上來了這口氣，往後滾倒的同時，將那掐住我不放的東西，向後蹬開。

對方用力太狠，竟然破壁而出，否則再過個幾秒，我就已經被它掐死了，這時我的身體也在不由自主地往後翻倒，忽然有隻手將我拉住，我定睛一看，原來是胖子，他和Shirley楊避開了先頭滾下去的東西，見我也翻倒下來，就順手將我拉住。

這些情形發生得過於突然，誰都沒搞清楚狀況，我脖子和臂骨疼得火燒火燎，忙問Shirley楊和胖子：「剛才掉下去的是什麼東西？」

Shirley楊和胖子一齊搖頭，太快了，都沒看清楚，只見眼前白影一閃，若不是躲的及時，也都一併被砸下去了，我們的位置處在白色大空洞的頂端，下面黑得已經看不到來路，剛才那白色的東西，就翻落到下方的黑暗之中，我對Shirley楊和胖子說：「剛才……獻王老婆的繪像突然活了，險些將我掐死，快打顆照明彈下去看看是怎麼回事，」

胖子見我神色慌張，知道並非作耍，立刻從背囊中取出傢伙，將信號槍裝填，Shirley楊一指右下方：「在那邊，五點鍾方向。」

胖子將照明彈射了出去，空蕩蕩的洞中，立刻一亮，只見白森森的光線中，在下方的窄坡上，倒著一具女屍，看身形十分肥胖，靜靜的一動不動，被刺眼的白光一照，突然像是被通了電，在原地騰地坐了起來。

胖子嚇得原地蹦起多高，我心中也是一凜，已把「芝加哥打字機」對準了目標，這女屍怎麼會嵌在牆裡？我對胖子說：「這婆娘詐屍了……」

而話還沒說完，才看清楚，原來那婦人的屍身並非是坐了起來，而是因為身體在逐漸膨脹變鼓，像是個正在不斷充進空氣的氣球，顯得那女屍越來越胖。

Shirley楊見此情形，對我說道：「人死後屍氣憋在體內，會腐爛腫脹，這具屍體至少死了有兩千年，就算保存得再完好，也不應現在才開始被屍氣所脹？」

我對Shirley楊說：「怎麼現在你還有空關心這些問題，不過她好像不是屍氣膨脹，而是……體內有什麼東西。」

那女屍脹得極快，皮肉在頃刻之間，已被撐得半透明了，屍身終於砰然破裂，無數飛蛾從裡面噴散飛將出來，這些蛾子有大有小，撲搧著翅膀，都湧向附近的照明彈，立即就將光線埋沒。

死人體內生出的蛾子比起尋常的飛蛾，具有很高的侵略性，生命力也極為頑強，見光就撲，體內都是屍粉，沾到皮膚上活人也會起屍瘢，從那女屍體內湧出的「屍蛾」數以千計，她生前一定被人做了手腳，體內才會生出如此之多的屍蛾，憑我們的裝備，根本無法消滅牠們。

這時洞中的光源僅剩我們三人身上的射燈，大群「屍蛾」裹夾著屍粉的煙霧，都朝我們這裡飛了過來，雖然我們配備有防毒面具，但是胳膊腿都露在外邊，碰上一點屍粉就會中毒，只好扭頭往上奔逃，原本攔住去路的白色石牆，赫然露出個人形缺口，這個缺口似乎是天然形成，為了封閉上，所以才用那婦人的屍體填了上去，那裡可能就是最後一層的墓室，我抄起落在門口的銅鏡，招呼胖子二人向裡退卻。

由於屍蛾飛得很快，片刻就已經撲到背後，胖子只好用最後的丙烷噴射器，噴出一道火牆阻擊，不料這些屍蛾極為悍惡，被火焰燒著，仍然向前猛衝，直到翅膀燒盡，才落到地上，還在不停地撲騰。

這許多撲火的飛蛾來勢洶洶，而且四散分布，難以大量殺傷，特別是在近距離一看，那些蛾子身體似乎還有幾分酷似人形，更是令人毛髮森森俱豎，胖子手下不免也有些發軟，待丙烷消耗光後，打算頭也不回地躥入盡頭處的墓室，不料慌亂中腳下踩了個空，從最高處的坡道上掉了下去，饒是反應夠快，才用胳膊架住土坡的邊緣，沒有直接摔到空洞下方，這種小小情況，本奈何不得他，不過胖子腳才踩不實，便覺得心虛，立刻大叫：「胡司令，看在黨國的分

上，快拉兄弟一把。」

我本已退入盡頭的墓室，見胖子失足踩空，掛在了半空，只好和Shirley楊又掉頭回去，邊對他喊：「請再堅持最後兩分鐘。」邊連拉帶拽將他拖了上來，這時候繼第一波被燒得七零八落的屍蛾之後，第二波剩餘的數百隻又席捲而至。

我們躥入人形缺口後的墓室中，也來不及細看四周的環境，只是急於找東西擋住那個缺口，左側有口不大的梯形銅棺，三人顧不上多想，搬起來就堵到了缺口上，大小剛剛合適，有兩個略小的縫隙被胖子用黑驢蹄子塞了上去，雖然我們動作已經快到了極限，仍然有數十隻屍蛾前後腳鑽了進來，不過數量不多，便不會構成威脅，都被用工兵鏟拍成了肉餅。

我們檢視身體裸露的地方並沒有沾到屍粉，這才安心，打量四周，置放著數件奇特的器物，看來這確是最後的一間墓室了，但那些東西都是做何用途，一時無法辨明，想起剛才慌亂中搬了附近一口銅棺擋在墓室入口，均想那該不會就是獻王的棺槨吧？不過體積很小，形狀奇特，重量尚不足兩百斤，極為奇怪，於是舉著「狼眼」回身去看適才那口銅棺。

銅棺是木銅相混合，整體呈棕黑色，是楨楠木打造，嵌以構造複雜的銅飾，四面都有鏤空的微縮庭臺殿閣，頂部鑄有一隻巨大的銅鳥，棺蓋沒有封死，裡面沒有任何屍體，只有一套雀翎玉衣。

胖子順手把雀翎玉衣掏了出來，發現質地精美絕倫，都用金絲穿成，我見棺內更無多餘的東西，便用傘兵刀在裡面刮了一下，連屍泥也沒有，看來這確是一口空棺，如果是尸解腐爛盡了，至少也會留下很薄一層朱紅色的泥土。

Shirley楊說：「空棺有可能是件擺設，我想其象徵意義遠大於實用意義，但是它是用來象徵什麼的呢？這隻大鳥像是鳳凰，也許這是裝鳳凰膽的？」

我對Shirley楊說道：「也可能就是裝獻王他老婆的，按影骨的位置推測，獻王的棺槨就在這墓室的東面，而且你看這墓室中的器物和壁畫，獻王全部的祕密，應該都在這裡了，咱們立刻給這裡來個地毯式搜查。」

這間墓室沒有太多人工的雕造痕跡，是一個天然的白色洞穴，空間也不甚大，四周的白色石英岩造型奇特，有不少窟窿，洞中也非通達，白色的天然石柱林立，有些地方極為狹窄，這時我們一心想找獻王的棺槨，暫時也沒去考慮怎麼回去，在這「獻王墓」最隱祕的核心墓室中，鬼知道還有什麼東西，三人沒敢分散，逐步向前搜索。

外端的墓室中有幾副簡單的壁畫，與外邊那些精美的大型彩繪截然不同，構圖用筆都極為簡單，似乎都是獻王本人親自描繪，內容令人大為震驚……

開始的部分，都是關於「獻王墓」的建造經過，據畫中所繪的是獻王如何在遮龍山剿殺邪神，降伏當地夷人，畫中邪神身著竹葉般的服飾，面貌猙獰凶惡，遍體生有黑毛，躲在一個很深的山洞裡，大概就是我們見到的那些「山神」骨骸了。

被獻王形容成妖邪的山神，有幾件神器，其一是個玉胎，如同我們推測的那樣，玉胎象徵著一種古代生殖崇拜，據說每月逢月圓之時，當地夷人都要供奉給山神一名女子。

胖子看到此處說：「月亮圓的時候，確實是林中猴子們的發情期，牠們不要母猴，卻專要女人，我看這也是叫當地人慣的，原來咱們還錯怪獻王了，看來他也是一心救民於水深火熱之中，是位好領導啊。」

我罵道：「放你娘的狗臭屁，你的原則和立場還要不要了？我發現你現在有點人妖不分

了，你這種傾向是很危險的呀，你好好想想，他是幹掉了兩隻一個月吃一個女人的山魈，但他把兩萬多夷女都做成了蟲子他媽的事怎麼不畫？」

Shirley楊說道：「山神的骨骸，加上蟾宮、玉胎等神器，都被封入了遮龍山的毒龍體內，這毒龍肯定就是那隻大蟲子了，畫中的內容和咱們推測的幾乎相同，後邊就是些改換風水格局的內容了，這也沒什麼，最奇特的就是這裡，描繪的是獻王占卜天乩，還有他所見到一些異象的內容，他痴迷長生之道，恐怕其根源就在這裡了。」

我見墓室中並沒有顯眼的棺槨，雖然真屍與影骨的位置理應重疊，但這最後的墓室地形奇特，極難判斷準確位置，如果獻王的棺槨藏在某處，倒也不易發現，只好耐著性子，仔細尋找線索，這時聽到Shirley楊的話，舉目望向那「天乩圖」，頓時一怔，忍不住奇道：「這不就是西藏密宗的觀湖景？」

第一六一章　觀湖景

相傳昔日秦始皇出巡，曾於海邊見到海中出現仙山，山中有三位仙人手持長生朱丹，故此才對神仙不死之說深信不疑，終其一生都在尋找三神山上的長生不老藥。

我想這件事在歷史上，多半是真實存在的，我自幼在福建沿海長大，聽海邊老漁民所講，在海上有三大奇景，謂之：海滋、海市、平流霧。

其中「海市」，又名「蜃氣」，最為奇幻奧妙，在浩渺的海面上空，憑空浮現出城市、高山、人物等奇觀，但是這些沒有任何人能找到與「海市」奇景相對應的地點，當年始皇帝大概就是看到了三神山的「海滋」，否則以他的見識，又怎會輕易聽信幾個術士的言語。

另外在西藏也有種充滿神祕色彩的祕密活動，每當活佛圓寂，喇嘛中的首腦人物，都會到神山聖湖邊「觀湖景」，那「湖景」也是一種類似於「海滋」的奇觀，從中得到啓示，尋找活佛的「轉世靈童」。

我們此刻所見到的獻王占卜天乩圖，幾乎就是一副密宗「觀湖景」的場面，只不過地點變作了蟲谷盡頭的深潭，潭上霓虹籠罩，浮現出無窮異象。

不過獻王看到的並非仙山，而是一座城堡，建在一座高山絕頂，山下白雲環繞，正中的宮殿裡，供奉著一隻巨大眼球形的圖騰，四周侍奉著一些服飾奇異的人物。

這大概就是獻王眼中的「仙境」了，他希望自己死後能去到這座真正的「天宮」裡，Shirley楊自言自語道：「這城市……不是精絕國，但這又是什麼地方？」

我對Shirley楊說道：「這裡可能是西藏某地，我雖未見過這座神宮，但我曾經在康巴青普見過這穿這種奇特服裝的古屍，自從在凌雲宮看了那些銅人銅獸，我就覺得好像在哪見過，當時覺得像又不像，所以沒往那方面多想，因為古屍和銅人畢竟是有好大區別的，現在看這壁畫，絕對是在藏地，不過此事說來話長，咱們先找雮塵珠，詳細的經過，等回去之後我再講給你們聽。」

也許正是因為獻王在類似「觀湖景」的異象中，見到了這巨眼的圖騰，所以才會相信那形如眼球的「鳳凰膽」，是成仙不死之道必須的祭品。

不過到了這一步，我心裡也已經沒底了，還不知道能否在獻王墓中尋到「雮塵珠」，就已隱隱感覺不妙，說不定不久之後，還要再去趟西藏。

三人便又向前走了幾步，步換景移，牆壁上依然描繪著「潭景」的場面，不過這就與凌雲宮正殿中的壁畫相似了，表現的是獻王乘龍升天，只不過構圖簡單了許多，圖中多了三個接引童子，看到這裡我立刻出了一身的冷汗，這圖中的三個童子或是使者，都長跪不起，趴伏在地上，背後露出的脖頸上，各有一個眼球形的標記。

這絕不是巧合，我們幾乎同時伸手去摸自己的後頸，心中暗道不妙，八成真被胖子的烏鴉嘴說中了，那三盞接引童子「長生燭」，是代表了我們這三名「摸金校尉」。

胖子指著那畫說：「真他媽夠教人上火的，竟然這麼醜化咱們，趴著跟三條狗差不多，我操他祖宗的，本還想摸了金之後，給那老賊留具全屍，現在看來既然他不仁，也別怪咱們不義了。」

Shirley楊說：「這倒證實了一件事情，扎格拉瑪的先知在鬼洞附近，可以精準地預言千年以後的事情，但是離開了神山鬼洞，這能力就失去了，傳說雮塵珠是從無底鬼洞中取出的，可能也會在某種特殊環境下，表現出一些特別的預示，也許正因為如此，獻王才能通過觀湖景看到一些異象，我想雮塵珠一定就在這墓室之中。」

我四下裡看了看，對Shirley楊和胖子說：「你們有沒有覺得這裡有什麼不正常的地方？咱們跟犁地的似的，跟這墓室裡轉了整整一圈了，怎麼就沒見著有獻王的棺槨？」

這白色石英岩的天然洞穴，在陵制中，類似這樣保持洞穴原貌的墓室，被稱為「洞室墓」，這「洞室墓」已經是獻王墓的最後一間墓室了，按葬經和地脈結構，不可能再有額外的密室，但這墓室中，卻偏偏沒有裝斂獻王的棺槨，僅有的幾樣東西，無非是古劍兩柄，散落的竹簡數卷，偌大的王墓中，在這最後的墓室裡，竟然連件像樣的明器都沒有。

胖子又自作聰明地對我說：「我看可能棺槨藏在墓室的牆裡了，那生滿蛾子的女屍，不正是那樣嗎？」

我對胖子說：「那個洞口是後來人為堵上的，像這種白色石英岩，少說也要萬年以上才能形成，沒有鑿損的痕跡，所以不可能藏在岩石裡，咱們先再找找，實在找不到的話，就得按影骨的位置鑿開石頭了。」

Shirley楊扯了扯我的胳膊，讓我看墓室的角落，我舉起「狼眼」將光束照將過去，角落那裡有只半人高的大肚青銅丹爐，由於是在牆角，又比較低矮，剛才沒有注意到，這可能不是丹爐，說不定是某種特殊的棺槨，於是三人並肩上前查看。

不過到了近處，才發現這應該不是棺槨，丹爐下有三足，腹大口寬，裝兩個成年人沒有什麼問題，但是其中都是些紫白相間的泥土，估計是什麼丹藥腐爛所化，胖子心中逐漸開始焦躁，運起蠻力，抬腿踢翻了那口丹爐，那些朽爛的金丹都撒在地上。

看來不得不做最壞的打算了，獻王墓中沒有獻王的骨骸，只有一具影骨，更沒有雮塵珠，回首來路刀光劍影，都是白白忙碌一場，除了一口無主鳳棺和這丹爐之外，就只有那些南夷和夜郎的器物，都是獻王的戰利品，再也找不到多餘的東西。

這角落的白色石英上，也有些彩色墓繪，我們正沒理會處，只好看看這些彩繪中有無線索，不過這裡的風格明顯不同，Shirley楊判斷說這應該是大祭司所繪，其中的內容是祭司們將殉葬的王妃體內種入屍蛾防腐，並將屍體封住「洞室墓」的人形缺口，這樣做是因為主墓室內，不能夠有王室以外的殉葬者，而且似乎是為了保持「洞室」地形的天然狀態，裡面只有一具空置的鳳棺，王妃就在門中，等候獻王尸解成仙。

我越看越奇，這些內容似乎深有隱意，首先那女屍在門中封了千年，並沒有棺槨防護，她何以至今未腐？就算是口中含著防腐的珠子，身著孔雀玉翎匣，再裝入密封的棺中，隔了兩千年，一見空氣也就該變黑成為枯樹皮一般，但是剛才見她屍體膨脹之前，那模樣與活人並無兩樣，而且她既然已經死了，又怎麼會用屍蛾來防腐，屍體內的蛾卵又靠什麼為生？

Shirley楊的話，將我的思路打斷了：「獻王墓是王與后的合葬墓，老胡的這個判斷，現在也得以證實了，咱們進來之前，墓室一直完好的封閉著，說明獻王的屍體應該還在此間，但就算屍解了，也應留下些痕跡才對，身為一國之主，至少也該有套棺槨。」

我對Shirley楊說道：「有件事情咱們給忽略了，記不記得中層墓室那十盞長生燭？」

其中的三盞「長生燭」，做成接引童子的樣子，那可能是用來嚇唬咱們的，還另有七盞「長生燭」，有六盞是黑鱗鮫人，它們則分別代表了，獻王前三世的遺骸，獻王歷經三獄的影骨，還有他的婆娘，雖然獻王真正的屍體咱們還沒找到，但這樣數來就一一有了對應。

只剩下那盞最大的，造型蒼勁樸拙的銅牛燈，根據前邊兩類「長生燭」來看，這盞牛頭「長生燭」，一定是代表著什麼特殊的東西，它就是這墓中的第十具屍體？我想也許要先找到這第十具屍體，才能找出獻王的真骨。

胖子說道：「胡司令我得給你提點意見了，誰讓我就這麼耿直呢，我認為你這種說法太不合邏輯了，你說這墓中有十具屍體，那豈不是連咱們三人也都算了進去……」

我趕緊攔住胖子的話頭，否則他說起來就沒完了，但這時候不是扯淡的時候，我對胖子和Shirley楊說：「要提意見留到開會的時候再提，就算是我用詞不當，那咱們就姑且先把這謎一般的第十具屍體，稱作為一個代號，我想這具對應牛頭長生燭的屍骨，一定不普通，也許是一個凌駕於咱們常識之上的存在，正是因為有它的存在，咱們才好像被矇住了眼睛，對獻王的真骨視而不見……」

我正要再接著往下說，忽然登山頭盔上被撞了一下，像是被人用小石頭砸到了，聲音卻非常沉悶，Shirley楊好像也受到了攻擊，猛地一低頭，晃動的燈光中，我看見有十餘隻屍蛾飛撲過來，紛紛撞向頭盔上的燈口，我急忙用手套拍打，百忙中問Shirley楊：「是不是入口沒有堵死，留下什麼縫隙了。」

Shirley楊奇道：「不可能，咱們不是都檢查過了？」說著趕開幾隻屍蛾，隨手折亮了一隻綠色螢光管，向那被鳳棺堵住的人形缺口投了過去。

手電筒一照是一條線，適合在黑暗中前進的時候使用，而螢光管、冷煙火這種照明道具，能照一個面，螢光管一擲到牆上，冷綠色的光芒反射到白色的岩石上，立刻照亮了大一片區域，原本堵住洞室入口的鳳棺不見了，人體形狀的洞口大敞四開。

第一六二章　第十具屍體

從女屍體內生出的屍蛾，已經被胖子燒死了一大半，剩下的雖然也不算少，但畢竟只是些瞎蛾子，只撲有光亮的東西，剛開始倒挺能唬人，現在看來算不上什麼太大的威脅，而且「洞室墓」外邊的屍蛾，已經散開，剛飛進來的這些，很快就被我們盡數拍扁了。

最讓人覺得奇怪的是那口鳳棺哪去了？我盜墓賊的直覺再一次告訴我，那肯定是「第十具屍體」搞的鬼，當務之急是先把它揪出來，否則別說找獻王的真骨了，就連還能不能出去都沒有把握。

我正要過去看個究竟，卻發現面前那兩幅「洞室墓」中的壁繪，閃了幾閃，就此消失不見，好像根本就不曾存在過一樣，我閉上眼睛使勁搖了搖頭，再睜開來觀看，確實是沒有了，只剩下白森森的牆壁，這些彩繪都是菒漆描上去的，要說是封閉的微環境被打破，受到外邊空氣的侵蝕，也絕不會消失得如此迅速澈底。

這時Shirley楊對我說：「老胡，你看那邊……還有那邊，上帝啊，墓室裡全部的壁畫都……蒸發了。」

我尋聲一望，果然墓中只剩下白花花的石英岩，壁畫全都不翼而飛，胖子也感到摸不著頭腦，便問我：「胡司令，這裡是不是也有株能催眠的什麼花啊？不如先將其找出來，採了它的花。」

我答道：「世上哪有那麼多妖花，不信你抽自己兩嘴巴試試，反正我身上的傷現在還疼得要命呢，這肯定不是幻覺……你們看那鳳棺怎麼倒在墓室外邊。」

被我們搬了豎著在墓室門洞上的那口鳳棺，此時正平倒在缺口的外邊，綠色的螢光只照到棺材的一小部分，其餘都陷在墓室外的黑暗之中，那棺體絕對比缺頭要大上一圈，除非棺材突然變小了，要不然就是人形缺口，在我們沒有察覺的情況下，變得比先前大了。

不過還有另外一種可能，那就是有什麼東西，將鳳棺橫倒著搬了出去，但那又是誰做的？是王妃的幽靈？還是那「第十具屍體」？亦或是獻王根本沒死，就躲在這墓室的某個角落裡，戲弄著我們這些送上們來的「接引童子」？

越想越是覺得心寒，只好硬起頭皮不再多想，是什麼也好，反正拿不到「雮塵珠」，臨老也得血液凝固而死，那還不如就在古墓裡被鬼掐死來得痛快，這古墓裡的鬼要是敢把我掐死，老子死後變了鬼，也要再跟他鬥上一場，那時候索性就占了他的老窩，就在這裡煉丹當神仙也罷。

腦中胡思亂想了一番，給自己壯了壯膽，又把注意力集中起來，看來這「獻王墓」裡的東西，委實讓人難以思索，不能以常理度之，必須先搞清楚這裡究竟發生了什麼，才能想出對策，否則蠻幹起來，平白送了性命，還不知道是怎麼死的。

我正在琢磨不定之時，就聽胖子又叫道：「怎麼牆上全是黃水？這墓好像奶油冰棍一樣要溶化了。」

我也覺得腳下的地面有些異樣，聽胖子這樣一說，見有幾隻漏網的屍蛾落到牆壁上，便再也飛不起來，都被牆壁緩慢的吞沒，連忙伸手一摸身邊的白色石英岩，手套上溼漉漉的一層淺黃色汙水，一抹之下，裡面的彩色壁畫又露了出來，竟是被融化了的石漿遮著了，只見墓洞裡

白色的岩柱岩壁都在逐漸變成黃色，可能整座「獻王墓」的陰宮裡，隨處可見的黃色汙水，都是來自這最高處的「洞室墓」。

不知為什麼，這些白色石英岩會分泌出這麼多汙水，我們都戴著防毒面具，也聞不見氣味，但是可以看見這些汙水，又黏又稠，不用鼻子聞也知道，反正絕不會是香噴噴的。

地上的黃色汙水漸多漸濃，也不知是否有毒，我們不敢再冒險踩著地面，更不知「洞室墓」的外邊是否也發生了什麼詭異的變化，只好先想辦法找個地方落腳。

剛好有口被胖子踢倒的丹爐，三人立刻將這丹爐扶正，這丹爐如同是口厚實的銅鍋，胖子站在中間，我和Shirley楊分別站到兩邊的爐耳上，這樣暫時避開了地上的黃水，但是墓頂也像下雨般滴下不少汙水，幸虧有Shirley楊用「金剛傘」遮住。

我看到我們三人都賤到不少汙水，皮膚上也不紅不癢，只是覺得滑溜溜，涼兮兮，似乎並沒有什麼腐蝕的毒性，不禁暗道僥倖，若這黃湯有毒，此時哪裡還有命在。

情勢相對平穩了下來，我們三個人也各自盡力使心神鎮定下來，把剩餘的螢光管全撅亮了，扔向墓室四周的角落，以便能看清周圍的情況。

我突然發現了一些情況，便讓Shirley楊和胖子也看那邊：「墓室最中間的地方，冒出了一個平臥的人形。」

Shirley楊將最後兩個螢光管全扔到了那裡，墓室融化得並不嚴重，地面上的汙水只有薄薄的一層，淹沒不了螢光管，只見綠光浮動，這回三人看得更為清楚，墓室正中的人形並不是冒出來，而是因為表面的白色石英慢慢溶解，使人形浮現了出來，原本那裡只有塊與四周長成一體的微凸白石，不足以引人注目，直到此時顯出人體輪廓，才發現那裡有異。

胖子指著那邊說道：「這百分之九十九便是獻王的屍骨了，待本司令過去把他挖出來，然後是紅燒還是清蒸，隨便咱們慢慢收拾。」

Shirley楊搖頭道：「那融化的石頭中，只不過剛顯露出一個像人的形狀，還並不能太確定就是獻王的真正屍骨，不如靜觀其變，等屍骨從融化的石英中徹底露出來再行動。」

我死死盯著那石中的人形，這座「洞室墓」太異常了，冷靜下來一想，終於找出了一些頭緒，我對Shirley楊和胖子說：「那人形並不是獻王的屍骨，是口人形棺，獻王的幾根爛骨頭應該在裡面裝著，還有……這間墓室也不是什麼墓室，它可能是具乾屍。」

Shirley楊雖然所知甚廣，但對這古墓中的勾當，卻及不上我一半，只好問我：「那是什麼意思？我有些聽不懂，為什麼要說這洞室墓不是墓室？」

我見那人形棺還只露出一層淺淺的輪廓，便抓緊時間對她說：「你不覺得很奇怪嗎？這裡只有鳳棺，而這跟石英溶為一體的人形棺，雖不知是木是石，卻也僅僅是口棺材，獻王又怎麼可能只有棺沒有槨呢。」

Shirley楊若有所悟：「你是不是想說這墓室就是獻王的槨？有理論依據嗎？」

我對Shirley楊道：「沒有理論依據，只憑民間傳說和自我推測，咱們所見到的白色石英岩，根本就不是什麼石頭，也不是白石英，這整個洞室墓，分明就是那螽牛頭長生燭所代表的，第十具屍體，而且它好像要開始……復活了。」

胖子也聽得奇怪，問道：「胡司令，你休要信口開河，世上哪有這麼大的乾屍？大到能……能把咱們這些人都裝進來。」

我對胖子說：「怎麼會沒有，我看這就是個巨型肉芝仙槨，你沒聽說過每逢陰曆七月

二十，凶星離宮，太歲下山嗎？天上的凶星就是地底的太歲，太歲也分大沖大凶，咱們現在站的地方是個風水大沖的所在，大概就是死在地下的萬年老肉芝，獻王拿他自己的老婆填了太歲眼，咱們已經是在肉芝太歲的屍殼裡了。」

「肉芝」為萬物之祖，相傳有人將存活於大沖固定位置的「肉芝」，比喻做長生不死的仙肉，能食而復生，而與歲星相對運行的那種「聚肉」則是不祥凶物，不過這被獻王做了棺槨的「肉芝」是死的，已經失去了生命，只剩下乾枯堅硬屍殼，估計其中的肉都被獻王煉成了仙丹了，五官被封住後，也許它外層還在生長，偶爾會滲出污水，但是內部就不再複生，都已半石化了，直到吸入空氣，這罕見的原生生物，就又開始「動」了起來。

我用手抹了些丹爐邊上的黃色汙水，又確認了一下，心想說不定這「肉芝」正在逐漸變活，原來那黑豬渡天河屍氣沖雲的異象，竟是應在此處，天象十分罕見，估計這裡天天都是七月二十，只怕是這肉芝的屍殼裡一遇活氣，就會重新活過來，這也不是什麼融化，是裡面的幹肉在逐漸變軟，天曉得稍後它會變作什麼凶神惡煞。

從裡面看不出這死肉芝的外形輪廓，但從內部的屍殼結構來看，其外形可能是罕見的人頭形狀，說不定還會有鼻子有眼，單是這「肉芝」的乾硬屍殼，就已如此巨大，幾乎不敢去想像它長滿了肉會是什麼樣子。

我覺得形勢越來越不妙了，心中生出一種不祥的預感，乾脆也別等它體內變軟露出那口棺材了，打不開就用炸藥，此時再不動手，又更待何時，便拿出炸藥，招呼胖子爭分奪秒地行動，準備上前炸破肉芝的屍殼，但那剛露出個輪廓的人形棺，突然裂開了一條大縫，還沒等我們看清裡面有些什麼，便又突然一震，沉入了地下，我破口大罵，怎麼偏趕這個節骨眼掉下去了，隨即一想，不好，那裡很可能是第二個太歲眼窩，任由它這麼掉下去，就算開輛挖掘機來，怕是也掏不出來了。

這時候只能拚了，我剛想讓Shirley楊一併上前，用飛虎爪鉤住棺槨，回頭招呼她的時候，卻發現爐下伸出無數慘白的人手，把Shirley楊和胖子扯向下邊，還沒等我明白過來怎麼回事，腳脖子也被數隻人手死死抓住了，頓時被巨大的力量扯了下去，身體不斷下沉，頭腦卻仍然清醒：

「他媽的，原來這塊仙肉是拿人屍造出來的。」

第一六三章　屍洞效應

我左邊的腳腕子被幾隻手捉住，立刻感到一陣陰冷的劇疼，M1A1衝鋒槍落在了地上，身不由己地被扯向黑暗之中，急忙用另一條正準備邁出丹爐的右腿，勾住厚重的爐口，大腿的筋骨被抻得快要撕開了。

混亂中只看見那數十條，都是如人手一般的怪手，漆黑異常，被射燈的光束照上，立刻變成詭異的白色，都是從黑暗的墓室角落中伸出來的，胖子和Shirley楊也被數隻白色的怪手扯住，其中Shirley楊的情況最為危險，半邊肩膀都被拽進了墓牆，而胖子的情況也好不到哪去，他的脖子被從牆中伸出的怪手捉住，正拚命弓著雙腿掛住丹爐，也只是在勉強支撐。

這些從牆壁中探出的手，悄然無聲，所以誰都沒有察覺，待到被抓住，慢慢扯進墓牆的時候，不得不用全身的力量抗衡，稍一鬆勁就會立刻被拉進萬年老肉芝的屍殼裡，所以這時候胖子和Shirley楊誰也說不出話，自保尚且艱難，更別說互相救援了，只聽見他們緊咬牙關的咯咯聲，連騰出手來使用武器反抗的餘地都沒有了。

只有我的情況稍好一些，由於站在香爐比較遠離牆角的地方，只有右腿被牆裡伸出的幾隻手扯住，其餘的手都搆我不到，只在憑空亂抓。

我知道這功夫必須立刻做出判斷，是先自救還是先救Shirley楊，也許等我擺脫出來之後，已經來不及救她了，現在伸手當然能抓住她，但是未必就能將她拽回來，而且我的右腿尚被扯住，那樣一來，就會形成進退兩難的情況，既救不到她，自己也會失去脫身的機會。

但是此時又哪裡有時間去權衡其中利弊，只能憑著多年來在生死線上摸爬滾打的經驗，伸出左手到胖子腰中抽出登山鎬，順勢遞向即將完全被從丹爐中拽走的Shirley楊，勾住了她腰中的一個安全鎖，使她暫時不至於被拖入墓牆中。

我一手用登山鎬勾著Shirley楊，與此同時，立刻用另一隻手取出Zippo打火機，在右腿上一蹭打著了，忍著大筋被拉抻的疼痛，俯身用火去燎捉住我右腿的幾隻手，那些從墓牆中伸出的人手，一被火焰燒灼，都紛紛縮了回去。

我腿上得脫，趕緊把右腿收了回來，這時身體一得自由，手中絲毫也不停留，左手仍然用力握住登山鎬，把Zippo打火機扔給仰面朝天的胖子，胖子後背、脖子、左邊臂膀都被那些手抓住，雙腿勾著丹爐，右手沒著沒落，正自焦急，見Zippo扔至，立刻用手接住，蹭燃了火焰，去燒那些抓住他脖子的「人手」。

我見胖子在片刻之間，就能脫身，就剩下Shirley楊處境危險了，於是用一隻手抓住她的腰帶，探出身去用登山鎬猛砍牆角的人手，那些手臂似乎都是長在牆裡，也看不見身體的樣子，只有一條手臂挨著一條手臂，一碰到任何東西，便立刻抓住再不撒手，直扯進牆中才算完，牆裡好像是個混沌的無底深淵，裡面全是掙扎哀嚎的餓鬼，用登山鎬砍退了一隻怪手，立刻又伸出來一隻。

Shirley楊得到我的支援，終於把兩臂和身體擺脫出來，正當要被我拉回丹爐之際，她忽然驚呼一聲，身體迅速向後仰倒，原來有隻漆黑的怪手揪住了她的頭髮，Shirley楊為了行動方便，將長髮束成馬尾紮在頭後，卻不料竟被扯住，頭髮被抓著反向拉扯是何等疼痛，使得她腰腿都使不出任何力量。

我急忙將她攔腰抱住，但這樣一來就抽不開身，去對付揪住她頭髮的那隻怪手了，而胖子也還沒完全擺脫出來，就算我把Shirley楊抱住，形成僵持的局勢，等到胖子過來支援的時候，就算Shirley楊沒被扯進牆壁，她的頭皮也會被撕掉。

Shirley楊應變能力也是極強，頭上劇疼，心中神智未失，在墓牆中其餘的怪手觸到她之前，已把傘兵刀握在手中，握緊刀柄，猛向後一揮，割斷了一半頭髮，我立刻將她拖離了險境。

這時胖子也已脫身，墓牆中的無數手臂剛好能搆到丹爐的距離，三人不敢繼續留在爐中，立即縱身躍向墓室中間。

周圍汙水流淌，已經融解得不成樣子，整個墓室正在逐漸變軟，剛才我們所在的牆角最早產生變化，無數的人體和手臂在其中蠕動，其餘各處，也都從壁中漸漸顯露出死屍的肢體，不過還未能活動。

我們看得怵目驚心，胖子忙道：「胡司令，敵我力量對比懸殊，鬥爭形勢過於惡劣，看來咱們要撤到上山打游擊了，再不走可就讓這獻王墓包餃子了。」

此時我反倒是下定了決心，想要敗中求勝，就得有破釜沉舟的膽量，關鍵時刻不豁出去是不行的，於是對胖子與Shirley楊說：「開弓就沒有回頭箭，我今天非把獻王掏出來不可，腦袋掉了碗大個疤，大不了兩腿一蹬拉雞巴倒。」

現在的形勢看似已至山窮水盡，其實還有一點機會，我們事前又怎會想到獻王的槨是個萬年老肉芝的死體，而且還遠不止這麼簡單，從地下挖出太歲原本平常，有些地方的展覽館裡就有陳列品供人參觀，所謂的「太歲」，也不過是一種單生細胞的肉菌，被割掉一塊肉，也可以自行生長，是肉芝的一種，可以入藥，有輕身健骨的奇效，其形與色各異，形狀大多如牛心或人肝，色有白、紫、黃、灰、褐等等，唯一共通的特徵是「眼睛」，太歲上都有一個黑如眼膜般的孔洞，也是它的核心部分，研習風水之術，對「太歲」之說不可不察，《青竹地脈論》中認為太為凶，歲為淵（即木星），是太古凶神死後留在世間的肉身，在這個眼睛上，有很多說法，有明眼、暗眼之分，明眼就是在表面，能看到它的目，是睜著的，只有這種才可入藥食用，而暗眼，則是眼睛藏在裡面，做閉合的樣子，此乃凶惡之兆，噩氣內聚，觸之不祥。

當然我們現在遇到的應該不是一目的「太歲」，太歲只是「肉芝」的一種，「肉芝」的涵蓋面很廣，相關傳說也多，不僅中國有，國外也有，中國有部叫做《鏡花緣》的小說，其中記載主人公周遊到一個海中島嶼上，見一寸許高的小人騎馬奔馳，便縱步追趕，無意中被地下樹根絆倒，剛好把那個小人吃到口中，頓覺身輕如燕，這個故事當然是演義出來的，但其中主人公吃掉的騎馬小人，就是「肉芝」的一種形態。

還有清乾隆年間，在雲南山林中，出現了一個怪物，外形像是個大肉櫃子，數尺見方的大肉塊，有人臉般的五官，凡是碰到的東西，不論死活大小，就都被它吸入體內，如同一個無底大洞，一時攪得四民不安，以器械擊之，毫毛無損，縱有博物者（見多識廣的人）也不能指其名。

官府出面懸賞徵集能消滅這個大肉櫃子的人，有擅風水術之人出，說此物乃肉芝也，是地氣鬱結所化，遂遣膽大敏捷之士數十，用長竿挑了汙穢之物，將之引至「頓筆青龍，屏風走馬（風水中形容地形的術語）」之處，那個大肉櫃子，則立刻乾枯變硬，使人搬柴草燒之，惡臭之氣傳於百里開外，聞到這氣味的人，都不免腹瀉嘔吐三天，此事在清代至民國期間有過很多版本的記載，其中也不乏誇大演義，但是整體的事件框架應該是真實的。

我手中的那本殘卷《十六字陰陽風水祕術》，其中「地」字一卷，就詳細闡述了生長與地下的「肉芝」，凡風水大沖，清濁失調的所在，都會長有肉芝，但是根據其形態不同，吉凶各異，一目者最為普通，是「太歲」，二目者為「青忽」，五官兼備為「烏頭」，具三目者為前官後鬼的「螻廢」，遍體生眼的則被稱為「天蜕」。

獻王的「肉芝槨」，最少有兩目，一個眼是他老婆封住的缺口，另一個眼就是獻王棺材沉下去的地方，那也就是說這裡不是「青忽」，就是「烏頭」，在古代又有個別稱，喚做「牛慁」，是古神的名字，所以才會用銅牛頭來做它的長生燭，外形應該是一個肉乎乎的人頭肉瘤形狀。

既然是雙眼的老肉芝，那是最少也需要數萬年時間才能形成，如果把它的肉澈底挖盡了，不留一絲一毫，那就不會再長出新肉了，我們見到的便是一具被挖光了肉的屍殼，從中突然冒出來的眾多人手肢體，應該是當年有人打算令這萬年老肉芝長出新肉，把精血充足的大量活人，用白蠟一層層地澆在肉芝屍殼上，讓他們與肉芝長為了一體，以期能重新長出肉靈芝，服用後便可以延年益壽。

不過似乎還沒等到成功，獻王就先死了，我曾聽Shirley楊說在法國巴黎，地下萬屍洞的最深處（巴黎聖母院中的女主角，死後就被扔在萬屍洞上邊一層），在那下面，梵諦岡教廷封印著一個能吞噬一切的「屍洞」，據說那是由於死者太多，將世界腐蝕出來的一個「縫隙」，位於這個世界中生與死、正與反、黑與白之間的「縫隙」，屍洞中有無數的人手，被這些手捉住的東西，都會被扯入「屍洞」裡，然後化為「屍洞」的一部分，如果任由它無休止地擴大下去，造成最恐怖的「屍洞效應」，那後果將不堪設想。

法國的這件事，屬於教皇廳的機密，外人只能知道個大概，至於這屍洞形成的原因，從來沒有正式公開的結論，甚至就連屍洞存在的事實，都始終被遮遮掩掩。

我們三人在雲南獻王墓中，面對最後的一層棺槨，險些被無數人手扯進牆壁，那應該就是一種由大量遇害者所腐蝕出來，附在老肉芝乾殼上的「屍洞」了，究其根源多半還是對這附近天然風水的格局改動太大，形成了陰陽清濁不分的混沌地帶，趁著它的「屍洞效應」還沒完全發生，應該還有一線機會，把那落入眼窩深出的獻王棺找到，我不顧Shirley楊的阻止，只扯了一條繩索，獨自跳了下去，一具高大的人形棺材就斜斜地戳在面前。

第一六四章 斬首

我抹了抹頭盔上被汗水遮住的射燈，盡量使燈口照出的光束變得清晰一些，在這「烏頭肉槨」的眼穴中，看明瞭周圍的環境。

這裡就像是一個狹窄短小的豎井，形狀深淺都與入口的眼框完全不同，約有四米多深，一人多寬，四周盡是黑色的黏稠物，似乎是眼球腐爛而形成的，由於「烏頭肉槨」正在腐爛融解，所以使這眼窩慢慢變大，獻王的棺材剛好掉了進來，斜倚在其中，棺材本就不小，加上我也跳到眼穴裡，其中的空間顯得非常局促，進退伸展都不得便。

這時頭上燈光一閃，Shirley楊在上邊探著身子，焦急地對我說：「老胡，快上來，屍洞效應正在不斷擴大，再晚一點咱們都出不去了，那雮塵珠不要也罷，總不能因為我，連累你們都在此送了性命。」

我一邊用手抹去獻王棺材上的黏液，一邊對Shirley楊說：「現在走自然是走得脫，但回去後還不把腸子悔青了，這肉槨年頭太久了，深處沒有那麼快形成屍洞，給我三分鐘……兩分半的時間就夠了，你快讓王司令把開棺的傢伙給我扔下來。」

我原想讓胖子和Shirley楊先撤到外邊等我，但是知道這種話說了也沒用，我留在這裡，他們肯定不會答應先行撤退，只好讓他們在上邊協助我，盡快做完大事，一同跑路。

片刻之間，獻王的內棺就已經被我探明，這是一口半人形的「玉頂簪金鱗趾棺」，上邊有個人頭和兩個肩膀的形狀，玉頂金盒，封口處是四個黃金「鱗趾」交錯封閉，因為獻王打算尸解後升仙，所以棺蓋都未曾楔實，先前看這「玉頂簪金麟趾棺」落入眼穴的時候，中間好像裂開了一條縫隙，其實那是因為表層的肉槨屍殼，受到空氣的侵蝕所融化，露出中間一道殷紅勝血的玉頂。

人形棺在中國古代並不多見，有的話也多半為木製棺材，不過我沒時間分辨這些細節，只注意到棺頂上刻著一個漩渦，這漩渦的圖形幾乎遮蓋了整個玉頂，漩渦和眼球相似，仔細一看原來是一隻彎曲的鳳凰，團成漩渦的形狀，瞳孔的地方就是鳳凰的頭部，這肯定就是「雮塵珠」的標記了，一看到這個標記，頓時熱血上湧，心中又多了幾分指望，這顆謎一樣的珠子，多半就在獻王的內棺裡，天見可憐，一路上捨生忘死，畢竟沒有撲空。

眼穴中已經容不下第二個人進來了，胖子和Shirley楊空自焦急，卻沒辦法下來幫手，只好把工具遞下來給我，先前我計畫不在這開棺，本擬用繩子套牢後全部拽上去，設法拖離這肉槨，到安全的地方再打開來細細搜索，但是下來一看，才發現這口內棺底下的一部分，已經與這萬年老肉芝的屍殼長死了，再也難以分離，只好就在這狹窄的空間裡動手。

時間一秒一秒地流逝，我深深地吸了一口氣，用「探陰爪」把麟趾一個接一個地撬開，就覺得兩隻手都有點不夠用了，恨不得把腳也使上，也許就因為動作稍慢幾秒，就會錯過逃生的時機。

雖然竭力安慰自己，一定要冷靜，欲速則不達，但是心臟卻越發碰碰碰地狂跳不已，又哪裡冷靜得下來，我已經把全部的注意力都集中在了這口內棺上，對Shirley楊和胖子在上邊的不斷催促與提醒，充耳不聞。

我估計著時間已經差不多過了一分鐘，按我的預計，三分鐘之內拿到「雮塵珠」，烏頭肉槨出口處的那個眼穴還不至於被逐漸擴大的屍洞覆蓋，一分多鐘就拆了棺蓋，時間還算來得及，想到這裡，心情稍微平緩一些。

Shirley楊見我即將揭開獻王內棺的蓋子，便立刻扔下一枚冷煙火：「老胡，這是最後一枝了，它滅掉之前，不管能否找到，你都必須上來。」

漆黑黏滑的眼穴中，立刻煙火升騰，亮如白晝，我口中答應一聲：「放心吧，時間絕對夠了，咱們用繩子把這老粽子拖出去……」

說著話已經將玉蓋用力揭開，裡面立刻露出一具屍體，冠戴掉落在了腳下，頭上只戴鑲金嵌玉的「折上巾」襆頭，身著黑色蟒紋玉甲斂袍，腰掛紫金帶，不是獻王更是何人。

但我隨即感到不寒而慄，獻王的屍體竟然沒有臉，也許這麼形容不太恰當，洞中空間狹小，我和獻王的屍體幾乎是臉對著臉，只見那屍體的五官都已經變得模糊扭曲，只留下些許痕跡，口鼻雙眼，幾乎難以分辨，好像是融化在了臉上，顯得人頭上平滑詭異，如同戴了張玉皮的面具，被冷煙火的光亮一映，顯得十分怪誕。

我心中暗自稱奇，難道又他娘的著了老賊的道兒了?這是具假人不成?急忙捉住獻王屍身的手臂，剝去那層蟒紋斂袍，但見五指緊握，手中顯然是攥著明器，膚色蠟黃得似要滴出水來，好像正在發生著什麼不同尋常的變化。

看這屍體的手部的皮膚，倒不是假人，我用手在獻王屍體上捏了一把，甚至還有些彈性，保存的極為完好，再那屍體臉上捏了捏，卻觸手堅硬，似乎已經完全玉化了。

真正的「雮塵珠」什麼樣，我並沒見過，只在那沙海中精絕遺跡裡看過個假的，是用罕見的古玉製成，比人頭小上那麼幾圈，形狀紋理都與人眼無異，卻不知真的大小幾何，能不能就這麼握在手裡。

但此刻根本無暇仔細分辨，立刻取出捆屍索，在獻王屍身的脖頸中打了個套，想將他從內棺中扯出，讓胖子拖他上去，但是手中扣定「捆屍索」向後扯了兩扯，拽了兩拽，那屍體竟然紋絲不動。

我心中納罕，不知哪裡又出了古怪，只好抬起手，抽了那獻王的屍體幾個耳光再向外拽，卻仍然不動分毫。

最後沒辦法了，也來不及再找原由，只好就地解決問題，從攜行袋中摸出一枚桃木釘，直插進了死屍的心窩子，然後雙手平伸，從頭到腳在獻王屍體上排摸起來，摸到他左手之時，見和右手一樣，也是緊緊握成拳頭，手中明顯是有什麼東西。

我立刻又取出兩枚桃木釘，釘牢了獻王屍體臂彎，用力掰開他的手指，心中暗暗祈禱，但願那「鳳凰膽」就在這裡，但是等掰開之後，猶如兜頭被潑了一盆冷水。

獻王屍體的左手中，握著的是一枚變質了的桃核，雖然出乎意料之外，但是這也並不奇怪，中國人對「桃」有特殊的感情，他們把桃看成一種避邪、免災、增壽的神物，因此古代工藝品中有不少以桃為造型的器物，相傳漢武帝是西漢在位時間最長的皇帝，皇帝做得久了又想做神仙，於是經常興師動眾地去三山五嶽祭拜，還派人到各地尋訪長生不死之藥，這片苦心終於感動了崑崙山的西王母，在元封元年的七夕之夜，乘著紫雲輦來未央宮見了漢武帝，歡宴之際，西王母給漢武帝劉徹吃了四個仙桃，漢武帝覺得味道甘美，芳香異常，與人間俗物迥異殊絕，便打算留下桃核在人間栽種，結果得知這種神品在人間難以存活，結果大失所望，後來漢武帝終於沒能實現長生不死的願望，但是活到七十來歲的人，在古代是十分稀少的，也許正

是因為吃過仙桃，才活到七十歲的，當然這只是個民間傳說，但是帝王死後手中握桃核入斂之風，由來已久，早在東周列國之時就非常普遍，不過桃核是植物，最容易分解，所以後世開棺都難以得見。

我微一愣神，便想起這個傳說，心中連連叫苦，只好再去掰獻王屍體的右手，而那手中卻是很多墨玉指環，其中還夾雜著一些黑色雜質，匆忙中也沒時間想這是什麼東西，順手都塞到了攜行袋裡。

胖子在上面大叫道：「胡司令，沒時間了，快走，快走。」

我知道胖子這麼喊，一定是到了刻不容緩的地步了，但是那性命悠關的「雮塵珠」卻仍然沒個著落，這時靈機一動，說不定正是因為獻王在口中含了那粒珠子，這屍身的腦袋才會變成這麼古怪，一不做，二不休，不如就取了這獻王的首級回去研究研究。

於是對胖子喊道：「把工兵鏟給我扔下來，再他媽堅持最後十秒鐘。」說完接住胖子遞下來的工兵鏟，伸手一摸獻王的脖頸，並沒有像他面部一般石化，對準了位置，用美式工兵鏟全是鋸齒的一面亂切，遇到堅韌之處，便用傘兵刀去割。

這時那具即將被我割去人頭的屍體，突然劇烈地抖動了一下，我心知不妙，先自出了一身的白毛汗，急忙揪了那顆人頭，迅速向上攀爬而去，洞底的冷煙火已經滅了，不用低頭向下看，憑感覺也能知道，獻王那沒有腦袋的屍身，正在向我追來。

第一六五章 天崩

我在黑暗黏滑的眼穴中，踩踏著獻王的內棺，拚命向上攀爬，胖子和Shirley楊焦急的催促聲正從上方不斷傳來，不知是由於心態過於急躁，還是「烏頭肉槨」中那些融化的物質影響，就覺得四周全是黑暗，登山頭盔上那僅有的微弱光束，似乎也融化到了肉槨無邊的黑暗裡，幾乎可以忽略不計了。

就在這向上攀登的過程中，我覺得下方有個東西也在跟著我往上爬，剛一察覺到，心中便先已涼了半截，這肉槨的眼穴裡，除了獻王的無頭屍，又哪裡還有什麼其餘的東西，肯定是那老粽子追上來要搶他的人頭了。

這念頭也就在腦中一閃，便覺得左腿已被一隻有力的大手拽住，本已快爬出去了，此刻身體卻又被拉回了眼穴中間，我一手夾著那顆人頭，一手將工兵鏟插入老肉般的牆壁，暫時固定住身體，以免直接掉到底部。

我低頭向下一看，恍惚的光線中，只見一具黑雜雜的無頭屍體，從內棺裡掙扎著爬了出來，無頭的屍身上，像是覆蓋了一層黑色的黏膜，幾乎與這「烏頭肉槨」的眼穴化為了一體，伸出漆黑的大手正抓住我的腳脖子向下拉扯。

那些桃木釘似乎對這屍體根本不起作用，這說明只有一種可能，這屍體已經與附著在肉槨裡的「屍洞」融為了一體，獻王的屍體就是屍洞的中心，念及此處，不由得心寒膽顫，聽Shirley楊講，那法國巴黎的地下墓場，誰也說不清究竟有多深，規模有多大，裡面又總共有多少各種

類型的乾屍，有種流傳比較廣泛的說法是，巴黎地下墓場的規模堪與北京地下的人防工事相提並論，這樣的比較雖然並不絕對可靠，卻足以見得這墓穴大得非同小可。

由於一個不為世人所知的原因，才使得巴黎地下墓場的深處，產生了某種超自然現象的「屍洞」，那是一個存在與物質與能量之間的「縫隙地帶」，法國的「屍洞」據說直徑只有兩三米，而這獻王的肉槨縱橫不下二十多米，倘若真是完全形成了一個能吞噬萬物的「屍洞」，我們要想逃出去可就難於上青天了。

不過此時身陷絕境，根本顧不上許多，只有先設法擺脫這無頭屍的糾纏，於是對上邊的胖子叫喊：「胖子拿雷管，快拿雷管！」說著話的同時，將那顆獻王的人頭扔了上去。

胖子見下面有團圓滾滾的事物拋將上來，也沒細看，抬手接住，低頭看時，被頭盔上的射燈一照，方才看清是顆面目像是溶化了一樣的怪異人頭，饒是他膽大包天，也不免嚇得一縮手，將獻王的人頭掉落在地上，當下也不再去理會，立刻動手去掏雷管。

我在下面勉強支撐，把人頭拋了上去，便無暇顧及胖子和Shirley楊是否能看出來那是獻王的腦袋，空下一隻手來，便當即拔出工兵鏟，向下面那無頭的黑色屍體拍落，「噗噗」幾聲悶響，都如擊中敗革，反倒震得自己虎口痠麻。

然而忽覺腳下一鬆，被鐵箍緊扣住的感覺消失了，那無頭屍體竟然棄我不顧，一聲不發地從側面往上爬著，似乎它的目標只有那顆「人頭」。

我見有機可乘，絲毫不敢鬆懈，急忙用腳使勁蹬踩無頭屍的腔子，將它又踹回穴底，自己則借了蹬踏之力，向上一躥，扒住了溼滑的眼穴邊緣。

上邊的Shirley楊馬上拽著我的胳膊，協助我爬了上來，剛才我跳下去的時候，實是逞一時氣血之勇，現在爬上來才覺得怕，兩腿都有點哆嗦了，趕緊用力跺了跺腳。

但是連給我回想適才過程的機會都沒有，眼前就「哧哧」冒出一團火花，胖子已將三枚一組的雷管點燃了，口中罵了一句，瞅準了方位，就把雷管扔進了我剛剛爬上來的眼穴裡。

我心情這才稍微平穩下來，心想這雷管一炸，那無頭屍便是銅皮鐵骨，也能給它炸成碎骨肉末了，四周的肉槨已經澈底變了形，似乎是牛羊的內臟一樣，內中無數的肢體正在不停蠕動，看來不出十秒鐘，這裡就會完全形成「屍洞」，好在我們進來的入口還在，只是也長滿了黑色黏膜，我撿起被胖子扔掉的獻王腦袋，緊緊夾在腋下，對Shirley楊和胖子叫道：「還等雷劈嗎？看井走反吧。」（看井：由內向外；走反：逃跑。）

三人擇路向外便沖，胖子百忙之中，還不忘了問我：「那東西是顆人頭還是明器？」我邊跑邊告訴胖子：「這獻王的腦袋，八成就是咱們要找的救命珠子。」Shirley楊聽到已取到了「雮塵珠」，精神也為之一振，與我和胖子一起，三步併作兩步，衝至入口處，迅速揮動工兵鏟，斬破遮住入口那些腐肉般的黏膜。

正待躍出去之時，忽然一團黑乎乎的事物，帶著一股白煙從天而降，剛好落在胖子手裡，胖子奇道：「什麼的幹活？」，凝神一看，卻原來是他剛扔進眼穴中的那束雷管，無頭屍所在的眼穴裡，正在生出大量肉膜，竟在雷管爆炸之前，將之彈了出來，導火索已經燃到了盡頭，胖子大驚，忙將雷管向後甩了出去，在一團爆炸的氣浪的衝擊下，三人冒煙突火連滾帶爬地出了肉槨。

大空洞裡的情況依然如故，只是多了些屍蛾在附近亂飛，Shirley楊往角落中打出了最後一枚照明彈，將四處零星的屍蛾都吸引過去，隨後三人就沿來路向下狂奔，就在即將跑到大空洞底

層的時候，只聽頭頂上傳來一片「嘁哧咔嚓」的指甲撓牆聲。

我們此時已經沒有任何能夠及遠的照明工具了，看不清上面是什麼情況，但不用看也知道，「屍洞效應」開始向烏頭肉槨外擴散了，而且是直奔著我們來的。

我們不敢有任何停留，順來路跳進了中間的那層墓室，我對胖子和Shirley楊說：「這顆獻王的人頭是說什麼也不能還回去了，但是如此一來就沒辦法擺脫屍洞的糾纏。」

獻王墓的陰宮是三層槨室，最底層的木槨，中層的石槨，還有最高處的肉槨，外有一圈回廊，俯視起來，是個「回」字，不過周邊是圓形的，加上其中三層槨室大小不一，甚至可以說它像是個漩渦，或者眼球的形狀，這座陰宮建在山壁深處，只有一個出口，沒有虛位可破，只能從哪來，回哪去。

三人一邊向外奔逃，一邊商議，這麼一直逃下去終究不是了局，現在的時間估計已經過了凌晨，我們已經一天一夜沒闔過眼了，而且自從在凌雲天宮的琉璃頂上胡亂吃了些東西後，到現在為止都水米未進，必須想辦法徹底解決掉這個巨大的屍洞，否則必無生機。

在這匆忙的逃生過程中，根本想不出什麼太好的對策，我唯一能想到的，也只是在大踏步的撤退中消耗敵人，使它的弱點充分暴露，然後見機行事，但以我們目前的體力和精力還能逃出多遠，這要取決於那屍洞吞噬物質的速度。

一路狂奔之下，已經穿過了陰宮門前三世橋和長長的墓道，來到了巨大而又厚重的石門前邊，攀上了銅簷鏤空的天門，身後屍洞中發出的聲響已小了許多，看樣子被我們甩開了一段距離，但仍如附骨之蛆，緊緊跟在後邊。

胖子騎在銅製天門的門框上說：「還剩下幾錠炸藥，不如炸爛了這天門，將他封死在裡面如何？」

Shirley楊說：「這石門根本攔不住屍洞的吞噬，不過也能多少阻擋一陣……」說著半截，忽然覺得門下情況不對：「嵌道中的水怎麼漲了這麼高？」

我低頭望下一看，石門的三分之一，已經被水淹了，這說明外邊的水眼被堵住了，我連忙讓胖子快裝炸藥，看來那萬年老肉芝就是此地風水大沖的聚合點，它一驚動，這裡被鬱積了兩千年的地氣，恐怕也就要在這一時三刻之間宣洩出來，說不定整個蟲谷都得被水淹了，要在此之前逃不出去，肯定就得餵了潭底的鯉魚老鱉，直到地脈氣息重新回復正常，大水才會退去。

由於只要把窄小的天門炸毀即可，胖子片刻間就已裝完了炸藥，我透過天門的縫隙，向漆黑的陰宮裡回望了一眼，咬了咬牙，心想三十六敗都敗了，就差最後這一哆嗦了，無論如何都要把這顆人頭帶出去，當下一招手，三人便從天門下，入水望原路潛回。

游到水眼附近，果然那漩渦的吸力已不復存在，而水流正向上反湧，我們借著向上滾動的水流，游回來外邊的水潭，這裡的水位也在不斷升高，不過由於漏斗狀的環壁中，有很多大大小小的縫隙溶洞，平時被藤蔓泥沙遮蓋，此刻水位一漲，都滲入其中，故此水面上升的速度並沒有我們預想的情況那麼糟糕。

我們找到一處接近水面的石板「棧道」爬了上去，雖然已經遠離那陰森黑暗的地底王墓，卻沒有重見天日之感，外邊的天還是黑得像鍋底，黑暗中瀑布群的水聲如雷，頭上烏雲壓頂，令人呼吸都覺困難。

上到大約一半的時候，才覺得轟鳴的水聲逐漸變小，互相說話也能夠聽見了，我對胖子和Shirley楊說：「先爬回凌雲宮，然後再設法從蟲谷脫身，那葫蘆洞中的蟾宮，留待以後再收拾不

遲。」

Shirley楊也明白現在的處境，那屍洞轉瞬間就會跟上來，我們自顧尚且不暇，別的事只好暫且放一放了，於是跟著我和胖子繼續沿「棧道」迂迴向上，忽然腳下一軟，跪倒在地。

我急忙將她扶起，卻發現Shirley楊已經不能站立，我驚問：「你是不是大腿抽筋了？」

Shirley楊捂著膝蓋說：「好像小腿……失去知覺了。」語調發顫，充滿了驚恐。

胖子舉著手電筒照亮，我檢視Shirley楊的腿，發現她小腿雪白的肌膚上有一塊巴掌大小的黑色瘀癍，黑得好像是被墨汁染了一樣，胖子和我同時驚呼：「是屍癍！」

我心中急得猶如火燒，對Shirley楊說：「我的姑奶奶，你的腿是被屍蛾咬到了，這可要了命了……咱們還有沒有糯米？」

突然腳下的絕壁上傳來一陣陣像是指甲抓撓牆壁的聲響，那像個大肉櫃子一般的屍洞，竟然神不知鬼不覺地追了上來，而且距離已經如此之近，只在十米以內。

如果在這古壁如削，猿鳥愁過的絕險之處被追到，那就萬難脫身，我和胖子對望一眼，心中都十分清楚，最後的時刻到了，權衡利弊，只好不要這顆人頭了，不過縱然丟卒保車，也未必能度過眼下的難關。

卻在這時，忽見漆黑的天空中出現了一道血紅色的裂痕，原來我們估計的時間有誤，外邊天色已明，只是被「黑豬渡河」所遮，那雲層實在太厚，在漏斗內看來，便以為還在夜晚。但這時黑雲被上升的地氣衝開一條裂縫，天空上的奇景，使人頓時目瞪口呆，這不正是獻王天乩圖中描繪天空崩落的情景嗎。

第一六六章　感染擴大

覆蓋住天空的大團黑雲，被鬱積的地氣所沖，中間的裂痕越來越大，萬道血紅的霞光從縫隙中穿了下來，漏洞形環壁的空氣似乎也在急劇流轉，呼呼生風，到處都充滿了不祥的氣息，好像世界末日就要降臨。

巨大的氣流在這千萬年形成的漏斗地形中來回衝撞，我們身處絕壁中間，上也不是，下也不是，被這勁風一帶，感覺身體像是紙紮的，隨時可能被捲到空中，天變得太快，半分鐘的時間都不到，風就大得讓人無法張嘴，四周氣流澎湃之聲，儼然萬千鐵騎衝鋒而來，連一個字都說不出口來。

我把登山頭盔的帶子紮緊，背起不能行走的Shirley楊，對胖子指了指附近古壁中的一條縫隙，示意暫時先去那裡躲上一躲。

胖子豎了豎大拇指，又拍了拍自己的頭盔，背著沉重的背囊，跟在我後邊，這「漏斗」的四壁上，到處都有一些被粗大藤蘿撐裂，或是被改道前的瀑布，所衝開的細小岩縫，胖子側著身子勉強能擠進去，裡面也不深，三個人都進去就滿了。

我讓胖子鑽到最裡邊，然後是Shirley楊，用登山繩互相鎖定，我則留在最外邊，這也就是前後腳的功夫，漏斗下面的水潭，又漲高了一大截，氣流中捲起了無數水珠，如同瓢潑的大雨一樣，飄飄灑灑地灌進我們藏身的縫隙裡，每一個被激起的水珠打到身上，都是一陣劇痛，但是又不敢撐開「金鋼傘」去擋，否則連我都會被氣流捲上天去，只好盡量向裡面擠，把最深處的

胖子擠得叫苦不迭。

我們處境越發艱難，外邊氣流激蕩之聲傳導在岩壁上，發出的回聲震得人耳膜都要破了，「蟲谷」深處的地氣，被壓制了兩千年，一旦爆發出來，絕不亞於火山噴發的能量，加上「漏斗」特殊的地形，對噴射的地氣產生巨大反作用力，使最深處的水潭，被連底端了起來，形成了一個巨大的「水龍捲」，水中的一切事物都被捲上了半空，就連絕壁上的千年老藤，都給連根拔起。

山壁上這條小小的縫隙算是救了我們的命，外界的氣流一旦形成了「水龍捲」，其能量便向中間集中，而不是向外擴散，我剛想把「金鋼傘」橫在岩縫的入口，以防再有什麼突然的變化，就見洞口的水霧突然消失了，外邊的光亮也隨即被遮擋。

我剛才腦中已是一片空白，這才猛然間定下神來，趕緊拍亮了頭上的戰術射燈，只見岩壁的縫隙外，是被一大團黏稠的物體遮擋，就中似乎裹著許多漆黑的手臂，這東西似有質似無質，漆黑黏滑，正想從岩縫中擠將進來。

「屍洞」附著那萬年老肉芝的屍殼，像是個腐爛發臭的大肉箱子，竟然沒被水龍捲捲走，而是攀在絕壁上爬了上來，我見「屍洞」已到面前，吃了一驚，急忙向回縮手，那柄Shirley楊家祖傳下來，被她十分珍惜的「金鋼傘」，就立刻被扯進了「屍洞」裡，我倒吸了一口冷氣，這「金鋼傘」水火不侵，被這「屍洞」瞬間就吞個精光，連點渣都不吐，我們這血肉之軀，又怎能與「金鋼傘」相提並論。

身陷絕境，實已到了山窮水盡的地步，只好將那獻王的人頭拋出去將他引走，但是人頭被我裝進了胖子的背囊裡，想拿出來也得有十幾秒的空檔才可以，但恐怕不出三秒，我就先被逐漸擠進來的「屍洞」給活活吞了。

我把心一橫，端起「芝加哥打字機」，將彈匣裡剩餘的子彈，劈頭蓋臉地傾瀉到了屍洞中，射擊聲響徹四周，但那黑色的爛肉，只是微微向後退了兩退，子彈就如同打進了爛泥之中，絲毫傷它不得，蠕動著繼續緩緩擠進我們藏身的岩縫。

正當這千鈞一髮的緊要關頭，那塊巨大的腐肉，忽然被一股龐大的力量，從岩縫中扯了出去，原來這老肉芝的體積畢竟太大，雖然吸住山岩，仍有一大部分被「水龍捲」裹住，最後終於被捲上了半空。

我的心砰砰砰跳成一團，似乎連身後Shirley楊和胖子的劇烈心跳聲也一併納入耳中，我回頭望了望Shirley楊，只見她被屍毒所侵，嘴唇都變青了，臉上更是白得毫無血色，只是勉強維持著意識，隨時都可能昏倒，便是立刻用糯米拔去屍毒，她的腿能否保住還難斷言，念及此處，心酸難忍，但為了安慰於她，只好硬擠出一些笑容，伸手指了指上邊，對Shirley楊和胖子說：「獻王他老人家終於登天了，咱們也算是沒白白送他一程，好歹收了他的腦袋和幾件明器……王司令快把糯米都拿出來。」

胖子被卡在深處，只能吸著氣收著肚子，別說找糯米了，說話都費勁，我正要退後一些，給他騰點空間出來，卻見Shirley楊緊咬著嘴唇，吃力的抬手指了指我後邊。

這時岩縫中的光線又突然暗了下來，我急忙回頭，但見外邊水龍捲已經停了下來，想是地氣已經在這片刻之中釋放乾淨了，那團爛肉又從半空落了下來，不偏不斜，正落回原處，死死吸住絕壁上的縫隙，流著一縷縷膿汁擠將進來。

我連聲咒罵，不知肉槨中的獻王，是沒了頭上不了天，還是他媽的命中注定，只能上去一

半就立刻掉下來，這時候猛聽一聲巨響，沉重的金屬撞擊聲順著山壁傳導過來，好像有一柄巨大的重劍，從高空中墜落下來，洞口那一大團腐肉，被砸個正著，沒有任何停留地被撞下深潭底部。

巨大的撞擊聲都快把耳朵都震聾了，第二次死中得活，卻是讓我一頭霧水，剛才掉下來的究竟是什麼東西，難道是獻王老賊多行不義，造天誅讓雷劈了不成？

Shirley楊艱難地對我說：「是B24空中堡壘的機體殘骸……」

我恍然大悟，原來是墜毀在潭底的重型轟炸機，也被強大的「水龍捲」刮上了半空，時也？命也？這其中的玄機恐怕誰也說不清楚，獻王自以為天乩在握，卻不知冥冥中萬般皆有定數，登天長生之道，凡人又怎能奢求，可是生活在獻王那個時代的人，大概還看不破這大自然的規律。

我對Shirley楊說：「這回差不多能將那肉槨澈底砸死了，咱們先想辦法把你腿上的屍毒去了，再往上爬。」

Shirley楊說：「不……還不算完，你不瞭解屍洞能量的可怕，就算是轟炸機的鋁殼，也會被它吞噬，而且它的體積會越來越大，而且這顆人頭裡一定有某種能量吸引著它，用不了多久，最多一個小時，它還會追上咱們。」

我聞聽此言，心下也不免有些絕望，難道拿了這獻王的腦袋，便當真離不開「蟲谷」了嗎？微一沉吟，心中便有了計較，要除去這成了精的老肉芝屍殼，只有在谷口那「青龍頓筆，憑風走馬」的地方，不過距離此地尚遠，必須先給Shirley楊把腿治好，否則我這麼背著她，倉皇中也走不出多遠。

現在對我們來說，每一秒鐘都是寶貴的，至少要在那肉槨再次捲土重來之前，離開這處被水龍捲刮變形了的大漏斗，我趕緊和胖子扶著Shirley楊來到外邊的棧道上，此時空中烏雲已散，四周的藤蘿幾乎都變了形，稍微細一些的都斷了，到處都是翻著白肚子撲騰的鯉魚，凌雲天宮的頂子，以及一切金壁輝煌的裝飾，也都被捲沒了，饒是建得極為結實，也只光禿禿地嵌在原處，像是幾間破爛的窯洞，谷底飛瀑白練，如同天河倒瀉，奇幻壯麗的龍暈已經不復存在，只有潭底的水氣，被日光一照，映出一抹虹光，雖然經過了天地間巨變的洗劫，卻一掃先前那詭異的妖氛，顯得十分幽靜祥和。

我和胖子顧不得細看周圍的變化，急忙對Shirley楊採取緊急救治，把剩餘的糯米全部找了出來，我將這些糯米分成三份，先拿其中一份和以清水，敷在Shirley楊小腿上包紮起來，慢慢拔出屍毒，按摸金校尉自古相傳的祕方所載，凡被屍毒所侵危重者，需每隔一個半時辰就要換一次新糯米，連拔九次，方能活命。

但是眼下裡外裡，也就夠應付九個小時，這九個小時絕對沒有可能回到落腳的彩雲客棧，巧婦難為無米之炊，我和胖子一籌莫展，我讓胖子先去盯著潭底，然後找了幾粒避屍氣的紅奁妙心丸給Shirley楊服了下去，也不知是否能起點作用，暫時阻滯住屍毒擴散。

我想了想，又把剩下的糯米分成四份，但是缺斤少兩又擔心效力不夠，急得腦門子青筋都蹦了起來，但是急也沒用，只好盡力而為，聽天由命了，和胖子把剩下的所有能吃的東西分了，一股腦地都塞進嘴裡，但餓得狠了，這點東西都不夠塞牙縫的，但更無別的辦法，只好忍著肚中飢火，背起Shirley楊，招呼放哨的胖子撤退，順便問他潭中那肉槨的動向。

胖子抓起背囊對我說：「太高了，看得直他媽眼暈，什麼也沒看清楚……」他說著話突

然愣了一愣，竟然對著我端起了「芝加哥打字機」，拉開了槍機，看那架式竟是要朝我開槍射擊。

我急忙背著Shirley楊退了一步：「王司令，無產階級的槍口，可不是用來衝著自己戰友的。」但我話一出口，已經明白了胖子的意思，一定是我背後有什麼具有威脅性的東西，難道那陰魂不散的屍洞，這麼快就吞淨了B24的殘骸，又悄無聲息地追上來了？我趕緊背負著Shirley楊，在狹窄的棧道上猛一轉身，已經把工兵鏟抄在手中，這一回頭，眼中所見端地出人意料，在我們背後的這個人是誰？她……

第一六七章　防不勝防

我不禁又向後退了兩步，背著已經昏迷了的Shirley楊，和胖子站成犄角之勢，仔細打量對面的人，身後的「棧道」上，有一大團被適才那陣水龍捲捲倒的粗大藤蔓，都糾結在一起從絕壁上掉落下來，剛好掛在了棧道的石板上。

由於棧道幾乎是嵌進反斜面的石壁中，距離水龍捲中心的距離很遠，所以損毀程度並不太大，不過被潭底和山上被刮亂了套的各種事物覆蓋，顯得面目全非，到處都是水草斷藤。

蟲谷的大漏斗裡有許多在絕壁極陰處，滋生了千年萬年的各種植物，這次也都大受波及遭了殃，落在距離我們藏身處極近的那團植物，像是一截粗大的植物枝蔓，有如水桶粗細，通體水綠，上面長了很多菱形的短短粗刺，除了非常大之外，都與一般植物無異。

唯獨這條粗蔓中間破了一大塊，綻出一個大口子，裡面露出半截女人的赤裸身子，相貌倒也不錯，只是低頭閉目，一動不動，她膚如凝脂，卻也是綠得滲人。

由於植物是綠的，藏在裡面的女人也是綠的，所以始終沒有留意，直到即將動身離開的時候，胖子才無意中發現，我們背後不聲不響地戳著一個「女人」。

我和胖子對望了一眼，本想抄傢伙動手，但是現在看清楚了，誰都不知道那女人是什麼來頭，是人？是怪？看她一動不動，似乎只是具死屍，但什麼人的屍體，會藏在這麼粗的植物藤蔓中？而且我們距離並不算遠，那發綠的屍體卻沒有異味，反覺有股植物的芳香。

我背著傷員，行動不太方便，於是對胖子使了個眼色，讓他過去瞧瞧，胖子端起衝鋒槍走

上前去，沒頭沒腦的問道：「這位大姐，你是死的？還是活的？」

從綠色粗蔓中露出的女人沒有任何反應，胖子扭頭對我說：「看來就是個粽子，不如不要管她，咱們大路朝天，各走一邊。」

我覺得不像，於是在後邊對胖子說：「怎麼會是粽子，你看那女人身體微微起伏，好似還有呼吸，像是睡著了？」

胖子伸出M1A1的槍口，戳了戳那女子，立刻嚇得向後跳開，險些將我撞下懸崖，我忙用手抓住身邊的岩石，問胖子：「怎麼回事？」

胖子指著那綠油油的女子，戰戰兢兢地說：「老胡老胡，她……她媽的衝著我笑啊。」

我聽胖子說用M1A1一戳那女子，便會發笑，也覺得心驚肉跳，這深山老林裡，難道真有妖怪不成？但是心中一動，心想會不會是那個東西？要真是那樣的話，那Shirley楊可就是命不該絕。

於是先把Shirley楊先從背上放下來，讓她平臥在石板上，同胖子一起再次走到那老蔓的近處，我仔細觀察那個女子，她並沒有頭髮眉毛，但是五官俱全，頷尖頸細，雙乳高聳，怎麼看都是個長相不錯的女人，當然除了皮膚的顏色綠得有些嚇人。

再往下看，這女子並沒有腿，或者可以這樣說，她被包裹在這孢子一般的老蔓之中，雙腿已與這植物化為了一體，難分彼此，用工兵鏟在她身上一碰，那女子的表情立刻發生了變化，嘴角上翹，竟然就是在發笑。

胖子剛才被這女人嚇得不輕，這時候也回過神來，對我說：「這大概不是人，更不是粽子，老胡你還記得咱倆小時候聽的那件事嗎？」

我點頭道：「沒錯，問之不應，撫之則笑，想不到世上真有這種東西，咱們軍區裡有一個老首長就親眼見過，當年紅軍長征，兵困大涼山的時候，劉伯承曾單槍匹馬去和彝人首領小葉丹結盟，當時有一部分紅軍與大部隊走散了，他們在彝山裡就見過這樣的東西。」

這綠汪汪的美貌女子，是木種，一種罕見的珍惜植物，在古壁深崖的極陰之處才會存在，凡具地氣精華的植物，都會長得像人，但既是數千年的老山參也僅具五官，而這木種，竟生得如此唯妙唯肖，真是名不副實，快要成精了，已經難以估量這人形木精生長了多少年頭了。

我對胖子道：「聽說當年那些紅軍戰士們以為這是山鬼，用大片刀就砍，結果從山鬼的傷口處流出很多汁水，異香撲鼻，結果他們就給它煮來吃了……，他們管它叫做翠番薯，彝人告訴他們這是木種，我估摸著，這也是木種一類的東西。」

胖子說：「哎呦，這要真是木種，那可比人參值錢了，咱們怎麼著，是挖出來抗回去，還是就地解決了？」

我對胖子說：「現在你背著一大包明器，我背著Shirley楊，哪裡還再拿得了多餘的東西，據說這東西有解毒輕身的奇效，只是不知能不能拔千年古屍的屍毒，而且你看這老蔓也斷了，它失去了養分的來源，不到明天就會枯萎，我看咱們也別客氣了，吃了它。」

胖子正餓得前心貼後背，巴不得我這麼說，掄起工兵鏟，一鏟子下去，就先切掉了一條木種的胳膊，一撅兩半，遞給我一半說：「獻王那沒腦袋的屍體，裹在那塊爛肉裡，隨時都會追上來，沒功夫像革命先烈們那樣煮熟了，咱就湊和著生吃吧。」

我接過來那半條人臂形的木種，只見斷面處有清澈汁液流處，聞起來確實清香提神，用舌頭舔了一點汁水，剛開始知覺有那麼一丁點兒的甜頭，但稍後便覺得口中立刻充滿了濃郁的香

甜，味道非常特殊，再張嘴咬了一大口，唓唏唓唏一嚼，甜脆清爽，不知是因為餓急了，還是因為這木葒精本就味道絕佳，還真有點吃上癮了。

一旁的胖子三口兩口之間，就早已把那半截木葒手臂啃了個精光，抹了抹嘴，掄著工兵鏟又去切其餘的部分，木葒被砍了幾鏟，它的身體好像還微微顫動，似乎疼痛難忍，隨後就不再動彈了。

我們從山神廟進入溶解岩岩洞之時，本帶了約有三天的食品，但到進入古墓陰宮之前，就被胖子吃得差不多了，一路亡命，體力消耗得很大，都餓得夠嗆，總算找到點能吃的東西，當下便狼吞虎嚥地吃了起來。

我胡亂啃了幾口，就覺遍體清涼，腹內飢火頓減，Shirley楊昏迷不醒，我拿了一大塊木葒，用傘兵刀割了幾個口子，捏住她的鼻子給她灌了下去，Shirley楊那雪白的臉龐上，籠罩著一層陰鬱的屍氣，此時喝了些木葒清涼的汁液，那層屍氣竟有明顯減退，我心中大喜，這條命算是撿回來了。

又把些木葒切爛了，連同糯米給裹住傷口，招呼胖子，讓他把包裡那些沒用的東西扔下幾樣，將那些剩餘的木葒都裝進密封袋裡，一併帶上，此地不宜久留，必須立刻動身離開。

胖子挑了些占地方的金玉之器扔在地上，把剩下的半隻木葒都填進密封袋裡，我順手把那顆獻王的人頭拿了過來，塞進自己的攜行袋裡，若是再被追得走投無路，就只好先拿它來脫身，總不能只為了這肥身保後的「雮塵珠」，先在此斷送了性命。

這樣一來，我們又多耽擱了七八分鐘，但總算是吃了些東西，恢復了一部分精力，我向谷底的深潭望了一望，墨綠一團，似乎沒什麼異動，但我的直覺告訴我，這只是暴風雨來臨前的平靜，不把那屍洞徹底解決掉，就絕沒個完，於是背上Shirley楊，同胖子沿著棧道向上攀爬，繼續我們的逃亡之旅。

胖子邊走邊對我說：「這趟來雲南，可真是玩命的差事，不過倒也得了幾樣真東西，回去之後夠他們眼饞幾年的。」

我對胖子說：「你那包裡裝著咱們在天宮後殿中找來的玉函，裡面雖然不知裝著什麼祕密，但一定是件緊要的事物，還有那面鎮壓青銅槨的銅鏡，也是大有來歷，說不定是商周時期的古物，這些東西都非比尋常，你還是把嘴給我閉嚴實點吧，千萬別洩露出去，在我搞清楚其中的奧祕之前，包括大金牙都不能讓他知道。」

說起從「獻王墓」裡摸得的明器，我下意識地摸了摸自己的攜行袋，想起裡面除了獻王的人頭，還有從他手中摳出來的很多黑色指環，那應該也是些最被獻王重視的器物，甚至僅次於「雮塵珠」，不過那究竟是用來做什麼用的呢？

迷茫的思緒，被谷底的巨大響動打斷，一陣陣指甲抓撓牆壁的刺耳噪音，斷斷續續地沿著石壁傳將上來，那聲音越來越大，上升的速度極快，我心知不好，現在距離棧道的終點，還差很大一段距離，跑上去肯定是來不及了，連忙四處一看，想找個能有依托掩護的地形，卻發現我們所處的位置，竟離絕壁上的葫蘆洞口不遠，從洞口下來的時候雖然不容易，但用飛虎爪上去，卻也不難。

潭底的屍洞已經很近了，我見時間緊迫，除了先進葫蘆洞，更沒有別的地方可供退卻，便取出Shirley楊的飛虎爪，勾定了岩壁，我又用登山繩和俗稱「快掛」的安全栓，將背上的Shirley楊同自己捆個結實，扯著飛虎爪的精鋼鎖鏈，踩著反斜面絕壁上能立足的凸點，一步一步爬上了葫蘆嘴。

一進葫蘆洞，發現這裡的水面降低了很大一塊，四處散落這一些白花花的屍體，都是那些面目猙獰的死痋人，想必它們受不了洞口稀薄的氧氣，都退進深處了，洞口還算是暫時安全。

我立刻放下Shirley楊，用快掛固定住登山索，垂下去接應胖子，他有恐高症，如沒有接應，就爬不上來。

但是望下一看，頓時全身凜然，這是頭一次比較清楚地看見那個屍洞，烏蒙蒙的一大團腐肉，幾乎可以覆蓋半邊潭口，大概由於只是個烏頭的死體，所以並非如傳說中的那樣五官俱備如同人頭，而只是在上面有幾個巨大的黑洞，似乎就是以前的鼻子、口、眼之類，尤其是一大一小兩個相對的黑洞，應該就是肉芝的兩個眼穴，此時它正附在絕壁上，不斷地向上蠕動，腐臭的氣息在高處都可以聞到，從中散播開來的黑氣，似乎把晴朗的天空都蔽住了。

那不斷擴大的「屍洞效應」，絕非一般可比，它幾乎沒有弱點，根本不可能抵擋，一旦被碰上，就會被吸進那個生不生死不死的「縫隙」之中，我急忙招呼胖子快上，胖子也知其中厲害，手忙腳亂地往上攀登。

就在胖子離洞口還差兩米的時候，忽聽一聲淒厲的哀鳴從空中傳來，我覺得眼前一暗，一隻碩大的「雕鴞」從半空向胖子撲去，我大叫不好，「雕鴞」這扁毛畜牲，是野生動物裡最記仇的，我們那夜在密林中用衝鋒槍幹掉一隻，想不到這隻竟然不顧白晝，躲在谷中陰暗處，伺機來偷襲我們。

我手中拖著繩索，想回身拿槍已然來不及了，而胖子身懸高空，還能抓著繩子往上爬就是奇跡了，更不可能有還擊的餘地。

說時遲，那時快，「雕鴞」已經攜著一陣疾風，從空中向胖子的眼睛撲落，好在王凱旋同志也是經歷過嚴酷鬥爭考驗的，生死關頭，還能記得一縮脖子，低頭避過「雕鴞」那猶如鋼鉤般的利爪，但胖子腦袋是避過去了，可背上的背囊卻被爪個正著。

「雕鴞」是叢林裡的空中殺手，它的爪子鋒利絕倫，猶勝鋼刀，帆部的防水背囊，立時被由上至下，撕開一條巨大的口子，裡面的一部分物品，包括玉函、古鏡等物，都翻著跟頭從空中掉了下去。

第一六八章　狹路相逢

紅色古玉的匣形寶函，在空中劃出一道血色的光芒，還沒等我看得清楚，便迅速地與其他物品一起，掉入了下面不斷上升的屍洞之中，瞬間失去了蹤影。

我愣在當場，不是因為失了這件重要的玉函而在懊悔抱怨，而是這一刻腦中靈光閃現，隱約之中，竟已猜出了那玉函中裝的是什麼祕密。

忽聽葫蘆洞口下傳來碰的一聲撞擊，這才猛然回過神來，想起胖子還沒爬上來，急忙俯身去接應於他，發現剛才那聲撞擊，原來是那隻「雕鴞」一擊落空，便在半空中兜轉半個圈子，從山陰處，復又撲至，胖子身懸絕壁，唯一一枝還有子彈的「芝加哥打字機」，用登山繩墜在身下，急切間難以使用，只好一隻手抄起工兵鏟，狠狠砸向疾撲而來的「雕鴞」。

「雕鴞」的頭頸被精鋼的鏟子拍個正著，骨斷筋折，向只斷了線的大風箏，也墜進了「屍洞」裡面，胖子用力過猛，身體也跟著悠了出去，險些將三股登山繩拖斷，趕緊撒手把工兵鏟扔掉，抱住繩索，拚命仰著臉，閉著眼不敢去看下邊的情況。

我在洞口大喊他的名字，讓他清醒過來，拖拽繩索，用盡吃奶的力氣，加上胖子自己也豁了出去，玩命向上攀爬，總算是把他扯了上來。

胖子一爬進洞，便立刻坐倒在地，不停地抹汗，顯然是還未從剛才的高空驚魂中緩過神來，我過去檢查他的背囊，裡面還剩下小半袋子東西，主要是一些裝在密封袋裡的木菴，另有爆破「天門」後剩下的兩塊炸藥，其餘裝得比較靠上邊的東西全都沒了，包括一直沒有用武之地的「旋風鐘」等特殊器械。

我把炸藥拿出來以便隨時使用，然後用膠帶帖上背囊的破口，又用夾子暫時固定上，這時又哪裡有心情去計較得失，打亮了戰術射燈，背起Shirley楊，拍了拍胖子的肩膀，稍作安撫，讓他趕快跟著我往漆黑的「葫蘆洞」深處撤退，那屍洞吞噬到巨大的物體時，速度會明顯減慢，也許洞中那條半死不活的大蟲子，可以拖延它一陣子，為我們爭取到一些逃生的寶貴時間。

胖子咬牙站起身來，抄起衝鋒槍和背囊，邊跑邊問我道：「我說胡司令，今天你怎麼有點不太對勁，好像跟變了個人似的？」

我背上的Shirley楊這時從昏迷中醒了過來，不知是那木菈起了作用，還是越往深處走氧氣越濃有關，她仍然是極其虛弱，說不出話，我最擔心她就這麼一直處於昏迷狀態，那是最危險的，卻又擔心她忽然醒轉是迴光返照，但有沒時間停下來看她的傷勢，心亂如麻，沒聽清楚胖子的話，隨口反問道：「什麼他媽的叫變了個人？」

胖子說道：「要按你平時的脾氣，損失了這麼多重要東西，你肯定得用比冬天還要嚴酷的姿態來罵娘了，怎麼這回卻什麼都沒說，反倒像祖國母親般和藹可親，這真讓我有些不太習慣了。」

我說：「你這都哪跟哪啊？你以前是沒少給我惹禍，可我幾時批判過了你了？還不都是整天苦口婆心地以說服教育為主嗎？而且我覺得你話說反了，你不是自稱要橫眉冷對千夫指嗎？剛才事出突然，咱們任何人都沒有責任，沒折胳膊斷腿，就已經是最大的勝利了。」

另外其餘的明器雖然貴重，卻也無所謂，只要性命還在，咱們就有得是機會賺錢，當然那兩件最重要的東西，其中的古鏡絕對是個好東西，但得之失之也無關大局，記住了樣子，回北

京打聽打聽，以後再找一面，也不是沒有可能。」

還有那只殷紅的玉石古函，我突然想到，裡面裝的一定是那所謂的龍骨天書，也就是與Shirley楊家裡傳下來的那塊相同，都是用天書記載的「鳳鳴歧山」，在西夏黑水城找到的那塊，還有在古田縣出土後，因運輸機墜毀而消失的龍骨，應該都是一樣的內容。

而且聯想到Shirley楊家傳的龍骨天書，是在黑水城空墓藏寶洞深處的暗室裡，古田縣出土的，也不是在什麼墓穴裡找到的，看來這種龍骨天書，不能夠用來做墓主的陪葬品，這可能是受古代人價值觀、宇宙觀的影響。

龍骨天書歷來是大內珍異祕藏，裡面的內容如果只是「鳳鳴歧山」的傳說，那絕不應該藏得如此隱祕，這天書的祕文中，一定另有機密之處，極有可能是記載著「雮塵珠」的出處來歷，亦或是長生化仙之道，但解讀的方式一定另有他法，不是孫教授那老不死的沒告訴我們，就是連他自己也沒摸著門，龍骨天書與「鳳凰膽」之間，一定有著重大關聯。

這些念頭在我心中湧現，但在這時自是沒空對胖子言明，只是讓他不用多想，目前服從命令聽指揮就行了。

「葫蘆洞」裡的水位降低了很多很多，似乎是與地脈的變化，使洞底的水系改道了，沒有了水的地方，露出很多溼滑的岩層，我們就揀能落腳的地方往深處跑，地面上的痋人和做為痋蛹的女屍逐漸增多，有些地方簡直堆積如山，穿梭其中，如同在屍海中跋涉，但自始至終沒有見過活著的痋人。

我們漸行漸深，心中也不免栗六，莫非是地脈的劇烈變化，導致這洞內環境有所改變，所有的痋人都死絕了？不過這氧氣濃度高應該是與那「蟾宮」有關，難道那些痋人都潛伏在深處等候著送上門的獵物？

身後陣陣刺耳的噪音，不疾不徐地逼近，這時已經沒有退路可言，就算明知敵人埋伏在前方，也不得不硬著頭皮往裡走，我和胖子邊走邊準備武器，能用來攻擊的器械，幾乎就沒剩下幾樣了，我對胖子說：「咱們這回可真是彈盡糧絕了，比當年紅軍在井崗山的時候還要困難，真是他娘的官比兵多、兵比槍多、槍比子彈多，這仗快要沒法打了。」

四周傳出一陣窸窸窣窣的聲音，十分密集，從上下左右，都從黑暗中浮現出無數花白的蠕動身軀，大批的痋人終於出現了，而且已經形成了弧形包圍圈，對此我們倒是有心理準備，被它們咬死，或是活活被屍洞吞了，都差不多，背著抱著一邊沉，今天不是魚死就是網破了。

耳聽屍洞的聲音也近在數米開外了，我和胖子不管三七二十一，往裡就衝，封住來路的那批痋人，正待衝將上來形成合圍，突然後邊一陣大亂，躲閃稍慢的，都被屍洞吞了下去。

這些痋人卻不知那屍洞何等犀利，都被這一大團爛肉的腐臭吸引，裂開粉紅色的巨大口器，紛紛撲了過去，我和胖子藉機衝突而前，有幾隻零星接近的痋人，還未等撲到我們身邊，就都被胖子用M1A1的彈雨打得腦漿橫飛。

洞中亂成了一鍋粥，我們趁亂跑出一段距離，耳中聽得重甲鏗鏘，那條身皮龍鱗妖甲的巨蟲，正扭動掙扎著撞擊牆壁，原來留在洞穴深處的痋人，都餓紅了眼，剛好一條動彈不得的巨型「霍式不死蟲」趴在附近，除了有甲葉遮擋的地方，遍體皆被痋口啃成了篩子，身體被壓在山下的那一部分，由於沒有龍鱗青銅甲的遮護，竟然被生生啃成了兩截，從山體中脫離了出來。

這「霍式不死蟲」沒有中樞神經，全身都是網絡神經，即使被啃得面目全非，也照樣還能

活著，而且時間一長，恢復了力氣，拚命翻滾，如同一條被大群螞蟻咬住的肉蟲，想把這些咬住了就不撒口的痋人甩脫。

由於要避開纏鬥在一起的巨蟲和痋人，我們逃跑的速度被迫慢了下來，這時身後大肉箱子一般的屍洞，已經不分死活，吞噬了無數痋人，頂著腳後跟追了上來。

我們逃至「葫蘆洞」縱向的左側，右邊是翻撲滾動的銅甲巨蟲和一大群痋人，屍洞從左側掩至，我看再也不可能有地方可躲了，是時候該使出最後的絕招了，於是伸手揪出獻王的人頭，向「霍式不死蟲」的身後拋了出去。

那「屍洞」果然立刻掉轉角度，向「葫蘆洞」的右側移動過去，剛好被那大團的蟲體攔住，速度頓時慢了下來，我見機會來了，便瞅個空子衝了過去，撿起獻王的人頭，繼續往洞穴的深處奔逃。

這次是借著葫蘆洞裡的大量生物，又一次暫時拖住了緊追不捨的烏頭肉槨，下一次可就沒什麼可以阻止它了，就算是一萬個不情願，也只好放棄這顆可能藏有「雮塵珠」的人頭了，先留下性命，再圖他策。

向前行了沒有數步，胖子沒看清腳下被絆倒在地，摔了個趴虎，從黑暗的地方突然冒出大批痋人，將我們圍了個水泄不通。

第一六九章　亡命特快

我內心深處拚命告誡自己，不到萬不得已，一定要把「雮塵珠」帶出去。便和胖子輪番背負著Shirley楊逃跑，胖子身體突然失去重心，撲倒在地，好像踩到什麼東西被絆了一腳，仗著皮糙肉厚也無大礙，他罵罵咧咧地正要爬起來之時，我發現有數十隻「痋人」從黑暗的岩頂上爬了下來，它們顯然是察覺到了我們的存在，無心去和同類爭著去咬那巨蟲，而是悄悄朝我們圍攏了過來。

子彈已經全部耗盡了，「芝加哥打字機」也都被我們順手扔在路上了，只剩下Shirley楊的一套登山鎬和工兵鏟，我和胖子各執其一，另外還有枝小口徑的六四式手槍握在我手中，憑這幾樣東西如何能抵擋這麼多痋人，早聽說人當水死，必不火亡，看來我們命中注定要被蟲子咬死。

這時胖子發現剛才絆倒他的東西，正是那口被我們稱為「潘朵拉魔盒」的青銅箱子，地上散落著一些事物，都是先前從裡面翻出來，那幾件當地夷人的神器，山魈的骨骸，內藏玉胎的瓶子，還有那精美華麗的「蟾宮」。

我想起這鬼蟾是個禍根，先順手除了它，在用炸藥引開那些痋人，當下便抬腳踢開「蟾宮」的蓋子，舉起六四式便打，連發五彈，將裡面那隻藍幽幽的三足怪蟾打得粉碎，這塊影響到空氣濃度的上古隕石一碎，整個「葫蘆洞」裡的空氣，彷彿也都跟著顫抖了一下。

痋人們莫名地驚慌起來，它們似乎也知道那「蟾宮」的重要性，感覺到了大難臨頭，它們

對空氣的變化極為敏感，雖然暫時還不至於死在當場，卻都變得不安起來，頓時亂了套，顧不上我們三人，各自四處亂躥，有的就糊裡糊塗地跳進了「屍洞」裡。

胖子對我說：「這可真是歪打正著，咱們趁早開溜。」說著話順手拾起地上的玉瓶，扔進破背囊裡，我見有了空隙，便同胖子背了Shirley楊，抄起背囊，奪路而走。

地上到處都是做為痋卵母體的夷女屍體，層層疊壓，難計其數，一具具面目扭曲，又兼數量奇多，使人觀之欲嘔，我們踩著這一層層的女屍，爬到了「葫蘆洞」中間的缺口處，魚貫而入。

「葫蘆洞」的另一邊，是被地下水吞沒的化石森林，這裡的水位依然如故，並未有什麼變化，我們跑到此處，一路上馬不停蹄，而且還背著個大活人，這也就多虧在谷中吃了多半隻木精，那成形的萬年木菫，畢竟不是俗物，吃後感覺像是有用不完的力氣和精力，但到了現在也開始頂不住了。

我和胖子都是上氣不接下氣，Shirley楊意識已經完全清醒了，力氣也恢復了一些，我抓緊時間給Shirley楊腿上中了屍毒的地方，換了些新糯米和木菫敷上，替換下來的糯米都已變得如黑碳一樣乾枯漆黑，看來果然能拔出屍毒，混以木菫竟似有奇效。

借這換藥的機會，喘息了片刻，正要動身下水，身後洞口中，突然躥出一條火龍般的多足肉蟲，這條蟲比大水缸還要粗上幾圈，長近十米，我和胖子立時醒悟，這就是那隻批著龍鱗銅甲的老蟲子，它被痋人啃成兩半，又被那烏頭肉槨吸住，把全身的銅甲都吞噬掉了，露出裡面裸露的蟲體，它躥到這裡，似是也在趕著逃命。

我見它身體上有幾隻白花花的痋人咬噬著，便忙對胖子說：「王司令，乾脆咱也搭個順風車吧，再他媽跑下去，非累吐血不可。」

胖子口中答應一聲，已經掄出登山鎬，一鎬鑿進了蟲身，我讓Shirley楊緊緊摟住我，把我們承重帶上所有的快掛都互相鎖住，緊跟在胖子之後，在巨蟲從我面前穿過的一瞬間，用工兵鏟和傘兵刀狠狠扎了下去，一股巨大的前衝力，將我們扯了起來。

「霍氏不死蟲」呼嘯著躥入水中，濺起無數水花，驚得化石森林中的各種巨型昆蟲紛紛逃竄，我只聽見耳中風聲呼呼作響，完全看不清究竟身在何方，Shirley楊在背後緊緊摟著我，絲毫不敢放鬆，我在心裡暗暗祈禱，摸金祖師爺們保佑，千萬別讓我們撞到化石樹，剛念及此，便覺得全身一涼，身體跟著巨蟲沉入了水中。

我心中一驚，便攜式氧氣瓶早就不知道丟哪去了，這樣下去，我們不得不撒手游上水面，我感覺到Shirley楊用手掐我肩膀，知道她身體中毒後身體虛弱，不便在水底多待，當下便準備放手，誰知那巨蟲弓起軀體猛向水面上游去，我隨即省悟，它比我們更需要氧氣。

也不知過了多久，這趟驚心動魄的特快亡命列車，終於開始逐漸減速，最後停了下來，由於蟾宮被我毀了，這半條老蟲子，失去了它賴以維生的根本，到了兩側布滿全象骨的殉葬坑道中，就再也無法行動了，我們進谷之時，一頓狂打，使它吐盡了體內的紅霧，直到我們撤出來的時候，它才恢復過來，此時它精疲力竭，網狀神經在逐漸僵硬壞死，雖然還沒死透，卻也撐不了幾時了，等後面的屍洞跟上來，就會把它澈底吞噬。

我把Shirley楊從「霍式不死蟲」的背上抱了下來，見她臉上的屍氣又退了幾分，心中倍感寬慰，這時我們早已經疲憊不堪，自入遮龍山到現在為止，尚且不滿三天，卻感覺比過了三年還要漫長。

我估計後面那烏頭肉槨雖然仍是緊追不捨，但應該被我們甩下了一段距離，而且附在其上的屍洞逐漸擴大，它的速度也會減下來，殉葬溝裡的這條巨蟲，也可以再拖慢它的速度，於是和胖子一起架著Shirley楊，爬回了山神廟前的暗道入口，先休息五分鐘，把這口氣喘勻了，然後還得接著跑。

胖子一邊揉著身上青一塊紫一塊的傷痕，一邊問我道：「老胡，咱得跑到什麼時候才算完？我現在兩腿都跟灌了鉛似的，渾身上下沒有一塊地方不疼，再跑下去，怕是要把小命交代到這了。」

我喘著粗氣對胖子說：「那個他媽的屍洞，大概是一種附在肉槨上的腐氣，形成清濁不分的惡穴，碰到什麼就把什麼一起腐爛掉，我覺得只有把它引到谷口，才有一線機會解決掉它。」

這「蟲谷」的入口就是地勢行止起伏對稱的所在，在風水中叫做青龍頓筆之處，左為牛奔，右有象舞，中間形勢如懸鐘星門，是一處分清濁、辨陰陽、抹凶砂的「扦城位」，屍洞一旦移動到那裡，其中的混沌之氣就會被瓦解，但這個理論能不能管用，完全沒有把握，只好冒險一試，反正除此之外，再無良策了。

我簡短潔要地對胖子說了我的計畫，拿起水壺，把剩下的水喝個涓滴無存，然後把水壺扔在一旁，這時候得盡量輕裝了，還剩下一點炸藥，讓胖子去把山神廟前的入口炸掉，盡一切可能多爭取一點時間，我則去山神廟裡，取了一些我們事先留在那的食品、電池、手電筒等應急之物。

稍微休整了幾分鐘，就匆匆忙忙地出發了，山神廟已經離谷口不遠，但林密難行，兩側山坡陡峭，地勢艱難，可謂一線中分天作塹，兩山峽門石為門，谷中的大量密集植物，加上谷底水路錯綜複雜，溪石嶙峋，一進山谷，我們行進的速度就立刻慢了下來。

現在唯一的優勢是對於地形的掌握，我們從外向裡進入「獻王墓」的時候，裡面的一切皆是未知，所以必須步步為營，此時原路返回，摸清了底細，就沒有那麼多的顧慮了。

蟲谷中的這片植物層，足可以用「綠色地獄」來形容，最讓人頭疼的還是孳生其中的無數毒蟲，胖子在前頭開路，我攙著一瘸一拐的Shirley楊走在後邊，撥藤尋道，正在向前走著，胖子突然停住，掄起工兵鏟，將一條盤在樹上的花蛇蛇頭斬了下來，蛇身晃了兩晃，從樹枝上鬆脫掉落下來，胖子伸手接住，回頭對我說：「一會兒出去，看本司令給你們露一手，做個鐵鏟翻烤蛇肉段，這還是當年在內蒙插隊時學的手藝。」

我催促胖子道：「現在都什麼時候了，還惦記著吃蛇肉，你快往前走，等出了谷，你想吃什麼都管你夠。」

我們正要前行，便見頭頂有大群受驚的鳥雀掠過，後邊遠遠的傳來大片樹木倒塌的聲音，我趕緊讓胖子先扶住Shirley楊，爬上近處的一個老樹，向前張望，離谷口已經不遠了，但後面的烏頭肉槨也已經追了上了。

我對胖子叫道：「快走，幾分鐘之內就會被追上。」隨即跳下樹，和胖子把Shirley楊橫抬了起來，發足便奔，轉過兩株茂密的紅橡，谷口那兩塊畫有眼睛的巨石便在眼前，身後樹叢嘩啦嘩啦的猛響，聽聲音，屍洞與我們的距離也不超過二十米了。

我突然想到，如果直接從谷口出去，萬一有個閃失就沒辦法抵擋了，於是停下腳步，讓胖子背起Shirley楊，折向谷側的山坡，這谷口處的山坡已不似深處那般陡峭，但我們已筋疲力竭，

腦袋裡疼得好像有無數小蟲在噬咬，耳鳴嗡嗡不止，勉強支撐著爬上一半，我就從攜行袋中掏出了獻王的人頭，人頭那模糊扭曲的五官，在白天看來，也讓人感覺那麼的不舒服，而且這人頭似乎又發生了某些變化，我沒有時間再去端詳，用飛虎爪揪住獻王的頭，準備利用離心力，將它從谷口拋出去，能否擺脫屍洞無休無止的追擊，能否將這顆重要的首級帶回去，皆在此一舉。

第一七〇章　數字

從我所在的山坡向下看，谷中逶迆數里，皆是一片烏濛濛的顏色，這屍洞一路不斷擴大，幾乎要把後面的山谷都填滿了，也不知這狹窄的谷口，能否瓦解如此多的混沌惡氣，但此時上天無路，入地無門，只有按預先的計畫行事，成功與否，就看老天爺是否開眼了。

把「飛虎爪」當做流星錘一般，一圈圈地掄將起來，估摸著力量達到了極限，立刻一撒手，獻王的人頭被巨大的離心力甩向了谷口外邊。

我本打算死死盯住那人頭落下的方位，但是剛才用力過猛，腳下沒踩結實，竟從山坡上滾了下去，下邊不遠，生長著一叢雨蕉，剛好掛在其上，耳中只聽悶雷般的聲音響徹山谷，眼前一黑，就此什麼都不知道了。

昏迷中也不知時間短長，只是不想睜開眼睛，盼望著就此長睡不起，但是肚中越來越餓，還是醒了過來，剛一睜眼就覺得陽光奪目，竟然還是白天，再往四周一看，自己是躺在山坡上，身上蓋了幾片芭蕉葉子，頭下枕著一個背包，Shirley楊正坐在旁邊讀著她的聖經，腿上雖仍裹著繃帶，先前籠罩在臉上那層陰鬱的屍氣卻不見了。

我頭腦還不太清醒，迷迷糊糊的問Shirley楊我昏迷多久了？是不是受了什麼重傷？

Shirley楊笑道：「昏迷了還一直打鼾？你只不過是勞累過度，在樹上撞了一下，就藉機會足足睡了一天一夜。」

聽Shirley楊講，原來我倒撞入雨蕉叢中之後就睡著了，山谷下邊的「烏頭肉槨」也衝到谷

口，被「青龍頓筆，屏風走馬」的形勢擋住，附在其上的混沌凶砂頓時煙消雲散，流出無數汙水，最後谷口只剩下一個有一間房屋大小的肉芝屍殼，從上望去，其形狀如同一個花白的大海螺。

被屍洞腐蝕掉的全部事物，則都成了爛泥，那腐臭的氣息被山風一吹，也自散了，胖子把我和Shirley楊分別拖上了坡頂，跟著倒地就睡，緊繃著的神經一但鬆弛下來，就再也難以支持，好在那時候Shirley楊身上的屍毒退了大半，動手給自己換了最後一次糯米和木荏，現在看來這長成了形的木荏精確有奇效，最多再有一天，Shirley楊就能恢復如常。

胖子早上提前給餓醒了，便去谷前找到了人頭，然後去山神廟拿我們的東西，估計再過一會兒也該回來了。

我見大事已定，就等胖子回來做飯了，然後紮個木排順水路回去，這次行動就算是成功了，但只是不知這人頭裡，是否就藏著我們苦苦搜尋的「雮塵珠」，評估這次來雲南倒斗摸金的成果，主要就取決於此。

Shirley楊說：「現在有百分之九十九的可能，這半玉化了的人頭口中，就含著鳳凰膽，不過咱們在雲南沒辦法取出鑑定，這些事都要回去之後才能做。」

這時胖子從背著我們的行李，從谷中返回，路上又抓了幾條花蛇，見我已醒了過來，便生火烤蛇，三人都餓得不輕，狼吞虎嚥地吃喝完畢，便下到谷底，覓路返回「遮龍山」。

Shirley楊問我要不要把那萬年肉芝的乾殼燒燬了，我說沒那個必要了，除非再有大量的屍體堆積到它體內，否則用不了多久，就被這裡的植物和泥土埋住了，這裡也並非風水大沖的穴眼，不會再產生什麼變化了，如果一用火燒，咱們免不了要拉上十天肚子。

沿著「蛇爬子河」，很容易就摸到了「遮龍山」山洞的入口，我讓Shirley楊留在洞前看著東西，我和胖子去附近找了幾株紅橡，用剩餘的繩索加以老藤，紮了個很小的簡易木筏，拖到洞口。

從「遮龍山」內的水路回去，雖然有可能會碰到那些牙勝刀鋒的「刀齒蛙魚」，但只要木筏上沒有沾染鮮血，就不成問題，唯一的麻煩是，回去是逆水行舟，最近水勢又大，著實需要出些力氣。

待到我們乘著木筏駛出「遮龍山」，我已是兩膀痠麻，在古墓中跌跌撞撞，身上的淤痕少說有十幾處，由於環境潮溼，都隱隱作疼，把登山頭盔摘下，只見頭盔上全是刮痕和凹陷，回想這幾天的經歷，真是『險一險他鄉做鬼，幾乎間兩世為人』，不過總算帶著東西從蟲谷裡出來了，而且同去同歸，這是最令人值得欣慰的。

回到「彩雲客棧」，我真覺得挺對不起老闆娘的，把人家免費借給我們的「劍威」汽步槍搞丟了，出來的時候光顧著走反，甚至已經想不起來是在什麼地方丟的，只好跟人家說，我們在山後捉蝴蝶的時候，遇到了蟒蛇，一番搏鬥，東西全丟了，蝴蝶也沒捉到。

老闆娘卻說東西只是死的，丟了就丟了，只要人平安就好，「遮龍山」原本就多出大蟒，即便是本地的獵手碰上，也難保周全，只是近些年，巨蟒已經不太多見了，你們遇上了沒出意外，這就比什麼都好。

我們在「彩雲客棧」裡有休息了幾天，直等到Shirley楊身體痊癒，加倍給了店錢，又對老闆娘千恩萬謝，這才動身離開，到昆明上了火車，在臥鋪車廂裡，我已經有些迫不及待了，便跟Shirley楊商議，研究研究從「獻王墓」中倒出來的幾樣東西，究竟都是做什麼用的，這裡面似乎

還有很多玄機未解。

我看了看外邊沒人偷看，便關起了門，讓胖子把那東西一件一件地拿出來，當時時間緊迫，都沒來得及仔細查看，在列車上的漫長旅途中，剛好可以鑑定鑑定。

胖子首先取出來的是玉瓶，這是從「葫蘆洞」中得來的，瓶中本有一泓清水，浸泡了一個小小的白玉胎兒，但這瓶裡的清水，在混亂中不知怎麼都淌淨了，其中的玉胎，失去了這清水的浸潤，竟也顯得枯萎了，再用平常的水灌進去，卻怎麼看都沒有以前那水清澈剔透，也許那玉胎就是一種類似於標本的東西，用真正的胎兒泡在裡面，就逐漸變成了這樣，但不知裡面的液體有些什麼名堂，何以能起到這種作用。

這件遮龍山的生殖崇拜祭器，與「雮塵珠」毫無關聯，所以我們沒多想，讓胖子收了，繼續查看下一件，胖子取出十幾枚黑色的玉環，這便是我從獻王手裡摳出來的，絕對是凌駕於所有陪葬品之上的重要明器。

指環一取出來，我們三人都立刻堵住了鼻子，「臭」，這些玉指環被屍臭所侵，臭不可近，在客棧裡已經借了些沉腦，薰培了好幾天，仍然沒有去盡，只好扔裝進透明的密封袋裡，隔著塑料袋看。

三人看了良久，都瞧不出什麼端睨，這些玉環既非精雕細刻，也不是什麼價值連城的貴重材料，只是年代一定久遠，而且經常使用，被摩挲的十分光潔。

我突發奇想，對胖子和Shirley楊說：「獻王的追求很單純，成仙求長生，咱們在肉槨裡見到有只丹爐，爐中有五色藥石的殘留物，看樣子有辰砂、鉛粒、硫磺一類，這些在古代合稱五石散，修仙的人除了煉丹之外，還有一項活動也很重要，那就是和神仙交流。」

胖子自作聰明地說：「噢，這些玉環原來是往天上扔的，看這意思跟求籤的差不多。」

我說：「不對，我估計除了類似觀湖景的大型儀式之外，一定還有一種日常的活動，古人最喜歡扶乩，雖然真仙未必應念而來，但也不失為一種精神寄託，我想這些玉環應該是配合一個乩盤，乩盤上有很多雜亂的文字，這玉環是用來扶乩套字的，是一種占卜用的器物。」

胖子問道：「一個人有多少隻手，用得到這許多枚玉環？」

我無言以對，只好分辯道：「也許是看天上星月變化，再選擇究竟用哪一枚與神仙交流。」

Shirley楊忽然開言道：「確是用來套字的，不過這是一套類似於加密密碼解碼器的東西，龍骨天書上字體的大小，剛好和這玉環相近，只有用這十幾枚玉環，按某種順序排列，才能解讀出龍骨上的真實信息。」

我對Shirley楊說：「真是一語道破夢中人，回去之後只要拿孫教授給咱們譯出來的〈鳳鳴岐山記〉，就能知道天書上所記載的祕密了，我就說嗎，那鳳鳴岐山的事誰不知道，犯得上這麼藏著掖著，原來這密文中，另有一層密文，這保密工作算是做到家了。」

不過這玉環又是如何排列的呢？想到這裡，三人都不覺一怔，面面相覷，這些黑色的玉環各自獨立，互不相聯，我忽然想起來獻王握著指環的手中，似乎還有一些黑色的殘渣，也許連接著玉環的部分，已經朽爛了，那就永遠也不可能有人知道如何使用了。

Shirley楊拿起密封袋，仔細地數了一遍：「玉環的數目總共有……十六枚。」

第一七一章　緊急增援

Shirley楊輕嘆一聲說道：「若言琴上有琴聲，琴在匣中何不鳴？若言聲在指頭上，何不於君指上聽。不知手法，即便有琴有指，也解不開其中的奧祕。」

胖子也感慨道：「看來那蘇東坡也是個解碼專家，不過咱們現在琴和手指都有了，只是這手指不分溜兒，仍然彈不成曲子，這些玉環終究是沒有用了，價值上也難免要大打折扣。」

如此看來，極有可能暗合上古失傳的「十六字天卦」，如果我家傳的殘書《十六字陰陽風水祕術》有全本，那我應該可以知道這十六枚玉環的排列方式，但現在我只知十六字之名，除非是我祖父的師傅，陰陽眼孫先生復活，可以問問他那十六卦如何擺演，否則又上哪裡去學？

怕就怕「雮塵珠」與天書中的信息有重大關聯，若不解開，就不能消除無底鬼洞的詛咒，不過究竟怎樣，還要等回北京從人頭中取出「雮塵珠」方能知曉，我們無可奈何之餘，也無心再去擺弄那些「明器」。

胖子去餐車買回些飯菜啤酒，Shirley楊在吃飯的時候對我說：「老胡，我一直在想獻王的雮塵珠是從哪裡得來的，有兩種可能，一是秦末動蕩之際，從中原得到的，其二可能得自藏地，據外史中所載，那套痋術，最早也是源自藏地。」

我喝了些啤酒，腦子變得比平時要清醒，聽Shirley楊說到這件事，便覺得「雮塵珠」多半最早是藏邊的某件神物，獻王希望成仙後能到他在湖景中看到的地方去，還把那裡服裝奇異的人形造成銅像，擺放在天宮的前殿，目的是先過過乾癮，肉槨最隱祕處的壁畫，詳細地描繪了觀湖景時所見的地點，那座城中就供奉著一個巨大的眼球，但這與新疆沙漠中的鬼洞，相互之間又有什麼聯繫？實在是令人費解。

我想最後的關鍵也許要著落到壁畫中所描繪的地方，那個地方具體在哪，我們毫無頭緒，甚至不知世上是否真的存在這麼一個地方，也許以前曾經存在過，現在還能不能找到。

但我的的確確見過那些奇裝異服的人形，於是我對Shirley楊講了一些我在崑崙上當兵的往事，這些事我始終不願意去回憶，太悲壯慘烈，一想起來就想被尖倒剜心一樣的痛苦，但那一幕幕就好像發生在昨天般歷歷在目，清晰而又遙遠。

一九七〇年冬天，我和我的戰友「大個子」，以及女地質勘探員洛寧，從死亡的深淵中逃脫出來，多虧被兵站的巡邏隊救下，地底和地面環境，一熱一冷，導致我們都發燒昏迷不醒，被送到了軍分區的醫院裡。

洛寧的病情惡化，第三天就不得不轉院了，後來她的情況如何，我就不清楚了，始終沒再得到過她的音訊，我和大個子只是發了兩天高燒，輸了幾天液，吃了幾頓病號飯，就恢復了過來。

住院的第六天，有一個我們師宣傳隊的徐幹事來找我們，徐幹事說我和大個子，是我們師進崑崙山後，最先立下三等功的人，要給我們拍幾張照片，在全師範圍內宣傳宣傳，激發戰士們的革命鬥志。

我當時的情緒不太好，想盡快出院，一個班，就剩下我們兩個倖存者了，最好能夠早點回到連隊裡，免得躺在病床上，整天一閉眼就看到那些犧牲的戰友在眼前晃悠，聽徐幹事說，我們師的主力很快就要開進崑崙山了，他給我拍完照片，就要先去「不凍泉」的兵站找先遣隊。

我一聽是去「不凍泉」兵站，立刻來了精神，因為我們連就是全師的先遣隊，便和徐幹事商量，讓他去和醫生商量商量，把我和大個子，也一併捎回去，讓我們早些重新投入到革命鬥爭的洪流中去。

經過徐幹事的通融，當天我們三人便搭乘給兵站運送給養的卡車，沿公路進了崑崙山口，半路上下起雪來，四下裡彤雲密布，大雪紛飛，萬里江山，猶如粉壁。

世界上沒有比在青藏川藏兩條公路上開車更冒險的職業了，防滑鏈的聲音讓人心驚，卡車上的帆布和車頭的風馬旗，獵獵作響，凜冽的寒風鑽進車內，把我們凍得不得不擠在一起取暖，水壺裡的水都結成了冰，牙關打著顫，好不容易挨到了「不凍泉」，立刻跑到圍爐邊取暖。

徐幹事是個南方人，雖然也算身體素質不錯，但比起我們基層連隊士兵的體格來，身體仍然略顯單薄，不過這個人和那個年代的大多數年輕人一樣，他的血液裡流淌著一股莫名其妙的動力，稍稍暖和過來一些，就立刻張羅著給我和大個子拍照。

我們承他說情，只好聽他擺布，我舉起一本《毛選》，在火爐邊擺了個認真閱讀的造型，徐幹事按動快門，閃光燈一亮，晃得我差點把書掉進爐子裡。

徐幹事對我說：「小胡同志，不用等底片沖印出來，憑我的經驗來看，這張照片一定拍得很好，因為你學習毛主席著作的神情很專著。」

我連忙謙虛道：「我一學習起來就很容易忘記我個人的存在，完全忘了是在拍照，相片拍得好，那還是因為你的攝影技術好。」

大個子在旁說道：「老胡這造型確實整得不錯，我也整跟他一樣的姿勢得了，將來通報的時候，是不是可以給我們整孜孜不倦這個評語？」

徐幹事笑道：「那不合適嘛，這四個字林總已經用過了，廢寢忘食則被用來形容雷鋒同志了，我看給你們兩人用聚精會神，怎麼樣？」

正說著話，我們連的連長回來了，連長是四川入伍的老兵，他聽說我們那個班唯一活下來的兩名戰士歸隊了，頂風冒雪地跑進了屋，我和大個子趕緊站起來，立正，敬禮。

連長在我們每人胸口搗了兩拳：「回來就好，可惜指導員和你們班其餘的同志……，算了……不提了，你們兩個趕緊去吃飯吃，日他先人板板地，一會兒還有得緊急任務。」說完就又急匆匆的轉身出去了。

我和大個子外加徐幹事，聽說有緊急任務，有見連長那匆忙的樣子，知道可能出什麼事了，現在也不便打聽，只好趕緊去吃飯，吃飯的時候才發現，先遣隊的大多數人都不在，原來繼我們之後，先遣隊又分頭派出了數支小分隊進崑崙山，現在的不凍泉兵站是個空殼子，沒剩下多少人手。

我察覺到了空氣中緊張的氣氛，便問通訊員陳星是怎麼回事，原來在三天前，這附近的山體又發生了一次餘震，有兩個牧民在山埡荒廢的大鳳凰寺中躲雪，地震使他們的牛受了驚，跑進了寺後，寺後有個臭水潭，那個水潭好像和不凍泉一樣，即使冬天也不結冰，眼睜睜的看著寺後的水潭裡，伸出一隻滿是綠毛的大手，將那犛牛硬生生扯進了水裡，他們兩個忙趕過去，想把犛牛拉回來，但扯上來的時候，那犛牛已經成……牛肉乾了，這前後還不到幾分鐘的時間，牛就只剩下皮和乾肉了，牧民們頓時害怕起來，認為是鬧鬼了，就來報告大軍。

牧民的事，解放軍不能不管，當時就把可以機動的一些人員，混編成一個班，由那兩個牧

民帶了，去大鳳凰寺，看看那裡究竟是什麼東西在挖社會主義牆角，當時打狼運動開展得轟轟烈烈，一切危害牧民的動物，都在被打之列。

但是這些戰士，去了已經兩天兩夜了，包括那兩名牧民，全都下落不明，通訊也中斷了，不凍泉兵站把這事彙報了上級，引起了高度重視，就在剛才做出了如下指示，帝國主義亡我之心不死，階級鬥爭的形勢很複雜，也許那兩個牧民報告的情況有詐，他們實際上是特務，特別是我們先遣隊在崑崙山執行的任務又高度敏感，所以必須立刻派部隊去接應。

但是兵站裡沒剩下幾個人，還要留下些人手看護物資，別的兵站又距離太遠，短時間內難以接應，但軍令如山，上級的命令必須服從，連長沒辦法，只好讓一個人站兩個人的崗，包括連長自己在內，總共才湊了三個人，算上我和大個子，還有徐幹事和一名軍醫也自告奮勇地要去抓特務，還有一名因為高山反應比較強烈的地勘員，也加入進來，這就有八個人了，仍然感覺力量太單薄了，但沒別的辦法，來不及等兄弟連隊增援了，就這麼出發。

外邊的雪下得不緊不慢，剛一出兵站，碰上一位老喇嘛，這老喇嘛是山上廟裡的，經常來兵站裡，用酥油巴同炊事員換一些細鹽，連長一想這喇嘛跟大軍關係不錯，又熟悉這一帶，不如讓他帶路。

老喇嘛一聽我們是要去大鳳凰寺，頓時吃了一驚，當地人都不知道，他們都忘了，老喇嘛卻記得，大鳳凰寺，乾隆年間修的，供著大威德金剛的寶相，但五十年後就荒廢了，因為那個山埡，是幾千年前「領國」的國君「世界制敵寶珠大王」（即格薩爾王），封印著魔國一座神祕古墳的地方，是密宗的禁地。

第一七二章　康巴阿公

連長不以為然，說道：「說啥子古墳嘛，藏區都是天葬，哪裡有得啥子古墳，一定是那些特務龜兒們搞出來駭人的，你們就不會動動腦殼想一下，格老子的，我就不信。」

老喇嘛久跟漢人打交道，漢話說得通明，見大軍的官長不信，便決定跟著我們一道去，免得我們驚動了凶山鬼湖，藏族是個崇拜高山大湖的民族，在他們眼中，山和湖都是神明的化身，除了神山與聖湖，一樣有邪惡的山，與不吉的湖，但是這些地方，都被佛法鎮住了，喇嘛擔心我們這些漢人不明究竟，惹出什麼麻煩，但是這些話不能明著從嘴裡說出來，只好說是帶路，協助大軍。

連長見這老喇嘛自願帶路，當然同意，說了句：「要得。」便帶著我們這支臨時拼湊起來的增援分隊，從「不凍泉」兵站出發了。

我在旁聽了他們的話，心想我們這位連長打仗是把好手，來崑崙山之前，雖然也受過民族政策的培訓，但對於西藏這古老而有神祕的地方，瞭解程度還是太低了。

當時我年歲也不大，對陵墓文化與風水祕術只窺皮毛，但我知道，在藏地，火、水、土、天、塔這五種葬俗並存已經有幾千年了，土葬並不是沒有，只不過非常特殊，在西藏是最不祥的一種墓葬，為正常人所忌諱，犯有大罪的人才會被在死後埋入土中，永遠不得轉世，說不定荒廢的大鳳凰寺中，當真會有這麼一座古墳。

十年後我才完全瞭解，原來藏地的土葬，也並非是我當時所瞭解的那麼簡單，古時有很

多貴族受漢化影響，也樂於接受土葬的形式，在瓊結西南的穆日山上，有大量公元七八世紀前後，土蕃王朝歷代宗普的墓葬群，大約有三十座，被世間統稱為「藏王墓」，均為方形圓頂，高達數十米，以土石夯砌而成，裡面埋的最有名的，就是松贊干布，有很多人說這就是塔葬的形式，但其本質，與唐代的山內陵無異。

不過在當時那個時代，這些話自然是不能在部隊裡講的，身為革命軍人，就是要服從命令聽指揮，上級讓做什麼，就做什麼。

從我們出發的地方，到山埡處的「大鳳凰寺」，距離並不遠，但沒有路，山嶺崎嶇，極其難行，海拔落差度很大，十里不同天，山梁上還在下雪，山下卻又是四季如春，荒涼的「大鳳凰寺」一帶，本是無人區，只因為這裡的山門前，有一片一年到頭長綠的荒草甸子，偶爾會有些藏族牧民到那裡打些冬草應急，因為那裡的山不好，湖也不好，以前經常有人和畜牲莫名其妙的失蹤，所以牧民們能不去的話，還是盡量不去。

喇嘛牽著他那匹馱東西的老馬，在最前邊帶路，走了將近半天的時間，轉過了幾個山彎，雪下得突然大了起來，天空鉛雲低垂，鵝毛般的雪片，鋪天蓋地地撒將下來，四周綿延起伏的崑崙山脈，如同一層層凝固住了的白色波浪，放眼望去，到處披銀帶玉，凝霜掛雪，大雪紛飛的氣象雖然壯觀，卻給在山脊上跋涉的人們，帶來了很多困難。

徐幹事以及地勘員盧衛國這兩個人，是我們這隊人裡體力稍遜的兩名成員，路越走越高，天色卻漸漸暗了下來，他們不約而同的出現了輕度高原反應，看樣子還要翻過前邊的山脊，才能到埡口的大鳳凰寺，連長就傳達命令，先找個避風的地方，讓大夥稍微休息休息，吃點東西補充體力，然後一鼓作氣進發到目的地。

於是我們這支小分隊暫時停了下來，隨隊而來的女軍醫尕紅，是德欽藏族，原名叫做格瑪，在藏語裡是星辰的意思，尕紅給徐幹事他們檢查了一下，說不要緊，就是連續走的時間太長了，心肺功能有所下降，導致出現了這種情況，這裡是山凹，海拔還不算太高，喝上幾碗可以減輕高原反應的酥油茶，再休息一會兒，就沒任何問題了，藥都用不著吃。

老喇嘛找塊大石頭，在背風的一面，碎石搭灶，用乾牛糞生起了一小堆火，把酥油茶煮熱了分給我們，最後發到我和大個子這裡，老喇嘛一手搖著轉經筒，一手提著茶壺，將茶倒入碗裡，然後說一句：「願吉祥。」

我本就凍得夠嗆，謝過了喇嘛，一仰脖把整碗酥油茶喝了個底朝天，抹了抹嘴，以前從未覺得這用芝麻、鹽巴、酥油、茶葉等亂七八糟東西混合熬成的飲品有什麼好喝，現在在這冰天雪地中，來上這麼熱乎乎的一碗，忽然覺得天底下沒有比它更好喝的東西了。

女軍醫格瑪見我喝得快，便找喇嘛要了茶壺，又給我重新倒了一碗：「慢點喝，別燙了嘴，藏區的習俗是喝茶的時候，不能喝得太乾淨，要留個碗底，這樣才能顯得主人大方嘛。」說完衝我笑了笑，就轉身幫喇嘛煮茶去了。

我望著她的背影，對身旁的大個子說：「我覺得格瑪軍醫真好，對待同志像春天般溫暖，特別像我姐姐。」

大個子奇道：「你老家還有個姐姐啊？咋沒聽你說過呢？長啥樣啊？整張照片看看唄。」

我剛要對大個子說我就做夢時才有這麼美麗可親的姐姐，卻聽放哨的通訊員忽然叫道：「有情況！」

原本圍在火堆旁取暖的人們，立刻像全身通了電一樣，抬腳踢雪，將火堆壓滅，迅速臥倒

在地，同時發出來的，是一片短促而有力的拉動槍栓聲，然而只見四周白雪飄飛，靜夜沉沉，只有寂寞的冷風嗚嗚掠過。

連長趴在雪地上警惕地注視著四周，張口罵道：「哪裡有啥子情況？陳星你個龜兒，敢謊報軍情，老子先一槍砰了你信不信得？」

通訊員陳星低聲叫屈：「連長，我以人頭擔保，確實沒看錯，剛才就在那邊山頂，突然亮起了幾盞綠色的燈光。」

我對連長說：「會不會像《羊城暗哨》裡演的一樣，是敵特發出的聯絡信號，不知道咱們有沒有暴露，乾脆讓我過去偵察偵察。」

連長點頭道：「要得，你去的時候匍匐前進，要小心一點，最好抓個活的回來，哎……不太對頭噢。」

只見在距離我們數十米遠的地方，突然露出五盞碧綠的小燈，由於天色已黑，荒山的地表，又被白雪覆蓋，已經難以分辨那邊的地形，這五盞綠燈隨著風雪慢慢地飄忽移動，像幾盞鬼火一樣，忽明忽暗，圍著我們轉起了圈。

這一來，我們都把半自動步槍舉了起來，對準目標瞄準，但連長表示沒在搞清楚情況前，誰都不準開槍，喇嘛的那匹老馬這時突然嘶鳴起來，不停地撂撅子，喇嘛急忙將馬牽住，捋著牠的鬃毛念經安撫，然後告訴我們說：「司掌畜牧的護法神被驚動了，是狼群。」

我看了看那飄飄忽忽，時隱時現的五個綠色亮點，難道有一隻獨眼的？剛進崑崙山，就聽兵站的老兵講過，附近的莫旃草場，有隻獨眼的白毛狼王，但是最近軍民配合，打狼打得極多，狼群幾乎銷聲匿跡了，想不到竟然躲進了山裡，它們突然出現，恐怕不是什麼好徵兆，不知道又會帶來什麼災難。

三條狼圍著我們轉了幾圈，連長讓大個子朝天放了一槍，把它們嚇走，免得引來更多的餓狼，給我們造成不必要的麻煩，當前的緊要任務不是打狼，而是火速搜救失蹤的那些同志，於是大個子對空鳴槍，國產五六式半自動步槍，那獨一無二的槍聲劃破了夜空。

周圍的幾隻狼，似乎知道我們這些軍人手中武器的厲害，不敢再繼續逗留，不久便借著夜色，消失在了風雪之中，連長說也許前邊的那個班，在回來的路上，遭到狼群的襲擊了，不過隨即便想到，這種可能性不大，十幾條半自動步槍，有多少狼也靠不到近前，現在天氣惡劣，比起狼群來，更可怕的還是滲透進山區的敵特，潛在的威脅也很多，必須立刻找到下落不明的那支小分隊。

我們即刻動身，翻過了一道大山脊，走下很陡的山坡，下邊就是荒草甸子，這裡沒有下雪，氣溫相對高了一點，仍是十分寒冷，到處荒煙衰草，殘破荒涼的「大鳳凰寺」就掩映在荒草叢中。

草甸子四周盡是古木狼林，面積也著實不小，我們人數不多，要搜索這麼大的區域，並非易事，於是當下分作兩組，連長帶著通訊員、炊事員、地勘院的盧衛國、軍醫尕紅這五人為一組，其餘的剩下大個子、喇嘛、徐幹事，再連同我在內這四個人，為第二組，連長安排第二組暫時由我負責。

兩組分別從左右兩翼進行搜索，我帶著第二組，撥開將近一人高的亂草，端著槍向深處摸索著前進，撥開荒草，可以見到下面掩蓋著一段段模糊的古代條石殘道，這都是清代寺廟的遺跡，我心想這些遺跡正好可以確認方向，便要向前繼續走，卻被那老喇嘛一把扯住，他對我

說：「哎，普色（藏語：年輕人）大軍，這條道可不是用來給人走的。」

我心想不是給人走的，那還是給鬼走的不成？便對那喇嘛說：「人民的江山人民坐，人民的道路人民走，在中國不管大路小路，都是社會主義的道路，為什麼不讓走？」

徐幹事覺得我說話太衝，便攔住我說：「地方上的同志是配合咱們執行任務，我想咱們應該多聽取他們的意見。」

喇嘛從花花綠綠的挎囊中，取出一根古舊的鐵棍說：「我為兩代活佛做了四十年鐵棒喇嘛，對這廟裡的事知道得一清二楚，那條路絕對不能走，你們就只管跟在我後邊，這座棄廟的來歷可不一般。」說罷從側面繞了過去，邊走邊唱經文：「喏，金剛降伏邪魔者，神通妙善四十五，給我正修已成就，於諸怨敵發出相，一切魔難使皆熄……」

我們誰也沒聽明白他唱的咒什麼意思，心想這要在內地，早讓紅衛兵揪去批鬥了，也就是在藏區，我只好跟在後邊，沒話找話地問那喇嘛：「老同志……喇嘛阿克，你既然對這破廟如此熟悉，那你能不能給我們說說，當初這廟為什麼建成不久便荒廢了？」

喇嘛聞言止步回身，蒼老的臉上浮現出一抹陰雲：「傳說魔國最後一代鬼母與大蟫滅法擊妖鉢埋在此地，連寺裡供著的大威德金剛都鎮它不住，事情鬧得凶了，人和牲口死的太多，不得不荒了。」

第一七三章　鬼母擊妖鉢

我們向著前邊的古廟搜索，荒草叢中，並沒有任何人的足跡，除了雜草亂石，偶爾還會見到一些半沒泥土中的動物白骨，看那骨骸的形狀，甚至還有藏馬熊和犛牛一類的大型動物，不知是老死於此，還是被什麼其餘的猛獸吃剩下的。

在到達古廟山門前的這一段路程中，喇嘛簡單地說了一些關於這座棄廟的情況，藏地古老傳說中，世界制敵寶珠大王，受到加地公主的委託（加地：古時藏地稱漢地為加地），在蓮花生大師的幫助下，誅殺了躲進崑崙山的妖妃，在流傳了數千年的口述敘事長詩中，有過詳盡的描述，詩篇中提到過妖妃本是魔國的鬼母轉世。

自古以來這個離崑崙神泉不遠的山凹，就是個被詛咒的地方，經過此地的牧人和牲口，常常會莫名其妙地失蹤，當地的活佛，曾不至一次的派遣鐵棒喇嘛和金剛護法，來山裡查明原因，但始終沒有頭緒。

直到乾隆年間，發生了一次強烈的山體崩塌，有人發現山坡下露出一座無名的古墳，位置背山面湖，古墳的石門塌陷，大敞四開，但是當地牧人迷信，誰都沒敢進去過，只在外邊向內張望，只見到裡面有不少年代久遠的?木。

古墳外邊的石道半截淹沒在湖中，羊虎一類鎮墓的石人石獸都已損壞，碑文標記之類的銘誌也全找不到了，根本無法得知這墳裡埋的是誰，有在附近逗留的人，往往招來禍事。

活佛派遣喇嘛們進入那座裂開的古墓搜查，從裡面扒出來一些人骨，其餘的東西都已經爛

沒了，此外還掘出一塊石碑，上面刻著一副藏地上古傳說中的場面「鬼母擊鉢圖」。

當地人認為這裡以前發生的種種災禍，一定都是和魔國的鬼母妖妃有關，也許這裡就是她最後的葬身之所，後來這件事被朝庭得知，因為當時藏區民變頻繁，為了拉攏人心，顯示皇上的聖德仁愛，便由朝庭出資，在這裡建了一座貢奉「大威德金剛」的寺廟，掃除邪魔，還請活佛派人主持廟中大小事物。

「大鳳凰寺」落成之後，香火盛極一時，不少牧民千里迢迢地趕來轉山轉湖，但這一地區的怪事仍然接連不斷，有很多人都在夜晚，看到一個陌生的青衣人，出沒於附近的湖邊，轉過天來，就必定會有一個人溺死在水中，而且被溺之人，無論是胖是瘦，只要一被水沒過頭頂，即便是立刻被救上來，也僅剩皮骨，乾枯如同樹皮。

曾不止一次有人目擊，水中深出一隻大如車輪的青色巨手，抓住了岸邊的人畜，扯落進水中，喇嘛們截斷流域，使湖水乾涸，想找出其中根源，但只見到湖底枯骨累累，念經超渡大做法事，都不起任何作用，只好用條石封堵住古墓，棄廟而去，在佛法昌盛的藏地，棄廟的事實在是太少見了，從此之後，人們互相告誡，遠離這塊不祥的禁地。

到了七〇年代，這些往事除了一些上歲數的年老喇嘛外，其餘的人都已經逐漸淡忘了，又開始有人貪圖方便，來這荒草甸子上打冬草，我們發現的那段石道遺跡，便是當年堵住古墓裂縫的經石，上面都刻著密宗輪轉咒的大日經疏，不能用腳踩踏，喇嘛給我們講到這裡，連連搖頭嘆氣，小聲叨咕道：「唉，現在沒多少人還拿佛爺的話當回事了。」

大個子聽這事這麼邪乎，便低聲對我說：「老胡，真能有他說的這種事嗎？扯犢子吧？」

我不置可否，想到前些天崑崙山底下的火山活動頻繁，造成了一次大地震，也許把那座被封住的古墳，再次震裂了，不過既然那墓中的一切事物，已早在乾隆年間，便被清空了，那就說明這裡僅剩一個「墟墓」，我只知道墟墓之地不宜久留，至於這廟中的奇怪傳說，就摸不著頭腦了。

我們這四個人為了不遺露下什麼線索，平行拉開了一定距離，推進到了古廟殘破的牆壁之前，但一路上都沒發現什麼可疑的跡象，這時連長所率領的第一組，也從荒草中走出，他們那邊也沒有找到什麼，兩組又暫時合併，進入了「大鳳凰寺」。

這座廟損壞倒蹋得十分嚴重，只剩下幾圈斷垣殘牆，依稀能看出當年的規模，這時一輪又大又圓的月亮，從厚重的鉛雲中顯露出來，月明如晝，照得破廟中一片通明，而山梁上的大雪依然下個不停，冷風吹下來，戧得人肺管子都涼透了，內臟似乎都凍成了冰砣，哪裡還有心思再去欣賞，這半邊月光半邊雪的奇景。

當地的駐軍有這麼句口頭禪：「過了崑崙山，進了鬼門關，到了不凍泉，眼淚結成冰，崑崙埡，凍死狼。」廢廟所在的山埡正是個吸風的大口子，帶冰渣的冷風，從四面八方灌將進來，形成了一股嗚嗚咽咽的奇特聲音，徘徊在荒草古寺的上空，最奇怪的是，這裡氣溫很低，旁邊的綠色植物卻依然能夠存活，湖泊也從不凍結，而且裡面沒有任何魚類和水草，傳說在古時候，這裡無風也有三尺浪，很久以前湖域的大部分就已經乾涸了，只剩下小小的一片水泡子，故此被看成是「鬼湖拉昂措」的前世。

小分隊的人一進破廟的圍牆，連長就讓喇嘛把這廟和周邊的地形，詳細地給大夥介紹一遍，瞭解得差不多了之後，連長還是把人分成兩組，他親自帶人去廟後的古墓入口一帶，第二組則負責搜索古廟遺址，以及側面的水窪一帶，如果遇到敵情，就開槍示警，但開槍前，必須要確認清楚情況，不要引起不必要的民族衝突，如果到天亮前，仍然沒有找到失蹤的那個班，

上級就會從軍分區調遣整個營來展開搜救。

連長安排完畢，便帶著他那幾個人，逕直從斷垣間穿過，其實廟後的古墓並不宏敞，只有兩間民房的面積，我們只所以在廟前就見到了封墓的經石，是因為地震導致地質帶裂痕擴大，整個山坡的地質層都扯開了，和另一端的墓室連成了一體。

我們也不敢耽擱，讓喇嘛引路，把破廟裡裡外外搜了個遍，在最中間的位置，我們見到一尊殘破的人身牛面多臂神像，面貌凶惡憤怒，這就是有伏惡之勢、扶善之力的大威德金剛。

大威德金剛像下，有一塊一米多厚的大石板，這就是從廟後古墳裡掘出來的，十分殘舊破敗，我用棉手套抹去了上面的灰土，露出了上面的石刻，我和大個子、徐幹事都覺得很好奇，想看看那鬼母長什麼樣子，只見那巨石上的刻圖都已快消磨沒了，更沒有什麼顏色，好在石紋條理詳明，還能看出六七分舊貌。

一位裸婦，三目六臂，全身戴滿了奇怪的飾品，這些飾物造型扭曲，似乎都與蛇神有關，身旁擺放著一個巨大的水鉢，鉢體上有蟬翼紋，鉢中歪坐著一個又黑又胖的小孩，同樣也是三目六臂，手持蛇形短杖，敲擊著鉢身，圖中的背景，是無數堆積成山的牛頭骨。

石板的下半截可能是由於常年埋在土中，已經被水土侵蝕變黑腐朽，所以只能看到上面這一半畫面，我們也就是看個稀罕，誰也沒覺得這鬼母有什麼可怕，徐幹事說：「這個形象是對婦女的不尊重，好在萬惡的封建勢力已經被推翻了，西藏百萬農奴翻身得了解放，這都要感謝主席他老人家啊。」

我說那當然了，所以咱們吃水不忘挖井人，主席的教導不能忘，時時刻刻都要綳緊階級鬥爭這根弦啊，說完這些應景的話，然後便轉頭問喇嘛，那個什麼什麼鬼母是做什麼的？是不是封建統治階級的看門狗？

喇嘛帶著我們向廟後的湖邊走去，邊走邊唱著經咒，說了鬼母的來歷，原來在敘述英雄王事跡的詩歌中，嶺國最大的敵人就是魔國，鬼母是魔國中地位極高的人，是類似皇后一般的存在，專門負責魔國君主死後的輪轉投胎，鬼母也是每次死後，會再此轉世重生，想澈底鏟除魔國的王族，必須把鬼母殺死，否則嶺國的噩夢永遠不會停止。

在那個時代，人們眼中的死亡分很多層次，鬼母的死亡，必須是終止她輪迴的澈底滅亡，一說到這些內容，我們就不太願意聽了，便加快腳步前行，心中突然想到，深藏在大冰川下的九層妖樓，就是一座魔國貴族的墳墓，這裡又出來一個什麼操蛋的鬼母，這是不是說明附近一大片區域，曾經是古代魔國的陵區？

破廟後邊的地帶，更加荒涼破敗，老喇嘛也從未到過，當下眾人各自小心戒備，我一貫漫不在乎，但是身臨其境，雙腳踩著這塊存在於上古傳說中的荒原，不由得不全身發緊，廟後的湖泊，現在只剩下一小片水塘，牧民們來向解放軍報告，氂牛被拖進水裡的地方，就是這裡了，地面上還有很多掙扎拖拽的痕跡，並不像是敵特偽裝出來的。

水塘裡的水幾乎全是黑的，爛草淤泥，腥臭撲鼻，我們四人在塘邊一站，都不敢大口喘氣，實在是太他媽臭了，大個子指著水中一塊黑色的東西對我說：「那好像是頂軍帽。」

大個子站在塘邊，探出上了刺刀的步槍，想將水中好似羊剪絨皮帽子的事物挑過來察看，我剛要制止他，突然塘中臭水輕微搖晃，似乎有隻巨大的青色人手，悄悄地從水底冒出，想把大個子抓住揪進去，我立刻把早已頂上膛的半自動步槍舉起，手指還沒扣到扳機，就聽西北方突然傳來一陣急促的槍聲，另外那一組人，可能也遇到突發情況了……

第一七四章　月夜狼蹤

我的步槍舉得晚了半拍，大個子已經先被水底的巨手捉住，射擊角度被他遮擋住了，多虧喇嘛眼疾手快，一手扯住大個子的武裝帶，一手掄起鐵棒向水中猛擊，鐵棒喇嘛相當於內地寺廟中的護法武僧，這條鐵棒上不僅刻滿了密宗的真言咒語，更兼十分沉重，打得那怪手一縮，登時將半邊身子入水的大個子救了回來。

我見大個子被喇嘛扯了回來，立刻端起步槍，向水潭中連發數槍，然後拔出兩枚手榴彈，拉弦扔了進去，爆炸激起的水柱能有半人多高，也不知炸沒炸到什麼。

我和喇嘛拖著大個子向後撤退，大個子似乎是受了什麼重傷，疼得哇哇大叫，我罵道：「傻大個，你他媽的嚎什麼嚎，你一米九幾的漢子，怎麼叫起來象個女人?不就是沾了點臭水嗎？」

但我說完之後，便覺得不對，大個子軍大衣被汗水染得漆黑，他的半邊身體好像是洩了氣的皮球，完全塌陷了下去，剛開始嘴裡還大喊大叫，幾秒鐘的功夫，已經疼得發不出聲音了，只有黃豆大小的汗珠子，順著額頭滴滴嗒嗒地淌下來，喇嘛見狀，趕緊從懷中摸出一個瓷瓶，扯開大個子的軍裝，給他敷上紅色的粉末藥物。

我見大個子的半個膀子，全部都乾枯萎縮變成了枯樹皮色，好像是脫了水的乾屍一樣，我腦子裡已是一片空白，不知該如何是好，心想這喇嘛的藥粉不知好不好使，要是搶救得晚了，大個子這條命就沒了，必須趕快找格瑪軍醫來，想到這才猛然想起，剛才的形勢一團混亂，還曾聽到在西北方向，有五六式半自動步槍的射擊聲，連長那組人一定是也遇到危險了，怎麼這時那邊的卻槍聲又停了下來。

想奔過去看個究竟，但大個子傷勢嚴重，也不知那水塘裡究竟有些什麼東西，是否已被手榴彈炸死了，在沒有確定之前，如果只留下喇嘛看護傷員，那未必安全，只好我也留下，固守待援，寄希望於連長他們也聽到了這邊的動靜，能迅速靠攏過來。

我拖拽著大個子，躲到一堵破牆後邊，卻發現我們這組的四個人裡，那個戴著眼鏡的徐幹事不見了，我以為他出了什麼意外，便想出去找他，喇嘛告訴我，那位大軍，一見水裡有動靜，扭頭就跑了，這時候怕是已經跑出廟門了。

我氣急敗壞地大罵：「這王八操的，平時就屬他革命，想不到卻在關鍵時刻臨陣脫逃，怎麼連個屁都不放就跑了，只要我能活著回去，就一定要揭穿他這個一貫偽裝積極的，修正主義臭老九的虛偽嘴臉。」

我從殘牆後探出身子，向外張望一番，水塘裡的汙水被那兩顆手榴彈炸出來不少，裡面已經沒剩下多少水，水裡似乎什麼都沒有，但是剛才拖住大個子的，卻又是什麼東西？我問喇嘛那是不是水鬼？

喇嘛搖頭道：「不是，寺廟本是世間最神聖的地方，即使這裡已經荒廢了，也不會有鬼，在這裡死亡的人，都會得到澈底的解脫。」

我心中暗想，一會兒說這裡受了詛咒，一會兒又說是神聖之地，這不是前後矛盾嗎？便又問喇嘛：「現在形勢危急，這話咱倆也就私底下說說，倘若不是亡靈作祟，那定是有什麼山精水怪了？」

喇嘛卻不再理睬我的問題，對著重傷昏迷的大個子，念起八部密宗祈生轉山咒言：「諾！紅人紅馬地猛王，紅纓長矛手中握，身批紅緞大披風，眷亦如是不思議，焚煙祭以諸妙欲，黑人黑馬邪魔王，身批黑緞大披風，黑纓長矛手中握，眷亦如是不思議，焚煙祭以諸妙欲，藍人藍馬海龍王……」

我見他不住口地念將下去，似乎於世隔絕，外界的聲音都充耳不聞，乾脆就不再問他了，月光如洗，寒風刺骨，我心中卻是憂急如焚，我們這組既出了逃兵，又有人受了重傷，另外一組下落不明，剛才的槍聲過後，就再也沒了動靜。

又等了約有兩分鐘，連長他們還沒過來，我按捺不住，便將大個子的半自動步槍頂上火，放到喇嘛身邊，便從破牆後躍出，準備去找連長那五人，如果他們沒事，就趕快讓格瑪來給大個子治傷，剛一動身，便發現水塘邊地面上，有個亮閃閃的東西，我走過去撿起來看了看，奇形怪狀的一個小盒子，像是相機，但沒見過這樣小的，然而隨即明白過來了，反特電影裡看到過，這是間諜相機，原來徐幹事那狗日的就是特務，他一定是來收集我們部隊在崑崙山祕密施工地點情報的，又無意中被捲進了這次救援任務，他見這次任務危險重重，犯不上為了這種不相干的事冒生命危險，竟撒丫子就跑，可惜露出了狐狸尾巴，暴露了他的身分，回去之後再好好收拾他。

我順手將間諜相機塞進了口袋裡，想到我的戰友傻大個，從今往後即便不死，也永遠是廢人了，不由得悲從中來，荒煙衰草斷壁殘垣，更增悲憤情緒，淚水頓時模糊了雙眼，沒看清腳下，被草叢中的一塊石頭絆個正著，頓時疼得直吸涼氣，揉著膝蓋去看那塊草窠子裡的石頭。

竟是個橫臥在土中的石人，半截沒在泥草下邊，露在外邊的部分似乎並不全是石頭的，我心中起疑，卻聞到一股惡臭，這才發現，那石像有百分之七十的部分，竟似有血有肉，上面生滿了綠毛，腐爛的臭氣薰得人難以睜眼。

這是屍體還是石像？這片草下滿是淤泥，好像以前也是池塘的一部分，由於水乾涸了，才露在外邊，我用槍托搗了它兩下，不料暴然從泥中深出一隻巨手，緊貼著地朝我雙腿抓來，我心知不好，這就是把大個子拖進水裡的東西，誰知是具屍體還是什麼，但是不管活人死人，也沒有這麼大的手啊，要被一把抓住拖進水裡，恐怕也會立刻被水裡的什麼東西吸做人乾。

我身上穿著笨重的軍大衣，還有數十斤武器裝備，根本就無法閃避，正想用步槍格擋，突然有個人從斜刺裡衝將出來，正好撞在那橫倒的石人像前，頓時被泥草叢中的綠色物體纏個結實。

我這時借著月光，已經看得清清楚楚，來人正是通訊員陳星，他剛一撲到，膝蓋以下就被拖進泥中，不知為什麼，陳星卻不喊不叫，只是悶不吭聲地拚命掙扎。

我也掙扎著從草叢中爬起來，想要過去解救他，這時又有一人奔了過來，月光下看得分明，正是我們連的四川籍連長，連長陰著個臉，拎著手槍，跑到我旁邊站定，看了我一眼，也不說話，抬手連發三槍，把正在掙扎中的陳星射殺，然後舉槍對準自己的太陽穴，扣下了扳機。

這連續發出的四聲槍響，在月光下的荒廟古墳間迴響，已顯得極其詭異，而且草叢中所發生的這一幕，卻更詭異十倍。

我張大了口，半天也沒闔攏，連長為什麼要射殺陳星，難道陳星是敵特？他又為什麼要開槍自殺？心中隱隱覺得說不定是某個人被鬼魂附體了，想起早些時候那一陣槍聲，頓時為格瑪

軍醫擔心起來，也不敢再去看連長與陳星屍體的表情，更忘了地上還有個古怪的橫臥石像，立刻起身，倒拖著步槍朝前奔去。

從兩側草叢中那些損壞已久的石人石獸來看，這條路應該就是那古墳前的神道，墳和墓的區別，在於一個回填原土，另一個封閉空間，前邊那大墳被經石堵住的大口子處，已經坍塌了，夯實的墳土裂開了口子，寬可容人，裡面一片漆黑，我只想著要找到格瑪軍醫，打開手電筒就衝了進去。

聽喇嘛說，墳中早就空了，棺木屍體什麼的都給燒了，進去後見到的情形，也確實如此，除了土就是石頭，狼藉滿目，卻沒有任何外來的東西。

我見裡面沒有尕紅和炊事員、地勘員這三個人，只好又跑回外邊，這裡海拔雖低，畢竟也是高原，連續的劇烈運動，使得心臟砰砰跳得如擂鼓山響，呼哧呼哧地喘著粗氣，當晚的月亮圓得出奇，夜空中鳴動著一種嗚嗚咽咽的哭泣聲，我分辨不出那是鬼哭，是風聲，還是餓狼們在對月哀嚎，如果草原上的狼群，當真全被逼上了山，那倒也不太容易對付，最好讓那狗日的徐幹事，在半路撞上狼群。

古墳對面就是陡然升高的山巒，已無路可去，我在古墳旁亂轉，難道那些大活人就能憑空消失了不成？正尋思間，發現坡下的枯湖邊，倒著一個軍人，緊走兩步，過去一看正是格瑪軍醫，不知怎麼暈倒在那裡，她身邊是個很深的地穴，黑暗中難測其深。

我趕緊把格瑪扶起來，掐她的人中將她救醒，問她究竟發生了什麼，格瑪斷斷續續地說了個大概：她們那一組人，在連長的帶領下，搜索到古墳之中，沒有找到任何線索，只好在附近繼續調查，地勘員盧衛國發現坡底有個地穴，看那斷層，似乎是前幾天地震時，才裂開顯露出來的，裡面的空間，有明顯人工修砌的痕跡，連長讓格瑪留在上邊，他自己帶著其餘的人下去，剛一下去就傳來一陣槍聲，格瑪以為下邊出了情況，就趕緊拿出手槍，下去助戰，原來虛驚一場，下邊的人們發現了一具古代的屍體，平放在一匹臥狼造型的石臺上，炊事員缺少實戰經驗，沉不住氣，誤以為是敵人，舉槍就給那具古屍釘了幾槍。

我聽到這裡，心想這大概就是我先前聽到的幾聲槍響了，便問格瑪軍醫，後來發生了什麼？盧衛國與炊事員呢？他們還活著嗎？

格瑪搖了搖頭表示不知道，炊事員開槍打中古屍，被連長好一頓罵，他一共開了三槍，突然從那古屍身上的每一個彈孔中，都鑽出一隻達普（藏語：妖魔之蟲）鬼焰，第一隻鑽進了炊事員的耳朵裡，格瑪說炊事員悲慘的喊聲她一輩子都忘不了，格瑪的爺爺就是荒原上的唱詩人，她從小便聽長詩中說過，世界制敵寶珠大王的死敵，魔國國君掌握這數種達普，焚燒煎熬生靈無數，後來被蓮花生大師使聖湖的湖水倒瀉，才得以鏟除。

格瑪想告訴炊事員，任憑身體裡感覺如何奇怪，千萬不要張嘴出聲，一發出聲響，達普就會燃燒，不出聲強行忍住，還可以暫時多活一會兒，但為時已晚，炊事員老孫已經瞬間被燒成了灰，其餘的人立刻轉身逃向外邊，混亂中陳星撞倒了格瑪，後面的事她就不清楚了。

我心中凜然，果然是魔國貴族的鬼墳，看來這似乎是子母墳，鬼母的墳被毀了，藏在附近的這座墳卻直到最近才顯露出來，不過不知他們說的達普，與我所遇到那種火魔般的瓢蟲，可能都是一回事，但聽上去又有些似是而非，連長和通訊員，炊事員都死了，那還剩下個盧衛國不見蹤影，也許他還在墓穴裡沒有出來，我在洞口向裡面喊了幾聲，裡面卻沒人回應。

終究是不能拋下他不管了，我和格瑪正商量著怎麼能想個辦法，避過那些達普鬼蟲，下去

找找盧衛國，格瑪突然伸手推了我一把，猛聽噗噗兩聲輕響，那是子彈穿透棉衣的聲音，格瑪捂著胸口倒了下去。

我心中都涼透了，她是為了救我把自己的命搭上了，但還沒來得及難過，後腦已經被一隻冰冷的槍口頂住，只聽一個熟悉的聲音說道：「咦，這裡有個洞穴，媽的，剛好狼群圍上來了，你先給我進去開路，咱們到裡面去躲一躲。」

我聽得清清楚楚，這聲音是那個剛才逃跑的敵特徐幹事，半路見到狼群正在聚集，便又不得不跑回來了，他察覺到逃跑的時候，身上有物品遺失了，本想殺掉我們滅口，剛打死一個人，卻見到有個極深的洞穴，裡面情況不明，不知會不會有什麼危險，就留下我的性命，讓我去給他趟地雷。

我還沒來得及再想，腦後被槍口戳了一下，只聽徐幹事在後邊說：「趕緊進去，狼群快過來了，再不走別怪我不客氣了，你別小看我這把無聲手槍的殺傷力，點二二口徑的子彈雖然不會射穿你的腦袋，子彈卻會留在你的腦殼裡，把你慢慢地疼死。」

我無可奈何，只好把心一橫，鑽進了地洞，眼前黑暗的墓穴中央，正亮起了一小團藍色的火焰。

第一七五章　格瑪的嘎烏

這座古墓裡沒有回填原土，保留著一定體積的地下空間，從裂開的縫隙下去，立刻就看到一小團幽藍的火光，那團鬼氣逼人的藍色火焰，比指甲蓋還要小上一些，火光稍微一動，空氣中就立刻散播出一種獨有的陰森燥動之氣。

我對這種所謂的藍色「達普」並不陌生，老朋友了，幾天前被它們逼得跳進地下湖裡，才僥倖躲過烈火焚身之劫，我慢慢挪動腳步，走下墓室，根據上次的經驗，達普妖蟲不會引燃沒有生命的物體，只要是活著的東西，碰到它就會立刻燒成灰燼，它唯一的弱點就是水。

腦後的無聲手槍，沒有給我任何思考停留的時間，不斷用冰冷的槍口提醒我向前繼續走，因為外邊的狼嚎聲，已經越來越近了，我下意識的摸了摸腰上的水壺，心中頓時陷入一陣絕望，軍用水壺裡的水，剛離開兵站，就已經完全凍成了冰砣子，根本就潑不出去。

徐幹事也發現了這地穴原來是個古墓，室中還微微閃動著一絲鬼火，他低聲咒罵晦氣，躲在我身後，用手電筒往裡面照，想看看墓室裡是什麼情況，如果鬧鬼還不如趁早跑出去，另找避難所。

我向下走的同時，也借著徐幹事手中的手電筒光亮，看清了墓室內的構造，最多也就十幾平米大小，中間有一個石臺，那是墓床，外形刻成一頭趴伏的巨狼，其上橫臥著一具穿著奇異的屍體，頭上罩著雪白的面具，面具上用紅色顏料，勾勒著一副近似戲謔的奇特表情，全身著鎖子爛銀網，內襯則模糊不能辨認，手足也都被獸皮裹住，所以看不到屍體有任何裸露出來的

地方，這具奇怪的古屍，在一掃視之間，便給我留下了很深的印象。

狼形墓床之下，有一個盆形的石缽，裡面端坐著一具身材短小的屍體，看身量似乎是個小孩，同樣戴著面具，身體用爛銀網裹住，與橫臥的古屍做同一裝扮。

墓室地上有很多黑色的灰燼，看來之前那班一去不回的人，都在這被燒死了，要是不知底細，想要互相救援，只需一瞬間就能把那十幾個人全部燒死，這座古墓裡，大約共有三隻火蟲，其中兩隻被封在連長和通訊員的屍體裡了，這裡剩下的一隻，應該是燒死炊事員老孫的那只。

我捏著兩手冷汗，被脅迫著走到了墓室中間，徐幹事則站在墓道口猶豫不決，狼嚎聲似乎就在墓外了，現在想出去有些來不及了，但又覺得古墓裡是個鬼地方，不到萬不得已實在不想進去。

我忽然發現，墓中的鬼火縮進了牆角，徐幹事的手電光束也跟了過去，這才看清，原來不是蟲子發出的，而是地勘院的盧衛國，他表情十分痛苦，兩手不斷地抓撓自己的胸口，一張開嘴，口中就冒出一團陰冷的藍光，我忙問：「老盧，你這是怎麼了？」

盧衛國無助地看了看我，忽然跪倒在地，猛烈地咳了幾聲，每咳一下，便吐出一片暗紅色的灰燼，似乎他的內臟和呼吸道都在裡面燒著了，盧衛國沒咳幾下，便蜷縮著倒在地上，被從胸腔裡冒出的烈焰，由內而外燒成了一堆黑灰。

燃燒後那堆黑色的灰燼中，只有一個藍色的亮點，突然躍上半空，急速盤旋起來，空曠漆黑的墓室中，鳴響著一種類似瓢蟲振動翅膀飛行的噪音。

我急忙向後退開，想要避開那達普鬼蟲的撲擊，但徐幹事也見到了剛才那一幕，用手一推我的後背，我沒加防備，收不住腳，竟然朝著那隻達普鬼蟲摔了過去，雖然身體失去重心控制不住，但我心中明明白白，只要碰上一點就絕無生機。

情急之下，我一狠心，咬破了舌頭，對著面前的達普鬼蟲，將滿口的鮮血噴了出去，這妖蟲發出的藍色鬼火，十分微弱，竟被我這一口鮮血澆滅了，黑暗中我也看不清它死沒死，拿著裡面全結了冰的水壺，在身前的地面上一通亂砸。

只聽徐幹事在後邊說：「行啊胡八一，你小子身手真不錯，你快給我把這死屍下邊的石床推過來，堵住缺口，快點快點，你聽狼群已經過來了。」

我正自驚魂未定，扭頭看了看後邊的徐幹事，心想這王八操的，真拿我當大片刀用啊，怎麼才能找個機會幹掉他，這時我突然發現在徐幹事的身後黑暗處，浮現出一張白色的大臉，慘白的臉上，毛絨絨的，有一隻碧綠的眼睛發著寒光，這就是使牧民們永遠睡不安穩的根源，草原上白色的魔鬼，獨眼狼王。

自六九年開始，為了抓革命促生產，保護社會主義財產，便開始了大規模的剿殺狼群運動，在供銷社，可以用整張的狼皮當現金使用，換取各種生活必須品，只要是打狼，地方就可以申請部隊協助，要人給人，要槍給槍，狼群死得死，散得散，剩下的也都明白了，牠們的末日已經不遠了，魔月之神不再保佑讓牠們驕傲的狼牙了。

最後殘存的餓狼，都被迫躲進了牠們並不熟悉的山區，這裡高寒缺氧，沒有太多的野獸可供捕食，死在崑崙山，只是早一天晚一天的事，另外藏地的狼，絕不會進寺廟，這個原因現代人誰都解釋不了。

但這些狼已經窮途末路，嗅著迎風而來，那些死人的氣息，還是打破了千年的禁忌，闖入

了大鳳凰寺的遺址，狼群的異動是我後來才知道的，當時冷不丁在古墓中，見徐幹事背後冒出一隻毛色蒼白的巨狼，狼眼在黑暗中泛著貪婪的綠光，也著實吃了一驚。

我心念一動，在原地站起身來，問徐幹事道：「老徐，聽說過遇到狼搭肩的情況該怎麼辦嗎？」

徐幹事一怔，對我晃了晃手槍說：「什麼狼搭肩？我讓你搬那狼形石床堵門，快點，再磨磨蹭蹭的我……」話未說完，他身後那隻白毛狼王已經人立起來，這狼體形太大了，人立起來，竟比徐幹事高出一大截，兩隻前爪，都搭在了他的肩上，狼牙一齜，從嘴角流出了一絲口水。

徐幹事覺得猛然有東西抓住他的雙肩，鼻中又聞到一股腥味，出於本能，向後扭頭一看，頓時把脖頸暴露給了獨眼狼王，鋒利的狼牙立刻就扎進了血管動脈，大口大口地吸著他的鮮血，人到了這個地步，即使手中有槍，也無法使用了，只見徐幹事雙腳亂蹬，槍也掉在了地上，馬上就會被餓狼飲盡了鮮血，皮肉也會吃個乾淨，僅剩一堆白骨。

我見機會來了，立刻從側面竄了出去，跑過徐幹事身邊的時候對他喊道：「狼搭肩你千萬別回頭，一旦回頭，神仙也救不到你了。」

白狼胸前的銀色狼毛，都被鮮血染紅了，牠餓紅了眼，根本顧不上別的，我奪路從墓中跑出，一出去最先看到的就是一輪圓月高懸在天空，有兩隻老狼，正圍著格瑪軍醫的屍體打轉，我見此情景，便覺得奇怪，這些狼眼睛都餓紅了，格瑪剛死不久，牠們為什麼不撲上去嘶咬屍體，我知道狼生性多疑，一定是覺得有什麼不對的地方，才猶豫著沒有行動。

這兩頭衰老的老狼，大概是狼王的參謀人員，平時與狼王寸步不離，越是這種狼疑心越重，把肉送到嘴邊，牠反而不敢去吃，我心想莫不是格瑪還活著？不知道還有多少狼進入了古廟，喇嘛和大個子兩人又怎麼樣了？剛念及此，那兩頭老狼已經發現了我，低嚎著朝我衝了過來，我抬手撿起先前掉在地上的步槍，開槍打翻了當先撲過來的一隻。

但是另外一隻此同時將我撲倒，這頭狼雖然年齒老了，但畢竟是野獸，而且經驗油滑，知道這五六式半自動步槍的厲害，狼口咬住槍身，兩隻爪子在我胸前亂爪，把棉衣撕破了好幾條大口子，寒冷的空氣中，狼口和鼻子裡都噴出一股股白色的哈氣，鼻中所聞全是腥臭的狼騷。

我和那老狼滾作一團，一時相持不下，這時幾聲槍響，咬住步槍的狼口緩緩鬆開，只見對面是格瑪在舉著手槍，槍口上還冒著硝煙。

我又驚又喜，翻身從地上起來，問道：「尕紅你還活著？你不是被特務打中了嗎？」

格瑪從軍裝的領子裡掏出一個掛飾說：「從參軍之後就沒戴過嘎烏，今天出發前夢到了狼，所以就戴上了。」格瑪軍醫的頭部先前就被撞在了石頭上，剛無聲手槍的小口徑子彈恰好擊在了「嘎烏」上，「嘎烏」被打碎了，雖然沒被子彈射進身體，但是被衝擊力一撞，又暫時昏迷了過去。

「嘎烏」是藏人的護身符，男女形式各異，女子帶的又大又圓，外邊是銀製的，裡面裝著佛像、經咒、金剛結，還有些別的辟邪之物，有的裝有舍利，格瑪的「嘎烏」裡，裝著九眼石、瑪瑙，還有幾百年前留下的狼牙，傳說那是頭兒才可以使用的狼王之牙，那兩頭老狼一定是聞到了牠們先王的氣息，才猶豫著沒有立刻下口。

我給半自動步槍裝填彈藥，然後帶著格瑪軍醫去找留在水塘邊的喇嘛二人，那邊一直沒有動靜，不知他們是否依然安全，四周的山脊上，星星點點的盡是綠色狼眼，數不清究竟有多

少，剩餘的餓狼，都追隨著狼王趕來了，只是明月在天，這些狼跑幾步，就忍不住要停下來對月哀嚎，每次長嚎都會在體內積蓄幾分狂性。

我見餓狼遍布四周，只好加快腳步，格瑪走了幾步突然說她可能是被撞得腦震盪了，總覺得眼前一陣陣發黑，我剛想回身去扶她，突然發現在如霜的明月下，那頭白毛巨狼，靜靜地蹲伏在我們後方三十幾米的地方，用牠的獨眼，惡狠狠地盯著我們，皎潔的月色和凜冽的寒風，使牠全身的白色狼毛，好像是一團隨風抖動的銀色風馬旗，我急忙舉起步槍，拉動槍栓，但再一抬頭，牠已經在月光下消失無蹤了。

第一七六章　空行靜地

神出鬼沒的狼王，像雪地裡的白毛風一般，悄然消失在了月光之下，我在東北插隊的時候，就聽村裡的獵人們說，狼身上長白毛，那就是快成精了，惡劣的生存環境，使得狼狡猾凶殘到了極致，在藏地狼一向是不受歡迎的，人追著狼打，狗追著狼咬，在大自然的縫隙中存活下來，那需要多麼頑強堅忍的意志和筋骨，這隻巨狼肯定早已知道槍械的厲害，只有在認定武器不會對牠構成威脅的情況下，才顯露蹤跡。

我不知狼群會採取什麼策略來對付我們，唯今之計，只有盡快和喇嘛、大個子他們會合，以破廟的殘牆作為依託，爭取堅持到天亮，就算援兵來不了，天一亮，狼群也會逃進深山。

我一手端著槍，不停地四處張望，戒備著隨時會來襲擊的狼群，另一隻手扶著格瑪軍醫，迅速向喇嘛和大個子藏身的寺廟殘牆移動，格瑪手中握著她的手槍，這時她的頭暈似乎好了一些，我們繞過連長與通訊員死亡之處的那片荒草，終於回到了紅色的殘牆邊，這幾堵斷垣都只到人胸口般高，我把格瑪先托了過牆頭，自己也跟著翻了過去。

鐵棒喇嘛正在照料著身受重傷的大個子，見我把格瑪帶了回來，便說：「吉祥的祥壽佛空行母保佑，普色大軍終於把格瑪拉姆救了回來。」說完抬眼望了望天上的明月，不管是噶舉派（白教），還是格魯派（黃教），宇瑪派（紅教），都認為這種圓滿明月籠罩下的廟宇，應該是「空行靜地」，然而草深霧罩處，皆已是漆黑地獄，魔月眾法神讓這原本神聖的地方，變成了群魔亂舞的八災八難末劫濁，這究竟是在懲罰何人？

我焦急地對喇嘛說：「外邊狼群正在不斷聚集，咱們的子彈並不算多，必須燃起火頭，才能嚇退牠們，否則到不了天亮，咱們這些人都得讓餓狼吃了。」

喇嘛嘆道：「都瘋了，如今的狼也敢進寺廟裡來吃人了。」隨後將他的老馬牽到牆邊，這馬已經被四下不斷傳來的狼嚎聲，驚得體如篩糠，崑崙山下幾處牧場的狼，可能都集中到廟外了，喇嘛和他的老馬，這輩子也沒聽過這麼多狼一起嚎月，這些被逼得走投無路的餓狼，根本不會管哪個是佛祖的有緣弟子，這時念經也沒有用了。

喇嘛取下乾牛糞和火髓木，在殘牆中燃起了火堆，我們所在的位置，是間偏殿舊屋的殘址，四面損毀程度不同的牆壁圍成一圈，其中有一面牆比較高，牆體被倒蹋的大梁壓住，另有一邊是鎮廟藏經石碑，上面刻著「大寶法王聖旨」，巨大的殘破石碑高不下五米，狼群很難從這兩邊過來，但也要防止牠們搭狼梯從高處躥進來。

格瑪先看了看大個子的傷勢，從她的神色上看來，大個子這回是凶多吉少了，我從廢墟中撿起幾塊乾木椽，放在火堆裡，使火焰燒得更旺一些，然後拿起大個子那把半自動步槍，交給格瑪，與她分別守住兩面矮牆。

忽然狼嚎聲弱了下來，我向牆外窺探，越來越多的狼從山脊下到了破廟附近，只見荒草斷垣間，有數條狼影躥動，牠們顯然是見到了牆內的火光，在狼王下令前，都不敢擅動，只是圍著破廟打轉。

我見大約距離四十米遠的地方，有一對如綠色小燈般的狼眼，我立刻舉起步槍，三點成一線，瞄準了兩盞綠燈中間，摳動板機，隨著靜夜中的一聲槍響，兩盞綠燈同時熄滅，雖然無法確認是否擊中了目標，但這一槍起到了敲山震虎的作用，荒原上的狼，在這些日子裡最畏懼的，就是五六式半自動步槍的射擊聲，都被打驚了，對牠們來說，這種半自動步槍是可以粉碎牠們靈魂和自信的神器，其餘的狼再也不敢在附近逗留，都隱入了黑暗之中，但那低沉的狼嚎表示著牠們只是暫時退開，並不會就此罷休。

我見狼群退開，也把緊繃的神經鬆弛了下來，想起剛才到廟後古墳途中遇到的事，甚覺奇怪，那半沒在土中的石人，全身生滿腐爛的綠肉，便隨口問老喇嘛，以前人畜失蹤的那些事，是否與之有關？

沒想到喇嘛卻從沒聽說這廟裡，有什麼腥臭腐爛的石人像，喇嘛讓我詳細地講給他聽，我心想你問我，卻讓我又去問誰，我還以為喇嘛對這破廟中的情形十分瞭解，原來也就是普普通通的糟老頭子一個，於是就一邊瞭望著廟外狼群的動向，一邊將剛才的經過對喇嘛說了一遍。

喇嘛聽後連念幾遍六字真言，驚道：「以前只道是古墳中鬼母妖妃的陰魂不散，建了寺廟、大威德金剛像，想通過佛塔、白螺來鎮壓邪魔，然而這麼多年，歷代佛爺們都束手無策，卻不料竟是墓前的石人像作孽，若非地裂湖陷，又被普色大軍撞見，可能永遠都不會有人找到它，此物再潛養百年，怕是要成大害了。」

我沒聽明白：「喇嘛阿克，您剛剛說的是什麼意思？石頭怎麼會成精？可惜剛才身邊已經沒有手榴彈了，不然我已經順手把它端上天了。」

喇嘛說：「你們漢人管這片山叫做崑崙埡口，但在佛經中，則叫做汝白加喀，意為龜龍所馱的八瓣蓮花，天如八福輪相，地如八瓣蓮花，這寺廟的位置，就剛好在蓮花的花芯裡，東方的切瑪山，形狀像羅剎女的陰部，南方的地形如魔蠍抓食，西方的岩石如水妖張望，北方未乾涸前的鬼湖，如同是破碎的龍鏡，原本在這樣殊勝的地形上建廟，震懾四方妖魔，是可以功德圓滿的。」

但是由於湖水的乾涸，使這裡成為了凶神遊地，枯湖裡生出了吞食人畜的摩竭魚，朗峨加的天空變得狹窄，原來是「部多」（佛經裡所載水中妖魔的名稱）長在了古墓石人像的身上，溺人於河，取其氣血。

我聽喇嘛所說的內容，似乎是密宗的風水論，與我看的那半本殘書，有很大的不同，也許宗旨是吻合的，但是表述的方式上存在著太多差異，當時我對風水祕術涉及未深，太複雜的風水形勢根本看不明白，所以聽不明白他說的什麼意思，只聽到他提起什麼「部多」，這個詞好像不久前在哪聽過，隨後想到剛跟先遣隊到不凍泉的時候，聽運輸兵們說起過，在青海湖中，有種吞人的水怪，有見過的人說外形像根圓木，也有人說像大魚，唯一相同的就是腥臭發綠，有藏區的兵告訴我們，那都是「部多」，水裡的魔鬼，附在什麼物體上，形狀就像什麼，如果捉住了就一定要砸碎燒掉，否則它生長的年頭久了，除了佛祖的大鵬鳥，就沒有能制得住它的東西了，當時剛議論完，就被連長聽到嚴厲地批評了一通。

藏地的忌諱和傳說太多，我無法知其詳實，心中暗想不管是什麼，等天亮之後想辦法燒掉就是，一定要為戰友們報仇雪恨。

喇嘛說：「這鬼湖邊上，死的人和牲口不計其數了，石人像上的部多普通人難以對付，必須請佛爺為大鹽開光，讓修行過四世的護法背上鹽罐，先用鹽把腐爛的石人埋起來，三天之後再掘出來砸毀焚燒，才是最穩妥的辦法。」

我們正在低聲商議，忽然天空上飄過一團濃雲，將明月遮蔽，火光照不到的廟外，立刻變成一片漆黑，我和格瑪、喇嘛三人立刻緊張起來，我們心中明白，狼群也一定清楚，這是最佳的攻擊時機，牠們一定會不惜一切地猛撲進來。

只聽高處一聲淒厲的狼嚎，嚎聲悲憤蒼涼，怨毒難言，那是白毛狼王的聲音，牠終於發出攻擊的信號了，四周暗風撲動，閃爍著無數盞綠油油的小燈，我忙抓起幾根木條扔向牆外，以便照明目標射擊。

我和格瑪分別據守兩堵最矮的殘牆，兩枝半自動步槍進行著不間歇地射擊，槍聲中一雙又一雙的綠燈，熄滅後就再也沒有亮起來，而餓狼們在狼王的號令下，恬不畏死，在障礙物間疾速迂迴，包圍圈越縮越小。

這種情況是對射手心理素質極大的考驗，只有咬住了一隻一隻地打，千萬不能被亂躥的眾多餓狼分了神，但同時還要承受住被逐漸壓縮包圍的恐懼，加上烏雲遮月，能見度太低，我接連五槍都沒擊中目標，正滿頭是汗的時候，從「大寶法王聖旨」巨碑上躥下一隻巨狼，面對下邊的火堆毫不猶豫，從半空只撲藏在牆下的那匹老馬，狼口中的牙刀全豎了起來，眼看著就要咬住馬頸。

喇嘛揮動鐵棒擊出，沉重的鐵棒剛好打在狼口中，把最堅硬的狼牙打斷了三四根，那狼被打得著地翻滾，摔進了火堆，頓時被火燎著，這時馬匹受了驚，嘶鳴著向我撞來，我急忙一低頭，那馬從我身後的矮牆上躍了出去，當即就被牆外衝過來的幾頭巨狼撲倒，拖進了荒草後邊。

又有一隻黑鬃瘦狼躥進了防禦圈，撲到了重傷不醒的大個子身上，格瑪舉起步槍將黑狼擊斃，同時又有兩隻狼躥了進來，我想開槍支援她，卻發現彈倉空了，只好挺起三稜刺刀戳了過去，格瑪的槍裡也沒了子彈，扔掉步槍拽出手槍射擊，喇嘛也念著六字真言，掄起鐵棒砸向不斷躥進圍牆的餓狼，一時間呼喝聲、狼嚎聲、槍聲、骨斷筋折的人狼搏擊聲，在破廟的殘牆內，混成了一片。

第一七七章　轉湖的願力

三人原本還互相救應支援，但在這混亂危急的形勢下，很快就形成了各自為戰的局面，喇嘛的武器發揮出了空前的作用，這鐵棒看著雖然笨重古舊，但是掄將起來，對準狼頭一砸一個準，說來也怪，那些狼似乎看見這鐵棒就犯怵，能躲開的往往也會慢上一步，被砸得頭骨碎裂，喇嘛獨自擋住經石牆，格瑪軍醫退到大個子身旁，用手槍射殺躥到近前的餓狼。

我端著步槍亂刺，見格瑪的手槍子彈耗盡，正重新裝彈，便一刺刀捅進了一頭撲向她的大狼腰肋，刺刀好比是帶血槽的三稜透甲錐，把那狼著地戳至牆角，疼得牠連叫都叫不出來，這時又有隻臉上有道長疤的餓狼，從牆外躍了進來，張開兩排牙刀，朝我猛撲過來。

我想拔出槍刺，將牠捅死在半空，但是剛才用力過猛，刺刀插在那半死的狼身中，一時抽不出來了，我從未參加過打狼運動，在東北也只見過孤狼，並不熟悉狼性，這次被狼群包圍，真有幾分亂了陣腳，越急槍刺越是拔不出來。

情況緊急，只好撒手放開步槍，就地撲倒，躲過那頭疤面狼，但還是慢了一點，羊剪絨的皮軍帽，被那狼撲掉了，狼爪在我耳朵上掛了個口子，流出來的鮮血立刻凍成了冰渣，躥過了頭的疤面狼也不停頓，棄我不顧，直接撲向了對面的喇嘛，喇嘛鐵棒橫掃，砸中了牠的肩胛骨，嗚嗚叫著翻在一旁，最早摔進火堆中的那頭狼，已經被燒成了焦炭，空氣中瀰漫著焦糊的臭味。

這些狼都是狼群裡最凶悍的核心成員，其餘更多的餓狼還徘徊在廟牆外邊，雖然狼王發出了命令，但牠們大概仍然被剛才猛烈的步槍射擊聲，驚走了魂，在緩過神來之前，還不敢蜂擁而來，否則數百頭餓狼同時撲至，我們縱然是有三頭六臂，也難以抵擋。

我趴在地上正要爬起來，忽覺背上一沉，有隻巨狼將我踩住，狼爪子搭在我肩上，我雖然看不見後邊，但憑感覺，這隻大得出奇的巨狼，八成就是那獨眼白毛的狼王，這條幾乎成了精的白狼，等槍聲稀疏下來之後，才躥進來，牠對時機的把握之精準，思之令人膽寒。

我不斷提醒自己，千萬別回頭，一旦回頭，被狼王咬住脖子，那就免不了同那狗日的徐幹事一般下場，背後的巨狼，正耐心地等著我回頭，一口飲盡活人的鮮血，是世間最美妙的味道。

我腦袋裡嗡嗡直響，面孔貼在冰冷的地面上，不敢有絲毫動作，心中想要反抗，但是雙手空空，沒有任何武器，在這種情況下，我這雙無產階級的鐵拳起不了多大作用。

遮住月光的大片黑雲，被高空的氣流吹散，明亮的月光又似水銀瀉地般撒將下來，照得荒煙蒿草中一片銀白。

那邊的喇嘛處境也艱難起來，他畢竟年老氣衰，那沉重的鐵棒揮舞速度越來越慢，棒身終於被一頭經驗老道的餓狼咬住，始終無法甩脫，喇嘛正和那狼爭奪鐵棒不下，月光中見我被一頭巨狼按在地上，想過來解救卻苦於無法脫身，抬腿將一包事物踢到我面前：「普色大軍，快用你們漢人的五雷擊妖棍！」

那包東西險些撞到我的肩頭，我心中納悶，什麼是我們漢人的五雷擊妖棍？但隨即用手一摸，已經明白了，這是大個子的子彈帶，當時我們每人配發有兩枚手榴彈，我的那兩枚都扔進水塘裡炸臭泥了，而大個子這份卻始終沒被使用，他受傷後喇嘛幫他解了下來，此刻若非喇嘛

提醒，還真就給忘了。

我立刻從中掏出一枝手榴彈，但是被狼按住肩頭，無法做出太大的動作，否則一個破綻，就會被狼吻咬住，急中生智，把子彈帶擋在臉側，猛地回身轉頭，只見身後好像壓著個白髮森森的惡鬼，果然是那狼王，眼前白影一晃，牠已經咬住了子彈帶。

這時我也拉開了導火索，手榴彈立刻哧哧冒出白煙，便想向後甩出去，只要手榴彈一炸，足可以把這些餓狼嚇退，那狼王一口咬到了帆布子彈袋，正自怒不可遏，忽然見到冒著白煙的手榴彈，還有那催命般不吉祥的哧哧聲，抬起狼爪，將我手中的手榴彈掃在一旁。

手榴彈並沒有滾出多遠，我心中大罵，這隻白狼真他媽成精了，我想牠雖然不知道手榴彈是做什麼用的，但是憑牠在惡劣環境中生存下來的經驗，就已察覺到這東西危險，離這不吉祥的短棍越遠越好，牠雖然用狼爪撥開手榴彈，不過距離還是太近了，一旦爆炸，後果不堪設想，破片的殺傷力會使牆內的人和狼都受到波及。

我仍然被狼王按著，這時候便是想捨身撲到手榴彈上，也難做到，想到所有的人都被炸傷，後續的狼群衝上來撕扯著把四個人吃光的場面，我全身都像掉進了冰窖，時間一秒一秒的流逝，估計爆發就在這兩秒之內了。

就在這讓人神經都快崩潰掉的最後時刻，那隻咬住喇嘛鐵棒的餓狼，終於用狼口把鐵棒奪了下來，但牠用力大了，收不住腳，一直退到即將爆炸的手榴彈上，「砰」的一聲爆炸，白煙飛騰，大部分彈片都被這隻倒楣的狼趕個正著，狼身像個沒有重量的破皮口袋，被衝擊波揭起半人多高，隨即沉重地摔在地上。

牆內包括狼王在內的三四隻餓狼，都怔住了，然後紛紛躥出牆外，頭也不回地消失在了夜色中，外邊那些老弱狼眾，原本就被槍聲嚇得不輕，聽到爆炸聲，尤其是空氣中那股手榴彈爆炸後的硝煙味，更讓牠們膽寒，當即都四散跑開，這一戰狼群中凶悍的惡狼死了十幾頭，短時間內難以成氣候了。

我翻身起來，也顧不得看自己身上有什麼傷口，撿起格瑪掉落在地上的步槍，用刺刀將牆內受傷的幾頭狼一一戳死，這才坐倒在地，像丟了魂一樣，半天緩不過勁來，這時候狼群要是殺個回馬槍，即使都是老弱餓狼，我們也得「光榮」了。

正喘息間，忽聽喇嘛大叫不好，我急忙強打精神起身，原來是格瑪倒在了血泊中，剛才我眼睛都殺藍了，這時回過神來，趕緊同老喇嘛一起動手，將格瑪軍醫扶起，一看傷勢，我和喇瑪全傻眼了，腸子被狼掏出來一截，青乎乎的掛在軍裝外邊，上邊都結冰了。

我急得流出淚來，話都不會說了，好在喇嘛在廟裡學過醫術，為格瑪做了緊急處理，一探格瑪的呼吸，雖然氣若游絲，但畢竟還活著。

我又看了看大個子，他的傷雖重，卻沒失血，加上體格強壯，暫無大礙，我問喇嘛：「尕紅軍醫能不能堅持到天亮？」現在馬匹也死了，在這荒山野嶺中，只憑我和喇嘛兩人，無論如何也不可能把兩名重傷員帶出去，只好盼著增援部隊盡快到達，好在狼群已經逃進深山裡了。

夜空中玉兔已斜，喇嘛看了看那被山峰擋住一半的明月：「天就快亮了，只要保持住兩位大軍身體的溫度，應該還有救，普色大軍儘管放心，我會念經求佛祖加護的。」

我抹了抹凍得一塌糊塗的鼻涕眼淚，對念經就能保住傷員性命的方式表示懷疑，喇嘛又說：「你只管把火堆看好，燒得越旺越好，火光會吸引吉祥的空行母前來，我即許下大願，若是佛爺開眼，讓傷者平安，我餘生都去拉措拉姆（拉措拉姆，地名，保佑病患康復的聖湖，意

為懸掛在天空的仙女之湖）轉湖，直到生命最後的解脫。」

我見喇嘛說得鄭重，心中也不禁感激，便把能蓋的衣服都給大個子和格瑪蓋上，在背風的牆下生旺了火堆，又用喇嘛的祕藥塗抹在自己的傷口上，東方的雲層逐漸變成了暗紅色，曙光已經出現，我心中百感交集，呆呆地望著喇嘛手中的轉經桶，聽著他念頌《大白傘蓋總持陀羅尼經》，竟然產生了一種聆聽天籟的奇異感覺。

當天上午十點左右，我們便被趕來接應的兄弟連隊找到，部隊封鎖了崑崙山埡，我和格瑪、大個子都要被緊急後送，分別的時候，我問喇嘛那鬼湖邊的什麼「部多」怎麼辦？是否要像他先前所講的，找佛爺用大鹽埋住它，然後再燒毀？

喇嘛點頭稱是，還說他馬上就要去拉措拉姆轉湖，為傷者祈福去了，但是他會先回去向佛爺稟告此事，願大軍吉祥，佛祖保佑你們平安如意。

我對胖子和Shirley楊說：「然後我就隨部隊進崑崙山深處施工了，我的戰友大個子現在還活著，只是成了殘廢軍人，格瑪軍醫卻再也沒醒來，成了植物人，有空的時候我都會去看望他們，那座破廟和古墳的遺跡，直到今天都還保留著，我現在回想起來，其餘的倒也無關緊要，關鍵是那古墳中的屍體，穿戴的那種特殊服飾和表情，與咱們在獻王墓所見的銅人與墓中壁畫，都非常相像，當地藏族人都說那是古時魔國鬼母的墓，但這只是基於傳說，鬼母是可以轉世的，應該不止有一位，魔國那段歷史記載只存在於口頭傳誦的長詩中，誰也沒真正見到過鬼母妖妃穿什麼衣服。」

Shirley楊聽罷我講的這段往事，對我說：「壁畫中描繪的那座城，供奉著巨大的眼球圖騰，裡面的人物與鳳凰寺下古墳中的屍體相同，也許那城就是魔國的祭壇，不知道魔國與無底鬼洞之間，有著什麼不為人知的聯繫。」

看來回到北京之後又有得忙了，首先是切開獻王的人頭，看看裡面的雮塵珠是否是真的，另外還要設法找到十六字陰陽風水祕術的前半卷，這樣才能解讀出龍骨中關於雮塵珠的信息，最後必須搜集一些關於魔國這個神祕王朝的資料，因為一旦拼湊不出十六字，那龍骨天書便無法解讀，關於雮塵珠的信息，可就要全著落在這上邊了，屆時雙管齊下，就看能在哪個環節上有所突破了，不知那位鐵棒喇嘛，是否仍然健在，也許到懸掛在天空的仙女之湖「拉措拉姆」湖畔去找他敘敘舊，或多或少可以瞭解一些我們想知道的事情。